莎士比亚戏剧赏析

季美萍　杨　菊／编著

南京大学出版社

图书在版编目(CIP)数据

莎士比亚戏剧赏析 / 季美萍,杨菊编著. —南京：
南京大学出版社,2022.5
ISBN 978 - 7 - 305 - 25297 - 6

Ⅰ.①莎… Ⅱ.①季… ②杨… Ⅲ.①莎士比亚
(Shakespeare,William 1564 − 1616)−戏剧文学−文学欣赏
Ⅳ.①I561.073

中国版本图书馆 CIP 数据核字(2022)第 005207 号

出版发行 南京大学出版社
社　　址　南京市汉口路 22 号　　　　　邮　编 210093
出 版 人　金鑫荣

书　名　莎士比亚戏剧赏析
编　著　季美萍　杨　菊
责任编辑　荣卫红　　　　　　　　　编辑热线　025 - 83685720

照　排　南京紫藤制版印务中心
印　刷　南京鸿图印务有限公司
开　本　718×1000　1/16　印张 18.25　字数 308 千
版　次　2022 年 5 月第 1 版　2022 年 5 月第 1 次印刷
ISBN　978 - 7 - 305 - 25297 - 6
定　价　56.00 元

网　　址:http://www.njupco.com
官方微博:http://weibo.com/njupco
官方微信:njupress
销售咨询热线:(025)83594756

前　言

　　《莎士比亚戏剧赏析》的编著目的,是为国内大专院校汉语言文学及相关专业提供一部可选用的教材,为广大莎士比亚戏剧爱好者提供一部参考书。

　　教材编写以莎士比亚全部戏剧作品为重心,兼顾莎士比亚生平、诗歌创作以及莎士比亚戏剧在中国的译介和舞台上的传播;在章节安排上,以体裁为分章依据,兼顾创作时间的先后顺序,分为历史剧、喜剧、悲剧和传奇剧四个部分;在具体作品的分析中,包含创作时间、故事来源、主题揭示、人物形象剖析以及艺术特色五个板块;教材力图兼顾学术性、资料性和实用性的平衡,使介绍与研究相结合,中与外相结合,史与论相结合,理论与应用相结合,反映新理论、新方法、新成果。

　　本教材是我们多年学习、思考和教学的探索与总结,在教学方法上以作品阅读为起点,在熏习基本素养的基础上,培养学生独立研究与应用能力,并运用较新的国内外研究视角启发学生的创新思维能力。

　　本教材的第一、二章由兰守亭编写,第三、四章由许丽青编写,第五、六章由季美萍编写,第七章由杨菊编写,季美萍、杨菊负责统稿工作。

　　由于编著者能力有限,教材还有不少缺点,敬请读者批评指正。

目录
CONTENTS

第一章 莎士比亚的生平与时代

第一节 莎士比亚的生平

作为一位伟大的文学家,莎士比亚的声誉是古往今来无人能及的。但是这位伟人的生平资料却少得可怜,现今很多关于莎士比亚的生平介绍都是基于文学想象,莎学界公认的生平资料仅有以下内容。

一、个人生平资料

现存莎士比亚的生平资料有:父亲约翰·莎士比亚的生平资料;教堂登记簿记载的莎士比亚出生时间、婚姻以及去世时间的资料和莎士比亚的遗嘱。

英国斯特拉福镇教堂受洗记录簿记载:1564年4月26日,约翰·莎士比亚的儿子受洗。鉴于英国有婴儿出生三天后去教堂参加洗礼的传统,所以人们通常把文学家威廉·莎士比亚的出生时间推定为1564年4月23日。

威廉·莎士比亚的父亲约翰·莎士比亚在斯特拉福镇有比较出色的履历,在当地政府的一份文件中,约翰·莎士比亚名列当地官员之一。约翰·莎士比亚迁到斯特拉福镇之前是当地的一位农民,他后来娶了父亲雇主的女儿玛丽·阿登,这场婚姻给他带来了丰厚的嫁妆:一些田地和财物。阿登家族是斯特拉福镇附近地区最大的家族,家族历史久远,但玛丽的父亲罗伯特·阿登也仅仅是这个家族中一个富裕的农民,由于他对小女儿玛丽的喜爱,所以在她结婚时,罗伯特把他大部分的财产都给了玛丽。约翰·莎士比亚在婚后不久搬到斯特拉福镇居住,1556年,他担任了镇上的啤酒品评员,1558—1559年任治安官和罚款人,1561—1565年升迁为镇财务管理员,1565年他成为高级市政官,1568—1569年任镇执行官,1571年任高级市政官。从1577年开始,约翰·莎士比亚的名字不再出现在参加会议人员的名单上了,有文件显示在此之后,他多次获得相关税费减免的优惠,1586 年,他的名字彻底从镇市政官员的名单上删除,1591 年,在政府提供的不能做到每月去一次教堂的人员名单上,约翰·莎士比亚也名列其中,政府备注的理由是为躲避债务诉讼。在此期间,约翰·莎士比亚卷入了关于土地抵押的相关诉讼,这一切表明他出现了严重的财务危机。有关这场财务危机的原因有很多猜测,有人猜测约翰·莎士比亚曾经违反国家禁止性规定从事羊毛等非法生意,被发现后受到包括巨额罚款在内的严厉惩处,所以财务上陷入困难,也有人猜测约翰·莎士比亚酗酒导致家庭财务危机,但这些说法都没有可靠的证据来加以证实。在约翰·莎士比亚还在职期间,即 1575—1576 年,他曾经向国家纹章局申请"绅士"的纹章,但因为这次财务危机最终不了了之;20 年后,即 1596 年 10 月,这个程序重新启动并完成,但 1602 年,有人起诉纹章局,对纹章局将绅士纹章颁给演员莎士比亚等下等人提出异议,而纹章局则发表一份特别说明,约翰·莎士比亚的祖先曾为国王英勇效力,其本人曾任镇高级官员,而他的妻子所属家族地位显赫,这些足以达到绅士的标准。

斯特拉福镇当地的学校名字叫"国王新学堂",学生年龄从 7 岁到 14 岁不等,该镇重视儿童教育,除为儿童提供免费教育外,还为贫困但有前途的学生提供上大学的特殊奖学金,但女孩及过分贫困的男孩被排除在外,因为这些男孩早早地就要为家庭分担工作。学校教授简单的算术、基督教信仰知识及拉丁文,但学校没有威廉·莎士比亚在此求学的直接证据,因为学校当时的档案材料已经遗失。

1582 年 11 月 28 日,此时威廉·莎士比亚 18 岁,斯特拉福镇伍斯特主教的档案中出现了一份文件,这是一份保证书,保证交纳 40 英镑以便让威廉·莎士比亚和安妮·哈瑟维结婚。但前一天即 27 日还有一份文件,是颁发的准许威廉·莎士比亚和坦普尔克拉夫顿的安妮·沃特利结婚的证书,传记文学作家安东尼·伯吉斯曾靠着自己的想象写道,威廉爱慕安妮·沃特利,但受到安妮·哈瑟维先父的两位农夫朋友的胁迫娶了安妮·哈瑟维,另外,28 日文件中的 40 英镑正是这两位农夫交纳的。但大多数学者更赞同 1905 年约瑟夫·格雷下的结论:根本没有什么安妮·沃特利,那只不过是负责抄写证书的抄写员的笔误,因为 27 日这一天,抄写员一直在处理一桩当事人姓氏为沃特利的官司,所以把安妮·哈瑟维误写成了安妮·沃特利。至于那 40 英镑的巨额保证金,六个月之后教堂的另一份文件充分说明了原因：1583 年 5 月 26 日，威廉·莎士比亚的大女儿苏珊娜接受了洗礼。也就是说，威廉·莎士比亚和安妮·哈瑟维的婚姻非常紧迫，为了及时顺利地完成婚礼，他们使用了非正常程序，用 40 英镑变通了教堂的相关规定。

有关哈瑟维与沃特利的争议之所以出现，并不仅仅是安东尼·伯吉斯的奇思妙想，其根源在于莎士比亚的婚姻一向不被研究者们看好，因为从 1585 年 2 月 2 日，他的双胞胎孩子哈姆尼特和朱迪斯出生之后不久，他就离开了家乡斯特拉福，到 1612 年左右回到家乡，在此期间，他与妻子长期两地分居。莎士比亚的遗嘱更是支持了大家的观点：1616 年 1 月，莎士比亚在遗嘱中将实际拥有的几乎所有的财产都留给了大女儿苏珊娜和她的丈夫霍尔医生，他的小女儿朱迪斯、妹妹琼和其他亲戚朋友都得到一份财物，他还为穷人捐了一点钱，但对于结发妻子，他什么也没留。虽然在当时有寡妇可以获得先夫三分之一财产的终身权益的规定，但一般都会在遗嘱中写明。而莎士比亚则保持了绝对的沉默。在随后 3 月 25 日所做的遗嘱补充中，他加上一条条款：把我次好的床及床上用品留给我的妻子。这里指的是 34 年前他们结婚的那张婚床。

莎士比亚在 1585 年左右离开斯特拉福镇奔赴伦敦，其原因有很多猜测，有夫妻不和说，有因为酷爱戏剧跟随戏班子来到伦敦的说法，有因家庭宗教信仰不得已离开家乡的说法，其中最流行的说法是"偷猎说"，这一说法是 17 世纪晚期的牧师理查德·戴维斯记录在私人笔记中的，有许多传记作家追随此说，但也有许多人反对，因为此证据既非官方文件，也无法说明牧师记录的动机。"偷猎说"中提到，莎士比亚在偷盗托马斯·露西爵士的鹿和野兔时陷入了麻烦，露西爵士多次派人鞭打莎士比亚，并将他关押了一段时日，最终迫使他逃离了家乡。18 世纪早期的传记作家尼古拉斯·罗发表了类似的描述，他提到莎士比亚结交了一些狐朋狗友，曾经多次到露西爵士的庄园去偷猎，并为此受到惩罚，莎士比亚认为处罚太过严厉，因此写了一首打油诗讽刺爵士，笔调十分尖刻，致使处罚加倍，因此被迫离开。18 世纪中期，约翰博士写道，为了逃避刑事处罚的威廉独自来到伦敦后，身无分文，给剧场看门，为客人牵马，因工作认真负责而在剧团立足。关于约翰博士的说法，很少有人信以为真，但关于"偷猎说"，似乎有些许疑点，但这一说法却提供了发挥想象的余地。伊丽莎白时代，偷猎并不与饥饿相连，那是一种冒险之举，牛津大学的学生就因搞这种恶作剧而出了名，偷猎鹿包含了猎杀的乐趣、要诈的快乐和携带猎物脱逃的技巧,以智慧应对法律,对社会秩序作戏弄式的违背,暗含了年轻人对权威思想的勇敢挑战。这则传闻中的托马斯·露西爵士,时任斯特拉福镇的治安官,彻底的新教信仰者,激进的镇压天主教势力的执行者。顺便提一句,威廉·莎士比亚的母亲所属的阿登家族是顽固的天主教信仰支持者,而他的父亲约翰·莎士比亚信仰不明。莎士比亚曾在自己的作品中提到露西家族的纹章图案——"狗鱼",对作品中的这位傲慢的夏禄法官给予了无情的讽刺,从中似乎可以窥见一丝莎士比亚对露西爵士的态度。

二、有关创作的证据以及著作权争议

莎士比亚有关创作的证据有:格林著作的小册子;莎士比亚生前出版的几部诗集、历史剧和喜剧;莎士比亚去世后出版的第一对开本莎士比亚戏剧作品集。

莎士比亚同时代的作家本·琼生曾提过,演员们常常提起一点,并把它当成莎士比亚的荣耀,即莎士比亚无论写什么都一行也不删改。这句话来自一些传记材料,可信度不详,但还是能够判断莎士比亚撰写戏剧的基本事实。16 世纪80 年代晚期,《亨利六世》获得成功,这部作品是莎士比亚创作的这一结论,来自莎士比亚去世后出版的莎士比亚作品集,也有学者认为,这部作品风格不统一,应该是合著的。

《一百万次忏悔换来的毫末智慧》这本小册子于 1592 年大学才子派成员格林去世后不久出版,书中写道:"别信任他们,因为有只新崛起的乌鸦用我们的羽毛美化自己,凭着'裹在演员外衣下恶虎般的心肠',认为自己完全能够像我们中最优秀的人那样创作无韵诗;他是个地地道道的'打杂工',却自负地自认为是国内唯一'轰动舞台的人'。"[①]这句话中"裹在演员外衣下恶虎般的心肠"来自《亨利六世》中的一句台词"女人的外表下藏着恶虎般的心肠",还有人指出,"轰动舞台的人"映射了莎士比亚的姓氏。"演员""打杂工"也与威廉·莎士比亚匹配。不管事实究竟怎样,格林的这篇小册子确实对莎士比亚的出名有一定的推波助澜。

莎士比亚在世的时候,他出版的作品有:1593 年《维纳斯与阿都尼》出版,到1602 年已重印了 10 次;1597 年左右,《理查三世》《理查二世》《亨利四世》(上)

---

① Stephen Greenblatt. *Renaissance Self-Fashioning: From More to Shakespeare*. Chicago: the University of Chicago Press, 1980, p.150.

《爱的徒劳》以四开本形式发行；1599 年，署名莎士比亚的诗集《激情漂泊者》出版，后人认为此书未经授权，且只有 5 首是莎士比亚写的；1609 年，《莎士比亚十四行诗》的四开本出版。1623 年，在莎士比亚去世后，莎士比亚的老朋友约翰·赫明兹和亨利·康德尔经过仔细编排，出版了第一对开本莎士比亚戏剧作品集。此剧集包含了 36 个剧本，其中有 18 个剧本此前从未出版过。

　　有关莎士比亚的作品究竟是不是斯特拉福镇的莎士比亚所写，在莎学界一直是一个研究热点，即所谓的著作权争议。产生著作权争议的原因从莎士比亚名字的拼写方式到莎士比亚接受过的学校教育和家庭教育背景，到斯特拉福镇的莎士比亚的档案遗失，到莎士比亚手稿和理论文章的缺失以及遗嘱等等不一而足，由此而产生的莎士比亚作品的真实作者的猜测也有很多，例如"贵族说"中的牛津伯爵爱德华·德维尔，"大学才子说""伊丽莎白说""培根说"等等，至于个别作品的合著说、伪作说等等就更多了。

三、财务方面的证据

　　莎士比亚有关财务事宜的证据有：剧团财务文献；同乡的信件；购买的房产；欠税通知单等。

　　相对于莎士比亚创作证据的严重缺乏，他在财务方面的证据却多得多。1594 年，伯比奇和坎普的剧团财务文献提到了莎士比亚；1597 年，莎士比亚在家乡斯特拉福镇购买了新居；1598 年 10 月 25 日，斯特拉福镇的商人理查德·奎尼在与朋友斯特利的通信中提到准备向同乡威廉·莎士比亚借钱，且利息较高，后又回信确认莎士比亚可以借钱给他们；1589 年莎士比亚出演《人人高兴》时，名字列于十个主要喜剧演员之中；1599 年 2 月 22 日的一份协议中，环球剧场的十分之一归莎士比亚所有，另外四个演员各拥有十分之一，而据资料记载，环球剧场的收入丰厚；1602 年，莎士比亚用 320 英镑购买了斯特拉福镇北部的一百多亩土地，几个月后又收购了新居花园对面的 15 亩地产；1608 年，莎士比亚获得黑僧剧场七分之一的股份；1613 年 3 月，莎士比亚花 140 英镑购买了伦敦黑僧修道院大门楼上的一套公寓；1613 年 7 月环球剧场失火焚毁，但戏装、剧本等财物幸免于难；1614 年 11 月 17 日，莎士比亚的表亲，市政文书托马斯·格林在征询莎士比亚意见后写下了莎士比亚对斯特拉福镇的"圈地运动"不持立场的记载。

在莎士比亚获得收入的证据之外,还有 1597 年、1598 年、1600 年的三份欠税通知单;另外,还有状告邻居或朋友索取欠款的两件诉讼。

四、莎士比亚的去世

莎士比亚唯一的儿子在 1596 年 8 月去世,其时年仅 11 岁,教堂记载为"威廉·莎士比亚之子哈姆尼特"去世,莎士比亚没有为此留下专门的悼念作品;家庭财产由大女儿和大女婿继承;小女儿朱迪斯的婚姻与莎士比亚的去世有一定关联:朱迪斯在 1616 年四旬斋期间与托马斯·奎尼(上文商人理查德·奎尼之子)结婚,因违反斋期不得结婚的禁令,后被惩处,由于托马斯·奎尼未出席这次宗教法庭的审判,因此被立即革除教籍。婚后仅一个月,1616 年 3 月 26 日,托马斯·奎尼又被爆出使未婚女性玛格莱特·惠勒怀孕,而该女子之后难产身亡的丑闻,托马斯·奎尼被判羞辱性的惩罚。丑闻爆出的前一天,莎士比亚修改遗嘱,将留给女儿朱迪斯的财产标明由朱迪斯个人继承,一个月之后,莎士比亚去世。

第二节　莎士比亚的时代

莎士比亚经历了英国女王伊丽莎白和詹姆斯一世统治时期,由于本书主要探讨莎士比亚戏剧创作,所以对其时代的梳理也将紧扣与戏剧创作有关的内容来谈,其他无关内容不再赘述。

一、莎士比亚时代的教育(1564—1577 年)

莎士比亚于 1564 年出生的时候,英国女王伊丽莎白一世已经在位 6 年了。因为女王本人精通拉丁语,权臣自然趋之若鹜,即使在斯特拉福镇的国王学堂,拉丁语课程也是开设的基本课程之一,当时标准的小学课本,如"角帖书"和《祈祷文 ABC》等充分证明了课程的设置情况。

当时学校上课时间很长,早上 6—7 点开始上课,下午放学的时间大概是 5—6 点,每周上六天课;课程设置比较狭窄,除了拉丁文之外还有算术和基督教信仰方面的课程。在学习拉丁文时,教师们喜欢采用表演古典戏剧的方式来教学,因此,戏剧表演才能和基本的拉丁语知识是学生们必须具有的。

除了学校粗浅的戏剧知识,当时盛行的流浪艺人的巡回演出也是普通人民接触戏剧的绝佳机会。在斯特拉福镇和其他许多市镇记录档案中都曾经记载过,因为观众在看戏的时候你推我搡,损坏了门窗和桌椅。16世纪60—70年代的保留剧目大多是"道德剧",虽然很多道德剧说教味道浓厚,而且写作技术拙劣,但直到莎士比亚青年时期依然非常流行。"这种剧将高远的情怀和富有活力的戏剧能量融合起来,满足了从文盲到雅士的范围广泛的观众群体。"①它们虽然没有心理特写,也不反映社会现实,却具有精警的民间智慧,外加十分流行的破坏性效果。道德剧中的很多元素在莎士比亚剧作中都可以看到,例如象征手法的使用,表演"谣言"的演员身穿"长满舌头的长袍",表演"时间"的演员则手持沙漏,至于林林总总的人性比如"邪恶""傲慢""谦卑"和"慈悲"等等,都可以外化为人物形象:理查三世的"邪恶",克劳狄斯的"邪恶",伊阿古的"邪恶"……"邪恶"在不同人物身上侧重点不同,但所有的"邪恶"最终定会受到惩罚,观众也会在此中获得戏剧快感。

影响莎士比亚的不仅仅是道德剧,斯特拉福镇附近的各种各样的民间节日也提供了很多戏剧素材。距离斯特拉福镇18英里外的考文垂有著名的霍克节(复活节后的第二个星期二),在5月或6月下旬,还有圣体节,节日上露天表演神秘剧,从开天辟地到人类的堕落再到人类的获救,展示整个人类的命运,这些神秘剧代表中世纪戏剧的最高成就,一直流行到16世纪末。另外还有庆祝罗宾汉传说的五朔节,还有收获节、剪羊毛节、圣诞节等等,莎士比亚在《仲夏夜之梦》《皆大欢喜》《冬天的故事》等作品中都有表现,尤其是1575年伊丽莎白女王巡访距离斯特拉福镇12英里的莱赛斯特伯爵城堡,宴会上表演的节目和璀璨的烟火被最大限度地搬到了《仲夏夜之梦》当中,成为那一盛况最生动的记录。

二、"失落的年代"

莎士比亚生平研究中有一个被学者们称之为"失落的年代",主要是指从莎士比亚1585年前后离开家乡,到16世纪90年代初期莎士比亚在伦敦成名之前的一段时间。1937年有学者提出了一个有争议的观点:莎士比亚在1582年之

---

① 斯蒂芬·格林布拉特:《俗世威尔——莎士比亚新传》,辜正坤、邵雪萍、刘昊译,北京:北京大学出版社,2007年,第9页。

前可能在兰开夏郡待了大约两年的时间,这是从新发现的"霍顿的遗嘱"得来的信息,而这个证据如果属实,"失落的年代"将会包括 1582 年之前的这段岁月。莎士比亚家道中落大约从 1577 年开始,在此之前,其父亲在镇政府官员的位置上一路晋升,可以推测在这段时间,莎士比亚应该进入当地学校完成了初期的学业。家庭变故发生的时间和莎士比亚从当地学校毕业的年龄是吻合的,关键是在学校毕业之后到莎士比亚 1582 年与哈瑟维结婚之前的这几年中,莎士比亚做了些什么工作。对于伟人的生平,从来都不缺乏猜想者,从莎士比亚故居地板下面找到的大量细碎羊毛产生了莎士比亚曾经从事羊皮手套系列生意的说法,戏剧作品中对法律事务的熟稔产生了其曾在法律事务所当职员的说法,而"霍顿的遗嘱"则提供了莎士比亚曾经在兰开夏郡天主教绅士亚历山大·霍顿家中担任演员或是家庭教师的证据,虽然遗嘱中提到的演员的名字拼写方式与通常认为的莎士比亚的姓名拼写方式有所出入,但这个说法与莎士比亚伦敦剧团同事对莎士比亚的回忆却是吻合的,而且,在莎士比亚那个年代,姓名拼写方式尚未规范,当时更著名的大学才子派中的克里斯托弗·马洛也出现了几种不同拼写方式,而还是无名之辈的莎士比亚出现这样的状况就更能理解了。

"霍顿的遗嘱"中提到家里的演员沙克夏夫特,这似乎与剧作家莎士比亚颇有关联,这同时影响了"偷猎说"以及"夫妻不和说"、跟随过路戏班子去伦敦的说法等等。因为,遗嘱表明莎士比亚在结婚之前就已经从事戏剧这个行业了,而兰开夏郡与都铎王室历史渊源颇深,又是天主教顽固堡垒所在地,最重要的是,霍顿遗嘱中提到的赫斯凯斯(霍顿将演员威廉·莎克夏夫特等托付给赫斯凯斯),他的邻居恰好是史传治勋爵、第四代德比伯爵亨利·斯坦利,他与儿子雇佣的一群有才华和职业抱负的演员是后来"内务大臣供奉剧团"的核心人物,而该剧团与莎士比亚在 16 世纪 90 年代之后的联系是非常紧密的。

兰开夏郡的许多贵族家庭在 1580—1581 年的时候曾经藏匿过赫赫有名的天主教学者坎皮恩,在 1580 年罗马天主教教皇授意教徒阴谋暗杀伊丽莎白女王的敏感时期,坎皮恩公然挑衅英国国教的教义和地位,他自然会得到被绞杀的下场。莎士比亚可能于翌年回到斯特拉福镇。

三、宗教纷争的阴影

1582 年 11 月,莎士比亚与安妮·哈瑟维结婚,在 1583 年 6 月长女苏珊娜出生之后，1585 年他们又生了一对双胞胎：儿子哈姆尼特和女儿朱迪斯。从 1585 年前后到 1592 年莎士比亚在伦敦崭露头角，这一时期莎士比亚的生平轨迹不明，相关研究资料严重缺乏，但 16 世纪 80 年代的斯特拉福镇却极不平静，坎皮恩和其他天主教信徒的死并没有平息英国的宗教纷争。宗教问题不仅与大人物有关，对普通老百姓也同样非常重要。1583 年 10 月 24 日，斯特拉福镇的年轻绅士约翰·萨默维尔，牛津大学的毕业生，是一位天主教信徒。受西班牙天主教徒行刺新教的奥林奇王子事件的影响，也准备行刺伊丽莎白女王，但行动前精神错乱，随即被捕。约翰·萨默维尔的妻子、岳父母、姐姐等人都被捕，他与岳父以叛国罪被处以死刑，他的岳父名叫爱德华·阿登，与莎士比亚的母亲玛丽·阿登同样来自阿登家族。这件事情在斯特拉福镇附近地区造成了紧张的氛围，当局加紧搜查普通百姓家里的天主教器物，各种各样的流言蔓延肆虐。假如莎士比亚 1585 年前后离开家乡来到伦敦，他可能会在萨瑟克街附近的桥上看到约翰·萨默维尔和爱德华·阿登的首级，他们因为叛国罪被钉在石柱上，他们并不孤单，因为有二三十位叛国罪者的首级陪伴着他们。

四、"大学才子派"与莎士比亚

当时的伦敦拥挤、混乱、发展迅速，却又暗流涌动，娱乐行业大多集中在郊区，剧院也不例外。16 世纪晚期的伦敦人口显著增长，大众剧场出现，剧院之间的竞争大多取决于剧目的数量与质量，"大学才子派"在剧本写作上贡献非凡：克里斯托弗·马洛、托马斯·沃森、托马斯·洛奇、乔治·皮尔、托马斯·纳什、罗伯特·格林、托马斯·基德、约翰·李利，顾名思义，这些诗人的教育都出自牛津大学或剑桥大学，都具有极端的个性和自命不凡的傲慢。托马斯·沃森 24 岁时就出版了《安提戈涅》的拉丁文译本，他用拉丁文写诗，翻译普鲁塔克和塔索的作品，他也写英文的十四行诗，为大众舞台撰写剧本，他与皮尔、马洛和莎士比亚被认为是当时最好的几位悲剧作家。托马斯·洛奇除写作剧本之外，更著名的是他的散文故事《罗莎琳德》和诗歌《斯库拉的变形》。乔治·皮尔既写诗歌，也翻译欧里庇得斯的作品，他的剧本《老妇谭》《帕里斯受审》《要塞之战》也非常出色。托马斯·纳什擅长讽刺手法，书信《致两所大学有身份的就学者》是其第一部作品，这封信对当时文艺界做出了苛刻的评论，他还著有小说《不幸的旅行者》。罗伯特·格林的才华不及前几位作家，但自身经历富有传奇色彩，他赤贫、欺诈、混迹黑社会,中伤同行,临死之前写了一本小册子《一百万次忏悔换来的毫末智慧》,痛骂自己,指责马洛,讽刺莎士比亚。"大学才子派"自视较高,对仅仅从文法学校毕业的演员莎士比亚自然是蔑视的。莎士比亚似乎对此也没有不满,他认真地学习大学才子们,在《维纳斯与阿都尼》中他模仿了《斯库拉的变形》的艺术手法,《皆大欢喜》改编自《罗莎琳德》,他的《哈姆莱特》与托马斯·基德的《哈姆莱特》比较相似,至于罗伯特·格林的荒唐人生,莎士比亚把他变为笔下的福斯塔夫加以渲染、揭露和无情的讽刺。

克里斯托弗·马洛是大学才子派当中与莎士比亚最堪匹敌的诗人,他与莎士比亚同岁,彼此关注,互相模仿,竞争激烈。从马洛的《帖木儿》与莎士比亚的《亨利六世》相互竞争开始,其后的《理查二世》(莎士比亚著)与《爱德华二世》(马洛著),《维纳斯与阿都尼》(莎士比亚著)与《希洛与里安德》(马洛著),《马耳他岛的犹太人》(马洛著)与《威尼斯商人》(莎士比亚著)等等,在题材、艺术技巧、人物形象方面都形成了鲜明的对照,表现出明显的你追我赶的竞争意识。

"大学才子派"的作家们只有托马斯·洛奇活过了 30 岁,1593 年之后,莎士比亚的这些对手都已经不在了,令人遗憾的是他们的作品也大多散佚了,只有在争论莎士比亚著作权问题时,人们才会想起,在 16 世纪 80—90 年代的伦敦,有那么一群光彩夺目、个性鲜明的诗人。而莎士比亚则抓住这个难得的机遇,开始了剧坛的辉煌岁月。

五、詹姆斯一世时期与莎士比亚

1603 年,伊丽莎白女王去世,由于女王终身未婚,没有留下继承人,所以来自苏格兰的詹姆斯六世按照王位继承法案成为英格兰的国王,史称詹姆斯一世。莎士比亚及其宫内大臣剧团并未因女王的去世而受到打击,很快,新国王詹姆斯一世就把它改名为国王供奉剧团,在 1603—1604 年的冬季,剧团在王宫演出了 8 部戏剧;在下一个演出季,又接连演了 11 场,其中,莎士比亚的剧本有 7 部,新国王尤其喜欢《威尼斯商人》,三天内上演了两次。莎士比亚的作品和他剧团的事业进入了前所未有的荣耀时期。

新国王詹姆斯一世统治了苏格兰与英格兰,但他一直处于焦躁之中,他的母亲——玛丽·斯图亚特女王是被伊丽莎白女王处死的,他的父亲在他年幼时就被母亲和情人暗杀,他自己也是经历了多次暗杀而死里逃生;他母亲是天主教信仰,其信徒希望国家重回天主教的怀抱,伊丽莎白女王治下的英格兰的国教基础已经稳定,所以他处于困难当中,此外,他又相当迷信,他害怕利器、咒语和预言,甚至烟火表演。1605 年 11 月 4 日,国王召开国会的前夜,一场惊天阴谋被发现:国会大楼的地下室装有大量火药桶和爆炸物件,据说国王偷偷观看了几场审讯,来自天主教徒的暗杀和推翻詹姆斯一世政府的目的被揭露出来,随后数月,又传来国王被毒剑刺伤的谣言,国王不再露面,大臣们栖栖惶惶,人民充满猜忌。怎样才能够让焦虑不安的国王和国家平静下来? 1606 年莎士比亚的《麦克白》多少有点揣测到国王的心思,剧中苏格兰的班柯与麦克白同时见到了荒原上的女巫,女巫预言麦克白将会获得王冠,同时,她们又指出,王冠的继承者将是班柯的子子孙孙。之后的剧情在弑君、暗杀、血腥屠杀、正义对决的重重恐惧当中渐次展开,灾难结束了,秩序胜利了,女巫的预言也一一应验了,而女巫们给予充分肯定的班柯及其子孙的荣光,间接肯定了詹姆斯一世祖先的正直和命定的王位继承。詹姆斯国王曾经出版过一本著作《论巫术》,这本书 1603 年在伦敦出版过两次,国王对巫术的见解符合其政治家的身份,即巫术的背后是魔鬼,魔鬼针对的对象是国王。詹姆斯贬斥巫师,却又对魔力心向往之,国王对巫术的矛盾心理使他选择相信所听到的吉兆,这是一个焦虑的国王能够得到的最大的保证:班柯及其子孙的命运得到魔力的验证,詹姆斯国王则受到神的佑护。(詹姆斯一世在位期间宣扬"君权神授"的思想。)

早在 1605 年《李尔王》当中,莎士比亚就讨论了关于"隐退"的话题,在莎士比亚的时代,老人退休是一场灾难,一旦财产交给儿女们,老人就成了可怜的寄居者。莎士比亚本人虽然富有、自信,但也着手购置田地房产,为隐退做准备。隐退所带来的系列社会关系的变化更是他思考的问题,继《李尔王》给出了否定的结论后,1611 年的《暴风雨》却用谨慎乐观的态度回答了相同的问题,普洛斯彼罗放弃魔法,将一切交给备受考验的女儿女婿,这种选择虽然充满文学的想象,但 1613 年环球剧场的焚毁却让这个想象进入了现实,莎士比亚最终选择了回归琐碎平凡的家庭生活。

第二章　莎士比亚的创作

第一节　创作年表

　　1590—1612 年这 23 年间，莎士比亚一共创作了 37 部戏剧和 2 部长诗以及 154 首十四行诗，在戏剧的具体数目和创作时间上，目前莎学界仍有很多争议，下面所列的创作年表借鉴了比较主流的观点，同时，本书在以体裁为基本分类标准的前提下，兼顾创作时间安排各部作品的先后顺序。

　　1590—1591 年　　　《亨利六世》（上中下）

　　1592 年　　　　　　《错误的喜剧》

　　1592 年　　　　　　《十四行诗》

　　1592—1593 年　　　《理查三世》

　　1593 年　　　　　　《驯悍记》

　　1593 年　　　　　　《维纳斯与阿都尼》

　　1593 年　　　　　　《泰特斯·安德洛尼克斯》

　　1594 年　　　　　　《鲁克丽丝受辱记》

　　1594 年　　　　　　《维洛那二绅士》

　　1594 年　　　　　　《爱的徒劳》

　　1595 年　　　　　　《罗密欧与朱丽叶》

　　1595—1596 年　　　《仲夏夜之梦》

　　1595—1596 年　　　《理查二世》

　　1596—1597 年　　　《威尼斯商人》

　　1596—1597 年　　　《约翰王》

　　1596—1597 年　　　《亨利四世》（上下）

1598—1599 年	《亨利五世》
1598—1599 年	《无事生非》
1598—1601 年	《温莎的风流娘儿们》
1599 年	《裘力斯·凯撒》
1599—1600 年	《皆大欢喜》
1599—1600 年	《第十二夜》
1601 年	《哈姆莱特》
1601—1602 年	《特洛伊罗斯与克瑞西达》
1602—1604 年	《终成眷属》
1604 年	《奥瑟罗》
1604—1605 年	《一报还一报》(《量罪记》)
1605 年	《李尔王》
1606 年	《麦克白》
1607 年	《安东尼与克莉奥佩特拉》
1605—1608 年	《雅典的泰门》
1607 年	《科利奥兰纳斯》
1608 年	《泰尔亲王配力克里斯》
1609 年	《辛白林》
1610—1611 年	《冬天的故事》
1611 年	《暴风雨》
1612 年	《亨利八世》(与弗莱彻合著)

第二节 创作分期

按照莎士比亚作品的创作时间、创作类型、思想及艺术风格,我们通常把他的创作分为以下三个时期:

一、第一时期(1590—1600 年),这一时期,莎士比亚创作了大量的历史剧、喜剧和诗歌。在历史剧方面,除了《约翰王》年代较远,以及与弗莱彻合著的《亨利八世》年代较近之外,其他 8 部历史剧基本内容相接,再现了 1377—1485 年一百多年之间英格兰的历史,塑造了多位风格各异的君主形象,反映了莎士比亚反对封建割据、拥护中央王权的政治主张和爱国精神。这些戏剧与历史事实并不完全吻合,艺术成就也参差不齐。《亨利四世》(上下)是莎士比亚历史剧的代表作品,剧中通过福斯塔夫所展现的广阔的社会背景备受恩格斯赞赏,并由此形成了固定的名词"福斯塔夫式背景"。喜剧在这段时期也占据了非常大的比重,10部喜剧大多描写爱情、友谊和婚姻,对人的情感的关注和对人类智慧力量的肯定,闪耀着人文主义思想光辉。莎士比亚笔下的喜剧场景带有浓厚的浪漫与抒情色彩,富有强烈的生活气息。恩格斯在 1873 年致马克思的信中曾指出:"单是《温莎的风流娘儿们》的第一幕,就比全部德国文学包含着更多的生活气息和现实性。"[①]莎士比亚早期喜剧的代表作品是《威尼斯商人》,塑造了夏洛克这位世界人物画廊中的著名形象。《罗密欧与朱丽叶》则是这一段时期创作的一部悲喜剧,有评论家认为该剧"处处是青春与春天"[②]。两首长诗和 154 首十四行诗同样关注爱情,既肯定爱情的自然之美,也歌颂爱情的坚贞,十四行诗除爱情描写之外,还拓宽了诗歌题材,加入了对两性关系的社会历史思考。总体来说,莎士比亚在这一时期的作品洋溢着乐观与欢快的气氛。

二、第二时期(1601—1607 年),莎士比亚创作的成熟期,包括著名的"四大悲剧"《哈姆莱特》《奥瑟罗》《李尔王》《麦克白》,还有《安东尼与克莉奥佩特拉》和《雅典的泰门》等悲剧作品。这些作品中,人文主义的美德和理性遭到利己主义、私欲膨胀等罪恶的残酷打击,早先乐观的气氛被愤世嫉俗、悲观沉郁所代替,理想与现实之间的矛盾尖锐,社会道德沦丧,国家秩序混乱。悲剧代表作品是《哈姆莱特》,其产生的"哈姆莱特问题"直到现在依然是人们争论的焦点。

三、第三时期(1608—1612 年),莎士比亚的传奇剧时期,主要作品有《泰尔亲王配力克里斯》《辛白林》《冬天的故事》和《暴风雨》,另外还有一部合写的历史剧。《暴风雨》是传奇剧的代表作品,又被称为"诗人的遗嘱"。玄妙的幻想、瑰丽的描绘、生动的形象和诗意盎然的背景达到完美的融合,其中贯穿的主要思想是"宽恕"与"和解",现实的矛盾通过超自然的力量来化解,受伤的灵魂则通过美德

---

① 马克思、恩格斯:《马克思恩格斯全集》(第 33 卷),中共中央马克思恩格斯列宁斯大林著作编译局译,北京:人民出版社,1975 年,第 108 页。

② 柯勒律治:《关于莎士比亚的演讲》,见杨周翰编选《莎士比亚评论汇编》(上),北京:中国社会科学出版社,1979 年,第 144 页。

和实在自我的虚化来抚慰,看似美好的结局透露着无奈与忧郁。

莎士比亚创作的初期是英国伊丽莎白女王统治的极盛时期,中央王权已经巩固,资本主义经济得到快速的发展,王室、贵族与资产阶级达成了暂时联盟,对西班牙无敌舰队的胜利和海外殖民地的开拓,又进一步促进了工商业的发展。而女王统治的末期,社会矛盾尖锐起来,圈地运动造成了下层人民生活的恶化。1603年詹姆斯一世即位后,宣扬"君权神授",恢复贵族阶级和天主教的特权,专制王朝走向反动,社会矛盾进一步激化,人民纷纷起义。在这样的历史背景下,莎士比亚的创作相应地从早期的乐观,到中期的悲愤,再到晚期呈现出明显的退让妥协色彩。

莎士比亚是戏剧艺术的大师,他在历史剧、喜剧、悲剧、传奇剧以及诗歌方面取得了惊人的成就,他描写生动丰富的故事情节,塑造鲜明的人物形象,展示广阔的"福斯塔夫式背景"以及运用有力的戏剧语言,都成为戏剧艺术的典范。

第三节 诗歌创作

十四行诗产生于13世纪上半期在意大利出现的西西里诗派,后来彼特拉克"温柔的新体"对之有所发展,彼特拉克的十四行诗由两段四行诗和两段三行诗组成,采用 abba abba cde cde 或 abba abba cdc cdc 的押韵格式。英国宫廷诗人菲利普·锡德尼的《爱星者与星》是英国第一部十四行组诗,其与斯宾塞的《小爱神》和莎士比亚的《十四行诗》并称为伊丽莎白时代三大十四行诗集。斯宾塞的《小爱神》对彼特拉克的十四行诗格式进行了改造,结构与押韵方式是 abab bcbc cdcd ee。莎士比亚的十四行诗与斯宾塞的也稍有不同,他的格式是 abab cdcd efef gg。十四行诗的高峰是俄罗斯诗人普希金,他在《叶甫盖尼·奥涅金》中采用的格式是 abab ccdd effe gg,普希金创造的十四行诗的高峰无人能够企及,在他之后,除了莱蒙托夫用此格式写过一部诗集外,再无他人敢于尝试。

莎士比亚《十四行诗》一共包括了154首诗歌,在内容上可以分为三个部分,第一部分是第1—17首,主要内容描写诗人作为说客,劝说一位年轻贵族结婚生子,也就是通常所说的"劝婚主题";第二部分是第18—126首,诗人从说客的身份转变为年轻贵族的情人,描写这一段情感发生、发展的全过程;第三部分是第

127—152 首,描写诗人与女性情人的爱恋。最后两首,与主题关系不大,疑为伪作。

十四行诗的题材一般是描写爱情,细数自己对对方炽热的感情,或是悲叹对方的冷漠。从彼特拉克到菲利普·锡德尼和斯宾塞,都是如此。而莎士比亚十四行诗的第一部分摆脱了之前典雅爱情题材的传统,出现了前所未有的独特主题——劝婚主题;而第二部分虽然描写爱情,但爱恋双方一方是年老且身份卑微的诗人,另一方却是高贵俊美的年轻贵族,地位的巨大落差尚且可以淡化,同性的身份却使这段内容显得过于冒险充满争议;第三部分描写合乎世俗道德的异性之恋,但似乎诗人对女性的品性颇有微词,把异性之爱单纯定位于情欲这一判断也显得有些偏狭。总之,莎士比亚的《十四行诗》在内容上与其他十四行诗有较大的不同,他拓展了十四行诗的表现范围,描写了奇异、复杂而痛苦的爱恋。由于十四行诗在英国宫廷中具有特殊的背景,莎士比亚十四行诗独特的内容和相关人物也引起了诸多猜测。

十四行诗写作是英国朝臣们经常做的精妙游戏,托马斯·怀亚特爵士和萨里伯爵在亨利八世时期使其成为宫廷里的时尚,菲利普·锡德尼在伊丽莎白女王时期使其更为完美。这个游戏的难度在于,既要让描写爱情的十四行诗读之深情款款,又不能让圈外的人了解到诗歌里的秘密。亨利八世年代通奸的传言纠缠着宫廷,伊丽莎白女王的母亲安妮·博林因通奸罪被处死,连带女王本人蒙上了出生不明的阴影。所以,高层人士写作十四行诗风险极高。如果为躲避风险过于谨慎地创作十四行诗,又会使人觉得无趣。十四行诗既具有私密性,因为它原本是私人之间的亲密互动,但最终它会跨越原有的圈子流传向社会。例如菲利普·锡德尼创作的系列十四行诗,曾经代表了宫廷的优雅,而流传出来后,其中错综复杂的人物关系和具体事情都引起了公众猜测的兴趣,十四行诗描写的真实性和文学的想象与夸张混合在一起,形成了英国宫廷十四行诗的特色。

莎士比亚《十四行诗》内容上的独特同样引起了人们的猜测:16 世纪 90 年代被劝婚的年轻贵族究竟是谁? 年老的诗人是莎士比亚本人吗? 莎士比亚与这位贵族的关系是同性之恋吗? 诗人的黑肤女性情人是宫务大臣的旧情人伊米莉亚·拉尼尔,还是女王的侍女玛丽·菲顿,抑或是名叫露西·尼格罗的妓女?

循着 16 世纪 90 年代被劝婚的年轻贵族这条线索,出现了两位合适人选:南安普顿伯爵和彭布鲁克伯爵,前者在 90 年代早期被家庭逼婚,后者则于 90 年代后期被劝婚。研究《十四行诗》的第 1—17 首诗歌,发现既有早期风格的诗篇,也有后期的。莎士比亚本人与两位伯爵也都有交往,他曾把两部长诗《维纳斯与阿都尼》和《鲁克丽丝受辱记》都献给南安普顿伯爵,在第一首长诗的献词中,能够看出莎士比亚措辞的正式与谨慎:"仆今以鄙俚粗陋之诗篇,献于阁下,其冒昧干渎,自不待言。"①一年之后的第二首长诗《鲁克丽丝受辱记》中的献词却充满自信:"我对阁下的爱是没有止境的……我已做的一切属于您;我该做的一切属于您;凡为我所有者,也就必定属于您。"(《鲁克丽丝受辱记》:426)而伯爵显然很喜欢《维纳斯与阿都尼》,从 1592 年到 1602 年,这部诗作重印了 10 次。至于彭布鲁克伯爵,1623 年出版的莎士比亚作品第一对开本就是献给他和他的兄弟的。最近出现的一幅画像,人们认为是莎士比亚《十四行诗》中被劝婚的对象——南安普顿伯爵。这幅画像非常惊人,它把莎士比亚诗歌中的美妙文辞转化为具体的形象,"你有副女人的脸,由造化亲手塑就""绝世的美色""皎洁的红芳""美目的流盼",长久以来,这幅画像一直被认为是女子的画像,就像《十四行诗》第 18 首诗一样,它也一直被认为是送给女性的诗歌。

第 1—17 首诗的劝婚主题表现出莎士比亚的诸多智慧,假设诗歌是献给南安普顿伯爵的,当时他正被女王的心腹——财务大臣伯利勋爵——逼婚,南安普顿伯爵富有得惊人,根本就不在乎违背侍卫体制所造成的巨额罚款的后果,而且他宣称并不反感伯利勋爵的孙女,只是厌恶婚姻本身。对这样一位接受过良好人文主义教育的顽固任性的贵族,莎士比亚的劝说切入点选择了先恭维对方的美貌,他把对方比作神话中的那喀索斯,认定他爱上了自己,"但你,只和你自己的明眸定情",这种恭维既满足了对方的骄傲,又埋下了劝婚的伏笔。那喀索斯爱上自己的最终结局是死亡,所以诗人顺理成章地提醒对方,"要不然,贪夫/就吞噬世界的份,由你和坟墓"。接着,诗人从青春易逝、容颜易老;对大自然的馈赠应该珍惜;音乐的合奏之美超过独奏;独身生活非常凄冷;自然万物的生长规律;婚后的美好未来等各个角度,劝说对方要将美丽的面容通过子嗣永远保存下去。诗歌既字字句句都在歌颂对方的美,因此不会惹恼对方,又在完成劝婚的使命,从而不会有负所托。

---

① 莎士比亚:《莎士比亚全集》(第六卷),朱生豪等译,北京:人民文学出版社,1995 年,第 366 页。后文中莎士比亚作品的引文皆出自该译本,将随文标出作品名称、幕、场次和引文出处页码,不再另注。

从著名的第 18 首开始，诗人的劝婚使命结束了。在之前的第 10 首、第 15 首和第 17 首诗歌中，诗人就夹带了"私货"，在绵延对方的美貌方面，除了劝他结婚生子，诗人还提出了自己的方法：通过诗歌，也可以保存对方的美貌。劝婚使命一结束，诗人的身份就从中间人变成了当事一方，似乎受对方美貌的感染，诗人不可抑制地产生了爱慕，而对方似乎也被诗人的才华所吸引，彼此之间的情感日渐升温。文学史中如此不加避讳描写同性情感的并不多，斯宾塞是莎士比亚的同辈，他曾经在一首田园诗中描写牧人对一个青年表白了热烈的爱情。这首诗的按语不安地指出，这种爱情带有"不伦之爱"的意味，不过，他又接着说，虽然如此，这种"不伦之爱"比之男人对女人的欲望之爱又要好得多。随后，他又为自己开脱而说了一些辩解之词。这说明斯宾塞或这位按语编辑者仍然对同性之爱在社会上的看法充满顾虑。在伊丽莎白时代，人们承认同性之间存在欲望，而且当时还宣扬一个观点：男人天生比女人优越。也就是说，撇开道德和宗教法律不谈，男人爱慕渴求同性是可以理解的。时代的这种晦暗不明的观点为莎士比亚《十四行诗》第二部分的内容提供了一个注脚。诗人用描写正常男女爱情的规律抒发情感、安排情节。诗歌从歌颂对方的美开始，"我怎么能够把你来比作夏天／你不独比它可爱也比它温婉"，同时极力表白自己的爱，"你，我热爱的情妇兼情郎"。至于第一部分的劝婚使命，此刻已经完全被当作垫脚石，"相信我，我的爱可以媲美／任何母亲的儿子"，双方的感情急剧升温，"我的心在你胸中跳动，正如你／在我的……怀抱着你的心，我将那么郑重"，诗人在爱情中享受幸福，"爱人又被爱，我多么幸福"。幸福总是短暂的，很快，忧虑爬上了诗人的心头，"当我受尽命运和人们的白眼／暗暗哀悼自己的身世飘零"，"我不禁为命中许多缺陷叹息"。在爱情的快乐当中，诗人因身世的卑微而自惭形秽，这给欢乐的气氛带来了一点点忧伤。变故就在之后发生，"天上的太阳有瑕疵，何况人间"，诗人发现对方并不完美，似乎是做出了伤害感情的事情，"你以为现在冲破乌云来晒干／我脸上淋漓的雨点便已满足？"虽然诗人一再愿意原谅对方，但裂痕产生之后，"让我承认我们俩一定要分离"。伤害已经无法避免，可否换一种方式来理解彼此的关系呢？"像一个衰老的父亲高兴去看／活泼的儿子表演青春的伎俩"，诗人虽然可以这么开解自己的愁怀，但他是具有诗情的，他是骄傲的，所以，他提醒对方，"我的诗神怎么会找不到诗料／……／绝不是一般俗笔所能够抄袭"。有过第一次伤害，第二次就必然会来临，而且这次出现的还是三角关系，"你那放荡不羁所犯的风流罪"，"你占有她，并非我最大的哀愁/可是我对她的爱不能说不深/……/你俩互相找着，而我失掉两个"，双重的背叛与痛苦使诗人选择了离开，当再次归来，诗人决定妥协，"既然是你奴隶，我有什么可做/除了时时刻刻伺候你的心愿"，"我只能等待，虽然等待是地狱"。但陷入爱情中的人无法做到真正的释怀，他埋怨对方，"我为你守夜，而你在别处清醒/远远背着我，和别人却太靠近"。也攻击第三者，"我的爱为什么要和臭腐同居"，劝说和提醒完全无效的情况下，诗人万念俱灰，诗句中充满死亡的意象，"在我身上你或许会看见余烬/……/在惨淡灵床上早晚总要断魂"，就连诗人唯一的价值——诗情，接下来也被另一位诗人所掩盖，"他不惜费尽力气去把你赞美/使我钳口结舌"，虽然诗人一再表明自己的才华胜过竞争者，无奈年轻贵族却已移情别恋，诗人第二次选择别离，当再次回归时，诗人已经调整好心态，"现在一切都过去了，请你接受/无尽的友谊"，对于这一段"不伦之恋"，诗人表现出坦荡和坚信，"不体察我们的感情，只凭偏见/……/我就是我，他们对于我的诋毁/只能够宣扬他们自己的卑鄙"，"它既不为荣华的笑颜所转移/也经受得起我们这时代风尚"。莎士比亚在此表达的态度比斯宾塞那首诗的按语更为坚定，男子同性之间的精神之爱既超越了女性本身的低劣，也没有违反道德宗教的同性肉欲（鸡奸）禁令，这就是诗人坦荡的原因。

从第127首开始描写男女的异性之恋，诗人对于黑肤情妇并不友善，"你一点也不黑，除了你的人品"，这里的黑肤情妇是所有女性的代表，因为女人是低劣的，所以男女爱情本质上只不过是肮脏的色欲，"在行动前/色欲赌假咒、嗜血、好杀，满身是/罪恶、凶残、粗野、不可靠、走极端/欢乐尚未央，马上就感觉无味"，除了色欲，男女之间的爱情就是互相欺骗，"爱的习惯是连信任也成欺诈"。

莎士比亚的《十四行诗》在三部分中隐含的故事情节及人物关系将三个主题连接到一起，将年轻贵族猜测为南安普顿伯爵或是彭布鲁克伯爵的想法在其后四百年的阅读和研究过程中一再被人提起，例如斯普林·科恩的《莎士比亚十四行诗中的玫瑰：文学侦查演习》一文，就结合许多史料，对诗歌的创作时间，诗歌中的年轻贵族和黑肤情人等问题做出了回答，还有诗歌献辞中提及的 W.H. 先生这样一些类似的问题，也都有学者进行了研究，这些研究大多将作品等同于莎士比亚的生平传记，将作品中的抒情诗人"我"等同于莎士比亚本人，于是按图索骥，将目光聚焦于作品中人物及事件的原型对象，这样就使得文学研究变成了历史事实的考证和挖掘，又因为直接证据很少，所以大家众说纷纭，最终难以得到一致的结论。这样的热闹场面似乎在后世的研究中出现过多次,之所以喋喋不休,实际上与十四行诗中描写的性和情欲的问题是分不开的,尤其是诗歌中描写的情欲带有极强的反伦理色彩。研究者们发现在诗歌中至少存在五个方面的爱恋:一是年轻美男子的自恋;二是诗人——"我"与年轻美男子的同性爱恋;三是"我"与黑肤情人的异性之恋;四是"我"、年轻美男子与黑肤情人的三角之恋;五是作为竞争者的另一位诗人与年轻美男子的同性之恋。其中,评论界最关心的是作品中的同性恋问题。1640 年,约翰·本森曾经因为无法接受诗歌中的同性之恋,在制作他的《绅士威尔·莎士比亚的诗集》时,妄自将作品中的一些阳性人称代词改成了阴性,造成了 150 年莎士比亚十四行诗误读的历史,直到 1790 年埃德蒙·马隆正本清源,才重新确立了 1609 年四开本的地位。此后,关于作品中的同性恋问题一直是研究的热点,尤其在 1889 年王尔德发表了《W.H.先生画像》之后,到 20 世纪 90 年代,十四行诗中同性恋和双性恋的视角已经被普遍接受了。

"新批评"理论在 20 世纪比较流行,它提出的"细读法"在十四行诗研究中也是硕果累累,哈佛大学文德勒教授从声音、词汇、结构和意象层面对 154 首诗逐一详加分析;之后的研究者更进一步对诗与诗之间的关系、诗与其他作品的关联进行"细读",探讨诗歌的美学特征,或者诗歌与戏剧的整体关系。在这个过程中,文化研究也逐渐渗入进来,诗歌与社会文化观念的共生关系,性别研究即诗歌中对待男性和女性截然不同的态度,种族研究即对黑肤情人的厌弃与种族歧视的嫌疑等也都有一些建树。虽然十四行诗的重点是情感的探讨,但也有学者从哲学体系的角度论证十四行诗的哲学问题,他们或把十四行诗上升为莎士比亚独立的哲学思想,或者将诗歌与柏拉图、亚里士多德的古希腊哲学相结合,探讨作品中的一系列哲学概念,例如时间、爱、美和艺术等。

21 世纪的十四行诗研究走得更远,在跨学科研究中,十四行诗与达尔文的进化论被结合到一起,人类的抒情诉求与诗歌有序契合是此种研究的理论出发点,十四行诗中的炼金术词汇促发了化学与美学的跨领域研究,心理学中的拓扑理论也成为解读十四行诗的新工具,当然,恪守文学传统进行研究的学者们仍然能够从古老的诗句中读出新意,从莎士比亚同时代人开始的十四行诗评论,一直到 21 世纪,始终如一地在从事一项伟大的工作,那就是使莎士比亚十四行诗实现真正意义的全球化。

《维纳斯与阿都尼》是莎士比亚的名字首次出现其上的第一部正式出版的作品。这首优雅的叙事诗写于 1592 年年底，于第二年出版。在献词中，莎士比亚提到这篇作品是"初次问世之篇章"，作为已经写出历史剧的剧作家，莎士比亚特别称这首诗歌为"初次问世之篇章"，从中可以看出其对诗歌的重视。联系到当时剧作家和诗人身份的差异，以及莎士比亚同时代人对其诗歌的众多关注，更可以看出莎士比亚本人对诗人这个身份的看重。但在此后几个世纪中，随着文化趣味的变迁，莎士比亚的戏剧备受重视，因此他的诗歌略显暗淡。

《维纳斯与阿都尼》刚刚出版，就在英国风行一时。由于这篇作品是献给南安普顿伯爵，并期待得到这位贵族的庇护，所以作品印制精美。这部作品无疑获得了巨大的成功，到 1602 年，它已经印行了 10 版。莎士比亚同时代的作家弗朗西斯·梅尔斯评价道，"奥维德甜美机智的灵魂在悦耳动听、蜜语甜言的莎士比亚身上重生，他的《维纳斯与阿都尼》以及甜蜜的十四行诗就是证明"①。

这首诗描写俊美青年阿都尼痴迷打猎，厌恶爱情。维纳斯爱上了他，但他百般拒绝爱神，欲火焚身的维纳斯赞美、表白、乞求、爱抚、引诱、斥责、强迫、欺骗阿都尼，全然白费精力。阿都尼不顾爱神的纠缠和远离野猪的劝告离她而去，徒留维纳斯暗自伤怀。第二天清晨，维纳斯听到树林里猎犬的叫声，跌跌撞撞地赶上前去，发现阿都尼已经被一头野猪的獠牙夺去了生命，爱神悲痛欲绝，带走了血泊中长出的一朵银莲花（一说白头翁），回到塞浦路斯岛隐居，永久纪念她的爱人。

《维纳斯与阿都尼》的题材来源于古罗马诗人奥维德的《变形记》。维纳斯与阿都尼的神话故事自古希腊时期就已经流传。阿都尼是塞浦路斯国王西鲁拉斯和女儿没药乱伦所生的私生子。阿都尼一出生就长得非常漂亮，爱神阿弗洛狄忒把他交给冥后珀尔塞福涅抚养，后来因冥后不愿意归还阿都尼而有了纷争，在宙斯的裁判之下，阿都尼的时间被一分为三，一年的三分之一的时间归珀尔塞福涅，三分之一归阿弗洛狄忒，剩下三分之一属于阿都尼自己。阿都尼酷爱打猎，阿弗洛狄忒在他某次打猎时爱上了他。阿都尼后来被一头野猪咬死，在血泊中长出了一朵银莲花。阿弗洛狄忒请求宙斯使阿都尼复活，宙斯允许阿都尼半年与阿弗洛狄忒待在一起，半年待在冥界。阿都尼的故事后来被阐释为植物神话：

---

① Patrick Cheney.*Shakespeare's Poetry*.Cambridge：Cambridge University Press，2007，p.35.

他每年都会死去,第二年又会复活。阿都尼的祭仪后来传到雅典:在春天,妇女们在屋顶上建一个"阿都尼园子",以此来哀悼阿都尼。

在希腊诗人的诗歌中,阿都尼和阿弗洛狄忒是互相喜欢的;在奥维德的《变形记》中,维纳斯求爱时礼貌且克制,阿都尼也没有厌恶爱情,只是在求爱之后不久,阿都尼就罹难而死,至于阿都尼对爱神求爱的态度,作者并未言明。16 世纪中期,在英国一些作家的再创造中,维纳斯被塑造为引诱年轻男子的情场老手,莎士比亚正是在这样的背景下创作了长诗《维纳斯与阿都尼》,为了显现爱神的激情四射,他又别出心裁地描写阿都尼对爱情的抗拒,这使得阿都尼形象与传统的相比有明显的不同。

与阿都尼对抗爱情完全不同,爱神维纳斯的求爱过程是这部长诗着力刻画的重点。长诗一开始,维纳斯就上演了凰求凤的这出好戏,她先用对比和夸张手法赞扬阿都尼的美貌,表示世间万物都无法与其美貌媲美;然后,她就直奔主题,向阿都尼求爱:她夸耀自己的吻的甜蜜,随后,似乎无法克制自己强烈的欲望,她把阿都尼从马上直接"揪到地上",用胳膊"挟"住,把他"推倒"强吻。作者形容维纳斯是"空腹的苍鹰,饿得眼疾心急,馋涎欲滴",而"阿都尼在她怀里,就像小鸟落了罗网",拥有动物一般的性欲是维纳斯的直接印象,远古神话中优美的爱神,现在成了赤裸裸爱欲的象征,被维纳斯捉住的阿都尼,其面对的不再是代表爱的美好形象,而是疯狂凶猛强有力的性欲。苏格拉底曾在《会饮》篇中将爱分为六个层次,从爱某个身体开始,到爱所有形象,再到爱灵魂、爱规则、爱知识,最后爱美。柏拉图随后将爱视作对完全(完整)的渴望,也就是"形而上学的激情"。随后的基督教罢黜了异教的爱神,用基督之爱取而代之。文艺复兴之后,爱欲被置之度外,或是被贬低为赤裸裸的性欲。[①] 莎士比亚此处对维纳斯的描写,其理念近似于文艺复兴时期的这种观念。对于百般不从的阿都尼,维纳斯用战神的例子来夸耀爱的魅力,用及时行乐、繁殖功能、自然法则等说教来劝说阿都尼。在此,莎士比亚既运用对立结构,又使用反讽手法将一系列矛盾呈现出来:女对男,神祇对凡人,欲望对纯洁。在求爱过程中,维纳斯与阿都尼身体位置的设计也是这种对立与反讽的表现,维纳斯的身体位于阿都尼之上,维纳斯同时是所有动作的发力者。传统的男女地位,宇宙、自然以及人类的秩序就这样不断地被颠倒。

---

① 阿兰·布鲁姆:《莎士比亚笔下的爱与友谊》,马涛红译,北京:华夏出版社,2010 年,第 34—35 页。

伯罗因之称其为"一首就有关在修辞、美德、劝说艺术的实际效果之间的关系或错误关系发问的诗"。"他们俩既不能说服,也不能被说服",具有讽刺意味的是,宙斯曾经以强迫的方式威逼了无数的凡人少女,但他的女儿爱神维纳斯对凡人阿都尼的强迫却只能无功而返,"在莎士比亚的叙述艺术里,从决定社会和心理现实的庞大权力结构那里,轻松的释放可在过多的审美愉悦中得以一瞥,给这些权力结构一个性爱的拥抱"①。阿都尼过于仓促地死去,似乎唤回了爱神灵魂中的使命,她折取血泊中的那朵银莲花,放在自己的胸前,隐居塞浦路斯岛,永远哀悼她的情人。这些行为使爱的性欲特征完全剔除,在没有身体欲望的灵魂界域中,爱情蜕变为纯洁的精神活动,或者可以说,前期维纳斯的旺盛的血气已经冷静下来,失去爱人使维纳斯领悟到爱欲的可怕,野猪的獠牙之吻让维纳斯清晰看到自己性欲疯狂和残忍的一面,正是在这样的切肤之痛当中,爱情的本质背弃欲望而回归灵魂。从文艺复兴时期的爱欲描写开始,到对灵魂之爱的珍视与守护,莎士比亚成为"我们与古典和过去的唯一连结"②。

尽管受到很多赞扬,《维纳斯与阿都尼》仍然招致了不同程度的批评。这些批评大多指向诗歌思想内容层面,例如同时代的剑桥学者加布里埃尔·哈维就委婉地指出,青年们迷恋维纳斯,然而更富理智的人则宁取《鲁克丽丝受辱记》。约翰·戴维斯等则直接指出维纳斯的"淫荡"是为"情欲"服务的,苏联莎学研究者阿尼克斯特也认为这首诗在形式上肯定了"柏拉图式的崇高爱情",然而描写"女神引诱青年美男子的情节写得过于丰富……背离了诗歌应当肯定崇高感情的原则"③。

中国学者在这一问题上也有颇多分歧。方平一方面肯定诗歌中浓艳的感情是人文主义者对美的如痴如醉的追求,另一方面也指出诗歌有一股浓重的肉欲气息和享乐思想。索天章认为《维纳斯与阿都尼》受到马洛的《希洛与李安德》的影响,"侧重肉体爱情一面的理解"④。张泗洋对此则持反对意见,他认为,"莎士比亚既没有对阿都尼嘲讽,也没有对维纳斯过度谴责,而是以阿都尼的死亡换取

① 邓亚雄:《〈维纳斯与阿都尼〉的性主题研究》,《英语研究》2008年第3期。
② 阿兰·布鲁姆:《莎士比亚笔下的爱与友谊》,马涛红译,北京:华夏出版社,2010年,第2页。
③ 阿尼克斯特:《莎士比亚传》,安国梁译,北京:中国戏剧出版社,1984年,第93页。
④ 索天章:《莎士比亚——他的作品及其时代》,上海:复旦大学出版社,1986年,第158页。

维纳斯灵魂的净化,从而获得道德的价值。"①杨宝玉更明确地指出,"维纳斯的情爱行为与渲染色情、淫乱有本质差异","莎士比亚是怀着深切同情,书写了维纳斯富有浪漫色彩的恋爱史"。② 女权主义的发展对《维纳斯与阿都尼》思想方面的评论也有一定影响,卢娅提出,通过维纳斯这一形象,突出了爱情中女人的地位……以这个矫枉过正意味的形象来反对禁欲主义。李伟又结合女性主义和历史政治进一步说明,"女王的强力统治使得作家们具有了从接近女性主义的视角构建作品的可能性"③。李伟民是 21 世纪初最关注莎士比亚两首叙事长诗的莎学研究者,他的结论是,《维纳斯与阿都尼》"富于激情浪漫",宣扬了"'爱情不可抗拒'的自然法则"。④

与《维纳斯与阿都尼》一样,《鲁克丽丝受辱记》的题材同样来自古罗马诗人奥维德的作品,即《岁时记》。除奥维德之外,鲁克丽丝的故事还曾被罗马历史学家李维乌斯和英国诗歌之父乔叟描写过。故事梗概与莎士比亚在这首长诗开头所描述的相似:罗马国王路修斯·塔昆以不法手段攫取了罗马王位,之后,他又率领军队围攻阿狄亚城。在攻城战役中,其子塞克斯图斯·塔昆与众将领聚会闲谈时,将领们纷纷夸赞自己夫人的美德,其中柯拉廷努斯更是盛赞妻子鲁克丽丝。为验证此言,众将领连夜赶回罗马偷窥,发现唯有柯拉廷努斯之妻鲁克丽丝深夜纺绩,其他贵妇则宴乐嬉游,众人于是认同鲁克丽丝之美德。王子塞克斯图斯·塔昆惊见鲁克丽丝美貌而动心,回营后不久就独自重返罗马,他凭借王子的身份得到鲁克丽丝的殷勤接待,假意疲惫而借宿城堡之中,当天夜里,他潜入鲁克丽丝的卧室,强暴污辱了鲁克丽丝,并用毁坏鲁克丽丝及其家人的名声为手段,威胁警告其噤声,翌晨塞克斯图斯仓皇离去。鲁克丽丝痛定思痛,遣使请回丈夫和父亲,她身披丧服,将事情原委和凶手的名字告知亲人,要求他们为自己报仇,交代完毕后立即自刎身亡。目睹变故的人们发誓将不义的塔昆家族一举攘除,他们抬着鲁克丽丝的尸身,披露塔昆家族的残暴不仁,在人民的愤怒之中,塔昆家族被驱逐,罗马国政转为执政官执政。

① 张泗洋:《爱神的悲剧——读〈维纳斯与阿都尼〉札记》,见张泗洋主编《莎士比亚的三重戏剧 研究·演出·教学》,长春:东北师范大学出版社,1988 年,第 175—177 页。
② 杨宝玉:《一曲"爱"与"美"的颂歌》,《外国文学研究》1994 年第 1 期。
③ 李伟:《〈维纳斯与阿都尼〉与〈莎乐美〉的比较研究》,《广西社会科学学报》2002 年第 4 期。
④ 李伟民:《中国莎士比亚批评史》,北京:中国戏剧出版社,2006 年,第 83 页。

值得一提的是,长诗之前的故事梗概是莎士比亚唯一传世的散文作品,这篇文字简略地交代了故事的前因后果,而长诗则抓住了最关键的一段情节:从塞克斯图斯假意拜访直到鲁克丽丝自杀,故事的结局即塔昆家族的被驱逐是在梗概中透露的。所以,这篇故事梗概与长诗结合形成了比较完整的结构,以类似史家的笔法补充了正文的内容。

《鲁克丽丝受辱记》写于 1594 年,莎士比亚其时已经看到了一些社会黑暗和阶级矛盾,他借用古代题材来观照当时社会,应该说,这首诗多少隐含了莎士比亚第二个创作时期的悲剧主题,通过塞克斯图斯·塔昆这个人物形象,莎士比亚批判了统治阶层的私欲膨胀和罪恶本性,以及这种罪恶对美德、荣誉、友谊和伦常的破坏。对鲁克丽丝这一形象,莎士比亚赋予其美丽的容颜、贞淑的美德、冷静的智慧和反抗的勇气,美与丑、善与恶在鲁克丽丝与塔昆的鲜明对照中得以彰显,人性和社会的主题由此得到展示。长诗大部分篇幅放在对鲁克丽丝受辱之后的悲恸描写,天生丽质如何碾落成泥,纯洁无瑕被污浊烟瘴覆盖,光明人间被黑暗地狱笼罩,安宁祥和被忍辱含垢压倒,美德令名被肮脏谣言取代,鲁克丽丝谴责机缘和时间,咒骂黑夜和罪孽,她以翡翠眉拉自比,在现实与神话之间徘徊,在生存与死亡之间犹豫,最终,她作出了勇敢的决定:她要为自己,为自己的亲人,为名誉与美德而斗争,向敌人复仇,讨回自己的清白。莎士比亚指出,鲁克丽丝的命运是所有女性的命运,在男性残暴欲望之下,女性承载了不幸与污辱,鲁克丽丝的命运也是所有无辜人类的命运,在伪善掩盖的统治者私欲泛滥之下,人民死亡,国家毁灭。莎士比亚借用前人的故事,反映文艺复兴时期的社会现实,通过现实与神话传说的结合,批判人性罪恶,警醒社会发展。

长诗使用全知视角,既全面展现塞克斯图斯行不轨行为之前复杂的内心冲突,又详细描写鲁克丽丝遭遇危险时的冷静劝导,更深刻剖析鲁克丽丝受辱后的失魂落魄、悲伤绝望。无论是叙述角度,还是语言表达,都带有明显的戏剧特征,大段的议论,人物的内心独白,以及情节结构的安排,都以诗歌的形式展现出了戏剧艺术的魅力。

《鲁克丽丝受辱记》全诗共 1855 行,比《维纳斯与阿都尼》多了 661 行。从色彩上来看,《维纳斯与阿都尼》活泼、明亮,表现人的原始身体欲望;《鲁克丽丝受辱记》则严肃、深沉,重点思考人的伦理道德,两部长诗关注同一事件在不同层面下的标准,在内容上既具有明显的比较目的,又互相补充,形成更高视野中的审视。当然,在莎士比亚的时代,人们更倾向于认为,《鲁克丽丝受辱记》的出版,平息了《维纳斯与阿都尼》在道德伦理方面引起的非议。这就是两首长诗被称为"姊妹篇"的原因。长诗的诗体也与《维纳斯与阿都尼》不同,《维纳斯与阿都尼》是六行诗体,韵律是 ababcc,而《鲁克丽丝受辱记》是七行诗体,韵律是 ababbcc。这种诗体被称为"皇家诗体",詹姆斯一世就曾经使用过这一诗体。七行诗体较之六行诗体更为庄重严肃,更适合表现悲剧题材。

对两部长诗中的情感描写,丹纳这样评述:"莎士比亚,最大的心灵创造者,最深刻的人类观察者,眼光最敏锐,最了解情欲的作用,最懂得富于幻想的头脑如何暗中酝酿,如何猛烈爆发,内心如何失去平衡,最能体会血与肉的专横,性格左右一切的力量,促使我们疯狂或健全的暧昧的原因。"① 无论是维纳斯对阿都尼的欲望,还是塞克斯图斯对鲁克丽丝的情欲,莎士比亚都着力于描写他们的性格悲剧,渴望得到不属于自己的东西,那种奋不顾身的疯狂、歇斯底里的追逐,迸发出一种可怕的力量,但这些人物形象在莎士比亚的笔下又不是单一的、概念化的,而是活生生的,具有多种热情、多种恶行的人物。另外,两首长诗中的景色描写与气氛烘托也对显示人物的性格起了很大的作用,例如《维纳斯与阿都尼》中描写的森林景色,纯净的大自然,温馨的花朵,啁啾的鸟儿,身处其中的爱神和美少年,无处不流露出生命的美好与情感的自然;而《鲁克丽丝受辱记》中浓厚的夜色,没有星星闪烁的天空,枭啼狼嚎的凶讯,冰冷的石头,昏暗的烛光,这些描写为塞克斯图斯实施恶行作了环境上的铺垫。英国评论家安诺德评价莎士比亚,他"之所以成为伟大的诗人","是由于他富有体会情节的感觉和同情人物的力量"。② 这两首长诗,生动地证明了这一点。

很多评论家注意到了莎士比亚在两首长诗中使用的"游浮绮体"。撒缪·约翰孙批评莎士比亚"用了过多的浮夸华丽的字眼和令人厌倦的语汇曲折的长句","以讨得读者的欢心"。③ 赫士列特在这一角度上继续提出了"冰房"批评,他认为,正是因为莎士比亚将太多的话生硬放进作品人物的嘴里,使得作品中的

① 丹纳:《艺术哲学》,傅雷译,合肥:安徽文艺出版社,1998 年,第 396 页。
② 安诺德:《诗与主题》,见《安诺德文学评论选集》,殷葆瑮译,北京:人民文学出版社,1958 年,第 125 页。
③ 约翰孙:《〈莎士比亚戏剧集〉序言》,见杨周翰编选《莎士比亚评论汇编》(上),北京:中国社会科学出版社,1979 年,第 49 页。

激情描写缺乏了一种生气与活力,反而带给人"冰冷无情"的感受。爱丁堡大学唐纳森教授在对传统神话与叙事诗之间的相关问题进行深入研究时也发现了类似的问题:与其他以"鲁克丽丝受辱"为选题的作品一样,莎士比亚的《鲁克丽丝受辱记》也是"从来没有彻底地展现出一个合乎逻辑的整体",他们想方设法地避开故事的道德主题,"本想从分析一个道德窘境的本质再次出发,却不料分析意外地中断,把读者引入一个延伸了的隐喻,哀诗,题外话"①。作品中,鲁克丽丝在遭受到强暴之后,悲恸绝望的过程中,用大量的笔触对时间、机缘等发出诘问,之后又引入荷马史诗中特洛伊战争的场面来述说痛苦,这些游离于主题之外的内容,就是上述"游浮绮体"的弊病,过于铺陈浮夸,以至于冲淡了诗歌的悲剧气氛。但从莎士比亚的独特艺术风格来说,威廉·席勒格则盛赞莎士比亚作品的结构整体性,他认为,"即使在最微末的部分,也会和一个主导的意会符合一致","莎士比亚的全部作品都烙有他固有的天才的印记:声音和色彩按照他所采用的题旨性质而变化无穷"。② 结构主义评论家威尔逊·奈特也继承了这一观点,认为莎士比亚把"'精确'和'诗趣'融洽无间地结合在一起"③。

　　20 世纪女权主义批评家对《鲁克丽丝受辱记》的关注尤其深刻,美国加利福尼亚大学 Margo Hendricks 教授指出,莎士比亚的《鲁克丽丝受辱记》在以基督教教义为核心的社会意识形态中创作,实际上"让那些以罗马人之妻鲁克丽塔作为女权贞洁象征的道德家,陷入一个不可逃避的困境"④。Stephen J.Carter 指出此举"是想表明鲁克丽丝自杀的想法不是作为必然的世俗选择被表现的,而是

---

① Ian Donaldson."'A Theme for Disputation':Shakespeare's Lucrece".参见 The *Rapes of Lucretia: A Myth and its Transformations*. Oxford:Clarendon Press,1982,p.40. 唐纳森教授是英国爱丁堡大学(University of Edinburgh)修辞与英语(Rhetoric and English)专业的教授。

② Ben Jonson."To the Memory of My Beloved,The Author Mr. William Shakespeare:And What He Hath Left Us,in Mr. William Shakespeare's Comedies,Histories,& Tragedies"(1623),参见 Brian Vickers,ed. *Shakespeare: The Critical Heritage*. London and Boston:Routledge & Kegan Paul,1974,vol.1,p.70.

③ 方平:《年青的莎士比亚和他的第一篇长诗——论〈维纳斯与阿董尼〉》,见莎士比亚:《叙事诗——维纳斯与阿董尼》,方平译,上海:上海译文出版社,1985 年,第 33 页。

④ Margo,H."A Word,Sweet Lucrece:Confession,Feminism,and the Rape of Lucrece".转引自 Callaghan,Dympna,(Ed.). *A Feminist Companion to Shakespeare* (Blackwell Companions to Literature and Culture). New Jersey:Wiley-Blackwell Publishing,2001,p.103.

(作者)虚构成那样的","为的是让她可以不必为这个罗马故事的社会背景负责"。[①] 学者张泗洋对这一问题的看法是,"莎士比亚赋予鲁克丽丝以'新女性意识',自杀不是逃避,而是奋起"[②]。朱雯、张君川也指出,诗歌体现了作者"既反对禁欲又鄙视纵欲,既重视现世人生又强调贞洁高于生命"[③]的早期人文主义思想。

① Carter, S. J.:"Lucrece's Gaze".Shakespeare Studies. 1995,pp.212 - 213. 转引自 Callaghan, Dympna,(Ed.). *A Feminist Companion to Shakespeare* (Blackwell Companions to Literature and Culture).New Jersey:Wiley-Blackwell Publishing,2001, p.103.

② 张泗洋:《爱神的悲剧——读〈维纳斯与阿都尼〉札记》,见张泗洋主编《莎士比亚的三重戏剧 研究·演出·教学》,长春:东北师范大学出版社,1988,第185页。

③ 朱雯、张君川:《莎士比亚辞典》,合肥:安徽文艺出版社,1992年,第161—162页。

第三章　莎士比亚的历史剧

第一节　历史剧概述

莎士比亚一共创作了十部历史剧，按照创作时间排列如下：

《亨利六世》中　1590 年

《亨利六世》下　1590—1591 年

《亨利六世》上　1590—1591 年

《理查三世》　1592—1593 年

《理查二世》　1595—1596 年

《约翰王》　1596—1597 年

《亨利四世》上　1596—1597 年

《亨利四世》下　1596—1597 年

《亨利五世》　1598—1599 年

《亨利八世》　1612 年

上述十部戏剧描述了英国从金雀花王朝到都铎王朝的七位君主执政期间的历史故事，这一段时间英国王朝及执政君主的简史如下：

金雀花王朝（安茹王朝）（1154—1399 年）：

亨利二世（1133—1189）（英格兰国王 1154—1189 年在位）

理查一世（1157—1199）（英格兰国王 1189—1199 年在位）

约翰（1167—1216）（英格兰国王 1199—1216 年在位）

亨利三世（1207—1272）（英格兰国王 1216—1272 年在位）

爱德华一世（1239—1307）（英格兰国王 1272—1307 年在位）

爱德华二世（1284—1329）（英格兰国王 1307—1327 年在位）

爱德华三世(1312—1377)(英格兰国王 1327—1377 年在位)

理查二世(1367—1400)(英格兰国王 1377—1399 年在位)

兰开斯特王朝(1399—1461 年):

亨利四世(1367—1413)(英格兰国王 1399—1413 年在位)

亨利五世(1387—1422)(英格兰国王 1413—1422 年在位)

亨利六世(1421—1471)(英格兰国王 1422—1461,1470—1471 年在位)

约克王朝(1461—1485 年):

爱德华四世(1442—1483)(英格兰国王 1461—1483 年在位)

爱德华五世(1470—1483)(英格兰国王 1483 年在位)

理查三世(1452—1485)(英格兰国王 1483—1485 年在位)

都铎王朝(1485—1603 年):

亨利七世(1457—1509)(英格兰国王 1485—1509 年在位)

亨利八世(1491—1547)(英格兰国王 1509—1547 年在位)

爱德华六世(1537—1553)(英格兰国王 1547—1553 年在位)

简·格雷(1537—1554)(英格兰女王 1553 年在位)

玛丽一世(1516—1558)(英格兰女王 1553—1558 年在位)

伊丽莎白一世(1533—1603)(英格兰女王 1558—1603 年在位)

莎学研究者通常把莎士比亚的十部历史剧分为两部四联剧和两部独立剧,其中《亨利六世》(上中下)和《理查三世》被称为"第一四联剧",《理查二世》《亨利四世》(上下)和《亨利五世》被称为"第二四联剧";两部独立剧则是描述早期历史的《约翰王》和描述晚期历史的《亨利八世》。十部历史剧内部具有相对独立性,外部又体现了作者连贯统一的创作思想。

"第一四联剧"再现了 1422—1485 年间的英国历史,亨利五世英年早逝,年仅九个月的亨利六世上台,幼主羸弱,及至长成亦是生性软弱不好杀伐,国内的各大贵族势力因之相互倾轧,战乱频仍,国外强敌虎视眈眈,亨利六世被杀害后,约克家族的理查三世上台,理查三世属于集一切丑恶于一身的人物,从亨利六世时期英国的每况愈下,到理查三世的无恶不作,莎士比亚描写了英国的堕落历史,随着理查三世被亨利七世清算,英国终于获得了新生。

"第二四联剧"虽然写于"第一四联剧"之后,故事内容上却是"第一四联剧"的前奏。金雀花王朝的末代君主理查二世被波林勃洛克(即后来的亨利四世)弑杀;亨利四世由于王位来源的不合法给英国带来了深重的罪孽,他虽然骁勇多谋,终究还是在惴惴不安中死去。其后继者亨利五世从《亨利四世》到《亨利五世》都是作品的主要人物,前者描写他从放荡不羁到王者归来的成长过程,后者则描绘其实践功业的理想君王形象。亨利五世虽一生功绩显著,却终因英年早逝,继位者孱弱而大业未竟。英国在短暂的兴盛之后重新陷入内忧外患之中。

从理查二世到理查三世,英国王权从金雀花到兰开斯特再到约克家族,国王们粉墨登场,弑君篡位之原罪如影随形,从代表正统王权的理查二世被亨利四世弑杀开始,兰开斯特家族的统治注定摇摇欲坠,即便有亨利四世父子出色的统治能力,王杖上始终有卑怯的色彩,及至亨利六世,他与理查二世如出一辙,甚至更为脆弱。兰开斯特家族曾经蔑视金雀花的理查二世,而自己也终被约克家族以同样的理由蔑视并终结,两部四联剧以因果循环的规律再现了历史相似的面孔,罪与罚成为作品的主旨所在。同时也探讨了王权核心——君王的形象问题,合法的君王(理查二世),合格的君王(亨利四世),合法且合格的君王(亨利五世),圣徒的君王(亨利六世),魔鬼的君王(理查三世),在莎士比亚看来,理想的君王是国家的福祉、民众的福音,英国王权的发展就是在坎坷的君王选择中一路走来的。再加上《约翰王》和《亨利八世》两部作品,就能更加清晰地看到莎士比亚历史剧的足迹。

《约翰王》看似与其他九部戏剧没有直接的联系,但从英国国家意识来看,在约翰之前的统治者实际上都是法国人,约翰在位期间,由于其既不合法也不合格的君王形象,他不仅在与法国作战中失去了欧洲大陆的全部领地,而且杀害侄儿亚瑟(英国王权的代表),继而向法国与罗马教廷屈服,使英国沦落,为异族所控制。可以说,"失败的约翰王"是英国奄奄一息的写照。唯一值得称道的是约翰王临终前忏悔了自己的罪行,将英国王权交给了亨利王子和理查爵士,强调了英国身份和英格兰灵魂,那就是剧终时约翰的庶子理查爵士宣称的,"英格兰从来不曾,也永远不会屈服在一个征服者的骄傲的足前,除非它先用自己的手把自己伤害……只要英格兰对它自己尽忠,天大的灾祸都不能震撼我们的心胸。"(《约翰王》:5.5.705)这些语言既是作品的结束语,也像莎士比亚历史剧的导语。英国国家意识凤凰涅槃,经历血与火的洗礼之后,以更自觉的国家和民族意识屹立未来。如果说《约翰王》是莎士比亚历史剧的开端,那么《亨利八世》就是其终篇。《亨利八世》中,国家、王权和国王三者完美融合,亨利八世不仅在位期间攘外安内,还留下了光荣的继承者——伊丽莎白女王,甚至在其死后,他依然会在天堂继续福佑这片土地,自此,莎士比亚的英国故事也形成了圆满的闭合,国家作为历史剧的主人公经过艰难的成长终于赢得了最终的胜利。

莎士比亚一生的绝大部分时间处于英国的都铎王朝时期,历史剧中除《亨利八世》(写于斯图亚特王朝时期)外也都是都铎王朝期间写成的。都铎王朝的开创者亨利七世自居亚瑟王的直系传人,从血统上将都铎家族和中世纪的传奇英雄亚瑟王以及更久远的埃涅阿斯的后代布鲁特相连结,宣扬其本人作为不列颠国王的正统血系,现实当中,他作为兰开斯特家族的继承人,通过与约克家族的伊丽莎白联姻化解了红白玫瑰两个家族的世仇。古代传说曾预言亚瑟王将重归故土并开始英国历史的黄金时代,而亨利七世则宣扬自己是亚瑟王再世,都铎神话由此成为这一时期的主流意识。莎士比亚的历史剧通过描写英国国内各大家族权力争夺的过程来体现都铎神话的王权意义,又通过英法百年战争等国际纷争宣扬都铎神话的国家概念,从"一无所有"的英国(《约翰王》)开始,经过漫长的拨乱反正(两个四联剧),直至最终都铎王朝的到来(《亨利八世》),英国终于实现了正统回归,迎来了国家民族发展的巅峰时刻。作为戏剧家的莎士比亚为他的英国故事和都铎神话画上了完美的句号,由此也使自己的历史剧成为文学—历史—政治哲学的书写范本。

第二节 《亨利六世》

《亨利六世》是莎士比亚最长的一篇历史剧,时空跨度非常大,内容也非常丰富,讲述了从1422年英王亨利五世去世,亨利六世登上王位,到1471年亨利六世被篡位身亡的将近50年间的历史故事,上篇主要描写英法百年战争后期两国的战斗,中篇和下篇主要描写英国王室后裔兰开斯特家族和约克家族的王位之争。

《亨利六世》借鉴了众多作家的作品融合而成。莎士比亚编剧的主要素材取自霍尔的《两个卓越的贵族世家的联姻——兰开斯特和约克》与霍林斯赫德的《英格兰、苏格兰和爱尔兰编年史》。上篇中,莎士比亚一方面借鉴了有关情节,另一方面也为了剧情需要改写了真实人物和历史时间。中篇里,莎士比亚还借鉴了理查·格拉夫顿的《一部详尽的编年史》。下篇中,莎士比亚又借鉴了阿瑟·布鲁克的《罗梅乌斯与朱丽叶的悲剧史》、托马斯·萨克维尔和托马斯·诺顿合著的《高布达克》、威廉·鲍尔温编写的《官长的借镜》、托马斯·基德的《西班牙的悲剧》、托马斯·莫尔的《乌托邦》和《理查三世的历史》,以及中世纪的几个"神秘剧"。总之,《亨利六世》主要取材于历史,但作家也通过压缩、整合甚至创作新的事件参与历史的重构,使文学作品与历史相互建构,既体现历史的文学性,又呈现文学的历史性。

《亨利六世》的历史政治主题主要集中在对政治体制的探讨和对王权核心的思考上。从国家阶级结构上来看,凯德是代表手工业者的群体,凯德起义建立的体制实则是自由散漫、追求享乐,在欲望的泛滥下采用残酷专制的手段统治国家的制度,其他手工业者与凯德一样也挣脱理性的引导,损害他人的利益,他们是自私自利的一群人。《亨利六世》中的朝臣是国王的辅助者,朝臣们看似激昂慷慨,实际上他们并非真正的勇敢。从目的上来说,约克公爵的勇敢不是为了保卫这个国家和国王亨利六世,而是为了自己的执政欲望,他假借历史公案,意图洗刷家族之耻,通过结党营私,挑动内战,最终置国家人民于水深火热之中,他是一个野心家,他的激情与私利相连,与勇敢无关。红衣主教温彻斯特和萨福克公爵等大臣,每个人都有自己的私心,为了维护个人的荣誉,弃辅佐国家的重任于不顾。这些辅助者均已远离勇敢的美德,成为朝堂之上的唯利是图之人。剧中的亨利六世在择亲时,受肉欲的指引选择了王后,其后,在女中豪杰玛格莱特王后面前又丧失了自己的男子汉气概,懦弱无能显露无遗。在政治上,位居国王高位,却无君王权威。对朝臣之间的矛盾束手无策,面对王位争夺者的强悍,苟且偷生妥协为安。在对外战争中,不合时宜地强调宗教信仰,将捍卫王权搁置一旁。柏拉图哲学曾将城邦分成手工业者、辅助者和统治者三个阶层,他们分别对应人的灵魂的三部分:欲望、激情和理性,而相对应的,节制、勇敢与智慧就是这三部分对应的美德。按照柏拉图的设想,城邦的手工业者、辅助者和理想统治者应该是节制、勇敢、理性智慧的,然而剧中的人物距离这个要求相差甚远。总之,《亨利六世》中所体现出的国家秩序混乱不堪,圣徒国王亨利六世把仁慈宽恕的宗教信仰错当成统治国家的政治原则。而其他各阶层群体均以私利为中心,任性妄为,毫无理性与美德可言。

王冠是王权的体现。约克公爵的儿子理查德对父亲说:"您想一想,戴上王冠是多么称心如意！王冠里有一个极乐世界。凡是诗人们所能想象得到的幸福欢乐，那里边样样俱全。"(《亨利六世·下篇》：2.1.700)这句话道出了封建王权的核心。围绕着王冠的战争在莎士比亚历史剧中持续了 300 多年，在《亨利六世》下篇中，王冠先是在亨利六世和约克之子爱德华之间来回争夺，之后又落入爱德华之弟理查德之手。下篇第四幕中贵族的你争我夺是 300 年来英国王权争夺的缩影。随着王冠的频繁易主，王冠的神圣性已然消失，彻底沦为一出闹剧的道具。这与约克死亡前王冠的虚幻相互对应：约克公爵曾经把王冠作为其追求的最高目标，临死之前，却遭到玛格莱特王后的羞辱，戴上了纸糊的王冠。这一刻，金光灿灿的王冠和纸糊的玩具王冠在空虚感上得到复合，王冠的象征性虚虚实实，假如王冠并不具有永恒的意义，它只是孩童游戏中的一个玩具，那么在刀光剑影的战场上，飞溅的热血和痛苦的呻吟，顷刻之间就会从严肃走向荒诞与虚无，一出历史的悲剧，由此也就成为滑稽的闹剧。这一点，或许也是莎士比亚窥探到的最严酷的真实。

同名主人公亨利六世则是作品着力塑造的一个人物形象。童谣云："出生在蒙穆斯的亨利赢得一切，出生在温莎的亨利毫无所得。"(《亨利六世·上篇》：3.1.516)这里描述的就是亨利六世与其父亲亨利五世的区别：亨利五世霸道篡位，成就光辉伟业，亨利六世则完全相反，面对群臣的纷争，他只有充满浪漫主义色彩的温情说教；在王位争夺中，他淡漠权势清高闲适；在国际战争中，他强调天下大同顺天安命。与性格坚强、野心勃勃、心狠手辣的王后玛格莱特相比，亨利六世懦弱无为、贪生怕死、处处委曲求全，他自己没有能力管理国家，只能流泪劝说各方分裂势力，维持表面上的和平。亨利六世言必称宗教，然而他对宗教的虔诚既不能自救，也不能拯救整个国家，他是一个错生在帝王家的圣徒，与国王的身份、残酷的时代和喧嚣的人欲格格不入。他游离于世俗之外，关注的是哲学家一般的洞察人性，预言家一般的真知远见，他爱憎分明，内心清醒，占据他思想的是上帝、历史和永恒的正义。这位"土丘国王"只不过是宫廷里的游方僧，王位的旁观者，乱世的思考者，不合时宜的精神国王。在王位的崇高美好与卑劣残酷之间，他"宁愿当一个庄稼汉"。在王权与基督教的基本理念之间，他无法达到平衡；在激烈的现实斗争和孱弱的内心平静之间，他能做的只有沉思和幻想。

在人物形象的塑造上，除了亨利六世、约克、凯德等有关政体关键人物之外，文本中还有一个重要的人物形象，就是著名的法兰西民族英雄贞德。在 1428 年英国侵略法国奥尔良的战役中,年仅 16 岁的贞德参加了抗击英军的战斗,在法王查理七世犹豫之际,贞德挺身而出担任解救奥尔良的军事指挥,次年,法军击退英军的围攻,奥尔良城失而复得,贞德也被誉为"奥尔良的女儿"。此后,贞德继续率军收复北方领土。由于贞德在作战中奉宗教的名义领导法国人民抗敌,所以在 1430 年被英军俘虏之后,被英国教会宣布为女巫,于 1431 年在鲁昂广场被处以火刑。1453 年百年战争结束,法国获得胜利,贞德被尊为民族英雄,法国教会也为贞德平反。

在《亨利六世》中,莎士比亚站在英格兰民族的立场,不乏敌意地对来自法方阵营的英雄人物进行了刻画。贞德富有传奇色彩的作战能力首先被恶意解读,一个不满 20 岁的农村少女之所以像一位久经沙场的将军一样出色,必定有其"特别之处":首先,她力大无穷,能轻易打败男性;其次,她会念咒语,呼唤鬼怪来助战,再次,她的武器带有魔性。这三点特征将贞德的武功妖魔化,使之与女巫的形象契合,与贞德被处死的理由一致。至于贞德的其他世俗品德,更是可以妄加渲染,例如她的政治野心、淫乱、忤逆、残暴、虚伪等等。正因为这些民族主义和爱国主义精神的指引,贞德在剧中的言行处处都与其"纯洁"的"农家""少女"相悖,莎士比亚在迎合英国民众心理诉求和政府主流意识形态塑造人物形象的同时,也为英军的失败找到了辩护的理由。除贞德之外的其他法国人,无一不被塑造成狡猾、懦弱、贪生怕死之徒,而大多数的英国将领,尤其是塔尔博父子,则形象高大、英勇非凡。在政治思想的引导下,莎士比亚为了自己的爱国情感,牺牲了历史的真实。

剧中贞德与塔尔博的身份对立除了民族冲突的意义之外,还隐约表现了传统与现代、男性话语与女性反叛等方面的对立。塔尔博是传统骑士精神的典范人物,而贞德代表的是挑战传统秩序的市井力量,在塔尔博死后,他的爵士战友用一连串的头衔来标榜塔尔博的伟大,而贞德则用这样的语言回应,"你用这么多的官衔来表示的那个人,现在正躺在我们的脚前,被苍蝇叮着,发出恶臭。"(《亨利六世·上篇》:4.7.544)英国人引以为傲的骑士精神,被贞德的粗俗语言和"邪魔外道"打得落花流水,英国传统的历史价值观和男性中心主义,在卑贱"无耻"但强悍的村姑面前只能是明日黄花。虽然莎士比亚用一些反面刻画来表现贞德的品德瑕疵,但拂去历史灰尘,贞德不仅是女性主义和爱国主义的伟大形象,而且她证明了人民才是决定社会走向的根本力量。

《亨利六世》与《圣经》的关系非常紧密。莎士比亚在《亨利六世》中，分别从人物的形象、故事的情节以及话语方面对圣经中的意象进行了反讽，正是由于这种反讽，使得《亨利六世》这部戏剧的内涵变得更加丰富。人物形象上，圣经中纯洁虔诚的圣母玛利娅和《亨利六世》中表面圣洁、内心虚伪的圣女贞德形成强烈对比；同样的，《旧约》中保护族人的摩西和大卫与《亨利六世》中懦弱无为的亨利六世在牧羊人这一角色上形成鲜明对比。故事情节上，圣经中虔诚的盲人和《亨利六世》中小丑般的假盲人；"耶稣殉难"和约克之死也非常具有讽刺意味。语言上，《亨利六世》中的巫婆玛吉利·乔登和幽灵的对话、奄奄一息的培福公爵歪曲圣经的原话、圣女贞德歪曲地模仿大卫所作的赞美诗，无一不反讽了剧中人物，使《亨利六世》更具有魅力。

总的来说，《亨利六世》中描写的历史场面波澜壮阔，政治斗争残酷激烈，洞察人性深刻复杂，宗教伦理原则对王位的反思更是让今日的读者产生无限的沉思与遐想。《亨利六世》的时空跨度之大、人物事物形象之多，决定了它的内容之广泛和深刻，鉴于此，该剧的研究前景十分广阔。

第三节　《理查三世》

《理查三世》是莎士比亚最受欢迎的历史剧之一。在 1623 年莎士比亚全集第一次出版之前，《理查三世》已经出版过 5 次，此后又出版过 2 次；当时扮演理查三世的演员理查·柯贝治，一直为人们所喜爱。四百年来，莎学评论家们对《理查三世》进行热烈评述，足以说明作品的巨大影响力。作为第一四联剧的最后一篇，剧本展示了英国历史上划时代的博茨沃战役片段，学界普遍认为此战役标志着欧洲从中世纪到早期现代的转变，从这个角度看可以把殒命的理查三世视为中世纪英国最后的君王。

作品再现了玫瑰战争后期，约克家族的暴君理查三世的上位及执政过程。约克家族在与兰开斯特家族争夺王位中取得胜利，约克公爵的长子爱德华即位，理查三世（理查三世即位前为葛罗斯特，即位后为理查三世，为方便读者理解起见，下文中统称为理查三世）为实现个人野心，利用爱德华四世的疑心挑拨其与兄弟克莱伦斯的关系，将克莱伦斯投入监狱，后被理查三世派刺客杀死，爱德华四世不久病逝;被封为护国公的理查三世联合勃金汉公爵等人将爱德华的两位王子送进伦敦塔,并击杀王后的心腹,随后以同样的手法杀害了两位王子,最终登上王位。成为国王的理查三世对自己的盟友勃金汉等人同样心狠手辣。最后,在与亨利·里士满(未来的亨利七世)的战争中,因部下叛变而失败,王冠最终被亨利·里士满摘取。

与其他历史剧类似,《理查三世》同样取材于霍林斯赫德编撰的《编年史》,但《编年史》中关于理查三世的记载受到托马斯·莫尔的《理查三世的历史》的影响,据研究,为托马斯·莫尔提供材料的约翰·毛顿不仅是打败理查的亨利七世的亲信和顾问,而且本人曾受过理查三世的迫害。这导致理查三世的历史形象前后矛盾。理查三世在位期间的一些证据显示,他既是一位文经武略的君王,也具有优秀的品德:忠诚公正、有勇有谋、慷慨好施、虔诚高尚、睿智宽容、热爱人民。当理查三世在博茨沃战役中牺牲的消息传来时人民都十分悲痛。关于理查三世的身体残疾,同时代的评论家以及画家也未有提及,直到理查去世三十年之后,画像才在肩膀处改为轻微残疾。深入研究理查三世的学者 Keith Dockray说:"可以肯定的是,人们完全可以否定理查三世不仅是邪恶的独裁者而且是身体畸形的恶魔的观念。"①但是从亨利七世时期开始,尤其是在托马斯·莫尔的《理查三世的历史》出版之后,理查三世的形象发生了天翻地覆的改变。莎士比亚描写的正是后期"驼背暴君"理查的反面形象。

在《理查三世》中,莎士比亚并没有照搬历史材料,而是进行了大胆的改编:首先,他多处压缩时间来凸显理查三世的穷凶极恶。例如,历史上亨利六世(安夫人的公公)1471年去世,1472年理查与安夫人结婚,1477年理查的三哥克莱伦斯入狱,1483年爱德华四世去世,同年,理查三世即位。上述较长时间的跨越在剧本中没有显示,众多事件似乎在同时或短期之内发生,这就把理查阴暗狠毒、狡诈、残忍等品性展现出来了;同时,莎士比亚省略了理查三世在位期间的多次战场上的胜利以及他的儿子死亡的悲伤事件。更为打破常规的改编是,剧中安夫人在为公公亨利六世送葬的路上被理查求婚,这样的戏剧性场面在现实中是绝对不可能发生的。种种改编其目的只有一个,那就是为了凸显理查三世的邪恶形象。

---

① Keith Docaray.*William Shakespeare:The Wars of Roses and the Historians*.U.K.:Tempus Publishing Ltd,2002,p.111.

当然，从文学创作来看，莎士比亚对历史最大的改编是塑造了一个文学长廊中的经典人物的形象，莎士比亚笔下的理查三世，不再是莫尔所写的那个简单的恶棍，莎士比亚以其深刻且广博的创作功力挖掘人物生动丰富的内涵，以及社会复杂意识形态在人物身上的深刻烙印。总之，莎士比亚超越了理查三世的原型，实现了文学艺术对历史的超越，他的改编使戏剧冲突更加集中尖锐，原本散落于历史长河中的事件，通过艺术的处理，围绕理查三世疯狂的权力欲望和必然会灭亡的命运主题进行布局，深刻揭示了戏剧人物的内心世界和普遍的人性规律。

对于文艺复兴，刘小枫指出，"西方诗人的这场'人性的觉醒'的真正内涵，并非我们长期以为的那样，是什么离开上帝后的欢乐颂、人性战胜神性的凯歌，而是对人的本性及世界的恶的意识以及对恶无法作出说明、找不到力量来克制的无措感。"①从这个角度理解《理查三世》，莎士比亚正是以诗人的清醒和对时代的忧心，敏锐地描写了一个马基雅维利主义者对传统秩序造成的巨大冲击。马基雅维利在《君主论》中阐述了与传统道德截然不同的政治学思想，成为"第一个使政治学独立，同伦理学彻底分家的人"②。"人性本恶"和"驾驭命运"是马基雅维利主义的核心内容，他主张人类摆脱传统道德和宗教的束缚，驾驭自己的命运。在此前提下，他鼓吹为了维护君权，君主可以不接受传统道德规范的约束，人们应该发挥自身的能力，追求现世的成功，他的这种思想在文艺复兴的社会背景下，暗合了主流价值观中的"个性解放"与"个人幸福"，为理查三世们挣脱道德束缚，谋求世俗权力提供了理论支持。

马基雅维利主义支持以邪恶手段追求世俗欲望，《理查三世》剧中，除了两个年幼王子和里士满之外，几乎个个都是有罪的，多年的玫瑰之战，使得显贵大臣们大多被卷入利益纷争，家族之间积怨良久，利益同盟朝结夕改。朝堂上的伪善像瘟疫一般蔓延，人性本恶的马基雅维利主义盛行一时。其中，最典型的马基雅维利主义者就是理查三世。他不仅"天生一副畸形陋相"，而且内心邪恶狠毒，为了满足自己的野心，他不择手段荼毒生灵。

与马基雅维利把政治学与伦理学决然割裂不同，莎士比亚坚持传统道德伦理体系，他把马基雅维利主义明确定义为犯罪，指出了它的不合理性。以理查三世为代表的王公贵族们自觉接受并遵照马基雅维利主义行事，莎士比亚却写出

① 刘小枫：《拯救与逍遥》，上海：上海三联书店，2001年，第166页。
② 尼科洛·马基雅维利：《君主论》，潘汉典译，北京：商务印书馆，1985年，译者序。

了他们的悲剧结局：非疯即死，这些马基雅维利主义者在莎士比亚笔下，赤裸裸地身处传统伦理道德的审判之中，失去了政治学的佑护。莎士比亚始终强调人性尚未在邪恶蛊惑中泯灭良知。正如玛格莱特王后的诅咒"愿你的一点天良像蠹虫般永远啮蚀着你的心魂"（《理查三世》：1.3.26）所暗示的，马基雅维利主义者永远无法逃脱道义的审判；它有悖人性的行为与人性无法妥协，不停冲突，曾经深信马基雅维利主义的剧中人物不断承受内心悔恨的煎熬，通过他们受难灵魂的描写，莎士比亚揭露了其摧残人性的实质。

除人性以外，莎士比亚重视维护和谐稳定的世界秩序。他指出疯狂地追逐利益使得"我国人颠沛流年，国土上疮痍满目，兄弟阋墙，闯下流血惨祸，为父者在一怒之间杀死亲生儿子，为子者也毫无顾忌，挥刀弑父……"（《理查三世》：5.4.128），正是马基雅维利主义思想导致了剧中众多人物悲剧性的起起落落，在人类内心与外部世界都造成了极大的混乱与不安定，所以必然遭到失败。

为了对马基雅维利主义进行必要的束缚，莎士比亚在剧中撤销了政治超越伦理的特权，用罪与罚的体系对之进行规范，重建社会的稳定。因果报应的思想贯穿全剧，剧中马基雅维利主义者都受到了相应的惩罚：克莱伦斯曾经参与了弑杀前一任君主的罪行，所以自己也被谋害身亡；爱德华篡夺王位，后来他不仅英年早逝，而且两个儿子遭遇毒手；玛格莱特王后在位时残忍无度，被废黜后落得一个众叛亲离的下场，等等。这些惩罚都与发疯的王后玛格莱特的"诅咒"相对应，剧情由一系列的诅咒及其实现交织而成。莎士比亚大力渲染"恶有恶报"的思想，强调马基雅维利主义不能为天理所容的事实：玛格莱特王后自认为是"天公"向她"讨回血债"，实现"先君的诅咒"，海司丁斯突遭杀身之祸时哀叹"玛格莱特！现在你那番沉重的诅咒已落到我可怜的海司丁斯的头上了"（《理查三世》：3.4.71）。勃金汉上断头台前亦言，"玛格莱特的诅咒眼看已落到我的头上"（《理查三世》：5.1.114）。咒语承载了惩罚的使命，罪与罚的伦理体系由此对马基雅维利主义的极端个人主义倾向作出了抑制，维护了社会传统秩序的稳定。除了"天公"之外，鬼魂也被当作惩罚的工具。理查三世与里士满（即后来的亨利七世）作战之前，鬼魂在他们的梦中频频现身，借以诅咒理查而祝福里士满，这表明莎士比亚希望对僭越的暴君施以严厉的惩罚，创造稳定和谐的英格兰。莎士比亚通过现实与鬼神双重的罪与罚，将马基雅维利主义的毒素控制在传统的道德伦理体系中。

马基雅维利主义的政治思想实质上只是人类文明体系中的沧海一粟,莎士比亚在《理查三世》中借助它探讨了人类的自由愿望与道德束缚的矛盾关系。由于马基雅维利主义允许人类无视道德伦理束缚,无限制地满足日益膨胀的欲望,所以在剧中导致了社会秩序的混乱,也因此最终被否定。莎士比亚立足于世界的稳定、和谐,通过幻想的超自然力量,构筑了"天惩"的秩序体系,从而束缚了被马基雅维利主义过度解放的人类欲望,使世界重回平衡的状态之中。①

在人物形象的塑造上,剧本一开始,理查三世就有一大段独白:"……天生我一幅畸形陋相……欺人的造物者又骗去了我的仪容,使得我残缺不全,不等我生长成型,便把我抛进这喘息的人间,加上我如此跛跛踬踬,满叫人看不入眼……我在这软绵绵的歌舞升平的年代,却找不到半点赏心乐事以消磨岁月……就只好打定主意以歹徒自许,专事仇视眼前的闲情逸致了,我这里已设下圈套,搬弄些是非,用尽醉酒狂言、毁谤、梦呓……"(《理查三世》:1.1.5)一个外表百拙千丑,内心阴险毒辣的人物形象立刻展现在观众面前,接下来的剧情,一次又一次地印证和强化了理查在开场时给观众留下的印象。例如他散播谣言使患病的爱德华四世受蒙蔽误以为弟弟克莱伦斯想要阴谋篡位;在克莱伦斯刚刚被国王投入伦敦塔后,理查就派刺客谋杀了他;同时,理查又利用克莱伦斯的死讯使爱德华四世病情恶化,以加速其死亡;国王死后,为清除余党,他逮捕了王后的亲族利佛斯、葛雷等,然后再把杀害克莱伦斯的罪名加在他们身上将其处死;他利用勃金汉和海司丁斯为其篡权大搞阴谋诡计,谋害了许多人;后因海司丁斯积极主张为爱德华四世的两位王子早行加冕礼,被理查找借口处死;他将两个年幼的王子骗进伦敦塔残忍杀害;最后连曾是自己最可靠的亲信,为他立下汗马功劳的勃金汉也未能幸免于难,死在了他的刀下。在这部戏中,莎翁自始至终让我们看到的是一个用血淋淋的双手夺取耀眼王冠的理查三世。

理查三世是一个为了篡权夺位,不惜一切代价铲除异己的恶棍,他是道德剧中罪恶的化身。单从外在形象上看,他堪称恶魔的化身,他"一只胳膊萎缩得像根树枝,脊背高高隆起……两条腿一长一短,身上的每一部分都不匀称,显得七高八低"(《亨利六世·下篇》:3.2.745)。他"出世的时候,枭鸟叫唤,那就是一个恶兆,夜鸦悲啼,预示着不祥的时代,恶狗号叫,狂飙吹折树木,而且生来奇形怪

① 周晓阳:《〈马耳他岛的犹太人〉与〈理查三世〉中的马基雅维里主义》,《国外文学》1998 年第 3 期。

状,一下地就满口生牙,可见生来就要吃人"(《亨利六世·下篇》:5.6.792)。外形的丑陋使其行为和心理也都打上了魔鬼的烙印:他自卑阴暗、狭隘自私,对王权有着疯狂的野心,为了王位他六亲不认,先后杀掉了11个人。可以说,为了达到目的他心狠手辣、不择手段。他杀死亨利六世父子,转眼就在亨利六世的灵柩旁向他的儿媳安夫人求婚。成婚不久,为稳定权力他就宣布安皇后病重,随即就寻求与自己的侄女——爱德华四世之女缔结婚约。理查三世考察一切问题的出发点都是权欲。他对共同谋事的肱股之臣勃金汉公爵也是"鸟尽弓藏,兔死狗烹"。

但是,理查三世在干这些罪恶勾当的时候,却处处打着神圣信仰的幌子,他诬陷克莱伦斯入狱,又雇凶杀人,嘴里却说自己在做好事送三哥进天国;他杀害亨利六世父子,却诡辩说是天公向他们讨还血债,怨不得自己;面对玛格莱特皇后的咒骂,他假惺惺地表示忏悔并愿意为口出恶言的玛格莱特祈祷;他在国王面前起誓与他人和睦相处,一转身就背叛誓言;他杀死两个侄儿,却对大嫂说,天命如此应该顺服。"我就这样从《圣经》里偷出些断章残句,来掩饰我的赤裸裸的奸诈真相,外表上装作圣徒,暗中是无恶不作"(《理查三世》:1.3.30)。

从神学角度来看,理查三世与上帝之间有着复杂的动线。他开篇的独白即指明人是上帝的创造物,理查被迫从上帝那里认领了具有缺陷的身体,出生缺陷在中世纪的神学语境里是源于罪,是上帝的愤怒,在这种语境之下的理查三世将上帝视为自身存在负担的魔力之源,因此他对上帝充满怨恨,他要反抗神正论下的普遍伦理观:他间离胞兄关系以达到弑君的目的,他残忍杀害未来的君王,所有这些涉及伦理道德的犯罪其最终都是为了篡夺王位。因为,在君权神授的背景下,国王是上帝安置在世俗里唯一的合法统治者,曾经被上帝诅咒的理查,不甘心于被上帝远远推开,所以他极力向上帝靠近,登上王位即意味着他与上帝无限接近。

身体缺陷在视觉上意味着以裸体示人,理查虽然穿着衣服,但在众人面前原形毕露。而裸体在基督教神学历史中具有象征意味,《创世记》里亚当和夏娃的裸体第一次揭露了人类原罪的开端。理查远离而又无限接近上帝,在对上帝的怨恨与向往之中,他一方面反抗那个赋予他残缺身体的上帝,另一方面他为了救赎自己的裸体之罪又虔诚追寻上帝,通过赎罪以求得上帝的恩典,理查的"裸体"(本质)需要"衣服"(恩典)。因此他选择僭越王权填补缺陷。国王是神圣世界和世俗世界之间的特殊存在,上帝赋予国王政治身体施行其永恒权力。他的自然身体是会朽坏的身体,但是他的政治身体的神性可抵消自然身体的朽坏。因此政治恩典犹如为他有罪的裸体披上荣光之衣,获得王位才可以救赎理查,让他从地狱边缘返回上帝的天堂,使其重新获得完整的身体。①

从社会学角度来看,莎学专家阿尼克斯特意味深长地说,"理查三世不仅是一个野心勃勃的封建主,他身上也有文艺复兴时代的冒险精神,他既不满足于平平淡淡混日子,想尽情发挥自己的毁灭力量,为了获得权力不择手段、不惜代价。既然他注定非毁灭不可,便像一个孤注一掷的赌徒那样,满怀不顾一切的绝望情绪去迎接死亡。"②由此理查三世成为现代性人物的先驱,这里的"现代性"是指新教伦理促成的资本主义精神的兴起,资本主义社会宣扬的财富观念与文艺复兴时期宣扬人性的解放和个人幸福是一致的,但个人幸福既包含物质享受,也包括人性自由,当物欲和精神需求产生矛盾时,人性的异化就出现了,价值理性与工具理性就此分离。③理查三世的工具理性使别人都成为其抢夺王权的工具,一切神圣价值也被纳入其工具之列,这正是人文主义作为新兴思潮所带来的负面效应。莎士比亚通过塑造理查三世这一人物来表达对神圣价值没落于黑暗现实年代的忧心忡忡。

作品中"马"的隐喻是研究者关注的一个重点。"一匹马!一匹马!我的王位换一匹马!"(《理查三世》:5.4.127)是《理查三世》中最经典的一句台词。马的意象贯穿全剧。在开篇独白中,理查即抱怨在爱德华四世统治的和平时期,战神"不想再跨上征马去威吓敌人们战栗的心魄";其后,在多个场合,马的意象均有出现;从第五幕第三场开始,马的意象集中出现:理查从噩梦中惊醒,第一句话就是"再给我一匹马";他关于阵势的摆布中把骑兵放在主力的位置;直到临阵誓师,他对部队最后的号召依然是"战吧,英国人!战吧,英勇的士兵们!挽起弓来,弓手们,搭上你们的箭!用力刺你们的壮马,杀出一条血路去"(《理查三世》:5.3.126)。临近剧终,虽然坐骑被打死,理查三世仍冒着巨大危险,徒步搜寻里士满,同时呼喊:"一匹马!一匹马!我的王位换一匹马!"这是理查三世在剧中

---

① 丁鹏飞:《身体的两歧性——〈理查三世〉悲剧的神学源起》,《国外文学》2018 年第 4 期。

② 阿尼克斯特:《莎士比亚创作》,徐克勤译,济南:山东教育出版社,1985 年,第 144 页。

③ 马克斯·韦伯:《新教伦理与资本主义精神》,于晓、陈维纲等译,北京:生活·读书·新知三联书店,1987 年,第 32—56 页。

最后一次现身,也就是说,呼唤马的场景是理查三世在舞台上向观众和世界所作的最终告别。

《理查三世》站在都铎立场上去改编史料,无疑是为伊丽莎白一世时期的主流意识形态服务。当理查失去马,他也将失去王位。马与王位之间看似轻重有别,实际是结为一体。理查身体的残缺需要依靠马的支撑,才能获得与他人抗衡的力量,甚至从《亨利六世》和《理查三世》剧中可以看出,马上的理查作战能力"非凡夫可比",由此可见理查、马和王位之间特殊的关系:理查的谋权篡位使其国王的身份缺乏合法性,这就等同于他政治身体的残疾,为了震慑国民,他只能借助暴力来进行统治,而战马就是国家暴力工具。有意思的是,莎士比亚笔下的理查虽然驼背瘸腿,一只胳膊萎缩,但是,残疾的理查在战马上却神勇威武,不使用战马的和平时代,理查仅靠自身的残躯是孱弱无力的,一旦发生战争,理查的政治军事才能马上就有了用武之地。所以,理查残疾的身体—马—战马—战争—国家暴力工具—王位统治者,这些意象之间存在隐在的逻辑关系,换句话来说,被设定为身体残缺的理查与王位之间具有直接联系。不仅在谋夺王位时理查需要一系列兵不血刃的战争,即使在篡位成功之后,理查也必须与战争相依,这就是他攻击以里弗斯勋爵为首的王后党、勃金汉叛党以及里士满为首的都铎党的原因。在理查看来,骑士掌控马,国王掌控王位,而作为骑士的国王理查当然有权以王位换马。这种以物易物思想的背后逻辑,就是理查将王位和其他附属工具都视为私有物,如果这样推论,那么,国家所包括的一切——权力、财物、国民——都可以被当作国王的私有物品,即理查以拥有私有物的方式统治国家,这一状态清晰地呈现在作品中:理查将人畜关系与君臣、君国关系相提并论,他轻视国家和大臣们,所以剧中的勃金汉公爵及斯丹莱勋爵等,才会不堪虐待,而在迎战里士满的关键时刻倒戈。企图用王位换战马的理查看起来是如此的荒唐可笑,将人与物完全等同的做法直接破坏了理查与臣民和国家的关系,由政治精英组成的国家比战马更具有人的能动性。《理查三世》通过骑士(国王)和马(王位)的譬喻关系否定了封建君王对国家和臣民的绝对处置权。[①]

剧中与理查相对照的人物形象是都铎王朝的开创者里士满,他虽然在剧中很晚才出现,但却拥有截然不同的形象。他称呼追随者为"诸位袍泽",强调的是

---

① 邹羽:《战马之喻:〈理查三世〉、人格国家和莎剧舞台上的政治文化转型》,《外国文学评论》2020年第1期。

彼此之间平等友爱的关系。理查表现了骑士对马和国王对大臣的控制、虐待、摧残，而里士满却提倡君臣之间平等、合作和共享。在第五幕第三场的战前誓师中，里士满承诺："如果你们为国家战胜公敌，国家自然会把肥甘犒赏你们"，"我若幸而获胜，这胜利的果实要和你们每一个士卒分享"（《理查三世》：5.3.123）。这里的分享甚至从大臣扩展到所有的低级士兵。不同的还有，理查把战争作为自己的毕生所愿，而里士满则在战争终结宣言中"欢呼和平万岁"，这与他上场时说的"这一场激烈的血战将给我们带来永久的和平"（《理查三世》：5.2.114）首尾呼应，呈现了一位热爱和平的君主形象。理查虐弃臣民如走马，而里士满关怀臣民如同袍，这不仅指出君主人格的差异，更体现出两种政治体制的不同。

欧洲关于君主与国家不可分的认识来自罗马法，但从兰开斯特时代开始，相对于中央集权制的法国政权，英格兰更加强调国王、贵族和平民的三位一体。随着都铎王朝的到来，君王从违背理性与道德的暴君理查变成了亨利七世所倡导的理性伦理的早期现代君主形象。但理查并不是一个旧时代君王的扁平形象，事实上，他的非伦理政治行为践踏的是传统道德，所以他有一部分反传统的现代色彩，当然，他主要仍然是把国家当作战争工具的政治暴力的代表。里士满是理想化的，他的战争行为和政治存在的目的是为了实现"永久和平"。借用 17 世纪后期政治哲学家洛克的话来说，国王（里士满）和暴君（理查）的差别就在于"前者以法律为其权力范围，以公众福祉为其统治目的，而后者则使一切都服从于其意志和愿望"[①]。

《理查三世》作为莎士比亚"第一部艺术成熟的严肃剧本"，在心理描写上具有以下艺术特征。

首先，艺术特色体现在作品中内心独白的大量使用上，《理查三世》是唯一一部以内心独白开头的作品，剧中的内心独白比《哈姆莱特》中的还要多，理查三世原本是一个丑陋的"扁平人物"，他的行为罪恶滔天，但剧中滔滔不绝的内心独白一次次发起了观众与剧中角色的对话，观众的良知通过"教育"的剧场形成人类良知的代表，与理查三世的丑恶进行辩论，从而在是与非、善与恶的立场上传达声音。此外，理查三世对自己内心的"无私"呈现，使得观众近距离地体察这个人物内心的痛苦与撕裂，并对他产生同情和怜悯。[②]

---

① 洛克：《政府论》（下篇），叶启芳、瞿菊农译，北京：商务印书馆，2011 年，第 128 页。
② 齐宏伟：《〈理查三世〉的艺术世界新探》，《南京师范大学文学院学报》2003 年第 2 期。

其次,通过内心独白渲染人类良知和权欲的交战,使人物形象富有张力。第一幕第四场中,两个奉命谋害克莱伦斯的凶手有一段对话,其中凶手乙说良心"叫人缩手缩脚,办不成事……谁收留了它就会弄得谁颠颠倒倒,一副穷酸相……凡是想生活得好一些的人,都努力使自己站起来,不去靠它过日子"(《理查三世》:1.4.35)。虽然如此说,凶手乙还是心生懊悔,事成之后他没有拿赏钱就走了,这就是良心和欲望在个体身上的缠斗。波士委大战前夜,理查三世梦见他杀死的 11 个人的幽灵来向他讨还血债,他从梦中惊醒之后,说了一段很经典的独白:"良心是个懦夫,你惊扰得我好苦。"(《理查三世》:5.3.121)一个如此邪恶的人也有这样痛苦绝望的内心挣扎,这就更有力地说明了良心的"微光"仍会穿透罪行的"午夜",陷入自我的激烈斗争。正因为这样,莱辛才在《汉堡剧评》中说理查三世"虽是个暴君但也给我们带来重重诸如好奇、娱乐、勇敢、伟大、恐怖等复杂感受,他认为这出悲剧的力量正在于贯穿全剧的这种情绪。即剧中所流露出的诗人忧思、良知微光和悲悯情怀"[1]。

最后,《理查三世》的心理刻画遵循了心理发展的必然性,从第一段独白到最后一段,层层递进富有节奏。决战前夕 11 个幽灵出现在理查的梦中,是他内心潜意识的表露。莎士比亚以类似现代意识流的写法把理查王的肮脏凶恶的内心世界展现出来。梦境是他恶意肆虐的思维活动的影像,在鲜活的鬼魂面前,理查不得不面对自己的罪行,一切外在的理论或诱惑在梦境中失去作用,灵魂的面对面促使理查最真实的情绪和丧失良久的人性呈现出来,这样的表现方法深入地挖掘了角色最隐秘的一面,比传统的心理描写更为直观,也更加真实。

第四节 《理查二世》

《理查二世》(又名《国王理查二世的生与死》)是莎士比亚创作的第四部历史剧,是莎剧中最具政治敏锐性的剧作之一,与《亨利四世》《亨利五世》一同被认为是莎士比亚历史剧中成就最高的代表作。该剧是据英国 1377—1399 年间在位的国王理查二世的历史故事创作,讲述了不称职的国王理查二世倒行逆施,最后

---

[1] 莱辛:《汉堡剧评》,张黎译,上海:上海译文出版社,1981 年,第 405 页。

被发动政变的刚特公爵之子波林勃洛克剥夺王位的故事。

故事开始于波林勃洛克与诺福克公爵毛勃雷的争吵,别有用心的理查二世召唤他们到朝堂上当众辩论,理查先是假意劝和,后又同意二人以决斗的方式来解决矛盾,及至决斗开始前的一刹那,理查翻脸以痛恨同室操戈为由驱逐二人出境。理查二世对堂兄波林勃洛克的严惩使刚特公爵经不住打击而病故,理查却恶言相向且强行没收刚特的所有财产。为了发动对外战争,理查二世对贵族和人民横征暴敛,民怨沸腾。在理查出征爱尔兰期间,波林勃洛克从流放地返回,借口索要父亲的财产而拥兵自重,理查二世在对外战争失败的同时,遭遇到波林勃洛克的逼宫,他心灰意冷被迫交出王位,囚禁于庞弗雷特监狱后被谋杀。

《理查二世》取材自霍林斯赫德主编的《英格兰、苏格兰和爱尔兰编年史》、霍尔所著《两个卓越的贵族世家的联姻——兰开斯特和约克》与头韵体诗《菊花与预言家》。莎士比亚将目光集中在理查二世统治的最后两年,集中描写了这一时期内的故事,在尊重历史的同时进行了一定的虚构,通过对史料的组合和创作体现自己的思想观念。

《理查二世》集中探讨了"君权神授"的合法性。理查二世继位时尚年幼,被阿谀奉承之辈围绕长大的他也没有培养出君主治国应有的才能。对"君权神授"深信不疑的他挥霍无度、苛政暴敛,王位发生危机时仍沉溺于幻想,寄希望于宗教。他忽视自然身体的有限性,当他面对死亡时也就格外痛苦。理查二世的悲剧结局证明"君权神授"的不可靠:君王之名还需要治国能力的配合才能真正发挥作用。理查二世与波林勃洛克之间则展现出英国历史上对于君权合法性的认知之争。信奉君权神授教义的理查二世认为王位由上帝赐予,只有上帝有权决定王位更替。在这种教义下培养出的约克公爵与刚特一类的大臣与民众都受绝对服从教义的影响,无条件地维护上帝选择的君王,不敢违抗君王意志。但约克公爵的变节也代表理查二世失去了旧秩序对他的支持。新的政治土壤孕育出新的君权政治,谋反的波林勃洛克身上体现出立宪主义的契约论与抵抗论的精神:君主的权利来自与民众的契约,当君主未能履行君主义务时,民众有权废黜君主,波林勃洛克与市民的交往也体现出逐渐壮大的市民阶级这一政治力量的作用。随着理查二世面对死亡逐渐开始了自我认知的觉醒,波林勃洛克与理查二世的命运似乎在逐渐发生交换。对于两者的观点,莎士比亚在剧中保持了中立的态度,仅仅反映了当时的君权合法性争端,但反叛带来的动乱也体现出人民既抵触暴政又害怕新的君主带来新的暴政的矛盾心理。

在《理查二世》中，时间主题也非常重要，时间以多重含义在剧中反复出现并相互呼应。例如刚特公爵所代表的是强调国家神圣，君贤臣忠、骑士军功的旧时代，而理查为了平叛爱尔兰，可以将王室的收税权出卖，也可以随意打劫国民，是一个自负任性的君王，两个不同时代的特征是这部剧作的社会背景，从这一点来看，它本身就是一部编年史，时间因之成为强调的重点。同时，在波林勃洛克通过政变获得王位这件事上，我们还看到在之后的《亨利四世》和《亨利五世》中，因为王权来源不合法的问题所导致的两位君王长达半个世纪的不堪重负，由于莎士比亚的历史意识，我们在此也看到单一事件对漫长时间所产生的影响。剧尾理查二世被因于狱中时苦苦思索，他说"我曾经消耗时间，现在时间却在消耗着我"（《理查二世》：5.5.97），他在回忆中将时间的点点滴滴与自己的失败过往相连，将自己的一败涂地归因于王位与时间的错位，即对于时间的认识和把握是成败的关键所在，在此，时间主题不仅显示理查二世一生的际遇，而且涉及普遍意义的成败问题。在这里，为了便于理解，不妨将时间限定在"时机"一词上。用上述理查狱中的思索来比喻，就是一段"美妙的音乐失去了合度的节奏，听上去是多么可厌！人们生命中的音乐也正是这样"（《理查二世》：5.5.97）。时机之于人生成败，就像节奏之于音乐，在这里理查二世以他诗人的才思敏捷，将时间的意义引申到更广泛的人生层面，借此悔悟他失败的过往。即使如波林勃洛克这样善于把握时机的人，在《亨利四世》中也同样遇到了时间这个难题，所以，它的开篇首句是"在这风雨飘摇、国家多故的时候，我们惊魂初定，喘息未复"（《亨利四世》：1.1.107）。

《理查二世》的同名主人公呈现出一个不合时宜的昏庸君王形象。他感情用事、轻躁狂暴：例如理查先是首肯了毛勃雷和波林勃洛克的决斗，在举行过所有决斗仪式之后，理查突然下令放逐两位决斗者，其无视规则的乖谬行为对满朝文武来讲是无法理解的，这也大大损害了国王的庄严形象；而且，在流放时长上，理查判决毫无二心的毛勃雷终身流放，对波林勃洛克的判决又轻易地从十年缩短为六年，出尔反尔，反复无常；尤其是当刚特病重的消息传来时，理查兴奋地喊道："上帝啊，但愿他的医生们把他早早送下坟墓！他的金库里收藏的货色足可以使我那些出征爱尔兰的兵士们一个个披上簇新的战袍。来，各位，让我们大家去瞧瞧他；求上帝使我们去得尽快，到得太迟。"（《理查二世》：1.1.26）

　　这些话全然不像出自威严的国王之口,倒像来自一个任性的孩子,随后,刚特一死,他真的没收了刚特生前拥有的一切财产。这一举动,竟然发生在理查即将远征爱尔兰,最需要贵族忠诚与支持的时刻,约克公爵当即指出,理查这种无情无义的行为必将导致严重的后果,"您将要招引一千种危险到您的头上,失去一千颗爱戴的赤心"(《理查二世》:2.1.33)。将刚特的财产充公,等同于向封建制度宣战,而封建制度正是理查得以在位为王的基石。任性的理查面对约克的劝谏,听而不闻,刚愎自用,一意孤行。一系列不恰当的行为说明了他政治目光的短浅。尤其在波林勃洛克发动政变同时对外战争失败之后,因为坏消息接二连三地传来,理查又一次作出了不当决定:他断然拒绝卡莱尔主教等人的安慰与鼓励,决绝地下令解散跟随者,放弃反击。理查草率的决定证明他缺乏审时度势的能力。

　　理查不仅是一个悲剧角色,还是一个舞台上的"悲剧演员";他不仅演绎着悲剧台词,而且还在演绎自己的悲情传说。戏剧第三幕第三场的理查与波林勃洛克阵前会面和第四幕第一场理查退位这两场中,二人的台词形成了鲜明的对照:波林勃洛克的语言简洁明了,理查的语言则正好相反,如诗歌般绚烂富丽、荡气回肠。滔滔不绝的理查,带有强烈而自觉的表演意识。在退位这一场中,理查的讲话超过全场台词的百分之九十。如 Harvey Rovine 所指出的,"尽管他的处境极度不利,李察却坚持以冗长的演说拖延这个情况,企图赋予退位的过程一种精心设计过的戏剧性"[①]。

　　理查把退位当成一场脱口秀,一场戏剧的演出。在全盘皆输之后,他仍然想以演技赢得观众。所以他用尖刻的话语主导全场,希望最后一次在观众面前主导一切。但结果并未如他所愿,约克向夫人讲述了他们的两个侄子(理查二世和波林勃洛克)的不同结局:"正像在一座戏院里,当一个红角下场以后,观众用冷淡的眼光注视着后来的伶人,觉得他的饶舌十分可厌一般;人们的眼睛也正是这样,或者用更大的轻蔑向理查怒视……"(《理查二世》:5.2.85)

　　与理查不同,波林勃洛克开场时性格暴躁,被放逐后,他小心谨慎、精心规划、踏实沉稳。他把自己打扮成清白无辜、忠心耿耿的臣子,实际上却在谋划政变。正因为他"理由正当",所以获得了很多贵族的支持。对于上述两场中理查

---

① 　Harvey Rovine. *Silence In Shakespeare: Drama, Power & Gender*. Ann Arbor and London: UMI Research,1987,p.63.

的聒噪絮叨,波林勃洛克以沉默相对,但是他的力量蕴含在沉默当中,他的沉默不是软弱无能,反而展现了他的政治智慧。相对于奉行实用主义功利哲学的波林勃洛克,理查高傲的诗人本质仅是做到了用"丰富的想象力足可孕育一整个世界来充填他的狱所"①。

《理查二世》展现出莎士比亚戏剧的独特风格。剧中丰富的场景从王宫到监狱,从古堡到原野,呈现出一幅中世纪后期英格兰的风情画卷,画面恢宏阔大,呈现出雄浑壮丽的艺术风格。花园意象的使用尤为突出,以"花园"比拟英格兰,在美丽的景观下更让人对争斗与混乱的世态产生愤慨之情。园丁与仆人的对话颇有象征意义,通过描绘衰败的花园反映理查二世统治下的社会状况,借园丁治理花园的经验来反映国家政治,阐明治国方略,影射时下伊丽莎白政府的政治危机,体现了莎士比亚对理想社会和开明君主的向往。

《理查二世》中运用了大量的宗教隐喻。理查二世常将自己比作基督;波林勃洛克借"该隐之罪"僭越神权、挑战君主权威;刚特将英国喻为"另一伊甸,半乐园"也暗合了君主需要治国能力的主题;花园意象的使用表现了对自由的向往和理想的呼唤。宗教原型的应用发挥出了无限的艺术张力。

《理查二世》中通过人物的文化身份、英格兰的经济文化与政治传统等多个维度对查理二世进行刻画,包括对王后伊莎贝拉的形象描写也被认为是理查二世外来人气质的一种体现。剧中体现了英国语言与法语、拉丁语的对抗,强调了英格兰的本土语言,再现了 14 世纪英格兰民族主义的兴起。

尽管《理查二世》作为早期的作品在艺术上仍有缺憾,但其实现了历史与虚构的和谐统一,仍体现出莎士比亚的艺术风格和政治思想。

第五节 《约翰王》

《约翰王》是莎士比亚的历史剧中故事时间最久远,也是演出最少的一部剧作,是莎士比亚唯一一部触及英国王权与罗马教廷关系的历史剧。该剧主要叙述了英国历史上的约翰王从 1199 年加冕为王到 1216 年去世这一段统治时期的

---

① 彭镜禧、吴孟芳:《权力斗争如戏剧竞赛——从演戏的观点看〈李察二世〉》,《南京师范大学文学院学报》2003 年第 2 期。

故事，主要包括由王位争夺导致的两次英法战争、约翰王对罗马教廷的抗争与妥协以及约翰王谋害合法王位继承人亚瑟等情节。

故事一开始，法兰西国王腓力普以帮助英国已故国王理查一世的儿子亚瑟夺回王位为借口向英国宣战，通过篡改遗嘱而即位的现任国王约翰决定"用战争对付战争，用流血对付流血"（《约翰王》：1.1.617），英法两国的军队在安及尔斯城下遭遇，安及尔斯市民出于自身安全考虑出面调停，英法由此签订了以和亲为主、国土赔偿和经济补偿为辅的和平协议，亚瑟因此被约翰王俘获并最终死亡。同时，约翰王在位期间因加重教会的税负和对抗坎特伯雷大主教的任命而与罗马教皇关系紧张，教廷使者潘杜尔夫逼迫法王撕毁和平协议，并教唆与白兰绮公主和亲的法国王子路易争夺英国王位，战火因之再度蔓延。此时亚瑟之死导致英国贵族叛乱，英国外侮内患同时爆发，约翰王走投无路，只得向教皇妥协请求调停，最后战争停止，但约翰王随即被教会毒杀。

有研究认为，乔治·皮尔创作的《骚乱不断的英格兰国王约翰王朝》、佚名剧本《约翰王麻烦的统治》和戏剧《麻烦的统治者》可能是莎士比亚创作《约翰王》的重要取材来源。对比发现莎士比亚仍保留了旧剧的大体面目，但突出了一众人物形象，也出于剧情需要对于人物形象和历史真实进行了一定的改写。

《约翰王》的主题聚焦两大政治问题：王位继承和王权与神权的关系问题。从英国的王位继承顺序来看，亚瑟比约翰更具有合法性，约翰王的母亲艾莉诺说："若是指望合法的权利作保障，你和我就要糟糕了。"（《约翰王》：1.1.618）这句话显然证明了约翰用不正当手段获得王位的事实。与传统故事中富有领导能力的亚瑟对比，《约翰王》中的亚瑟并未驰骋战场，在公众场合也几乎保持缄默，年龄上也变成了幼童，亚瑟的个人能力被大幅弱化，于是约翰王的上位就使得"合法"与"力量"之间的问题得以凸显：亚瑟虽是王国的合法继承人，却因年幼无力承担国家要务；约翰王是强大力量的代表，却是篡位之人。继承人问题中常见的权利和实力的斗争由此成为作品的关注重点。《约翰王》之所以被认为是一部"时事剧"，即影射伊丽莎白女王的王位继承问题，也正是从这里表现出来的。另外，亚瑟曾经是法兰西的布列塔尼公爵，一旦亚瑟借助法王的力量成为英国国王，英国的未来发展必然会受到法兰西的制约。在英国王位继承的历史中，英法两国的关系向来是考量的重中之重。亚瑟的死亡既代表了英国在法律支撑下的王权继承秩序受到的强大挑战，也体现出长久以来英格兰民族对法兰西的忌惮。

在王位与神权的关系问题上,关于坎特伯雷大主教的任免正是王权与神权激烈斗争的缩影,约翰宣称自己是上帝授予的神圣君王,他对本国的统治不需要依附于罗马教廷;潘杜尔夫则以宗教对灵魂的影响为武器威胁在位的国王,以邪恶的教唆腐蚀未来的君王,借助迷信操纵民众,将英国拖入战乱和动荡,以实现教廷控制英国的目的。贪婪好斗愚弄人类的宗教集团与其宗教的神圣形象形成了鲜明的对照,这些毫无道德的人亲手摧毁了由宗教信仰维持的秩序。约翰虽然试图摆脱教会的控制,但他的软弱还是使英国再度沦入法国和教会之手。约翰与教会之间的抗争导致他被驱逐出教廷乃至最后被毒害,这样的结局安排再现了王权与教会之间难以调和的矛盾。王权与罗马教会的斗争从英国的政治灾难反映到整个欧洲基督教国家的政教危机,突出了维护英国王权和国家利益、谴责罗马教皇与教会为一己私欲挑动战争的罪恶行径的主题。借上述两大主题,莎士比亚探讨了英国政治的几个危机因素,为他的历史剧补充了一个动荡的开端。

作为作品主人公,约翰王呈现出一个既不合法又不合格的君主形象。他善于弄权、有能无德,他与法国国王和教皇使者周旋,为了巩固地位将国土拱手相让;他专制、残暴、篡夺王位、谋害合法王位继承人,使英国动荡不安;他虽勇敢英武,却又反复无常,对待法兰西的进犯他英勇迎战,与教皇势力对抗他也绝不屈服,但最后还是为了苟活寻求与法国和教皇的和解,显得胆怯软弱。尽管如此,剧中的约翰形象比起历史真实中无德无能的约翰王形象还是要美好一些。哈兹里特评价剧中的约翰王"他并未主动寻求犯罪,是形势和机遇强迫、并诱使他犯下罪孽。剧中的约翰王被刻画成一个胆怯超过残忍,可鄙超过可憎的人。……他没有一种崇高精神或坚强性格,可用来抵挡其行为所能引起的愤怒,只能任凭人们对他进行最坏的设想和评价"[①]。

与约翰王相比,庶子腓力普的身上却展现出了理想君主的特质:他乐观开朗、忠诚坦率、明辨是非、进退有度,为了保卫国家和民族利益英勇奋战,保持着良知和高贵的节制与坚守,显示出骑士精神的光辉。亚瑟和其母亲康斯坦丝的形象也有着独特的角色魅力。亚瑟具有出众的语言能力,聪明早慧的亚瑟还具有宗教的虔诚与怜悯,是剧中宗教精神的唯一闪光点,而亚瑟的死亡既代表英国

---

① 威廉·哈兹里特:《莎士比亚戏剧中的人物》,顾钧译,上海:华东师范大学出版社,2009 年,第193—204 页。

王位继承制度的羸弱,也代表着宗教精神的趋亡。剧中对亚瑟与父亲外形相似的反复强调,实际上是将亚瑟作为"父亲的雏形"或"父亲的仿品"进行描写,这原本是用来证明亚瑟具有父系的纯正血统,但从另一个方面来说却削弱了儿童存在的意义和价值,仅仅将其定位为"后代",即"成人生殖能力的体现"。亚瑟的母亲康斯坦丝在痛失儿子之后"以悲痛主导了舞台的整个局面",其哀痛场面的比重被大幅增加。有学者认为莎士比亚借康斯坦丝的"过度"悲痛抒发自己失去儿子哈姆尼特的悲痛。剧中这种悲痛的强调体现了女性潜在的反抗力量,透析出早期现代英国社会对悲恸寡妇及正义的焦虑。身为儿童的亚瑟和身为女性的康斯坦丝,其个人身份被压制,意愿被忽视,只能作为成人和男性的"他者"而存在。

同时值得注意的是,作为历史上标志性的重大事件,约翰王在位期间签订的限制王权的《大宪章》在剧中并未被提及。从法律的角度来看,这或许在某种程度上反映了莎士比亚对于法律的态度:法律并没有终结混乱、重建秩序的力量,法律与正义的结合必须依靠文艺复兴中提出的完整的"人"的概念的实现。对应到创作的时代背景,这部借古讽今的作品显示出的对于强大王权的渴望正反映了伊丽莎白一世王权获得广泛承认的社会现实。

第六节 《亨利四世》

《亨利四世》是莎士比亚历史剧中最具代表性的一部作品,讲述了 1402 年到 1413 年间亨利四世与哈尔王子平定旧贵族叛乱的两次战争和哈尔王子的成长与转变。故事以王室与平民两条线索展开,既描绘了王公贵族的生活,又展现出广阔的社会生活背景。上篇主要写亨利四世与哈尔王子铲平以霍茨波为首的叛乱集团,下篇写亨利四世和兰开斯特王子挫败以约克大主教为首的叛乱集团。

《亨利四世》主要取材于霍林斯赫德所编《英格兰、苏格兰和爱尔兰编年史》和爱德华·霍尔的《两个卓越的贵族世家的联姻——兰开斯特和约克》两部作品,在福斯塔夫这一人物形象上也可以看到对于无名氏旧剧本《亨利五世的光荣胜利》的借鉴和对普劳图斯的喜剧《吹牛的军人》的继承。

《亨利四世》的上篇中,反叛理查二世成功的波林勃洛克夺得王位,继位为亨利四世。与亨利四世一同叛乱的诺森伯兰等人居功自傲再度谋反。亨利四世对篡位之事惴惴不安,自己的儿子哈尔王子只顾玩乐与霍茨波相去甚远,忧虑之下他身患重病,难以镇压叛军。此时哈尔担起责任在索鲁斯伯雷一战中杀死霍茨波,显示出才干。下篇中兰开斯特王子率军镇压叛乱,福斯塔夫也因担心负债被捕而前去葛罗斯特郡招募军队。兰开斯特在约克郡成功设计围捕叛军,病入膏肓的亨利四世仍不放心哈尔继承王位,哈尔将其说服,在他死后继位并摆脱了与之厮混的福斯塔夫,英格兰在新的明君统治下获得新生。

《亨利四世》展现出哈尔王子从浪荡公子到明智君主的转变,体现出莎士比亚对于理想君主的追求。篡位夺权的亨利四世登上了王位,其不正当的手段使国家陷入了动荡,专制王权不能平衡社会集团间的利益导致冲突的爆发。这既否定了篡位僭主夺取王位的方式,又表现出对理想君主的书写——理想的君主不仅要"合法",也要有道德品质和政治理想。玩世不恭的哈尔面临继承王位的质疑,他的转变是合格君主形成的过程——在合法继承权的基础上补充身为君主的道德、责任和国家观念,实现道德完善。

《亨利四世》的另一大主题即荣誉与战争。霍茨波作为贵族,信奉着中世纪的骑士制度,将荣誉看得比生命重要。荣誉不仅是一个抽象的道德标准,对于贵族来说荣誉更包括被封建社会所肯定的封建领主的权利[①],对于霍茨波来说,战争是荣誉之源,这也就能解释霍茨波骁勇善战的原因。但霍茨波从狭隘的利己主义角度理解荣誉,最后成为荣誉的奴隶。福斯塔夫则否定着一切,包括荣誉。在福斯塔夫来看,荣誉是虚无缥缈的东西。"什么是荣誉? 两个字。那两个字荣誉又是什么? 一阵空气。"比起现实生活中的利益来说,荣誉毫无价值,战争之于福斯塔夫不过是一个可以捞油水的大事。哈尔的荣誉观更实用主义:不看轻荣誉的作用,也不盲目追求,将荣誉和胜利结合在一起。哈尔的浪荡不羁固然是为了收获个人的荣誉,但哈尔的荣誉和对国家的责任紧密相连,国家的命运与其个人前途密不可分。战争是王公贵族获得利益的方式,霍茨波通过战争获得名誉、哈尔通过战争证明自己,但对于福斯塔夫这样的平民来说,战争是种毒药,只会带来动荡和死亡。通过这些展现出了 16 世纪英国社会中主导的、残余的、新生的三种意识形态间的斗争。

虽然名为《亨利四世》,但亨利四世着墨很少,始终是其他角色的陪衬,是一

---

① 吴阳:《铭旌? 生命? ——莎士比亚〈亨利四世〉荣誉主题分析》,《文学界》(理论版)2011 年第 8 期。

个"甘为人梯"的角色。亨利四世伪装成英明君主谋权篡位,即位后因王位来路不正遭受内心谴责,又面对国内的叛乱,合法的继承人哈尔玩世不恭、不务正业。作为国王和父亲,亨利四世承担着双倍的忧虑,渐渐积忧成疾,最后病死。尽管着墨很少,亨利四世对儿子的慈父形象与反叛者的形象的塑造使亨利四世没有沦为一个扁平化的人物。题目中的"亨利四世"似乎只是交代故事发生的时间,真正以行动联系故事线索的主角无疑是哈尔王子。哈尔的形象经过发展与变化,寄托着莎士比亚对理想君主的期望。他聪明机智、勇敢果断,有政治远见和国家责任感。尽管开篇的哈尔任性放浪,与下层人厮混,但这不是他自甘堕落,反而是他深谋远虑。一方面是他热爱自由,不愿被宫廷生活所束缚;另一方面是他身为王子,不仅承受着来自霍茨波一类同辈的压力,更是受到亨利四世一类成人的威胁。玩世不恭的形象为哈尔提供了面向宫廷的保护牌,使他避免了种种威胁,同时也麻痹敌人,使自己在战场上出奇制胜;在与底层人民交往的生活中,哈尔如同学习语言一般学习平民的生活,为他未来执政做准备;哈尔的内心独白也表明他一直保留着身为王子的野心和高傲,此时的隐藏恰恰会为之后自己的浪子回头提供鲜明的对比,为自己赢得加倍的荣誉,可谓是一石三鸟。面对国家的叛乱危机,他挺身而出,在浮华的浪子生活和庄严的国家责任之间选择了后者。在继位后他坚决地切断了与福斯塔夫间的联系,重用此前有恩怨的大法官,体现出他的公正贤明。

福斯塔夫是《亨利四世》中浓墨重彩的角色,与哈姆莱特、夏洛克并列为莎士比亚所创造的三大最复杂人物形象。英国散文家莫尔根评价福斯塔夫:"莎士比亚把福斯塔夫的性格写成了一个矛盾的综合体:他既是青年,又是老年;既有冒险精神,又游手好闲;既容易上当受骗,又很机灵;既没有心眼,又胡作非为;总的来说很软弱,但本性又是果断的;表面怯懦,但实际上很勇敢;虽然是一个无赖,却不是个坏人;虽然爱撒谎,却不欺诈;虽是一个骑士、一个绅士、一个军人,却是既无尊严、也无庄重、又无体面。"[1]福斯塔夫纵情酒色、爱慕虚荣、贪生怕死、爱吹牛皮,是道德标准下的骗子、流氓。虽然他不做善事,却并不害人,他的直率、爽朗,他机灵的随机应变、调侃讽刺,增加了妙趣横生的戏剧场面,让人很难心生厌恶。在哈尔"堕落"的生活里,福斯塔夫是他的开导者与领路人,是他的"另一

① 莫里斯·莫尔根:《论约翰·福斯塔夫爵士的戏剧性格》,见杨周翰编选《莎士比亚评论汇编》(上),北京:中国社会科学出版社,1979年,第111页。

个父亲",福斯塔夫无疑对哈尔倾注了感情。福斯塔夫惯用虚无主义消解一切,嘲弄一切文明秩序与道德规则,只关注现实生活中的既得利益,是单纯的享乐主义者。托尔斯泰评价"福斯塔夫或许是莎士比亚唯一自然而典型的人物形象"[1]。福斯塔夫这一角色的生命力正来自他的普遍性——在这一角色之下,是16世纪社会矛盾冲突日益尖锐的英国社会。处在新旧交替时代的福斯塔夫出身贵族,带着贵族习气的他可以选择继续维护封建贵族的权利,也可以转变为新兴资产阶级参与革命,但他两者都没有选择,而是走向了享乐主义的自我堕落,因而在福斯塔夫的多重身份之中,其新教教徒和没落骑士的身份格外具有政治象征和道德隐喻的含义。在动荡不安的社会下,隐藏着人民的疾苦,他们无法改变现状,于是耽溺享乐以压制痛苦。福斯塔夫的幽默是讽刺社会的一种手段,在他诙谐机智的话语之下是难以消解的痛苦与无奈,表面的虚张声势掩盖着内心的惶恐不安,福斯塔夫的矛盾与复杂体现出的是整个英国社会的无序状态。霍茨波英武善战,鲁莽自负,视荣誉高于生命。同时对于原型的考证认为福斯塔夫与欧尔卡苏之间的联系使福斯塔夫具有宗教形象上的隐喻,福斯塔夫在《亨利五世》中的仓促退场可能是因为莎士比亚所在的剧团中台柱子演员威廉·坎普的离开导致了福斯塔夫的消失。

《亨利四世》善用对比的手法突出人物个性。哈尔与亨利四世的对比肯定了哈尔继承的合法性;哈尔与霍茨波的对比凸显出哈尔的实用主义荣誉观;哈尔与兰开斯特王子的对比赞扬了哈尔的智慧;哈尔与福斯塔夫的对比显出荒唐行为的本质差异,即突出哈尔的英武勇敢和勤政峻发的决心。在其他人物的塑造上也构成了对比与映衬的关系,恩格斯肯定了莎士比亚的对比方法,"各个人物用更加对立的方式彼此区别得更加鲜明些"[2],可见对比手法对于人物塑造和主题揭示的积极意义。

《亨利四世》以两条线索并行的方式叙述故事,以复调式结构表现维护与颠覆的斗争因素。在叛军、亨利四世和福斯塔夫代表的社会下层之间展开的、对于王权和荣誉的对话使得"颠覆"与"维护"在不同的层面都得到了展开,福斯塔夫以戏谑的话语解构、颠覆着所有掌权者的话语。戏剧的情节结构也参与到斗争之中,讲述王公贵族的线索与讲述平民生活的场景交叉,"高贵"与"低贱"的人物

① 张泗洋、徐斌、张晓阳:《莎士比亚引论》(上),北京:中国戏剧出版社,1989年,第140页。
② 杨铿编:《马克思恩格斯列宁斯大林论文艺批评》,北京:文化艺术出版社,1983年,第19页。

组合变化都平衡着两者间的关系。莎士比亚仍保持着"文体分离"的特色,尽管两条线索彼此交叉,却又在根本上明显地分离开。莎士比亚仅传达出这两种声音的存在,其余则交给观众理解。剧中亨利四世和哈尔出于策略的伪装和哈尔与福斯塔夫的"戏中戏"形成了双重虚构,前者点明伪装的政治目的,后者则暗示了福斯塔夫的命运并揭示了哈尔的另一个自我。在双重虚构中体现出人物的政治性与个人性之间的冲突,反映戏剧严肃的荒诞性和喜剧的悲剧性。①

《亨利四世》最大的艺术特色是提供了"福斯塔夫式背景"。莎士比亚不仅塑造了福斯塔夫这一"典型环境中的典型人物",更是通过福斯塔夫反映了"五光十色的平民社会"。恩格斯在给拉萨尔的信中指出,"在封建关系崩溃的时期,我们从那些叫花子似的居于统治地位的国王们、无衣无食的雇佣的骑士们和各种各类的冒险家们中间,会发现许多各式各样的特殊的形象——一幅福斯塔夫式的背景。"②莎士比亚在广阔的富于历史特点的背景上描绘人物,使福斯塔夫的性格与时代紧密联系。

《亨利四世》中体现出莎士比亚基督教和人文主义思想的融合。哈尔的故事被看作《圣经》浪子故事的变种。对于圣明君主的描绘贯穿着基督教仁爱、宽恕与博爱的精神。不仅基于"以人为本"的人文主义思想创造出哈尔与福斯塔夫的故事,也在另一方面以基督教中的忏悔精神解决个性自由带来的道德沦丧的现实矛盾。

《亨利四世》中频繁使用的园林与绞刑架意象具有政治文化意蕴。《亨利四世》中借园林隐喻英格兰国家,作为"园丁"的亨利四世一面要铲除英格兰园林中参与封建政治势力的"荆棘"和"害虫",另一方面还要小心底层疯长的"杂草"包围、吞噬掉哈尔这一幼苗。哈尔裹挟在幽默语言之下的绞刑架意象的威胁,之于福斯塔夫显出另一种潜移默化的思想斗争:对于社会颠覆势力和动乱策源的威慑与压制,暗示国家权力的在场。③ 在叛军中进行的在地图上分配国土的动作既是欧洲三分天下的地图传统和区域化的空间观念的文学想象,也是文艺复兴时期英国三足鼎立的文化隔阂和政治焦虑情绪的隐喻,两者共同见证了大不列

---

① 颜晓霞:《人生如戏与戏中戏:论〈亨利四世〉的双重虚构》,《大众文艺》2011年第4期。
② 杨铿编:《马克思恩格斯列宁斯大林论文艺批评》,北京:文化艺术出版社,1983年,第21页。
③ 黄必康:《解读文本意象:莎剧〈亨利四世〉中政治的园林与绞架的政治》,《国外文学》2000年第1期。

颠国家身份形成的曲折历程。[①]

    《亨利四世》中和福斯塔夫紧密相连的食物与酒意象都具有深层的意义。哈尔与福斯塔夫之间对待食物的不同观点体现出两者间的差异,福斯塔夫广泛的食物类比侧面反映了福斯塔夫的人物特点。福斯塔夫的肚子也具有身体政治意味,它代表着男性暴力和权利阴谋对女性的一种威胁。嗜酒的福斯塔夫与酒和酒馆密不可分,酒店的女掌柜常作为异常机智的人物出现,快嘴桂嫂这一角色同时还具备宽厚与色情的特点。妓女桃儿这一角色也与酒关系密切,野猪头酒店是 16 世纪后期伦敦众多酒店的缩影。在剧中大众对各种各样的酒类的矛盾态度也展现出英国国家和民族塑造过程的不确定性。

第七节　《亨利五世》

    《亨利五世》是莎士比亚历史剧中争议最大的一部。作为"亨利三部曲"和第二四联剧的最后一部,《亨利五世》也是莎士比亚历史剧的集大成和收官之作。剧作讲述了亨利五世为取得法兰西王位的继承权而出征法国,同时挫败了国内贵族叛乱的阴谋,他出征攻陷法国哈弗娄城,取得阿金库尔大捷,后与战败的法国公主结婚等发生在 1414—1420 年间的故事。

    《亨利五世》主要取材于霍林斯赫德《英格兰、苏格兰和爱尔兰编年史》、爱德华·霍尔《两个卓越的贵族世家的联姻——兰开斯特和约克》、佚名旧剧《亨利五世大获全胜》及菲利普·亨斯洛在《亨斯洛日记》中记载女王剧团曾演出过的名为"亨利五世"的戏。尽管由于旧剧遗失无从考证莎士比亚对于旧剧材料的改动,但对于历史事实进行了改变处理以符合思想表现是确定的。

    尽管《亨利五世》被普遍认为是一部对国王的英雄赞歌,但也延续了对于王位合法性和战争正义性的讨论。作为国王的儿子,亨利五世的继承看似是合法的,但父亲篡权得来的王位始终留有罪孽因素,这威胁着亨利五世的王位安全。为了证明自己王权的合法性,亨利五世还是王子的时候就致力于营造自身形象

---

① 　郭方云:《三分天下的地图舞台和国家身份的空间推演——〈李尔王〉和〈亨利四世〉》,《外国文学评论》2013 年第 2 期。

转变的巨大反差,以此来制造个人的神话并上升到政治神话。他利用战胜霍茨波的荣誉来证明自己继承王位的合法性,又通过放逐福斯塔夫获得自身的正义性,借父亲亨利四世去世的机会实现完全的转变,树立自己高尚的君主形象。继位后亨利五世也接受了父亲的建议,选择对法战争以化解国内的危机,以战争的胜利将自己打造成英国的英雄国王,坐稳了英国王位。

亨利五世出征法国的根本是借对法战争的民族热情来巩固自己的统治,但其却向教会咨询自己争取法国王位的正当性,其目的是将对法战争的责任和意愿转移给教会承担,这种推卸责任的行为正是出于他对于战争正义性的顾虑。亨利五世已经预见到了战争对个体生命带来的残害,但还是出于个人利益出兵法国,行军途中的亨利五世无时无刻不遭受着良心的谴责,因此就出现了亨利五世在阿金库尔荒原的隐身漫游。亨利五世与三名普通士兵的对话实质是亨利五世说服自己良心的对话,普通士兵对于战争的忧虑直指对战争正义性的质疑,亨利五世作为国王的良心接受着审判,他也与父亲一样,承受着王冠罪恶的重量。他用爱与正义、责任分担和原罪三种逻辑来说服普通士兵但并没有成功——亨利五世没能说服自己的良心,因而他在荒原上祈求上帝,以自己的灵魂换取胜利。在战争中,无论是威胁城内居民的话语还是下令屠杀战俘的场面都深切地体现出不义战争的残酷性。最终亨利五世想用战争证明王位合法性的目的达成了,但战争本身就是一种罪孽,是无法通过罪孽来洗白的,亨利五世以良心的陷落换取的胜利只能使他背负着罪孽,永远痛苦。

《亨利五世》以高昂的爱国热情歌颂了亨利五世这一英雄国王的形象。《亨利五世》集中写战争场景,通过一系列战争场景歌颂君王英明勇武的形象,因此体现出史诗感。剧中的亨利五世有超人的胆略、不凡的政治胸怀、卓越的军事才能,但对于亨利五世这一君主形象存在着很大的争议:有学者认为亨利五世具备理想君主的特质,被莎士比亚作为理想君主重点描绘,是一位理想的基督教君主;也有评论指出亨利五世言行之间充满矛盾,剧中的情节充满反讽意味,将亨利五世视为一个马基雅维利主义者。

针对亨利五世形象的批评主要集中在亨利五世的矛盾之上,不仅是莎士比亚改写历史事实导致的人物剧内外的形象矛盾,剧中的亨利五世言行思想间也充斥着矛盾。莎士比亚将历史上亨利父子之间的关系作出改动,将亨利五世塑造成一个忠孝两全、治国有方的君主。作为"国王"需要的是政治上的能力,而作为一个"正常人"则需以人性为参照，亨利五世作为"国王"和"普通人"的双重身份使得他的思想中必然存在着冲突。"皇上就跟我一样，也是一个人罢了。"（《亨利五世》：4.1.415）亨利五世即位前的浪荡生活尽管是出于塑造形象的考虑，但也是他对于国王位置的逃避，他深知王冠的罪孽之重不能轻易承受——尽管最后他还是继承了父亲的王冠，也一并接受了附着在王冠上的罪孽。亨利五世选择为了证明王位的合法性而发动战争，一方面用个体的荣誉激励着士兵，一方面又真实地预见了个体会面临的摧残，在为自己辩护的过程中就已经陷入了悖论——个体与国家的悖论。亨利五世一边运用这种矛盾替自己处理国家危机，一面又深陷这种矛盾，同他父亲一般难以安眠。

亨利五世善于把控政治玩弄权术，更擅长操纵和利用他人。亨利五世早就提出了争取法国王位的要求，但他还是前去咨询教会的建议，与为了保住资产的教会同流合污，不仅拥有了对法战争的合理借口，还收获了钱财保障；亨利五世已经获得了三位叛国者谋划反叛的消息，但他并没有立即出手惩治，而是先借醉酒侮辱国王的事件引叛国者发言，随后抖出他们的叛国证据使他们无法开脱；在威胁哈弗娄城的法国军民时，亨利五世更是将战争的责任推卸到士兵的手上。这一切都使得亨利五世看似完美的形象产生裂痕，暴露出其虚假伪善、残忍无情的一面。在剧中莎士比亚安排了众多的个体人物，如叛国者和普通士兵等，为宏大的国家叙事提供了个人话语，但在总体上却体现出了"个人"的萎缩。尽管亨利五世作为合格的君王获得了政治和军事上的胜利享受荣誉，但自从他将自己的好朋友福斯塔夫驱逐出自己的世界之后，他便是孤身一人。普通士兵对于战争的忧虑和亨利五世对之回避的回答，都体现出了"个体萎缩"的困境。

《亨利五世》也体现出莎士比亚基督教和人文主义精神的结合。对于亨利五世这一角色的塑造不仅具有人性特征，同时也具有神性色彩，从民族英雄、上帝选民和世俗之人这三个方面可以看到与《圣经》中的领袖人物——摩西、大卫等人的联系。对于战争的关注点揭露出战争的残酷和对于人性的摧残，弘扬了人性关怀，同时表现出对于理想君主统治和国家稳定统一的渴望。

《亨利五世》无疑具有重要的政治因素。莎士比亚用修辞和语言将亚历山大与亨利五世建立起联系，赋予了他出征法国毋庸置疑的神威；塑造滑稽夸张的法国形象，使法国沦为表现英国威势的他者，最后发展成褒己贬他的民族暴力主义，迎合了伊丽莎白时代的军事怀旧情绪和海外扩张期待。选取阿金库尔之战无疑是回顾了英国荣光最盛的时代,呼应了国内高涨的爱国热情。对于麦克摩里斯等角色的塑造更是从侧面记录英格兰、苏格兰与爱尔兰之间割裂的民族关系,表现出莎士比亚对于民族统一的追求。

第八节 《亨利八世》

《亨利八世》创作于 1612 年,是莎士比亚创作的终结之作,它虽然被第一对开本归类于历史剧,但并不具有其他历史剧常见的战争、叛乱和篡权等情节,它创作于传奇剧时期,具有既悲且喜的情节内容,但又缺乏传奇剧最主要的特征——超自然色彩。而且有研究者指出这部作品是莎士比亚与弗莱彻合写的作品,这也可能是该剧风格迥异的原因之一。

《亨利八世》最早出现于 1623 年的第一对开本。剧作主要以霍林斯赫德的《编年史》第三卷为依据,第五幕中噶登纳的片段取自约翰·福克斯恶意攻击天主教的著作《事迹与丰碑》,对约翰·斯托的《编年史》和约翰·斯皮德的《大英帝国戏剧》,以及早期为庆祝亨利八世的某个孩子出生而排演的一出剧也有参考,该剧由塞缪尔·罗利创作,名为《乍见之下便相知,或国王亨利八世之显赫编年史,暨威尔士王子爱德华的降生及荣耀生平》。第一对开本将标题简化为《亨利八世之显赫历史》。但不管是第一对开本还是同时代的参考资料,均未提及该剧为合著作品,最早关于合著作品的研究成果发表于 1850 年,艾尔弗雷德·丁尼生爵士是第一个认识到另一著者是弗莱彻的人,他通过分析某些用语习惯和诗体表现手法(比如停顿的方式、弱音的结尾形式、五音步诗行多余单音节的处理)的差异,对该剧各幕各场内容的创作者作了交替式的清晰区分。

剧作的故事情节依据两条线索展开,第一条线索是亨利八世逼迫凯瑟琳王后离婚的事件,凯瑟琳王后原为亨利八世的嫂子,在亚瑟王子因病去世后,新寡的凯瑟琳因出身于强盛的西班牙王室,其外甥时任罗马皇帝,且富有丰厚嫁妆,被当时的英国国王亨利七世挽留,另嫁给次子即后来的亨利八世。二十多年婚姻当中,亨利八世和凯瑟琳王后虽诞下多位子嗣,但大多夭折,只有玛丽公主存活下来。亨利八世由此以基督教中娶嫂必受诅咒的理由决定休弃凯瑟琳王后,红衣主教伍尔习为讨好国王四处游说,通过组建教会法庭判决王后离婚,凯瑟琳据理力争,拒绝出庭,两位主教随后再行劝说,受到凯瑟琳的严词驳斥,亨利八世于是与王后侍女安·波琳秘密结婚,后驱逐凯瑟琳至一偏僻的修道院,将安·波琳扶植上位,不久凯瑟琳于贫病交加中死去,安·波琳诞下伊丽莎白公主。另一条线索主要描写英国国内的政治派系纷争,以伍尔习主教被处死为界,前半部分写伍尔习主教在国王的庇护下专断政务、贪婪敛财、杀伐异己、野心勃勃的起落过程,后半部分写以克兰默为代表的新教势力在国王的帮助下打败以噶登纳为代表的天主教势力的故事。

作品首先着力刻画了政治权力的斗争以及新教与天主教的矛盾冲突,揭示了这些纷争实际上是文艺复兴时期封建制度与资本主义制度之间的冲突。剧中贵族阶层动辄以自身的血统和贵族荣誉感作为资本,蔑视微贱出身的伍尔习,强调尊卑贵贱的封建等级制度。勃金汉公爵是"全体尊贵的贵族的一面镜子",才华卓越,教养优渥,他在临死前对民众的演讲既表现对世俗法律的最大遵守——尊敬国王,也充满宗教情怀。这符合莎士比亚对理想贵族的期待。而贵族代表人物对伍尔习出身的蔑视,说明他们对资产阶级的鲜明敌对立场,充满了封建制度中上层统治阶层的傲慢,在这一点上,国王作为最大的贵族与之是一致的,但即使如此,在面对凯瑟琳王后的不幸和安·波琳的上位时,贵族阶层也不以良心和公道为原则,而是以国王的喜好为风向标,为维护和稳固封建制度不遗余力,他们已经预见到资本主义的到来对自身的威胁,所以他们更加强调自身血统的高贵和特权地位。凯瑟琳王后对伍尔习的评价可以看出资产阶级的雄心壮志,它以取代封建统治者为目标,另外,资产阶级对金钱的强烈嗜好,获取金钱的不择手段,对包括宗教精神在内的传统道德的践踏,以及对人性的腐蚀都是触目惊心的。作品借此表达了对即将到来的资本主义社会的恐惧和蔑视。

从新教代表人物与天主教代表之间的矛盾也可以看出来自两种不同社会制度的冲突。作品中宗教派系之间的斗争一直存在,伍尔习为天主教的利益而放弃推举路德新教信仰的安·波琳为王后,噶登纳视克兰默的新教思想为瘟疫,欲对他连根铲除。在莎士比亚的作品中,很少有这样公开讨论天主教和新教矛盾的作品,噶登纳是温彻斯特主教,克兰默是坎特伯雷大主教,教派之间的纷争在英国国内已经白热化公开化,在塑造克兰默形象时,作品赋予他更多的诚实、仁慈、谨小慎微,而给予噶登纳苛刻、残忍、阿谀奉承、野心勃勃的描写;克兰默强调的服从原则与亨利八世的利益一致,噶登纳所代表的天主教在长期的历史发展中，一直与国家体系分庭抗礼，教皇的存在更是超越了世俗的国王，因此天主教与封建政权之间的分裂和冲突是必然的，噶登纳与克兰默之间的冲突仅仅是一个缩影，背后是国王的权力在推动运作。国王坦言克兰默"爱戴我，为我服务"，这就暴露出审判克兰默这一事件的真实意图：国王利用这场审判再次重申在教会与国王之间应该选择站位国王，教会应该从属于王权，这就体现了封建国家中教会的工具性。天主教与封建制度唇齿相依，而路德新教是在反抗天主教会的腐朽落后中成长起来的，与加尔文教的"清教"思想相似，它与资本主义制度的性质更为接近。马克斯·韦伯提出，宗教的教义能够产生相应的伦理思想，而这种伦理思想又能推动世俗社会的发展，他发现，资本主义精神最初乃是"一种具有伦理色彩的生活准则"，对欧洲资本主义发展起决定作用的正是具有禁欲主义倾向的清教。从这一角度上来看，天主教与新教的矛盾和当时封建制度与资本主义制度的矛盾是对应的，克兰默之所以能够战胜噶登纳和贵族力量正是这一社会变革的联动效应，亨利八世在国内推动的宗教运动也表明封建的天主教体系正在走向衰落和瓦解。从凯瑟琳王后的出身和剧中言及的相关政治判断来看，她也属于封建制度和天主教体系中的一部分，例如她在言语中评价伍尔习时显露出的对伍尔习的责难和对贵族代表的支持，这些都表达了她的立场。剧作中凯瑟琳输给了新教信仰的安·波琳，以及对伊丽莎白女王未来光荣时代的预言，种种迹象都暗示了激烈的教派之争未来的走向，而这一事实的背后是资本主义社会即将到来的势不可挡。

除了政治纷争之外，作品还揭示了男权社会中的女性悲惨地位，讨论了性别不平等的社会问题。凯瑟琳王后是作品中的正面人物形象，作品中的人民、绅士、贵族，甚至国王本人对其美德都是赞誉有加，但就是这样一个完美的女性，在现实当中却遭受到奇耻大辱。面对屈辱的逼迫离婚，凯瑟琳表现出勇敢的反抗精神，尤其是在两位主教试图说服凯瑟琳服从国王的安排时，凯瑟琳坚持自己的立场，面对不公的环境和险恶的政治斗争，凯瑟琳以自身的正义和美德抗衡。在对伍尔习的反驳中，可以看出凯瑟琳不仅是一位美丽高贵的女子，而且是一位富有政治智慧和领导能力的统治者，凯瑟琳有坚定的宗教信仰，有完美的传统道德，在她身上世俗与宗教结合得非常完美。她留恋的不仅仅是王后之位，而是极力争取女性应该得到的权利。她的侍女名字——忍耐——体现了她面对苦难时的坚毅，凯瑟琳作为女性的理想代表，在二十多年的王后位置上，其为人、为王后、为妻子、为母亲、为主人任何方面都表现得完美无缺,她临终遗言最集中地表现了她的仁爱之心和宽广的胸怀。凯瑟琳作为一个背井离乡的外邦人,作为男权社会中的一个女性,她在承受自身不幸的同时,也在为所有的女性鸣其不平。凯瑟琳遭受离婚的难堪其本质原因在于其工具性的失却,虽然她为亨利八世诞生下的男孩子都已夭亡,但原因并不在于她;她与亨利八世的婚姻也是政治利益考量的结果;二十多年的含辛茹苦付之东流。这些都深刻揭示了女性的可悲地位:当时女性可资利用的价值不外乎联姻和繁衍子嗣,这两点上男权对凯瑟琳都是物尽其用的,虽然凯瑟琳具有不可代替的自身价值:作为妻子的谦逊隐忍,作为王后的贤良淑德,作为母亲的慈爱教习,但这些统统被忽视或被边缘化,一旦其成为男权前进道路上的阻碍,她就会被狠狠地踢开。民众对凯瑟琳的同情和对安·波琳的肯定,说明社会传统对女性不幸的司空见惯和麻木不仁,在凯瑟琳奋起反抗的过程中,并没有哪方力量给予其帮助,而是任其孤军奋战,国家上下都极快地接受新王后的上位。这就形象地勾勒出女性低下的社会地位。即使克兰默等人为伊丽莎白的出生极具美誉之词,也并不能说明女性地位的改变,因为女王所获得的尊敬来自其权力的本质,在这一点上,伊丽莎白的童贞女王的称号恰好验证了其类似男权的特征。

剧作名为《亨利八世》,但主人公与题目并不一致,有研究者认为,"该剧没有主人公"①。除上述凯瑟琳的形象之外,红衣主教伍尔习也是作品着力刻画的人物形象。伍尔习出生低微,凭着出色的学习天赋和巧舌如簧的辩论才华一路晋升,坐上了英国红衣主教的位置,因为他才干出众,深谙揣摩君主之道,所以在两任国王的庇护下声望之高一时无两。在野心的刺激下他一方面奉承、蒙蔽国王,另一方面又向罗马教皇献媚,企图在政教两方面齐头并进。他凭借手中职权在国内大敛财富,擅自征收苛捐杂税,用以贿赂罗马教会,期望获取教皇的权位;在权力斗争中,他对外勾连法国、西班牙以及各国教会势力,为自己捞取利益,对内大肆排除异己,例如他收买政敌勃金汉公爵的管家,诽谤勃金汉有觊觎王位和谋害国王之心,致使勃金汉被国王处死;他在国王身边安插自己的心腹,并趁机赶走贤臣致使其先疯后死;他用搜刮来的民脂民膏拉拢政治势力,博取慷慨的好名声;为了讨好国王,他投其所好,为国王张罗离婚事宜,他出谋划策,联络罗马教

---

① 陈星:《我们选择的真相——〈亨利八世〉中历史的形成与传播》,《外国文学评论》2015年第2期。

皇及欧洲各国教会高层,为亨利八世到处游说,寻找教会解决离婚的合法性问题。他请来教皇使者坎不阿斯主教前来主持离婚审判,但他不同意安·波琳上位,其主要原因是安·波琳的路德新教的信仰,他试图促成国王与法国联姻,为自己谋求更多利益,巩固自己的政教地位。伍尔习贪婪狡诈,表面谦恭,实际上傲慢自大,他的贪婪和对名利的无限欲望表明了他世俗野心家的本质,他身上没有任何宗教的美德,有的仅仅是私欲的膨胀。伍尔习与勃金汉的你死我活的斗争是资产阶级与封建贵族阶层的尖锐矛盾的体现,将伍尔习主教塑造成资产阶级野心家的形象,可以看出莎士比亚对教会的态度,也是文艺复兴时期英国宗教改革的态度:在王权(政)与教会(教)两种社会体系之间,强调国王的权威地位,教会应服从于王权。

伍尔习在失宠之后的改变比较突兀,在追逐俗世荣光失败之后,伍尔习突然回归内心的平静,他临终之前的描写更是表现了令人感动的灵魂的安宁。莎士比亚通过这种改变表明了自己的选择:在世俗的私欲与向往上帝的信仰之间,前者是沉重、凶险和堕落的,后者则是洁净、无私和善良的,而且富有人性的完美激情。结合上文的分析可以看出,莎士比亚并未把教会和宗教信仰混为一谈,而是将之截然分开,在政教之间,莎士比亚认同英国宗教改革的思路,将国王代表的封建国家置于教会之上;在教会与宗教信仰之间,更强调信仰对人们的精神指引作用。莎士比亚指出,伍尔习等教会人士不仅损害封建国家利益,而且腐蚀教士的心灵。伍尔习在内心中是将教会利益看得高于国家利益,这表现在他未经国王同意私自取得教皇代表的地位,在国际关系处理中,妄图将自己的地位抬高到国王之上,并将国家捆绑在自己教会晋升的道路上,他的个人野心使其将主教冕铸造在钱币上,其实质是将封建国家视为教会的附属。伍尔习的失败是宗教改革的必然结果。伍尔习失败后其曾经的助手克伦威尔和他一手提拔的秘书噶登纳均得到重用,就是因为他们对国王忠心耿耿,这是伍尔习在离别宣言中为他们指出的方向:"你去国王那边吧,他是太阳,我祝这颗太阳永远不落!"(《亨利八世》:3.2.205)

国王亨利八世心机深沉,性格多疑,暴躁粗鲁,他利用臣子之间的矛盾巩固自己的集权地位,确立权威,国王的政治主张非常明确,即一切都要以其为中心,服从他的利益。他对勃金汉的惩处一方面是为得到伍尔习在其离婚事宜上的更多帮助,另一方面他听信的关于勃金汉的谋反证据中,勃金汉意图觊觎王位和嘲讽其无嗣刺痛了他的软肋。待到伍尔习反对其迎娶安·波琳的秘密暴露,他又联合贵族对伍尔习痛下杀手。国王任用大臣并没有对其政治能力和道德品质的考量,仅仅看其是否能满足国王的所有要求,这种统治原则带来的必然是统治者的暴虐任性和人民的惴惴不安,作品之所以仅选择他在位的中间一段来创作,就是因为他在后期的荒唐统治,表现在婚姻上就是历史上著名的六任妻子的事件,在六位王后当中,二人是被绞死的,二人是被抛弃的,一位是难产病死的,只有最后一位在他死后得到善终,六任王后的事实在剧中凯瑟琳临终前的梦境中得到预言。国王的私欲还包括他的子嗣绵延的愿望,他的喜新厌旧、贪图美色的恶习,当然专制独裁是他最根本的要求。国王在逼迫凯瑟琳离婚的事件中残酷无情、虚伪狡猾,他可以表面对凯瑟琳慷慨大度、尊敬有加,暗地里却筹谋抛弃凯瑟琳;在离婚原因的阐述上,他一方面指出凯瑟琳个人品德的无可挑剔,另一方面却打着神的旨意的旗号拉拢各国教会为其站台;他不顾凯瑟琳对审判地点的合理请求而秘密与安·波琳结婚,为了安·波琳的加冕强行将凯瑟琳软禁到偏僻的修道院;在凯瑟琳临终前他还惺惺作态遣人来问候,为的是宽厚的凯瑟琳临死前对他的宽恕。亨利八世一方面为巩固自己的统治,使封建政权更为独立和强大;另一方面,在客观上也对罗马教会体系的崩塌起了推动作用,他在这场为争取自己的利益进行斗争的过程中搅动了历史的进程,不经意地顺应了时代发展的规律。

剧作对英国各个阶层的政治态度进行了揭示,从国王到贵族,从绅士到平民,从王政到教会,从天主教到新教,多种势力的政治态度在作品中都得到展现,作品围绕王权与教权的斗争,描写了文艺复兴时期英国宗教改革背景下的社会状况,以国王为代表的王权力量得到了贵族与绅士阶层的大力支持,英国国家意识在此过程中得到进一步的强化,教会人士的腐败使其影响力逐渐衰弱,但宗教精神并未受到影响,而是在新教与天主教斗争的过程中得到彰显。人民在政治人物的命运浮沉中表现出了下层阶级朴实的辩证客观的立场,例如国王处死勃金汉时,人民自发地为勃金汉送别,凯瑟琳被抛弃时人民表达了同情,即使对伍尔习的落败,葛利菲斯也站在公正的立场上给予了他功过并存的评价,但人民也有附庸显贵、虚荣盲目的一面,他们一方面同情凯瑟琳的不幸,另一方面又对安·波琳的绰约风姿和加冕仪式以及伊丽莎白的洗礼赞不绝口,这说明人民有一定独立的立场,但也有愚蠢短视的缺陷,而这也是莎士比亚在众多作品中表现出来的矛盾态度。

　　剧作在亨利八世人生片段的选择上,特地截取其即位后一年至伊丽莎白出生这一时段进行刻画,其用意是不愿触及伊丽莎白的母亲难堪的结局。剧中将亨利八世的离婚起意归咎于伍尔习的政治野心的图谋,这一点实际上是对亨利八世的美化。剧中安·波琳的形象与民间的传言也有较大的差别,在亨利八世羞辱遗弃凯瑟琳的事件中,现实中的安·波琳充当了不光彩的角色,她不仅鸠占鹊巢抢走了姐姐玛丽作为亨利八世情妇的盛宠,而且以色相和各种其他手段迷惑亨利八世休掉凯瑟琳,为了占有国王的爱情,她又动用巫术企图生下男性继承人,却功亏一篑生下了伊丽莎白,安·波琳最后是以通奸罪名被国王处死,英国传说中安·波琳死后以可怕的女巫形象出没。这位劣迹斑斑的王后在剧中却被塑造为温和贤良、德貌兼备的正面形象,这无疑与其女儿伊丽莎白作为女王的身份是分不开的。剧作最后通过伊丽莎白出生时的洗礼的盛况描写,一方面指出未来女王良好的民众基础,另一方面引出克兰默对女王辉煌前程的预测,顺便将詹姆斯一世的伟大也作了一番歌颂。这些矫饰由于与事实偏差较大、奉承之意太过明显,直接给这篇作品带来了很多负面评价。

　　从艺术特色来看,作品中的三段告别宣言辞藻华丽,铺陈过甚。勃金汉、伍尔习和凯瑟琳的临死前的告白都带有宗教殉道者的悲壮色彩,虽然三人身份不同、性格各异,但对于命运的感慨和信仰的热诚却惊人相似,从这一点来看,"通剧都展示了语言的局限性与限制性及其带来的一系列困惑与混乱"①。

---

① 　Maurice Hunt."Shakespeare's *King Henry* Ⅷ and the Triumph of the Word", in *English Studies*, 2008, 75, p.228.

第四章　莎士比亚的喜剧

第一节　喜剧概述

莎士比亚的喜剧创作主要处于创作活动的前期,后期创作产生了几部"阴暗喜剧"①。综合来看,喜剧作品在莎士比亚全部创作过程中具有不可忽视的地位。

喜剧中最早的四部是:《错误的喜剧》《维洛那二绅士》《驯悍记》《爱的徒劳》,这四部作品比较青涩,之后的《仲夏夜之梦》和《威尼斯商人》是莎士比亚喜剧的代表作品,《无事生非》《温莎的风流娘儿们》《皆大欢喜》《第十二夜》在喜剧艺术上越发成熟,后期的《一报还一报》和《终成眷属》呈现出悲喜剧的色彩。在体裁上以抒情喜剧为主,也有笑剧的部分结合。

就主题来说,前期喜剧主要表现青年男女爱情,关注家庭生活。在爱情问题上,恋爱、婚姻自由是剧作的直接目标,其间还迁延到意志、个性自由等。爱情纯洁、家庭和谐、享受生活、追求幸福,其间也会涉及男女平权、种族平等等问题,这些都是文艺复兴时期常见的人文主义理想。阻碍理想实现的通常是封建家长制和中世纪禁欲主义思想,男女不平等、种族歧视等顽固积习当然也是障碍的一部分;还有人性中的喜新厌旧、朝三暮四也是挥之不去的破坏因子。总体来说,前期喜剧里的矛盾都解决得很轻松,充满了或优雅或粗犷的笑声。纯洁的爱情逢凶化吉,道德上的瑕疵得以改善,主人公经过一番波折终于成长。到《一报还一报》和《终成眷属》这两部后期的"阴暗喜剧"里,爱情的描写就不如前期作品那么纯洁,虽然结果圆满,但人物形象并不可爱。

---

① 孙家琇:《莎士比亚的〈一报还一报〉》,《外国文学评论》1991年第4期。

前期喜剧的抒情色彩远胜讽刺性。正反人物的对立不明显,风雅的主角和滑稽的配角相映成趣。风雅主角富丽、体面、令人尊敬,滑稽配角虽然身份低微却也自由欢快,烘托气氛,逗人发笑,贵族阶层和平民阶级的矛盾因此得到圆融的处理。到《威尼斯商人》中,人物的对立稍胜前期,安东尼奥与夏洛克的对立是多层面的,借钱是否取利息的问题仅仅是表象,深层的是不同文化不同信仰的对抗。从人物的艺术效果来看,反面人物夏洛克的影响力超过了正面形象安东尼奥。安东尼奥是资产阶级商人,精神上却具有贵族色彩。夏洛克是经过夸张处理的高利贷从业者,一位爱财如命的物质主义者,同时又是受到种族歧视的受害者。以夏洛克为代表的犹太人因对金钱的执着被冠以魔鬼的称号,然而,追随安东尼奥的基督徒朋友们,如萨莱尼奥和萨拉里诺对金钱的崇拜,巴萨尼奥靠着抵押朋友的一磅肉而取得借款才得以成行的求婚,还有罗兰佐拐跑夏洛克女儿时顺手牵走的巨额财产,种种人事似乎也无法脱离金钱的羁绊,就连贝尔蒙特的鲍西娅,也在抱怨父亲遗嘱钳制她的婚姻自由的同时继承了贝尔蒙特庞大的财富,安东尼奥以一己之力塑造的乐善好施的形象,在这些朋友金钱欲望的裹挟之下终是难以独善其身。金钱标准本来是正反形象及双方集团你死我活对抗的根本原因,却在深层因相似的物质倾向而同流合污,只剩下表面的剑拔弩张,看起来更像是一出表演秀,帷幕之下的夏洛克才是胜利者,悲情的安东尼奥带着他落寞的理想从孤独走向孤独。

在莎士比亚的喜剧中,现实就这样变得越来越不遂人意。前期喜剧里浪漫主义因素是占优势的,但是到《威尼斯商人》和《温莎的风流娘儿们》里,现实主义因素就占了优势:福斯塔夫曾经在《亨利四世》中一边嘲弄封建"荣誉"观,一边过寄生生活,到《温莎的风流娘儿们》后,他自居为流氓无产者的先驱者,跟中产阶级社会的妇女们调情,企图狠捞一把,现实和理想就这样发生了变化。令人作呕的油腻、贪婪和封建遗孽合流,代表庸俗物质主义的现实力量崛起;煊赫的贵族色彩和生动的平民精神相结合的理想由此破灭了。

喜剧中的女性形象比较突出。鲍西娅(《威尼斯商人》)和贝特丽丝(《无事生非》)是最完美的女性形象,美丽、智慧、纯洁、善良、刚柔兼济。剧中的女性大都比较热情,即使"温莎的风流娘儿们"也都是贞洁的。但是爱情问题不可能纯粹,社会现实里的门第观念、金钱问题总是如沉渣泛起:《威尼斯商人》里的巴萨尼奥向贝尔蒙特的鲍西娅求婚必须有金钱来装扮行头;《终成眷属》里海丽娜一心高攀勃特拉姆也是让人恶心。当鲍西娅们流落到海丽娜们的地位,喜剧距离悲剧也就不远了。

莎士比亚喜剧里矛盾的解决通常要依赖现实世界之外的另一个世界。如《维洛那二绅士》中罗宾汉式绿林好汉的森林,《皆大欢喜》中居住着被放逐的开明君主和仁人义士的森林,《仲夏夜之梦》更是在森林里的一出幻梦。甚至《温莎的风流娘儿们》中最后给福斯塔夫开的终场玩笑也是在森林里。《威尼斯商人》里,和充满流血斗争的威尼斯相对照的是古典音乐缭绕的贝尔蒙特。这种安排表明莎士比亚很早就意识到现实世界并非理想世界。

第二节 《错误的喜剧》

《错误的喜剧》是莎士比亚创作的最短的剧本,也可能是他最早写成的剧本。该剧讲述了商人伊勤一家离散多年,两对孪生兄弟在寻亲过程中引起一连串误会,最后一家人团圆的故事。

叙拉古商人伊勤年轻时,妻子生下一对孪生子,同一时间同一家酒店里一位穷人也生下一对孪生子,伊勤买下那一对孪生子作为自己儿子们的侍从。一次海难使伊勤与妻子分离,妻子带着两个小孩子在以弗所生活。与伊勤一同获救的两个大孩子长大后踏上寻亲之旅多年不归,伊勤在寻亲时路过以弗所因违反城邦禁令即将被处以死刑。寻亲的大孩子们也来到弟弟们生活的以弗所,因为高度相似的外表而上演了一幕幕令人啼笑皆非的闹剧。最后众人相认,误会解除,伊勤获赦,一家人终于团聚。

《错误的喜剧》是莎士比亚对古罗马喜剧家普劳图斯的《孪生兄弟》进行改编的作品。伊勤与妻子爱米利娅的故事取材于中世纪传奇《泰尔的亚波龙尼斯》,妻子将丈夫拒之门外的情节则取材于普劳图斯的另一部喜剧作品《安菲特律昂》。在《错误的喜剧》中可以看出莎士比亚模仿普劳图斯的痕迹,在延续原有故事与情节的同时莎士比亚也加进了自己的创作,使作品呈现出了崭新的风貌。

《错误的喜剧》充分肯定了人追求幸福与欢乐的权利。有孕在身的爱米利娅思念丈夫,不顾路途遥远前去与丈夫团聚。海难虽使伊勤一家妻离子散,但是他们一直坚持对家人的追寻:大儿子大安提福勒斯跋山涉水,年复一年地寻找失散的母亲与弟弟；伊勤又在其后走遍各国去寻找妻儿们。故事以即将被处以死刑的伊勤的讲述开场，为故事奠定了哀伤的基调，剧末一家人的团聚则将这份哀伤冲散，悲剧的开端对照着欢乐幸福的结尾，大团圆的结局固然是承袭喜剧结局的常见模式，却也是对于伊勤一家人执着寻亲的认可，启示人们去努力争取、不懈奋斗，激发人们对美好生活的向往和追求幸福的勇气。

与其他喜剧不同，《错误的喜剧》并没有完全将主题着眼于爱情。大安提福勒斯与露西安娜之间的爱情着墨不多。小安提福勒斯与妻子阿德里安娜的婚姻是公爵包办的，剧中因此呈现出二人之间的婚姻问题，反映出男尊女卑的传统思想。阿德里安娜对于婚姻问题的反抗也是对传统的封建习俗的反抗，夫妻间的斗争直指维护夫权主义与追求女性自由、性别平等主义间的斗争，体现了莎士比亚早期的人文主义思想。

大安提福勒斯真诚善良、坚韧顽强。跟随父亲长大的他本可以过上优越的生活，但他惦念母子、手足之情，不远万里前去寻亲。他大胆主动追求爱情，面对露西安娜的真情告白体现出对禁欲主义的反抗和追求爱情自由的人文主义思想。小安提福勒斯的塑造摒弃了普劳图斯剧中欺诈贪婪的形象，他虽是一个浪荡子，在外寻花问柳，但他也爱自己的妻子，富有人情味，注重名誉，这些描写提高了喜剧的道德水准。剧中的妻子形象都有忍辱负重的一面，这不仅反映了她们在爱情中的忠贞，也表现出女性在家庭地位中的弱势。但作品也描写了阿德里安娜的反抗精神和露西安娜非凡的女性魅力。两位仆人则为故事增添了和谐的色彩。

《错误的喜剧》作为莎士比亚的早期剧本，是其罕见的巧合古典主义"三一律"的喜剧作品。但莎士比亚也以其独特的风格使作品别具特色。"误会"的喜剧手法被他运用得出神入化：剧作为大小安提福勒斯配备了一对孪生兄弟仆人，制造更加多的误会，这些误会发生在仆人、家人、外人与孪生兄弟之间，使剧情更为复杂，创造出了更多的喜剧效果。作为语言大师，莎士比亚在剧中巧妙地运用比喻、插科打诨和机智的对话，体现了喜剧诙谐幽默的语言风格，更使人物的对话有了思辨的色彩。诗歌的运用不仅起到了语言上的装饰作用，更是剧中人物表达情感最有效的方式。《错误的喜剧》以层出不穷的误会、迅速转换的场景、变化多端的动作加强了戏剧冲突，也形成了喜剧效果之间的强弱节奏，以出人意料的结局使观众获得更高的喜剧愉悦。尽管莎士比亚没能在此作中创造出富有个性的人物形象,但是剧情是从人物的相似性引起的误会展开的,因而莎士比亚从细微处着笔刻画人物形象的手法更显高明。

剧中小儿子与父亲相认,试图以赎金救出父亲的情节表现出刑事法律的民事化倾向。在展现经济生活的同时,莎士比亚强调名誉的重要性,这说明作者在伦理道德与经济发展二者的关系上有明确的认知,即节俭的生活方式、良善的家庭社会关系有助于经济的发展,伦理关系和经济关系组建成为一个经济共同体,彼此之间不可偏废。剧作中强调的对理想道德伦理的建构,正是对早期英格兰重商主义泛滥所导致的伦理道德失范这一现象的批评。另外,剧作中大安提福勒斯主仆对女仆身体的描述使用了地图式比喻,"她的身体像个浑圆的地球,我可以在她身上找出世界各国来……"(《错误的喜剧》:3.2.416)这里指涉的世界各国与女仆身体的各部位的对应,暗示伊丽莎白女王神圣的政治身体与或敌对或殖民的目标国家间的复杂国际关系,将政治局面隐喻为女性身体地图,这是一种降格的文学处理,丑陋和污秽的女性肉身形象地展现了严肃刻板的政治面貌,并逐渐演变成混合了民族、人种和文化的他者形象,在优越的视角中进行审视和批判。"其中的梅毒话语帮助莎士比亚探讨国家贸易潜在的损伤商人身体和危害国家政治身体的双重堕落意义,表达了前商业时代的英国对无节制的个人爱欲和对国际贸易带来的潜在国内财政危机的焦虑。"①

第三节　《驯悍记》

《驯悍记》大约写于 1593 年,是莎士比亚备受欢迎的早期喜剧作品之一,这部喜剧虽然不是他喜剧创作的巅峰之作,却有其独特之处。它是以当时新兴市民阶层为背景的少数几个戏剧之一,就其艺术成就而言,《驯悍记》的问世标志着莎士比亚已经逐渐走向喜剧创作的成熟期。

关于《驯悍记》戏剧性质,莎学界争论不一。尼柯尔将《驯悍记》作为闹剧典型,而陆谷孙则认为该剧是浪漫主义喜剧。之所以有这样的争议,是因为《驯悍记》具有滑稽的角色、行为和情节等闹剧的外表,而且莎士比亚借助"戏中戏"的

---

① 陶久胜:《英国前商业时代的国际贸易焦虑——莎士比亚〈错误的喜剧〉的经济病理学》,《国外文学》2016 年第 4 期。

艺术手法暗示剧中的驯悍故事不过是一场虚幻、一出闹剧。但是在该剧中,莎士比亚极为大胆地塑造了一位不同于社会主流观念的女子形象,具备了一种完全不同于之前喜剧的"人格",侧面展现了文艺复兴时期浪漫主义思潮下发生的性别意识的变化,使这部戏剧具备了一些浪漫喜剧的因素。男主人公彼特鲁乔的一些自夸之言也彰显出意大利青年的浪漫主义激情,剧中的人物形象和情节安排都符合了浪漫主义喜剧永不厌倦的"窈窕淑女,君子好逑"的主题。

《驯悍记》以姐姐凯瑟丽娜和求婚者彼特鲁乔,妹妹比恩卡和路森修两对情侣之间的恋爱、婚姻为线索,主要讲述了彼特鲁乔驯服悍妻凯瑟丽娜的过程,同时对古代意大利帕度亚城乡的社会风貌与人文形态作了展示。比较特别的是,《驯悍记》没有传统意义上的结尾,据说每次上演这部剧时,剧团会加上一个独创的结尾使其有始有终。故事的主要内容是,帕度亚富翁巴普提斯塔温柔贤淑的小女儿比恩卡颇受男性青睐,而大女儿凯瑟丽娜泼辣傲慢,不讨人喜欢,巴普提斯塔于是声明必须让大女儿先出嫁,小女儿才能结婚。欲寻富家千金为妻的彼特鲁乔忽略凯瑟丽娜的泼辣、冷漠态度,用甜言蜜语赢得其芳心,并订下两人婚事。婚礼当天,彼特鲁乔却一反常态,他先是故意迟到,待到出现时又衣衫褴褛,他在婚礼上行为野蛮怪异,打骂牧师,并且让新娘出丑,他以这样的方式走向驯服凯瑟丽娜的道路。婚后彼得鲁乔先后用"饥饿""失眠""羞辱""杀鸡儆猴"等手段使凯瑟丽娜大变其样,最终温柔和善、唯夫是从。小女儿比恩卡则走上了与姐姐完全相反的道路:起于柔顺,终于强悍。

《驯悍记》的序幕取材于《天方夜谭》;戏剧中的众绅士追求比恩卡的情节来源于阿里斯托(Ariostle)在 1509 年所著《求婚者》的故事情节,或许还借鉴了乔治·盖瑟茨(George Gasocign)的喜剧 *Supposes* 的英文版本;彼特鲁乔驯服"悍妇"凯瑟丽娜的情节,则取材于苏格兰民谣《一张马皮捆悍妇》。民谣中的丈夫扯去悍妇的衣服,用木棍毒打,又将其捆绑在刚剥下来并撒上盐粒的马皮里,将其驯服。民谣中的"驯服"是一种丈夫通过皮鞭、棍棒的手段,对悍妻动用武力,使其温顺的暴力手段,是父权社会残暴的家庭专政。而莎士比亚的《驯悍记》运用了陌生化的策略,用非直接暴力的手段取代了习惯性的武力血腥场面,瓦解了观众对驯服悍妻过程的常规反应,使彼特鲁乔的驯悍具有别样意味。《驯悍记》中的凯瑟丽娜并未被丈夫打得伤痕累累、跪地求饶,而是在与彼特鲁乔的交锋中进行自省与反思,并最终豁然开朗,由泼妇变成淑女,这种"温和"的方法是对传统

"暴力"的方式的颠覆,也是对民谣《一张马皮捆悍妇》驯悍内容的消解和重新建构,并且在观众观看与接受过程中形成了一种张力美。

《驯悍记》首先展现了"性别之争"观念的冲突,从女性主义的角度出发对男权社会进行了思考与探索。作品一方面展现了在父权与夫权的双重压迫下,凯瑟丽娜被彼特鲁乔所"驯服",由泼辣转向顺从,实则失去自我的悲惨遭遇,反映出男权统治下女性主义意识的被摧残与被压迫。从《驯悍记》的情节可以发现,彼特鲁乔从求婚、结婚到"驯悍"的所有过程都透露出其强势主导、专制霸道的性格。彼特鲁乔追名逐利、爱慕虚荣,他选妻的标准不是爱而是财富。彼特鲁乔精明势利,他之所以选择素有悍妇之名的凯瑟丽娜,只是因为其嫁妆丰厚,两人的婚姻并不是以爱情作为桥梁,而是建立在金钱利益之上的,彼特鲁乔没有把凯瑟丽娜当作"人"来看,凯特琳娜"是我的房屋,我的家具,我的田地,我的谷仓,我的马,我的牛,我的驴子"(《驯悍记》:3.2.260)。在对女性至关重要的婚礼上,彼特鲁乔迟迟不出现,出现后又搞怪出丑,给凯瑟丽娜心理造成重大打击;婚后彼特鲁乔不许凯瑟丽娜吃、穿、睡等行为,无不体现他蛮横的男权思想。凯瑟丽娜的父亲也称她为滞销"货物",自作主张将其嫁给彼特鲁乔。两个男人身上的男性霸权展露无遗。凯瑟丽娜被驯服的结局体现了在严厉的男权统治下女性无法自主的悲惨命运。在人物形象的塑造上作品也体现出男性对女性的压迫,莎士比亚用夸张的手法把凯瑟丽娜塑造成彪悍、粗暴、野蛮的"活阎王""魔鬼",展示出男性笔下对女性的歧视和丑化。不仅如此,凯瑟丽娜婚前婚后的鲜明变化,更是以不容置疑的口吻宣告男性对女性的教化要求。婚前那个独立、反抗、勇敢的女性被妖魔化,而婚后被驯服了的温顺贤惠的妻子则被首肯,凯瑟丽娜改造后的顺从形象,是男性所认为的女性作为第二性的理想状态,亦是男性权威充分发挥后性别世界稳固结构的展现。

莎士比亚的高超之处在于其采用了"戏中戏"的巧妙结构,《驯悍记》主要情节"驯悍"故事是戏中之戏,序幕中"贵族戏弄斯赖以取乐"和正剧中"彼特鲁乔驯服悍妻凯瑟丽娜"两个故事平行展开。"驯悍"情节本来展现出至高无上的夫权以及男性对女性的征服与迫害,是符合当时社会主流思想规范的。但莎士比亚却把这一严肃话题置于序幕的一场戏弄当中,以降格和贬低化的手段藐视夫权主义,完全颠覆了当时的男权思想和社会规范。从这一点上我们可以看出莎士比亚对封建伦理下父权和夫权的嘲讽。另外,作品中的妹妹比恩卡先开始温柔顺从、谨言慎行,颇受众人喜爱,是当时社会常见的女性范本,但她最后却拒绝"父母之命",追求自由恋爱,秘密与路森修结为夫妻,保持了人格的独立。两条线索截然相反的安排使作品的主题呈现出复杂的多样性,由此产生了观众对主流价值观念的挑战和思索。莎士比亚以其独特的平衡艺术探讨了多种观念的可能性,涵容了不同时代的价值判断,从而使作品获得了经典意义。

《驯悍记》是对莎士比亚所处时代的两性关系与婚姻爱情观的探求。通过描写彼特鲁乔和凯瑟丽娜的恋爱、婚姻过程,阐述了男女双方应该维持和平稳定的婚姻关系,达到浪漫唯美、琴瑟和鸣的完美状态。《驯悍记》开篇中斯赖和酒店女主人唾沫横飞、脏话连篇的争执,就揭示了该剧的主题——两性冲突。从彼特鲁乔对凯瑟丽娜的求爱到驯悍,可以看到作者对两性关系和婚姻观的思考。彼特鲁乔起初求爱时,凯瑟丽娜称其为"你也就是一头驴子",而彼特鲁乔不假思索地回答"女人也是一样",两人的口角之争表面看来是男女不同性别之间的冲突,其实是作者以表面的相互攻讦映射出的彼此本质的相似,在男性和女性都具有缺陷或弱点的情况下,二者应该增加彼此的理解与合作,而不是相互之间无休止的战争与诋毁。婚礼上的破衣烂衫的彼特鲁乔说:"她嫁给我,又不是嫁给我的衣服;假使我把这身破烂的装束换掉,就能够补偿我为她所花的心血,那么对凯德和我说来都是莫大的好事。"(《驯悍记》:3.2.256—257)虽然彼特鲁乔的本意是为了借此打击凯瑟丽娜骄傲的自尊,但这句话一语中的指出了婚姻的实质:婚姻本是情投意合的男女因灵魂的契合而携手共同面对生活,但现实中的婚姻却受到太多外物的役使,彼特鲁乔自身为了财产而娶凯瑟丽娜,这句话却又宣之其口,看似矛盾实则是自嘲,莎士比亚以反讽的手法使其自我谴责,对观众来说,无疑既是喜剧的诙谐,也是一次道德的教化。不仅针对彼特鲁乔,文末凯瑟丽娜本人也进行了自我反省:"你的丈夫就是你的主人、你的生命、你的所有者、你的头脑、你的君王;他照顾着你,扶养着你,在海洋里陆地上辛苦操作,夜里冒着风波,白天忍受寒冷,你却穿得暖暖的住在家里,享受着安全与舒适。"(《驯悍记》:5.2.299)虽然这一段话更多渲染的是凯瑟丽娜对夫权的服从,但是选文后半句是她真实的想法,在这里,作者对一段和谐婚姻的基础作了说明,婚姻是一种平衡的技巧,只有男女双方自觉付出和相互理解才能通力合作,平安靠岸,强悍的女性或专制的男性都不能获得成功。总而言之,莎士比亚的《驯悍记》来自性别之争却又超越了性别意识,看似是当时社会的时代产物,却具有超前性和深刻性,是一部属于所有时代的高超艺术作品。

对于凯瑟丽娜而言,"悍妇"无疑是她身上最为鲜明的标签。"悍妇"一词的界定是充满男权主义色彩的。西方文学中的女性形象大致分为"家庭天使"型、"红颜祸水"型、"悍妇""女巫"型三类,这样的分类反映出男权统治对女性的期望、评价与压制。凯瑟丽娜的"悍妇"性格并非与生俱来,而是在外界环境的刺激与内在的矛盾心理双重压力下形成的。她出生于富贵家庭,接受过良好教育,本应是一个性格要强、爽朗洒脱的姑娘。但还未等她出场,便被妹妹的求婚者们冠以"活阎王"的恶名,观众很容易仅凭印象就对凯瑟丽娜有了"悍妇"的认知,而忽略其性格中理智温和的一面。当她不同于男性心目中的理想女性的时候,其性格中的率真爽朗便被解读成无理取闹。而妹妹比恩卡温柔贤淑,是男性心中美丽圣洁的女性,求婚者们蜂拥而至。妹妹是炙手可热的求婚对象,而她"门庭冷落",遭人嫌弃;父亲喜爱妹妹而将她视为滞销"货",并将她当作妹妹婚姻的附加条件,鲜明的对比、巨大的落差刺激着凯瑟丽娜。在这种心理状态下,她心灰意冷,决定以粗鲁的言行保护自己,希望能够免受非议。打骂妹妹,顶撞父亲,向他人恶言恶语等都是她自我保护的手段,是她向当时社会进行反抗"宣战"的方法。这些言行成功"吓"跑了求婚者,她也成为无人问津的姑娘,成为名副其实的悍妇。而在潜意识当中,正值风华的她还是对爱情存有期待,强烈的爱欲与爱而不能使她陷入痛苦中难以自拔。而在这时一个"鲁莽"的男子执意向她求婚了,她幼稚的爱恋心理得到了满足。彼特鲁乔在二人尚不熟悉的阶段,先采用以柔克刚的战术,对凯瑟丽娜甜言蜜语,获得其好感;当凯瑟丽娜做出让步时,又采用粗鲁强制的手段使其臣服;当凯瑟丽娜做出反抗时,又对其大加赞美,这些极大地满足了凯瑟丽娜的自尊心,使她心甘情愿接受彼特鲁乔的驯妻行为。最终她在彼特鲁乔精心设计的驯化下与自己和解,成为男性心目中的贤妻。在这一过程中,她完成了由"悍妻"到"贤妻"的转变。

既然有悍妻,那么驯悍妻之夫彼特鲁乔也是引人注目的。他的出现推动了剧情的高潮环节。一开始彼特鲁乔给观众留下了精明逐利的形象。他对凯瑟丽娜甚至是任何女性都毫无爱情可言。他声称,只要女方有钱,"无论她怎样淫贱老丑,泼辣凶悍,我都一样欢迎;尽管她的性子暴躁得像起着风浪的怒海,也不能影响我对她的好感,只要她的嫁妆丰盛,我就心满意足了"(《驯悍记》:1.2.225)。他认为金钱大于爱情、高于婚姻。为了金钱,他可以放弃爱情。剧中另一位男主人公路森修对比恩卡一见钟情,为了追求自由爱情而私奔,更是突显了彼特鲁乔赤裸裸的金钱嘴脸。但彼特鲁乔不是闹剧中常见的性格单一的扁平化人物,他表面粗鲁野蛮,内心细腻温柔。他在关心嫁妆的同时,也对凯瑟丽娜的人品加以考量。如求婚时对凯瑟丽娜的父亲说:"您知道我父亲的为人,您也可以根据我父亲的为人,推测到我这个人是不是靠得住!"(《驯悍记》:2.1.237)言下之意,以己推人,凯瑟丽娜父亲的人品是值得信任的,那么其女儿的品质也不会相差太远。同时,他独具慧眼,弃众人追捧的比恩卡于不顾,而选择了人人躲避的凯瑟丽娜。因为他看出来表面泼辣凶悍的凯瑟丽娜,本性是温柔顺从的。他机智灵活,能言善辩,在与凯瑟丽娜的多次交锋中不落下风。不仅如此,彼特鲁乔还工于心计,深谙女性心理,采取多种手段征服凯瑟丽娜。彼特鲁乔一开始展开猛烈攻势,任凭凯瑟丽娜打骂,在其心中留下一些印记;然后采用甜言蜜语的方式,打开凯瑟丽娜心防,称"人家说你很暴躁,很骄傲,性情十分怪僻,现在我才知道别人的话完全是假的,因为你是潇洒娇憨,和蔼谦恭"(《驯悍记》:2.1.242),亦真亦假的恭维满足了凯瑟丽娜的虚荣心和自尊心。而后,他又采用以毒攻毒的方法将凯瑟丽娜"训劝"成贤妻。

不可否认的是,彼特鲁乔的驯妻行为也表现出其大男子主义性格。"驯妻"本身的动机就包含了男性对女性的驾驭愿望。《驯悍记》的英文标题为 *The Tame of the Shrew*,《朗文高阶英语字典》将"tame"解释为"to train a wild animal to obey you and not to attack people"[①]。彼特鲁乔驯妻与驯动物别无二致,这就意味着,他没有把凯瑟丽娜视为具有独立人格的"人"。驯悍过程也体现出彼特鲁乔对女性的压迫。尤其是在凯瑟丽娜改变后,彼特鲁乔故意指鹿为马,混淆是非,把太阳说成月亮,把老头说成姑娘,且不容凯瑟丽娜争辩,还要挟"我说他是什么就是什么,你要是说我错了,我就不到你父亲家里去"(《驯悍记》:4.5.284)。这里的"驯悍"已经完全变成了压迫女性,如果说前面的凯瑟丽娜因为心理失衡而扭曲肆语,确需彼特鲁乔矫正的话,那么,彼特鲁乔对已经改变的凯瑟丽娜的"乘胜追击"就已经成为赤裸裸的女性迫害了,凯瑟丽娜的"肆语"和"失语"都偏离了正常状态,前者来自自身的妒忌,后者则离不开彼特鲁乔的男权压制。

---

① 许海峰:《朗文高阶英语字典》,北京:外语教学与研究出版社,2003年,第1485页。

凯瑟丽娜的"悍妇"形象深入人心,以至于观众及学者们较少将目光投射到妹妹比恩卡身上。实际上比恩卡的形象也具有多重意味。剧本一开始的比恩卡是莎士比亚时代的女性典范。她温柔顺从、沉默寡言,深得父亲喜爱,并有众多追求者,是男性心目中理想女性的化身。然而当父亲专权决定其婚事时,比恩卡追求自由恋爱,秘密选中意中人并与之私奔。比恩卡不屑于与宣扬"妇德之言"的凯瑟丽娜同行,称其行为是"愚蠢的妇道"。这时的比恩卡正是"悍化了的凯瑟丽娜",她保持了人格的独立与尊严,向世人传达了女性追求独立自由的声音,是莎士比亚笔下的新女性形象。有学者认为,比恩卡性格过于两极化,"她是一只平时蜷缩在角落里的猫,一旦激怒了她,她就会一下子张牙舞爪扑过来"①。

《驯悍记》作为莎士比亚已经逐渐走向喜剧创作成熟期的标志性作品,其艺术成就突出,主要分为以下几个方面。

首先,《驯悍记》是一部现实主义与浪漫主义并存的喜剧。一方面,《驯悍记》通过文艺复兴时期两对男女婚恋关系的描写,揭示和讽刺了当时英国的社会问题,显示出极强的写实主义艺术特征。如序幕中的"贵族"和正剧中陆续登场的"巴普提斯塔""路森修"等是当时英国社会上层人物的代表,他们拥有金钱和地位,同时也拥有戏弄穷人、掌控他人婚姻的"特权"。另一方面,莎士比亚巧妙地以诗体台词、唱段载体、长短句和多种修辞等表达手法展开情节,并且准确表达人物的内心感受与情绪变化,使剧作充满显著的浪漫主义艺术特征。如路森修初见比恩卡时感慨道:"我看见她的樱唇,她嘴里吐出的气息,把空气都熏得充满了麝兰的香味。我看见她的一切都是圣洁而美妙的。"(《驯悍记》:1.1.220)在这段话中,比喻和夸张的修辞手法的运用,刻画了比恩卡美好圣洁的形象,展现出比恩卡身上独特的迷人气质,同时写出了路森修对比恩卡的一见钟情。

其次,《驯悍记》兼具悲剧和喜剧色彩。《驯悍记》长久以来被解读为莎士比亚作品中的"闹剧"或"爆笑喜剧"。其喜剧色彩表现在莎士比亚对故事情节做了戏谑化的处理,也就是戏中戏的叙述模式。贵族戏要乞丐斯赖,让其误以为自己是贵族,主要的"驯悍"情节,实际上是序幕当中为了印证"戏外"的斯赖相信自己是贵族的身份,并为其取乐的一出戏。这也就暗示读者,这是一出戏。正剧本身也到处充满了戏谑的成分,莎士比亚通过真实与虚幻相切换的视角,以夸张的喜

---

① 陆谷孙:《莎士比亚研究十讲》,上海:复旦大学出版社,2005年,第169页。

剧方式讲述了非常规的驯妻故事。喜剧色彩还表现在运用了大量的具有荒诞、诙谐特征的文学语言,如彼特鲁乔赴婚宴的穿着——"戴着一顶新帽子,穿着一件旧马甲,他那条破旧的裤子脚管高高卷起;一双靴子千疮百孔,可以用来插蜡烛,一只用扣子扣住,一只用带子缚牢;他还佩着一柄武器库里拿出来的锈剑,柄也断了,鞘子也坏了,剑锋也钝了;他骑的那匹马儿,鞍鞯已经蛀破……"(《驯悍记》:3.2.254)——让人出乎意料,啼笑皆非。《驯悍记》的喜剧色彩还体现在人文主义精神的实现上,《驯悍记》中的两位求爱男主人公——彼特鲁乔和路森修是人文主义精神的代表人物。彼特鲁乔具有人文主义者身上的冒险探索精神,他敢于拼搏,同时他又追逐金钱,追求享乐;而路森修则是追求爱情,倡导婚姻自由。两人的成功代表着新兴资产阶级的生活原则的胜利。而凯瑟丽娜在爱情的帮助下,摆脱了心理阴影,是一次具有难以言喻的积极影响的心灵历程,也具有喜剧意义。

然而,《驯悍记》不仅仅是一部喜剧,在这部作品中也表现出浓重的悲剧色彩。方平表示:"一般以团圆结束的喜剧总是让观众以满意的心情预见到美满的婚姻和幸福的家庭,但现在我们看到的却是一个低声下气、自比于奴仆的妻子,难道这就是美满的婚姻了吗?现代的评论家无法把这么一个悲剧性的结局当作喜剧来接受。"[①]随着彼特鲁乔驯妻手段不断加深,凯瑟丽娜逐渐由"悍妇"走向"女奴",其人格的独立性不复存在,以凯瑟丽娜为代表的女性被男权绝对权威所驯化,成为一个失语女性,剧作的悲剧气氛愈见浓厚。

再者,《驯悍记》的艺术特色还在于"戏中戏"这一艺术手法的运用。莎士比亚为驯悍故事设了一个框架,这个框外还有一个框,这个结构设计和斯赖的荒诞行为也在时刻提醒着观众保持清醒,不可将故事当真。"戏中戏"不仅具有直观性,还具有双关含义。

第四节 《维洛那二绅士》

《维洛那二绅士》大约创作于 1594 年,是莎士比亚的第三部喜剧作品,也是

---

① 方平:《历史上的"驯悍文学"和舞台上的〈驯悍记〉》,《外国文学评论》1996 年第 1 期。

他的第一部浪漫主义喜剧,寄托了莎士比亚的人文主义理想。

《维洛那二绅士》以爱情和友情的矛盾冲突为线索,讲述了凡伦丁和西尔维娅、普洛丢斯和朱利娅两对恋人的故事,再现了古代意大利米兰与维洛那城乡的社会风貌。一对好友凡伦丁与普洛丢斯分别坠入爱河,凡伦丁与米兰公爵的女儿西尔维娅情投意合,普洛丢斯和朱利娅定下海誓山盟的誓言。普洛丢斯到米兰公爵府谋职,发现西尔维娅美若天仙,便开始移情别恋。为破坏二人感情,普洛丢斯泄露西尔维娅与凡伦丁准备私奔的秘密,使凡伦丁被放逐,西尔维娅被迫许配给修里奥。为寻找恋人,朱利娅女扮男装,发现普洛丢斯已移情他人,并欲将自己的戒指送给西尔维娅。放逐后成为强盗首领的凡伦丁得知一切,指责普洛丢斯的同时,又出于友情的考虑,愿意让出自己在西尔维娅心目中的位置。普洛丢斯深受感动,幡然醒悟,坚守与朱利娅之间的约定。最后两对恋人终成眷属。

《维洛那二绅士》的取材一说来自葡萄牙诗人豪尔赫·蒙特马约的《多情的戴安娜》,一说源自薄伽丘《十日谈》中的《泰特斯和吉塞普斯》。但莎士比亚在原文基础上塑造了性格鲜明的人物形象,注入自己的人文主义思想理念,给故事赋予了新的含义。

《维洛那二绅士》具有双重主题,即"爱情和友谊"。首先,《维洛那二绅士》贯彻着莎士比亚"爱"的思想理念,剧中的爱分为人文主义的博爱和浪漫甜蜜的爱情。该剧作是莎士比亚戏剧中第一部以爱情为主题的喜剧。戏剧以凡伦丁、西尔维娅、普洛丢斯和朱利娅四人的爱情纠葛为主要线索,歌颂了以凡伦丁、西尔维娅、朱利娅为代表的年轻一代追求纯洁爱情,坚定反抗世俗的勇气,表达了莎士比亚对爱情、自由、平等的新观念和新生活的肯定。故事中凡伦丁爱上西尔维娅,感受到甜蜜爱情的苦涩与痛苦,这是对其之前轻视爱情的惩罚;他与西尔维娅情投意合,为追求幸福,他们争取婚姻自主,试图趁黑夜用绳梯逃出公爵府,秘密结婚。普洛丢斯先热恋朱利娅,后又移情别恋好友的爱人,丢掉爱情的同时也失去了友谊,可谓一无所获。变心的普洛丢斯被爱情的化身——朱利娅规劝并回心转意,最终获得甜蜜爱情,两条线索互相补充、互相对照,将爱情的幸福与苦痛全面地表达出来。

甜美爱情的背后,闪耀着的是人文主义的仁爱光辉。《维洛那二绅士》中最引人注目的是绿色世界的构建。处于米兰和维洛那之间的曼多亚森林是一个与米兰公爵府截然不同的自由世界。森林中虽然生活着一群"强盗",但他们光明磊落、行侠仗义、心地善良,为人坦诚。他们为被驱逐的凡伦丁提供栖身之所的同时,还推选他为森林首领,给予他温暖,凡伦丁感慨"在这座浓荫密布、人迹罕至的荒林里,我觉得要比人烟繁杂的市镇里舒服得多。我可以在这里一人独坐,和着夜莺的悲歌调子,泄吐我的怨恨忧伤"(《维洛那二绅士》:5.4.166)。后来,普洛丢斯也在曼多亚森林中反思自己对友谊与爱情的双重背叛,最终回心转意,获得爱人与友人的原谅。不仅如此,米兰公爵也在这里如梦初醒,回归理智,同意凡伦丁与西尔维娅的爱情婚姻。在绿色世界里,爱情、友情、公平正义都得以彰显,理想王国的构建体现了莎士比亚对理想的人文主义的憧憬。在理想王国中,我们可以看见超越世俗的宽恕、仁慈和爱的力量。剧中的朱利娅被普洛丢斯抛弃仍痴心不悔,不计较自己受到的侮辱与轻视,女扮男装做他的仆从,用心规劝,使普洛丢斯浪子回头。凡伦丁认清普洛丢斯的伪善面目后,仍然选择宽恕,米兰公爵也原谅了企图私奔的女儿西尔维娅和其恋人凡伦丁。因此,在"绿色世界"中没有仇恨,只有宽容与和解。曼多亚森林为遭受迫害的凡伦丁提供栖身之所,同时净化普洛丢斯和米兰公爵的心灵,使两人幡然醒悟。剧中人与自然的休戚与共、和谐相处同生态批评所倡导的生态和谐理想相契合。

其次,友情也是《维洛那二绅士》的基本主题之一。凡伦丁忠于爱情的同时也忠于友谊,虽然遭到好友普洛丢斯的背叛,但在普洛丢斯忏悔后,他仍然给予宽恕,并愿意放弃在恋人心中的位置成全朋友。而普洛丢斯恰好相反,他背叛爱情,也背叛友谊。但最终在曼多亚森林这一理想世界里,二人还是重归于好,整个故事以圆满结局告终。

此外,《维洛那二绅士》还展现出莎士比亚人文主义思想与宗教思想的融合。作品中世俗社会米兰公爵府和"伊甸园"的化身曼多亚森林是一组冲突意象,羊和牧羊人是一组静态意象,从中反映出莎士比亚的宗教思想。又以凡伦丁、西尔维娅、普洛丢斯和朱利娅四人的出走、爱情纠葛以及宽容谅解的故事展现出喜剧所蕴含的游历和博爱的宗教主题。具体来讲,凡伦丁因"藐视爱情"的罪名而被放逐,普洛丢斯因违背誓言而遭受内心的煎熬,这些痛苦与磨难其实是基督教受难意识的变种。普洛丢斯对爱情和友谊的双重背叛使他与好友凡伦丁的友谊破裂,但由于凡伦丁心怀宽恕与仁慈,且忠于友情,终于使两人又言归于好的情节是对《圣经》中 U 型结构的借鉴。在人物方面,单纯的凡伦丁与奸诈狡猾的普洛丢斯之间的博弈实际上是上帝与魔鬼之间的冲突,而朱利娅与凡伦丁是宽恕和仁爱的化身。

虽然《维洛那二绅士》是以剧中两位男性主人公命名的,但是就形象的鲜明性和艺术魅力而言,却是两位女性主人公,即朱利娅和西尔维娅。朱利娅大胆叛逆,对爱情忠贞不贰,具有勇敢无畏、坚毅忍耐的美好品质。她女扮男装,背井离乡,不顾前路艰险,从维洛那到米兰,只为见爱人普洛丢斯一面。她大胆追寻情人的勇气源于对爱情的真挚专情和热烈追求。难能可贵的是,当她目睹昔日情人背叛爱情、违背誓约时,备受伤害的她没有一味消沉、悲观,而是以坚守、忍耐、宽恕和委婉规劝,等待着普洛丢斯的回心转意。

西尔维娅乐观开朗、聪明机智,对待爱情真挚专一。在追求爱情过程中,她羞涩狡黠,又积极主动。为打破自己与凡伦丁情意相投但对方却迟迟未剖露心迹的暧昧窘境,她设计了请求凡伦丁代写情书的谋划,委婉曲折又大胆主动地表明了自己的心意,展现其聪明可爱之处。她不爱有万贯家财的修里奥,也不爱伪君子普洛丢斯,而是对勇敢真诚、品德高尚的凡伦丁一见倾心,且矢志不渝。当父亲干涉二人感情,将凡伦丁放逐,试图将她许配给修里奥时,西尔维娅拒绝接受父亲的安排,而是选择出走米兰,发誓非凡伦丁不嫁,可见其对爱情的真挚与执着。朱利娅和西尔维娅,是作者在该剧中精心雕刻并倾力歌颂的对象。她们追求自由恋爱,大胆热情,机智勇敢,展现出了文艺复兴时期新女性的特点。

同时,《维洛那二绅士》中朱利娅的女仆露西塔身上也显示出人文主义的光辉。她忠心耿耿,为朱利娅"追爱"保驾护航;她洞察人心,冷静理智地看待爱情。当朱利娅认为普洛丢斯对其冷冰冰的时候,露西塔指出:"越是到处宣扬着他们的爱情的,他们的爱情越靠不住。"(《维洛那二绅士》:1.2.97)但当普洛丢斯离开维洛那,朱利娅想寻找他时,露西塔看出普洛丢斯的伪善本质,提醒道:"什么盟誓眼泪,都不过是假心的男子们的工具。"(《维洛那二绅士》:2.7.127)她赞颂自由爱情,追求个性解放,在感性与理性之间保持平衡,是下层人中人文主义理想的形象。

凡伦丁与普洛丢斯是两个截然相反的人物形象,一个高贵可敬、忠于爱情和友谊;一个奸狡可鄙,背叛爱情,也背叛友谊。两人身上反映出彼此对立的处世原则和人生理想,是那个时代的真实映射。普洛丢斯这一形象极具典型性。剧中凡伦丁目睹普洛丢斯向西尔维娅无耻求爱时,怒斥他:"卑鄙奸诈、不忠不义的家伙,现今世上就多的是像你这样的朋友!"(《维洛那二绅士》:5.4.168)对于自己的背叛行为,普洛丢斯不以为耻,百般进行辩解说:"爱情永远是自私的,我自己当然比一个朋友更为宝贵……我要忘记朱利娅尚在人间,记着我对她的爱情已经死去;我要把凡伦丁当作敌人,努力取得西尔维娅更甜蜜的友情。"(《维洛那二绅士》:2.6.125)为横刀夺爱,他不惜伤害好友,泄露凡伦丁与西尔维娅试图私自结婚的秘密,造成两人被迫分开的局面。西尔维娅称其为"居心险恶,背信弃义之人!"(《维洛那二绅士》:4.2.152)他与善良、正直、忠诚的凡伦丁形成鲜明的对比。凡伦丁对西尔维亚一见钟情,却不敢表露心迹,也没有第一时间察觉西尔维亚设计的代写"情书"策略,可见其初触爱情的单纯天真、笨拙可爱。即便被公爵放逐,也保持对西尔维娅的热爱。被好友伤害后,仍保持赤子之心,愿意为友谊而放弃自己在爱人心中的位置,选择宽容与饶恕,展现出他的仁爱之心。

在《维洛那二绅士》中,傻仆的身影几乎出现在每一个场景之中,集欢乐与哲理于一身。第一幕中,普洛丢斯用牧羊人和羊的关系比喻凡伦丁与史比德的主仆关系,史比德用"牧羊人寻羊,不是羊寻牧羊人;我找我的主人,不是我的主人找我,所以我不是羊"(《维洛那二绅士》:1.1.94)这一个譬喻来进行反驳,并且戏称朱利娅是细腰的小绵羊,表明他对普洛丢斯所定义的主仆关系的不满以及对普洛丢斯伪善本质的透视。被放逐的凡伦丁遭遇强盗,强盗劝说其入伙,史比德劝告道:"少爷,您去和他们合伙吧,他们倒是一群光明磊落的强盗呢。"(《维洛那二绅士》:4.1.147)在仆人眼中,"光明磊落"的强盗胜过告密奸狡的普洛丢斯。第二幕中,普洛丢斯的仆人朗斯独自在台上上演了一出滑稽模仿,恩格斯称"仅朗斯一人和他的爱犬克来勃,就比所有德国喜剧加在一起有价值得多"[1]。朗斯以诉说宠物狗克来勃种种不端行为暗讽主人普洛丢斯背叛爱情、友情的无耻行为,同时他为狗的牺牲和普洛丢斯对他的恶劣态度形成鲜明对比,突出燕尾服包裹的"绅士"本质就是狼心狗肺的"狗",表达对普洛丢斯的强烈谴责。主人横刀夺爱、背叛友情时,朗斯亦直言不讳:"瞧吧,我不过是一个傻瓜,可是我却知道我的主人不是个好人。"(《维洛那二绅士》:3.1.137)

《维洛那二绅士》富有浓烈的喜剧色彩。除了上述小丑角色的塑造之外,故事还构建了绿色世界曼多亚森林,作为人文主义者的理想王国,洋溢着自由、宽

---

① 张泗洋、徐斌、张晓阳:《莎士比亚引论》(上),北京:中国戏剧出版社,1989 年,第 179 页。

容与博爱的气息。莎士比亚承续中世纪民间喜剧的手法,采用了"乔装""误会""巧合""设计"等喜剧技巧,并将语言的诗意与风趣相结合,既有优美动听的韵文诗歌,也有朗斯们的滑稽模仿般的插科打诨。

第五节　《爱的徒劳》

《爱的徒劳》是莎士比亚争议最大的一部喜剧,但它也是最聪明、最滑稽的戏剧之一。该剧讲述了那瓦君臣立誓禁欲研学,却因为美丽的法国公主与宫女来访而违背誓约,陷入情网不能自拔的故事。

故事开始,那瓦君臣决定过几年清心寡欲的苦修生活专心研学,甚至因此处罚了与村女杰奎妮坦谈情说爱的村夫考斯塔德。就在立下誓约之时,美丽的法国公主带领漂亮的侍女们来到那瓦访问,那瓦君臣立刻陷入爱情之中,但他们不敢违背誓约,只能写情诗送给自己爱恋的对象,但也因为一些巧合导致这些情书被公之于众,禁欲的誓约彻底破灭。宫内在排演露天历史剧,那瓦君臣企图装扮成俄罗斯人向法国公主及其侍女求爱,计划却已被公主及侍女知晓,于是她们也交换了各自的服装与首饰。那瓦君臣对着错认的对象吐露心意,每个人都被狠狠训斥了一番,这场混乱导致演出停止。为争夺杰奎妮坦,考斯塔德要与亚马多决斗,这时传来了法国公主父亲去世的消息,法国公主一行人提出让那瓦君臣苦修一年作为二次求婚的条件,故事就这样结束了。

《爱的徒劳》是在历史事件的基础上创作而成的,剧中的那瓦国王腓迪南影射了现实中的那瓦国王亨利,剧中的法国公主影射法国公主玛格莱特。玛格莱特公主嫁给亨利,后因夫妻不和而分居。之后公主随母亲访问那瓦希望与亨利和解,同时解决阿奎丹的归属问题。尽管是基于历史的创作,莎士比亚却没有囿于历史事实,而是使《爱的徒劳》带有了独特性。有关那瓦君臣把宫廷当作学院的描写,莎士比亚可能是从一位名叫皮埃尔的法国人写的著作《法兰西学院》(1577)中得到启发(此书于1586年译成英语)。另外,剧中所表现的诸多喜剧因素,尤其是亚马多和毛子的插科打诨,一定程度上模仿了大学才子派作家约翰·李利的喜剧作品《恩底弥翁》。同时也能在戏剧中看到许多莎士比亚时代的英国时事,这些时事的影射不仅增强了观众对于戏剧的带入性,也在舞台上引起对于时事的思考。

《爱的徒劳》以直白的方式表现了莎士比亚抨击禁欲主义、提倡人性解放、追求纯真爱情的人文主义思想。那瓦君臣决心苦修研学、不近女色,誓约却频频遭受考验。在订立誓约之时,俾隆就对禁欲之事加以嘲讽,订立契约之后又立刻因法国公主及侍女们的来访心生动摇,以致最后彻底违背誓约,大胆热情地追求爱情。那瓦君臣的改变正体现出禁欲主义对人的压迫是对人的天性的违反,而追求情爱则是出于天性、自然的行为,是无法被压抑、遏制的。禁欲是违背天性的,而爱情才是天经地义的,爱情必将战胜禁欲主义。而那瓦君臣也最终醒悟,通过否定自己而认识自己,在追求爱情中追求更好的自我,因而爱不是徒劳。法国公主及侍女们借乔装打扮戏谑那瓦君臣向他们展示了爱的真谛,表现出对于纯真爱情的追求与歌颂。

《爱的徒劳》中的那瓦国王为了追求不朽的名誉,以禁欲主义的教条限制自己和臣民,以苦修生活,舍弃享乐和远离女人使自己投入到对书本和真理的追求。甚至因为臣民接近女色而加以惩罚。无论是节食还是对爱情的极端否定的态度都表现出封建的禁欲主义对人的天性的压制。然而最后那瓦国王还是没能抵抗天性对于情爱的渴望,陷入了对法国公主的狂热追求。那瓦国王的臣子俾隆则与之相反,他重视享乐,正视人的自然欲望。他有个性有勇气,敢于对任何人进行讥讽和嘲笑。他否定抽象的生命目标,专注现实生活。但他也不是完全的果断,尽管他对禁欲的盟约嗤之以鼻,却还是在盟约上签了字;尽管他承认人的自然欲求,但追求爱情时还是会有罪恶感。不过这并不影响这个角色在剧中的进步性,因此也被视为莎士比亚人文思想的体现。法国公主美若天仙、优雅高贵又善于辞令,思想纯洁、坦率真诚。法国公主与侍女们这样美丽动人、机智聪慧的女性不仅拥有美德,追求纯真的爱情,更是做出对爱情忠贞不渝的承诺。

《爱的徒劳》的一大亮点就是灵活运用了语言的多义性。对于剧中不同阶级的不同角色,莎士比亚都安排了符合他们身份地位的语言,通过这些角色的语言,莎士比亚表现出他对于人生意义的思考和对不朽的追求。同时,莎士比亚善用双关语。尤其是对于毛子这一角色的塑造,在台词中使用了大量的双关语,使毛子这一人物形象脱离扁平化,变得生动具体。剧中的语言游戏反映出英国社会对英语语言的态度。《爱的徒劳》作为一部浪漫主义喜剧,莎士比亚不仅在其中大量引用十四行诗使全剧抒情色彩更为浓郁,更是善用比喻、夸张、矛盾、双关等修辞手法丰富戏剧的艺术效果。

故事的结局并不像是往常的喜剧一般以圆满的结局收尾,而是让法国公主一行离开,没能接受那瓦君臣的求爱。对于结局的安排学界一向存在着争议,但这样的结局安排也正迎合了主题"爱的徒劳"。

在《爱的徒劳》中充斥着反讽与背离。以"爱的徒劳"为名,观众们以为会看到绝望或黑暗的爱情故事,但呈现在眼前的却是轻松诙谐的故事,造成了观众与戏剧间的心理距离;那瓦君臣本打算禁欲研学,却因为追求爱情而放弃禁欲的打算,最后还是要为了追求爱情回归禁欲生活,情节的悖论提高了艺术张力;人物的语言与行为之间也存在着矛盾,例如那瓦国王的"这是古今恶札中的杰作",使用"恶札"与"杰作"在感情色彩上背离的词,造成了语言上的反讽效果;而那瓦君臣订立誓约又撕毁誓约的行为也体现出了他们思想上的悖论冲突。反讽的大量运用和巧合在剧情中的决定性作用都一并解构了喜剧的意义,提升了戏剧的思想深度,体现出莎士比亚暗藏的创作情感与态度——"爱的徒劳",那瓦君臣并没有认识到真正的、纯粹的爱的意义,因而他们对爱情的追求自然是徒劳的。由此可见莎士比亚对于纯粹爱情的追求和对世间纯粹爱情存在的怀疑。

第六节 《仲夏夜之梦》

《仲夏夜之梦》是莎翁最富有诗意的喜剧作品之一,它将现实世界与神话世界完美融合,"是莎士比亚涉及仙界题材的戏中最有特色的一部……幻想与现实两个世界合二为一,其娴熟的表现和真实性在任何前人的作品中没有见过"[①]。

《仲夏夜之梦》的主要情节来源于现实生活,次要情节大都来源于前人的作品以及民间传说,如忒修斯与希波吕忒结婚的故事来源于古罗马作家普鲁塔克《希腊罗马名人传》中的《忒修斯传》和中世纪英国诗人乔叟《坎特伯雷故事集》中的《武士的故事》,皮拉摩斯和提斯柏的故事情节来源于古罗马诗人奥维德的《变形记》,仙王和仙后的故事来源于民间传说。对此,布鲁克斯也表示,"要说《仲夏夜之梦》有什么综合的源头,那根本是不太可能的",他还引用亚历山大的观点,

---

① 傅光明:《〈仲夏夜之梦〉:现实、梦幻、丑角的三重世界》,《东吴学术》2018 年第 2 期。

说该剧的主要线索:婚礼、仙人、演戏的工匠很可能都源自莎士比亚独特的创造。

《仲夏夜之梦》并行设置四条故事线索,第一条线索是两对青年男女拉山德与赫米娅、狄米特律斯与海丽娜的爱情线索:拉山德与赫米娅两情相悦,遭到赫米娅父亲伊吉斯的反对,伊吉斯相中了狄米特律斯为婿,狄米特律斯因此抛弃曾经相爱的海丽娜,转而追求赫米娅;为讨得狄米特律斯的喜欢,海丽娜将好友赫米娅准备与拉山德私奔的计划告诉了狄米特律斯,并尾随他来到雅典森林追逐赫米娅,即使被他辱骂也不愿回家,海丽娜的痴情打动了仙王奥布朗,他派精灵迫克用"爱懒花"花汁帮助海丽娜重获挚爱,没想到花汁滴在拉山德眼皮上,致使拉山德在魔力的作用下抛弃赫米娅,并疯狂追求醒来后第一眼看到的海丽娜,为更正错误,迫克随后也给狄米特律斯滴了花汁,于是四人陷入混乱的争吵之中,仙王命令将拉山德的魔力解除,拉山德与赫米娅重归于好,狄米特律斯受魔力的作用与海丽娜终成眷属。第二条线索是仙王奥布朗和仙后提泰妮娅矛盾的产生与和解:雅典森林里的仙王奥布朗与仙后提泰妮娅因为争夺"换儿"(民间传说中,仙人常于夜间用愚蠢的妖童换走人间美丽的小孩儿,这里是指仙后凡间的女信徒的孩子——印度小王子)而产生冲突,奥布朗为了让提泰妮娅做出让步,派精灵迫克用"爱懒花"花汁来戏弄仙后,使得仙后在魔力的作用下意外迷恋上因为迫克的恶作剧被戴上驴头的织布匠波顿,后来仙后将"换儿"让给仙王,仙王为仙后解除魔力,二人和好如初。第三条线索是忒修斯公爵和希波吕忒的婚事:忒修斯公爵用武力征服阿玛宗并赢得了女王希波吕忒的爱情,他因为维护雅典法律而支持伊吉斯包办女儿赫米娅的婚事,后来对赫米娅和海丽娜四人的爱情表示支持,决定让他们和自己一起举行婚礼。第四条线索是一群手工艺人为了庆祝忒修斯公爵大婚而在雅典森林排演悲剧《皮拉摩斯和提斯柏》,但因为缺乏表演经验和文化素养,在排练时频频出错,表演时更是笑料百出,将悲剧变成了一部喜剧。其中织布匠波顿卷入仙王与仙后的矛盾中,在身上的魔力解除后他回到伙伴身边完成戏剧表演。

《仲夏夜之梦》是一部集中体现人文主义思想的喜剧,莎士比亚在剧中描绘了以赫米娅、海丽娜和拉山德为代表的年轻一代反抗封建专制,追求爱情幸福和婚姻自主的人文主义理想。剧中赫米娅不顾父亲的反对和公爵的恐吓,勇敢地与拉山德私奔,在拉山德被"爱懒花"花汁的魔力控制转而追求海丽娜后,仍然不顾拉山德的侮辱与厌弃,坚持爱情,终于等到魔力解除,与拉山德和好如初;海丽娜在狄米特律斯放弃自己之后仍执着地一路追随,虽遭辱骂而不悔,终于凭借自己的痴情感动了仙王,最后收获幸福;拉山德热烈追求赫米娅,在遭遇父权和王权的阻挠后仍然不妥协不放弃;这些都印证了拉山德在第一幕第一场中所说:"真正的爱情,所走的道路永远是崎岖多阻。"(《仲夏夜之梦》:1.1.671)作品还赞扬了真挚的友谊,例如赫米娅和海丽娜的亲密友谊,还有仙后与她的忠实女信徒的真诚交往:仙后因为要守护友人的孩子,不惜与仙王争吵失和,表现出仙后对于友谊的珍视,同时表明,真诚的友谊可以超越仙凡的界限,在仙后与凡人身上同样存在。

但在颂扬勇敢追爱的同时,莎士比亚还强调了理性对于爱情的重要性。剧作中两对青年男女的爱情围绕"爱而不得"的中心展开:海丽娜爱狄米特律斯而不得,狄米特律斯爱赫米娅而不得,即使赫米娅与拉山德相爱,但因为遭到赫米娅父亲的阻拦,所以他们也是爱而不得,等到魔药误用之后,四人的关系又呈现出另一个运动方向的爱而不得,所以,海丽娜感慨,"生着翅膀的丘匹德常被描成盲目;而且爱情的判断全然没有理性",莎士比亚在此揭示了爱情所固有的冲动盲目的本质。即使在《仲夏夜之梦》的结局中,四人表面上都得到了爱情,但他们实际上所得到的爱情并不是心底所向往的真正的爱情,海丽娜表示"我得到了狄米特律斯,像是得到了一颗宝石,好像是我自己的,又好像不是我自己的"(《仲夏夜之梦》:4.1.726)。狄米特律斯在魔力的作用下再次爱上海丽娜,但这并非出于他清醒的意志,他觉得自己似乎还在睡梦中,海丽娜对此也持怀疑态度。拉山德虽然是受魔力的影响抛弃了赫米娅,但是在此期间,他对于赫米娅的辱骂却是非常的尖刻,他把肤色稍黑的赫米娅比作乌鸦,辱骂其为"黑鬼",赫米娅遭遇爱情背叛的打击后不自觉地变得自卑,对海丽娜的语言中的"小玩偶""矮""小"等词过度敏感,把它联系到自己身材的矮小上面,而在此时,拉山德也辱骂赫米娅为"矮子""发育不全的三寸丁""小珠子""小豆子"等,可想而知,这些言辞对赫米娅的打击是非常巨大的。魔力解除后,赫米娅说,"我觉得好像这些事情我都用昏花的眼睛看着,一切都化作了层叠的两重似的。"自此之后,拉山德与赫米娅之间没有任何对话,可见,在赫米娅的眼中,经此一事之后,拉山德的形象应该也是层叠的两重形象吧!海丽娜同样如此,在赫米娅与海丽娜的不约而同的"沉默"中,看不到爱情失而复得的喜悦,爱情的满腔热血让位给了徒有结局的冷静。在森林的狂欢之夜,两位女性受爱情的激情影响一意孤行,两位男性于激情之外还受到魔力的控制而癫狂暴躁,当这些年轻人失去了理性的束缚,做出一系列荒唐的行为,得到的却不是他们原本渴望的纯粹爱情。除了他们以外,仙后的理性也一度被魔力消除,仙王受嫉妒之心的刺激也把掌管自然的责任丢弃一边。清醒着的恋人只有忒修斯与希波吕忒,他们在谈论这些恋人们的故事时,忒修斯理性地总结:"情人们和疯子们都富于纷乱的思想和成形的幻觉,他们所理会到的永远不是冷静的理智所能充分了解。"(《仲夏夜之梦》:5.1.730)这与戏剧中波顿所说的话正好呼应,"不过说老实话,现今世界上理性可真难得跟爱情碰头。"(《仲夏夜之梦》:3.1.700)这些描写讽刺了爱情的盲目所带来的理智的丧失,表现出莎士比亚对在理性掌控之下的合乎法度的爱情的推崇,在人文主义精神汹涌的浪潮之下,他冷静地反复强调了理性与情感相统一的爱情标准。

《仲夏夜之梦》也体现出莎士比亚对于父权制和王权制的批判。戏剧中赫米娅的父亲伊吉斯是父权制的典型代表,他以自己的好恶为中心,既不顾女儿的真实感情,也不考量婚恋对象对爱情的坚贞,就专断地决定女儿的婚事;当赫米娅与拉山德反抗时,他就用雅典的法律和传统的父权特权来惩罚女儿,甚至要剥夺女儿的生命。父权制漠视鲜活的生命和追求个人幸福的权利,以强力统治的方式宣布父亲的所有权,女儿是父亲的私有财产,父亲可以随意决定女儿的生死,女儿具有的仅是物质属性;在父女关系中,只有女儿对父亲的顺从,没有丝毫的自主权利。赫米娅对拉山德的爱情选择体现了自我独立的意识,在灵魂上为自己找到了新的归属,随着爱情到来的内心和情感的变化侵犯了伊吉斯无上的控制权,更是对父权的绝对统治地位构成了威胁,所以必然招致父权的打击和压迫。忒修斯作为雅典的公爵,是父权制社会的最高统治者,也是父权制法律最坚定的维护者和最有力的执行者,他把父权上升到神明的高度,用类似神话思维来强调父权的强大与合法,所以他说,"当心一点吧,美貌的姑娘!你的父亲对于你应当是一尊神明;你的美貌是他给予的,你就像在他手中捏成的一块蜡像,他可以保全你,也可以毁灭你。"(《仲夏夜之梦》:1.1.668)希腊诸神对人类具有绝对的控制权,他依据的不是近代社会宣扬的公平与正义,而是赤裸裸的武力和顺者昌逆者亡的原则,希腊神明在美德方面从来没有比人类更具有优越性,凭着武力征服并统治人类的方式是亘古不变的丛林法则,当神权与父权合一,父亲对子女,国王对臣民也就顺理成章地形成了既定的权利,而这种权利的系统表达就成了法律。由此可见,雅典法律是父权制公开化与合法化的外衣,从本质上来说,它仅仅是社会政治制度可资利用的一件工具而已。

忒修斯与阿玛宗女王希波吕忒的爱情还体现了对男权制的批判。忒修斯是在远征阿玛宗的战场上俘获了女王,用绑架和杀戮征服了她,因此他的求婚话语并不温柔,充满了暴力的洋洋得意和不容拒绝的斩钉截铁,"希波吕忒,我用我的剑向你求婚,用威力的侵凌赢得了你的芳心"(《仲夏夜之梦》:1.1.667)。忒修斯对婚礼的期盼言辞同样带着与暴力相应的烦躁和灰暗的死亡意象,"这个旧的月亮消逝得多么慢,她耽延了我的希望,像一个老而不死的后母或寡妇,尽是消耗着年轻人的财产"。而希波吕忒对同一话题的表达则是暗淡、迷茫和伤感的,在他们的爱情中,看不到激情、浪漫与甜蜜,有的是冷静得可怕的理性和彼此无处不在的交锋,忒修斯和希波吕忒的爱情是建立在武力杀伐与征服的前提下的,正是在霸权的威压下,希波吕忒不得不屈服于这双重的压力,接受了这强权下的爱情和婚姻。当忒修斯把自己的征服一事挂在嘴边时,他所表达的爱情更多的是出于对强大武力的炫耀和自己作为男性征服者的傲慢。希波吕忒的忧伤来自过去一切的丧失:女王的尊严、个体的自由和国家的权力,作为一位妻子,这些曾经拥有的光环都将被丈夫的炫目的日光所遮蔽。因此,在这对爱侣之间,丈夫得意的是强力和霸权,妻子着意于被控制之后的不甘与沮丧。仙王奥布朗与仙后的矛盾冲突可以被看作忒修斯与希波吕忒婚后生活状况的生动预演。奥布朗生性嫉妒专制,仙后也比较骄傲固执,二人为"换儿"一事的失和,使天时地序、世间万物都处于混乱之中。当矛盾无法调和时,奥布朗首先行使的是自己的夫权,强调仙后对丈夫的顺从:"坏脾气的女人!我不是你的夫君吗?"(《仲夏夜之梦》:2.1.681)奥布朗的震怒是因为仙后的不妥协,因为丈夫的尊严和王者的权威受到了挑战;仙后对"换儿"的执拗来自女性个体的独立意识,她与信徒的真挚友谊是其精神世界中自由的一角,是男性力量不能触及的私密领域,由此而生成的责任感更是独立意志的强化。奥布朗不能容许仙后私人空间的存在,在他的权力认知中,仙后只是一个共享者,而不是一个独创者。在奥布朗的世界里,他拥有的是对精灵、对魔力以及对世间万物的控制权,他对纯粹的情感既一无所知也蔑弃不顾,仙后把"换儿"感性地理解为情感的寄托和珍视,而在奥布朗的理解中,"换儿"只是一个漂亮的侍童,异域的王权继承人,为了宣示自己是男权、王权和霸权的拥有者,他将一次小小的夫妻口角上升为自然界的灾难,置万物生灵于不顾,誓要抢夺锦标,惩罚违背者。他用魔力手段使仙后陷入迷狂状态,羞辱并借机驯服这位仁爱的女性,索要战利品。婚姻生活变成了男权武力征服女性的战场,名义上夫妻的平等互爱,其背后的实质依然是男性一方的强权演绎,在强者为大、武力为尊的男权世界,女性不得不迁就男性,希波吕忒与仙后的故事说明无论在爱情还是在婚姻中,女性只能是男性的被征服者,莎士比亚借此对封建社会的王权制和父权制进行了批判。①

《仲夏夜之梦》还探讨了悲与喜、真实与梦幻、戏剧与政治之间既对立又统一的二元关系。雅典城邦所发生的含有悲剧色彩的故事集中在剧作第一幕第一场中,作为故事的开端,悲剧情调很明显不适合在剧中大肆铺陈,所以,在忒修斯意识到新娘希波吕忒的忧伤后,他马上承诺:"这次我要换一个调子,我将用豪华、夸耀和狂欢来举行我们的婚礼。"(《仲夏夜之梦》:1.1.667—668)随后,面对赫米娅的婚事纠纷,他也宽容地给予其四天的思考时间,借此延缓爱情的悲剧结局。而从第二场开始,为庆祝忒修斯婚礼的戏剧就被一群下层手工业者着手准备起来了,欢乐的气氛逐渐开始弥漫。第二、三幕以及第四幕第一场的故事都发生在雅典附近的森林里,时间则是仲夏夜。在这些场景中要解决之前的不和谐的音符,真正的转悲为喜,靠的主要就是这个特殊的时间点。

仲夏夜在英国民间传说中是一个神奇的日子,具体是指每年的 6 月 23 日,也就是夏至日。据说这一天夜里仙人会在森林里举行宴乐,如果凡人进入森林则会被仙人施以魔法;另有说法将仲夏夜称之为 midsummer madness,即指在仲夏夜,参加节日宴会的人会变得疯狂,直到代表着清醒和理智的清晨到来,才会恢复正常。《仲夏夜之梦》的主要情节取自现实生活,莎士比亚家乡有许多节庆日,例如霍克节星期二,即在复活节之后的第二个星期二,是为了庆祝夏天的到来;还有五六月的圣体节,有许多露天表演的戏剧;传统的五朔节把罗宾汉的传说当作节日来庆祝,这些节日与仲夏夜的节日特点比较相似。有资料显示,在五朔节里,附近的男女老少都跑进森林里整夜狂欢,第二天早晨回家时会跟随五朔节花柱而行,花柱上挂满了从林中采摘的鲜花,人们围绕着花柱载歌载舞。女人们追逐男人,游行队伍里满是野兽、巨人和妖怪的面孔。这些场景都让我们依稀看到剧中仲夏夜森林里发生的故事:恋人们在魔力的作用下互相追逐,仙后和精灵们载歌载舞,波顿一不小心就被戴上了驴头。在这个充满魔力的森林之夜,

---

① 李若薇:《冲突·征服·妥协:权力场域下对〈仲夏夜之梦〉的解读》,《名作欣赏》2020 年第 6 期。

一切都变得跟现实不太一样,处处是欢歌笑语,充满了梦幻色彩。

二元对立观念在《仲夏夜之梦》中大量存在,悲与喜的转换是其中最重要的命题。除此以外,还有场景在神秘幻化的森林和冷峻森严的王室宫廷之间转换,在宫廷中也有多组二元对立的关系,如赫米娅与伊吉斯的矛盾、忒修斯与希波吕忒的矛盾。作为王权的所在地,封建传统的王室宫廷代表的是一个等级森严的男权专制社会,有绝对的理性和规则,而由仙王和仙后统治的森林,象征超自然的、法律限制之外的田园牧歌式的自由理想世界。在充满教条与秩序的环境中,恋人们的合理欲念受到了父权和王权的威胁与阻碍。只有在自由浪漫的森林世界,他们才能摆脱一切束缚,表达自己的情感和爱欲,并在这里经历与解决爱情的矛盾和冲突,最后再回归理性的宫廷。

《仲夏夜之梦》中的森林不仅是故事发生的场地,也是乌托邦的象征,森林中气氛和谐欢快,没有森严的法律、肃杀的政治和血腥的战争,只有美丽的仙人和自由自在的精灵,在馥郁的芳香中,寻访露珠给花儿戴耳坠,在玫瑰嫩苞中杀蛀虫,歌唱着催眠曲,弥漫着夏夜的浪漫,表达无以复加的快乐。与莎士比亚其他作品中的乌托邦森林相比,《仲夏夜之梦》中的森林本身也有不快乐的地方,即由仙王与仙后的矛盾所导致的失序状态。由此可见,真正在剧中发挥魔力的主要是仲夏夜这一时间节点。仲夏夜里的"中魔"元素被运用到三条线索当中,承载了大量的喜剧功能:拉山德和狄米特律斯的中魔、仙后的中魔和织工波顿的中魔,除了第一处中魔导致赫米娅焦虑愤怒之外,其他两处中魔都洋溢着浓郁的喜剧色彩,即使是第一处,由于观众事先知道是精灵迫克的失误导致拉山德背叛赫米娅,因此观众也是乐不可支的。中魔带来的笑声很快就驱走了剧作开头的伤感情绪,作品融抒情、歌舞和滑稽于一体,充分调动一切可能的喜剧手段,使雅典森林变成了欢乐的海洋。

三处中魔在作品中直接与梦相连,中魔既是超自然力量所致,也可能是梦境所折射出的潜意识,前者是完全不可捉摸的,后者则是暂时隐藏着的。超自然力量与"爱懒花"花汁对应,剧中仙王奥布朗描述"爱懒花"来自爱神丘比特的爱情之箭,所以它象征的是爱情的神秘莫测,拉山德和狄米特律斯为何梦醒之后都爱上海丽娜,高贵脱俗的仙后为何一觉醒来爱上丑陋的驴头凡人,这些都说不清楚,爱情的迸发没有理由,冲动和激情是它的常态;而从潜意识层面来看,中魔的两位贵族青年是否在内心有所谓的"摹仿性欲望",仙后是否会有一天"厌倦于天上的唱随之乐,而宁愿拥抱人间的朽骨"?(《哈姆莱特》:1.5.306)除了上述直接受"爱懒花"影响的三个人物之外,赫米娅、海丽娜也在森林中有过睡眠,那么在她们的梦中是否也折射出了某些独特的欲望或内心的恐惧?这些都可以归结为,爱情这一事物以及人类心理层面的复杂性都是中魔背后的深层原因。剧作名为"仲夏夜之梦",这里的梦包含了上述两个层面,在外部世界和人类的内在心理层面都有可能出现"中魔"。梦通常与现实相对,作品的又一个主题在此显现,即现实与梦境的二元对立主题。

波顿的中魔并不是来自"爱懒花",虽然他也被动地成为仙后的爱恋对象,但他既没有出自自身的爱的欲望(他的伙伴们都没有在剧中谈情说爱),也没有被爱情控制之后发生转化。在仙后的温情缱绻中,他冷静异常。所以波顿的中魔所表达的是有别于爱情的另一层面的梦。仲夏夜的四位青年男女在疯狂的追逐游戏中上演的是爱情的迷狂,而波顿这一群下层的手工业者出身的演员正在一丝不苟地琢磨演员的清醒。他们演戏的动机本是为了取悦公爵,为了拿到六便士一天的俸禄……他们讨论的中心议题就是如何在演出的时候抓紧现实,不至于因戏剧而忘掉现实。他们将戏剧具有的想象力全部消灭。梦幻既已消灭,一出爱情悲剧就被生生地演出成滑稽剧,演员和观众不断地插科打诨,加上拙劣的表演技术,这些现实的花絮取代神话故事成为观众的焦点,现实因此彻底打败了梦幻。波顿是这一群现实之人中唯一有梦的人,迫克对波顿的驴头恶作剧展示出波顿的本质:作为这一群人中最有头脑、公认的最聪明的人,他其实是一头蠢笨的驴子。这正是拒绝想象力的所谓清醒的人的实质。他们自以为抓住了实在物,其实抓住的只不过是驴子喜欢吃的干草,他婉拒了仙后提供给他的玉液琼浆,这是他们这些凡夫俗子所不懂得消受的,因为拒绝梦幻,拒绝想象力,所以他们选择过一种庸俗浅薄无聊透顶的生活,他们用傻瓜的眼光漠然地看了一眼梦中的世界,发了一通狗屁不通的感慨,"咱那个梦啊,人们的眼睛从来没有听到过,人们的耳朵从来没有看见过,人们的手也尝不出来是什么味道,人们的舌头也想不出来是什么道理,人们的心也说不出来究竟那是怎样的一个梦",这段话准确说明波顿无法真正领悟梦境的意义,因为他使用了错误的思维方法和错误的实践手段,这就是他们拒绝想象力,仅仅从现实出发考察一切必然会导致的结果。梦境与现实,虚幻的想象与清醒的真实,哪一种才算是正确的选择?赫米娅等身陷爱情的追逐中像一群疯子,波顿们是清醒的,但乏味得令人生厌。现实与梦境的冲突如何才能得到解决,这就仍然需要回到现实的宫廷当中,因为忒修斯也想看到,"悲哀的趣剧! 冗长的短戏! 那简直是说灼热的冰,发烧的雪。这种矛盾怎么能调和起来呢?"(《仲夏夜之梦》:5.1.732)

忒修斯被排除在仲夏夜的狂欢之外,他曾经以征服者的伟大形象出现在阿玛宗女王面前,他也曾经在赫米娅面前板起面孔重申雅典法律的不可违背。但是作为雅典的统治者,他还有一件至关重要的事情:让他的新娘在婚礼上露出笑容。所以他在仲夏夜之后的清晨来到了雅典森林,带着他的新娘去领略猎犬的音乐和山谷的回声。希波吕忒明显被这一安排所打动,她兴致勃勃地回忆起自己当年与众英雄打猎的快乐场景,二人由此在猎犬的乐音中取得共鸣,和谐的音乐还眷顾了四位青年男女:忒修斯许可了他们对爱情的选择,并决定与他们一起举行婚礼。梦幻的森林只适合仙人居住,它终究不是现实的饮食男女永远的栖息地,现实中的高位者忒修斯把现实与梦幻、魔力与真实这些二元对立的元素拉回到雅典,试图用一出戏来解决所有的问题。他将"疯子""情人"和"诗人"同归为"幻想的产儿",这样就把爱情和戏剧作了连接。虽然希波吕忒感性地表达了对森林幻梦的将信将疑,忒修斯倒是理性而笃定地认为那不是真实,只是疯狂的想象力的影响。介于二人不同的出发点,波顿们表演的戏剧由此成为弥合上述所有矛盾和冲突的试金石。希波吕忒观剧时表现了女性一贯的多愁善感,由于对戏剧的梦幻力量仍有期待,所以她开始时对一群目不识丁的演员有直觉的反感,但即使戏演得如此的糟糕,她竟然还是逐渐入戏,这说明梦幻对于女性仍有巨大的影响力。而忒修斯始终高高地超越于戏剧之上,无论是他对演员们的宽宏大度,还是对戏剧的打趣品评,都可以看出他坚定的理性,他可以借助一出戏适时体现统治者的雅量和睿智:"无言的淳朴所表示的情感,才是最丰富的"(《仲夏夜之梦》:5.1.733),也可以哲人般地洞察世事的真相:"最好的戏剧也不过是人生的一个缩影;最坏的只要用想象补足一下,也就不会坏到什么地方去。"(《仲夏夜之梦》:5.1.739)从这里可以看出,作为现实社会中最大赢家的忒修斯始终站在真实的立场看待所有问题,但与波顿们不一样的是,他懂得如何在真实的最高原则之下涵容想象及利用其剩余价值。就像他只是想利用这出戏来打发睡前无聊的三个小时一样,在此期间,他像一个精于计算的商人一样,借这出戏还表现了他对民众的宽大胸怀,他的哲人的深刻,他以政治家的思维反复强调着他超越于众人之上的智慧和魄力,也就是说,政治家高于诗人,政治高于诗歌。

　　莎士比亚在《仲夏夜之梦》中至少有三处提到了伊丽莎白女王：一处是奥布朗在描述"爱懒花"时所说的"坐在西方宝座上的一个美好的童贞女""那位童贞的女王心中一尘不染"（《仲夏夜之梦》：2.1.684），这段话直接歌颂了"童贞女王"——伊丽莎白一世的纯洁无瑕，以及她对英国的献身精神。另一处提到"我坐在海岬上，望见一个美人鱼骑在海豚的背上，她的歌声是这样婉转而谐美"，这一段来自伊丽莎白女王 1575 年光顾莱塞斯特伯爵府期间观赏的水上盛典。还有第五幕第一场忒修斯在看戏前描述他的"宽宏大度"的一段话："凡是我所到的地方，那些有学问的人都预先准备好欢迎辞迎接我；但是一看见了我，便发抖、脸色变白，句子没有说完便中途顿住，背熟了的话梗在喉中，吓得说不出来，结果是一句欢迎我的话都没有说。"（《仲夏夜之梦》：5.1.733）这一段来自女王 1572 年巡游沃里克郡，接见当地法官爱德华·阿格里翁庇时的真实场景，随后女王说了一段相当漂亮的虚假的客气话，颇得民心。莎士比亚借助剧情表达了对女王的爱戴，也探讨了在女王的统治之下政治与诗歌的关系问题。

　　16—17 世纪的英格兰对于诗歌和戏剧的态度并不友好，"演员就与杂耍艺人、扒手、劣币制造者这类名声不佳的家伙相提并论"[1]。宗教、政治、道德、哲学以及资本主义经济各层面对诗歌充满了偏见。忒修斯的话语中也指出了诗人想象力的过于虚幻，以及对年轻人的心灵方面的不当影响，他认为诗歌并不真实，它仅仅具有娱乐功能。这种观点继承了柏拉图以来的反诗传统。伊丽莎白上位后的文学政策是，允许诗歌的存在，但要经过严格的审查。剧中掌管戏乐的官员菲劳斯特莱特就是当时戏剧审查官的影射。同时作为剧团的股东，莎士比亚比一般诗人更加关注国家关于戏剧审查的各种态度：《仲夏夜之梦》被视为"政治问题的诗性解决，即对诗的辩护"。戏中戏的演员们在排练时提到的许多担忧，例如"拔剑自杀""狮子"等情节或意象会不会吓到看戏的太太小姐们的疑问，最后演员们通过开场诗的解释解决了问题；一出悲剧本不适合在婚礼上演出，但经过演员们的演绎，"再没有人流过比那更开心的泪水了"（《仲夏夜之梦》：5.1.732）。这些细节实际上可以看作莎士比亚为诗歌（戏剧）的间接辩护：在面对政府的严苛审查时，戏剧家已经尽最大可能避免了戏剧给人民带来的负面影响。不仅如此，作品中的主要情节是森林里的一出幻梦，在梦境中，以仙王仙后精灵及"爱懒

---

[1]　Russella Fraser. The *War Against Poetry*. New Jersey：Princeton University Press，1970，p.16.

花"等为代表的魔力最终解决了青年男女的爱情伤痛,避免了悲剧结果的出现,也就是说,梦在现实中起到了抑制激情、化解矛盾的作用,莎士比亚借此表达,诗歌(戏剧)是一种艺术想象,它既可以为大众提供娱乐,也可以引导人们的认知方向,发挥社会教育功能,最终达到为政治服务的目的。"通过赋予诗人一种与雅典政治秩序相兼容的功能,他尝试达成诗与政治的和解"①。正如迫克在剧末诗中所说:"要是我们这辈影子,有拂了诸位的尊意,就请你们这样思量,一切便可得到补偿;这种种幻景的显现,不过是梦中的妄念;这一段无聊的情节,真同诞梦一样无力。"(《仲夏夜之梦》:5.2.747—748)即戏剧不会对政治造成威胁,在政治面前它是无力的。

剧中的赫米娅具有人文主义思想,她遵循自己的真实情感行事,勇敢追求个人幸福,敢爱敢恨,有强烈的自我意识;她坚决对抗僵化冷酷的传统父权制度,具有反叛精神;她胆识过人,无论是强权法律,还是世俗情理,都不能使她屈服。她公然反抗父亲,面对父亲的指控和公爵的劝诫,她毫不畏惧,她也不怕封建舆论的非议和责难,勇敢地与爱人拉山德私奔;她珍视友谊,真心祝愿好友海丽娜重获爱情;她洁身自好,在与拉山德私奔途中,虽然疲乏至极,仍能顾虑到男女大防,拒绝与拉山德在同一块草地上休息。赫米娅个性鲜明:她否定旧式包办婚姻,要用自己的眼光选爱人,哪怕真爱之路不平坦,也要历练心性,与真心相爱之人步入婚姻殿堂。剧中在刻画她对拉山德忠贞不渝的同时,还将她善良体贴、有情有义、爱憎分明、自信倔强的另一面展现了出来。在拉山德和狄米特律斯受魔力影响争夺海丽娜的爱情时,赫米娅虽然心急如焚,但仍然关注海丽娜的情绪,劝说两位男性不要"嘲笑"海丽娜;而当她发现拉山德真的在向海丽娜求爱时,她怒斥海丽娜:"你这骗子! 你这花中的蛀虫! 你这爱情的贼!"(《仲夏夜之梦》:3.2.713)

与赫米娅相比,海丽娜是一个争议较大的人物。同样追求爱情,赫米娅从未丧失自我的立场,她凭着自己的心意选择爱人,拒绝包办婚姻,愿意为爱情承担苦痛的折磨;即使在拉山德"变心"之后,她也是据理力争,丝毫不让。而海丽娜的追求显得非常卑微,在狄米特律斯变心追求赫米娅后,海丽娜几乎失去所有的信心,她矮化自己,夸大"情敌"的魅力;她明知自己为爱情而忘掉了理性,却依然

① Diana Akers Rhoads. *Shakespeare' Defense of Poetry: A Midsummer Night's Dream and The Tempest*. London: University Press of America,1985,p.34.

放任自己,甚至不惜出卖友情去讨好情人;面对狄米特律斯"我不是曾经明明白白地告诉过你,我不爱你,而且也不能爱你吗?"的绝情语言,她执意表示:"即使这样,也只是使我爱你爱得更加厉害。我是你的一条狗,狄米特律斯;你越是打我,我越是向你献媚。"(《仲夏夜之梦》:2.1.685)为了爱情,她彻底放弃了自己的尊严,即使献出自己的生命也在所不惜,"我要立意跟随你;我愿死在我所深爱的人的手中"(《仲夏夜之梦》:2.1.686—687)。海丽娜这种为了爱情不顾一切的迷狂状态已经完全丧失了理智,一方面,在她一味的死缠烂打当中,她完全以自我为中心,因为爱而不得她变得眼盲心盲,背离朋友;另一方面,因为她委曲求全、低三下四,她也自卑到了极点,以至于两位男性都向她求爱时,她误以为是在嘲笑戏弄她。海丽娜的自私、狭隘、极端、软弱的性格与赫米娅的乐观、坚强、善良形成了鲜明的对比,虽然在勇敢追求爱情的角度上,二人都带有文艺复兴时期的理想色彩,但从个人综合品质来看,海丽娜是一个充满缺陷、令人厌倦的人物形象。

拉山德是一个勇于摆脱封建思想束缚,执着追求爱情的反叛者和抗争者,狄米特律斯性格相对温和,个性软弱,容易被人左右。狄米特律斯的第一次移情别恋,弃海丽娜而选择赫米娅,是出于对父权的顺从。第二次从赫米娅转向海丽娜,是仙王奥布朗的"爱懒花"的花汁,是在王权的"魔力"之下做出的选择。他的见异思迁说明在面对爱情的选择上,他依据的不是爱的本质,而是权力结构的标准,他是传统父权制度和王权政治的顺从者、附和者。仙王奥布朗与公爵忒修斯一个是自然界的王者,一个掌控着人类社会,作为统治者,两人都重视自身权威,仙王奥布朗在被仙后拒绝"换儿"后感到威严受到侵犯,与仙后失和,丝毫不顾人间引发的时序错乱和天灾人祸,冷酷自私,不负责任;忒修斯用武力赢得希波吕忒的爱情,并赞同伊吉斯的做法,维护支撑封建王权的雅典律法,刻板无情。但仙王也有其善良的一面,他感动于海丽娜的痴心,成全了海丽娜的爱情,也在发现错误后,及时解除魔力;忒修斯也是"法外留情",在伊吉斯威逼赫米娅时,宽容地留给她四天时间考虑,又在最后两对青年男女结合时,压制住伊吉斯的不满,成全了他们的爱情。但总的来说,二人都是典型王权制的代表。

莎士比亚擅长利用丑角来营造喜剧氛围,并将深刻的思想寓于丑角的插科打诨、幽默滑稽中。如剧中的小丑迫克既不像是一个"天生的傻瓜",也不像是"人工的傻瓜",他身上充满了喜剧因素,可以看作"是喜剧天赋本身"。作为"爱情中非理性因素的中介",迫克是人间闹剧的旁观者,作为小丑的形象,他可以"完全凭其对恶作剧的酷爱而行事,而且可以凭借最小的动机去展开喜剧行动"。① 但是尽管因为迫克的失误或恶作剧造成了一些混乱,他的动机并不邪恶甚至带有善意,同时,在迫克身上还承载了作品的喜剧功能,所以他虽然受仙王奥布朗的驱遣,但他仍然具有自由的思想,正是因为他鲜明的自主性所以成为这部喜剧的灵魂人物。例如他滴错了花汁,引得两对年轻人的关系发生混乱,可他并不感到有什么歉疚,反而认为"最妙是颠颠倒倒,看着才叫人发笑"(《仲夏夜之梦》:3.2.707)。快活的迫克还一边恶作剧,一边时不时地说出一些饱含哲理的话来,在看到凡间的人们为情所困时,不禁感慨"保持忠心的不过一个人,变心的,把盟誓起了一个毁了一个的,却有百万个人"(《仲夏夜之梦》:3.2.706)。这是莎士比亚借迫克之口在讽刺爱情的盲目与善变。与迫克相比,波顿显然是一个"天生的傻瓜",脑袋糊涂又迟钝,他已经成为文学史上"滑稽"的代名词,但是,在这场幻境里,当事人中只有波顿毫不受影响,由他说出了整个《仲夏夜之梦》的主题之一:"现实的理性可真难跟爱情碰头。"他的理性虽然无趣且蠢笨,但通过参照也让读者看到人生与爱情的虚妄、幻想的破灭。

艺术上的陌生化效果,例如上文所说的小丑迫克,不管剧中的男女如何伤心抑或喜悦,迫克这位恶作剧者只是悠闲地隔岸观火,这种无动于衷的冷眼旁观实际上形成了戏剧与人物之间的一段距离,由此而产生了一种独特的审美体验;这种审美体验同时发生在戏剧与观众之间,由于在情节安排上,青年男女的苦恼仅是他们自己不知情,但观众却知道这一切是因为"爱懒花"以及迫克误滴的原因,所以观众一方面看着剧中人物疯疯痴狂,另一方面却站在富有优越感的立场上嘲笑爱情的虚妄;再加上迫克适时的评价,更是将观众的情绪引向了与其相似的看热闹的心态上。这种距离感与传统的观演关系并不相同,亚里士多德曾经在《诗学》中在给悲剧定义的时候提到,"借引起怜悯与恐惧而使这种感情得到净化"②,也就是说,要想使观众的感情在观看戏剧时得到净化,势必需要将观众拉进剧情之中,使其信以为真;而《仲夏夜之梦》却反其道而行之,将观众推出剧情,站在冷静的旁观者位置上,这就是所谓的"陌生化方法",它是 20 世纪德国戏剧

---

① 诺斯罗普·弗莱:《批评的解剖》,陈慧、袁宪军、吴伟仁译,天津:百花文艺出版社,2006 年,第 207 页。

② 亚里士多德:《诗学》,罗念生译,北京:人民文学出版社,1962 年,第 19 页。

家布莱希特提出的有别于传统亚里士多德式的现代戏剧理论体系。莎士比亚在此使用陌生化方法的目的与布莱希特稍有不同：后者强调理性回归剧场，而莎士比亚是为了造成一种别具一格的喜剧风格，增强喜剧效果。除了在迫克和观众身上使用此方法之外，前文探讨过的波顿等演员在演出时对戏剧想象力的破坏，还有其他角色的台词等同样造成了陌生化效果。

《仲夏夜之梦》常常通过反讽手法对人物的情感进行描绘，例如通过眼泪表达人物的喜悦，通过笑声反映人物的悲痛，使场景与人物内心的真实情感形成强烈的对比，以震撼观众的内心。例如第一幕第二场，波顿在吹捧自己的演技时所讲的话："要是演得活龙活现，那还得掉下几滴泪来。……咱要叫全场痛哭流涕，管保风云失色。"（《仲夏夜之梦》：1.2.675）他演完之后在场的观众确实掉了眼泪，然而却不是"痛哭"，而是"笑哭了"；再如第四幕第一场中仙后用赞美的语言表达对波顿的喜爱时所说的："来，坐下在这花床上，我要爱抚你可爱的脸颊；我要把麝香玫瑰插在你柔软光滑的头颅上；我要吻你的美丽的大耳朵！"（《仲夏夜之梦》：4.1.720）而实际上，所谓的"可爱的脸颊"是"长长的驴脸"，"光滑的头颅"是"奇丑的驴头"，"美丽的大耳朵"是一对"滑稽可笑的驴耳朵"，以此来突出喜剧的滑稽效果。剧中也有很多双关语的运用，比如波顿说起胡须的颜色有"稻草色、橙黄色、紫红色以及法国金洋钱色"，昆斯趁机开他的玩笑"你那法国金洋钱上的头，连一根毛都没有"。这里用的就是双关语，一根毛都没有指的是得了花柳病的症状，而花柳病在英国叫作"法国病"，借此增强了语言的幽默性。

《仲夏夜之梦》深刻体现了语言的阶级属性。剧中上层社会使用的典雅语言与下层人民的俚俗口语形成了鲜明的对照，以戏中戏的表演为例，演员们都是下层手工业者，因此他们的语言浅显、直白，人物的身份与语气相一致；戏中戏讲述的是古典神话故事，人物及其语言带有强烈的悲剧色彩，但经过演员的喜剧化处理之后，悲剧与喜剧之间的差异被融合，最终形成"泪中带笑"的复杂效果；上层贵族作为戏中戏的观众，他们对下层演员拙劣的表演有非常多的幽默的嘲讽，在他们肆意的调侃当中，上层社会人士的戏剧文化素养和阶级优越感，以及富有思辨色彩的哲理也在语言中显现出来。上述这些来自阶层以及时代的落差造成的乖讹感将戏中戏的喜剧效果推到了狂欢气氛的高峰。除了阶级属性之外，作品中还有仙界的场景，仙界统治者以及精灵们的语言也独具特色，从表面上来看，仙界人物使用了更多的诗歌形式，例如精灵迫克与小仙的用以介绍场景以及故事背景的诗歌独白,奥布朗即将进行的"爱懒花"计划,众小仙给仙后唱的催眠曲,等等,仙界的神秘色彩和魔幻氛围通过诗歌这种富有想象力的语言形式表达出来,既强调了场景的不同层级,也增加了作品的诗意。

第七节 《威尼斯商人》

柯勒律治在《关于莎士比亚的演讲》一文中说:"莎士比亚的人物,像实际生活中的人一样,常常被误解,几乎总是被不同的人从不同的角度来理解……通过那个接受了诗人自己的思想的光芒、由反映出这种思想而证实了它的真实性的讲话的全部内容,你才可以知道你是否真正发现了诗人自己的思想。"[①]这句话用来理解《威尼斯商人》中的人物形象再恰当不过了。德国著名犹太作家海涅更是指出:"这个戏所描写的根本不是犹太教徒和基督徒,而是压迫者与被压迫者,以及后者将骄横的虐待者所加诸他们的屈辱连本带利予以奉还时所发出的极度痛苦的欢呼。"[②]

《威尼斯商人》是莎士比亚于1596—1597年间创作的著名喜剧作品。在这个时期,莎士比亚的写作风格开始转变,由原来的喜剧转为悲剧,《威尼斯商人》正是他写作风格转变时期承前启后的作品,是具有悲剧色彩和极具社会讽刺色彩的喜剧。吴兴华认为《威尼斯商人》的巨大意义在于"它是一个路标,指向随后来到的悲剧阶段。安东尼奥的不完全的胜利正是哈姆莱特型的悲剧英雄的起点,喜剧不能负荷的担子将要落在准备奋斗、受难和牺牲的人们肩上。这些震撼人心的悲剧所以成为莎士比亚最伟大的作品,正因为冲突和解决在那里最接近于均衡"[③]。

《威尼斯商人》的题材有多个来源:"一磅肉契约"的故事可以追溯到1378年由佛罗伦萨作家塞尔·乔瓦尼·菲奥伦蒂诺所写的,以"威尼斯的吉安尼托"与"贝尔蒙特的小姐"的故事为素材的短篇小说。该小说收入1558年在米兰出

---

① 古典文艺理论译丛编辑委员会编:《古典文艺理论译丛》(第三册),北京:人民文学出版社,1962年,第16—17页。

② 张泗洋、徐斌、张晓阳:《莎士比亚引论》(上),北京:中国戏剧出版社,1989年,第202页。

③ 吴兴华:《〈威尼斯商人〉——冲突和解决》,《文学评论》1963年第6期。

版的意大利语短篇小说集《大羊》（又译为《傻瓜》等）。"三匣择亲"来源于1472年正式出版的一部拉丁文短篇小说集《罗马人传奇》（亦称《罗马人的奇闻异事集》）。夏洛克女儿的故事可能借鉴了戏剧家安东尼·芒迪在1580年出版的"传奇"《泽劳托：名望的喷泉》，而同时代作家马洛的剧作《马耳他岛的犹太人》和1586年英国"洛佩兹案件"，在犹太人的形象塑造上也对莎士比亚有较大影响。《大羊》中的故事主要描述了威尼斯的吉安尼托向贝尔蒙特的小姐求婚的过程，以及小姐女扮男装在法庭上扭转局面的情节，"一磅肉契约"的故事在原作中仅仅是点缀文章的一段小插曲；《罗马人传奇》中描写的是通过金、银、铅三个器皿测试女性婚姻价值观的故事；《泽劳托：名望的喷泉》则描写了鲁道夫与高利贷者之女相爱，斯特比诺与鲁道夫之妹相爱，因两位女性的家长索要昂贵的聘礼，两位年轻人不得不以右眼为抵押向高利贷者借贷，后因无法偿债被告上法庭，两位女性乔装成律师巧言如簧，最终迫使高利贷者同意女儿的婚事，并将鲁道夫确定为自己的继承人。莎士比亚将"一磅肉契约"作为作品的主要线索，"三匣择亲"和高利贷者女儿的故事作为次要线索，重新安排了作品的结构；在主线索中，着力打造原作中的次要人物——吉安尼托的养父安萨尔多，有意凸显其仁慈宽厚的基督徒商人的形象，同时将高利贷者和犹太人进行身份重叠，由此将作品的主要矛盾上升到种族及宗教的高度；在"求婚"的情节中，加入"三个匣子"的元素，并将"金匣子""银匣子"两种选择附着在摩尔亲王和阿拉贡亲王身上，在文化历史以及地域的范畴内扩充作品的视野；贝尔蒙特的鲍西娅提取了几个原型人物身上的优点，不再是原作中那个玩弄爱情游戏的女骗子，她的人物形象与出生地贝尔蒙特一起被描上了浓郁的理想色彩。另外，作者还强调了"在威尼斯城里友情、爱情……一切都或多或少地处在金钱的暗影笼罩之下"[1]。

莎翁笔下的《威尼斯商人》故事发生在意大利的威尼斯和贝尔蒙特，全剧有三条线索贯穿始末：第一条是安东尼奥和夏洛克之间的契约纠纷。商人安东尼奥为了帮助好友巴萨尼奥求亲鲍西娅，而去向高利贷者夏洛克借款三千杜卡特。契约约定三个月期限，若安东尼奥没有按期还清借款，夏洛克要从安东尼奥身上割下一磅肉。后来安东尼奥的货船海上失事无法偿还，安、夏二人法庭对质，鲍西娅假冒法官出庭帮助公爵裁断案件，最后在鲍西娅的帮助下，安东尼奥免于割

---

① 吴兴华：《〈威尼斯商人〉——冲突和解决》，《文学评论》1963年第6期。

肉,夏洛克被判财产尽失并改信基督教。第二条是鲍西娅和巴萨尼奥之间的爱情故事:鲍西娅的父亲临终之时,定下了三匣择亲这个规则,在所有的求亲者中,只有巴萨尼奥顺利选中了盒子,二人终成眷属。第三条是罗兰佐和杰西卡的私奔。杰西卡是夏洛克的亲生女儿,却与基督徒罗兰佐带着夏洛克的财产私奔出逃并且改信基督教。夏洛克痛恨女儿把自己钱财卷走挥霍和改信基督教的背叛行为,并因此更加怨恨罗兰佐的朋友安东尼奥,为下文夏洛克报复安东尼奥埋下伏笔。

作为莎士比亚的经典喜剧,《威尼斯商人》中的爱情主题承担了绝大部分的喜剧功能,它不仅涉及人物众多,而且反映社会现实层面广泛,揭示问题深刻。剧作通过青年男女勇于争取恋爱自由、婚姻自主的斗争并获得圆满结局的过程,讴歌坚贞的爱情和自由的婚姻,赞颂人文主义的理想,表达了新兴资产阶级反封建、反教会,要求思想解放和个性自由的进步思想。鲍西娅作为文中新时代女性的代表,她出身高贵,自身条件优越,却对前来求亲的皇室权贵不屑一顾,反而倾心于没落贵族青年巴萨尼奥,甚至违反父亲定下的规则偷偷给予提示帮助其求亲成功,并且在巴萨尼奥好友安东尼奥陷入危机时乔装为法官施以援手,这种突破传统婚姻束缚,勇于追求自己的幸福,在 16 世纪的英国是一种思想进步的象征。爱情是人类历史上的一个永恒话题,也是文学创作中的一个主要元素,在《威尼斯商人》中爱情主题是贯穿始终的。首先是夏洛克女儿杰西卡和基督教青年罗兰佐为爱私奔出逃的情节:二人宗教信仰和社会地位不同,加之父亲夏洛克的严格管教,都对他们的爱情造成了重重阻碍。但杰西卡毅然放弃了自己的宗教信仰与罗兰佐弃家私奔,爱情的力量使她冲破了束缚她的一切宗法观念,坚持自己的爱情信仰。另一条线索是巴萨尼奥和鲍西娅的爱情:巴萨尼奥虽然是因为鲍西娅的美貌与富有而去追求她,但在遇到金、银、铅三个盒子的考验时,巴萨尼奥的那一段经典独白"可是你,寒伧的铅,你的形状只能使人退走,一点没有吸引人的力量,然而你的质朴却比巧妙的言辞更能打动我的心,我就选了你吧,但愿结果美满"(《威尼斯商人》:3.2.55)揭示了巴萨尼奥对待爱情的真诚态度。而鲍西娅假扮法官拯救安东尼奥,实则也是努力用明朗欢快的异性之爱取代巴萨尼奥和安东尼奥的精神之爱,在鲍西娅的智慧处理下,二人的爱情经过净化最终圆满;文中还附带描写了仆人葛莱西安诺与尼莉莎的爱情。

莎士比亚在《威尼斯商人》中处理爱情题材时远远突破早期喜剧中青年男女爱情的浪漫色彩,赋予爱情以更广泛的内容。例如在鲍西娅与巴萨尼奥的爱情线索中,还掺杂了安东尼奥对巴萨尼奥的同性之爱,剧本多处体现了二人的特殊关系:例如安东尼奥对待巴萨尼奥不同于其他朋友,他可以为之倾其所有,甚至在自己力有不逮的情况下,以自己身体上的一磅肉为抵押向自己的仇人夏洛克借钱。当安东尼奥未及时还款准备以死践约时,在写给巴萨尼奥的绝笔信中提到"足下前此欠弟债项,一切勾销,惟盼及弟未死之前,来相临视"(《威尼斯商人》:3.2.62)。他还对朋友说:"求上帝,让巴萨尼奥来亲眼看见我替他还债,我就死而无怨了。"(《威尼斯商人》:3.3.64)在法庭上,安东尼奥婉拒公爵等人的说和,一心求死,并要求巴萨尼奥"将来替我写一篇墓志铭"(《威尼斯商人》:4.1.74),在最后陈述中他深情地表示,"不要因为你将要失去一个朋友而懊恨,替你还债的人是死而无怨的"。甚至他主动将自己对巴萨尼奥的爱与鲍西娅进行对比,提出"替我向尊夫人致意,告诉她安东尼奥的结局;对她说我怎样爱你……再请她判断一句,巴萨尼奥是不是曾经有过一个真心爱他的朋友"(《威尼斯商人》:4.1.79)。透过这些感人的表象,可以看出安东尼奥对巴萨尼奥的情感已经超越了友谊。正如方平先生一针见血指出的,安东尼奥在"暗示这是连巴萨尼奥的爱妻也难以做到的,他的自我牺牲证明了友谊重于爱情……给予了他一种精神上的胜利"[①]。安东尼奥还在"戒指风波"中怂恿巴萨尼奥将鲍西娅与巴萨尼奥的定情信物戒指送出去,"看在他的功劳和我的交情份上,违反一次尊夫人的命令,想来不会有什么要紧"(《威尼斯商人》:4.1.85)。但鲍西娅在法庭上的胜利和对"戒指风波"的设计与处理粉碎了安东尼奥的畸恋,鲍西娅的异性之恋终于战胜了安东尼奥的同性之爱。

如果说鲍西娅的智慧爱情战胜了具有伦理缺陷的畸形之恋的话,那么杰西卡与罗兰佐的爱情面对的挑战就是人性的贪欲和丑陋。罗兰佐在拐跑杰西卡时以面具暗示了其海盗的本质,他的帮手们的闲谈为罗兰佐日后喜新厌旧、抛弃杰西卡埋下了伏笔,而杰西卡离家时卷走了夏洛克的大量财产更是尖锐地戳破了这个爱情神话。在经历一段爱情的漫游时光之后,在和杰西卡挥霍掉财产之后,偶然来到贝尔蒙特的罗兰佐和杰西卡似乎非常忧郁,他们用四个爱情神话悲剧互相指责,罗兰佐甚至不惜采用败坏名誉的手段诬陷杰西卡,假如不是贝尔蒙特这个充满爱与奇迹的岛屿,假如不是鲍西娅以智慧与理性的处理巩固了岛上女

---

① 方平主编:《新莎士比亚全集》卷二,石家庄:河北教育出版社,2000年版,第146页。

性至高的权力,那么杰西卡的这场浪漫爱情必然会走向最不堪的结局,而导致这个悲剧结果的是男权制度,以及人性的物质欲望膨胀之下的道德缺失。

《威尼斯商人》在一定程度上探索了男女性别平等的问题。文艺复兴时期仍是父权专制下二元对立的性别等级制度,男性在社会上更容易获得认同,并因之获得社会财富以及社会地位,而女性的活动空间仅限于家庭,承担的主要是烦琐的家务。在婚姻问题上,女性没有自主选择权,只能服从父权的旨意。前者如杰西卡在出走之前的生活状态:由于父亲夏洛克的森严家规,杰西卡不仅困于家中,甚至连窗外的音乐都不能欣赏,家对于她来说就是一座以父爱的名义打造的监牢。后者如鲍西娅,作为充满活力富有智慧的新女性形象,在婚姻问题上她同样不能违背父亲的意志,用充满偶然性的三匣择亲来决定自己的终身大事。虽然从夏洛克和鲍西娅父亲的角度来说,他们都为自己的女儿尽可能地排除风险,以期给女儿一个安稳的人生,但是,他们却剥夺了子女的意志,强行将他们的思想纳入自己的轨道。严酷的禁锢必然会导致激烈的反抗,所以,杰西卡以暴力的方式逃脱牢笼,嫁给基督徒,并偷走父亲的钱财,将夏洛克置于疯癫痴狂中以报复为唯一要务。鲍西娅则是以表面的体面掩盖背后的小伎俩,她计划当酒鬼求婚者选择匣子时在错误的匣子上放置酒杯,在巴萨尼奥选择时她用音乐暗示其正确的匣子。然而,不顾一切脱离父权掌控的杰西卡和鲍西娅马上就面临了夫权的统治,在与罗兰佐私奔之后,杰西卡在很短时间内将自己的钱财挥霍一空,假如不是贝尔蒙特的收留,杰西卡必然会面临被抛弃的厄运;鲍西娅同样如此,在欣喜若狂地看着巴萨尼奥选中匣子后,她随即将自己贬低到尘埃里,将巴萨尼奥奉为自己的君王统治者,并心甘情愿地将自己所有的财产全都呈现给丈夫。两位女性在反抗父权时有多勇敢,在服从夫权时就有多谦卑,男权制的影响是如此地深入社会肌理。莎士比亚深刻地看到男权制度对自由人性的戕害,而在这种两性关系的失衡中,只有女性的崛起才会使社会的天平回归正确的位置,所以他选择了更为富庶、更具有独立理性以及更富有策略的鲍西娅,她和她的贝尔蒙特似乎是天外来物,以更接近希腊罗马神话的思维认知来拯救业已倾颓的威尼斯。鲍西娅敏锐地觉察到巴萨尼奥的爱情动机不纯洁,所以她当机立断地以原先女主人的气势来疏导乱局,她先是慷慨地让巴萨尼奥携带六千金币去救人,随后乔装打扮成法官赶赴威尼斯出庭。法庭上的光彩夺目,她完成了威尼斯一众男性所无法突破的困局,这时的鲍西娅借助于她的乔装打扮,运用男性的社会规则,其取得的胜利依然是寄居在男性权力结构之中的。但是在故事的最后,鲍西娅在脱下男性服饰的同时,她清醒地意识到自己可能会陷入女性的传统桎梏,所以,智慧的鲍西娅终于决定不再担当传统妻子的角色,她要把贝尔蒙特变成由月亮女神控制的一个神话的处所,在这里,最高的权力统治者是女性,作为妻子的鲍西娅不仅在财富上是丈夫的救赎者,甚至在精神上也是丈夫的指明灯,妻子的价值和地位高于丈夫,只有这样,女性的悲剧才有可能避免。她以一己之力和一处大海中的世外桃源实现了性别平等的理想,她自己也成为文艺复兴时期最耀眼的新女性形象。

与气氛紧张、充满种族宗教血腥争斗和污浊金钱气息的威尼斯相比,贝尔蒙特风景如画,显然是一个和谐美好的理想世界。在这里,宗教仅是一种习惯,岛上甚至建造了一座摩尔人的寺庙,其宗教和种族的包容性由此可见一斑。贝尔蒙特的每个人都使用罗马式的古典语言,人们的谈话主题和思想观念都富有古典渊源,从贝尔蒙特的女主人鲍西娅对求亲者的评论中可以看出,以人为本,利用规则为人服务是她的核心思想,鲍西娅强调的是快乐、有品位的人生。鲍西娅不信奉任何教条,她的满足就是贝尔蒙特的最高法律,为了实现鲍西娅对快乐、满足、精致的热爱,她可以倾其所有,有时甚至违背法律,当然,在作弊时,她尽量维护其表面的得体和公正。这里不仅人人相处自然和谐,还接纳了自威尼斯私奔出逃的失意之人罗兰佐和杰西卡,为其提供庇护所。罗兰佐心机深沉,道德低下,对杰西卡企图始乱终弃;杰西卡残忍地离开并抢劫了她的父亲,还背叛了自己的民族和信仰,但贝尔蒙特的氛围可以净化他们,这里无法律、无传统、无宗教,只有恋爱中的男人和女人。杰西卡和她的基督徒恋人在这里得到赦免,音乐能够改变他们顽劣的灵魂,爱是他们唯一的责任。威尼斯是一座不快乐的城市,充斥着危险的激情和幻灭的希望,而贝尔蒙特是爱之所在,充满了象征光明、爱情、青春与欢乐的月光、玫瑰花和音乐,可它并不真实存在,只是一个乌托邦。剧中结尾,年轻人欢聚在贝尔蒙特这个充满月光、玫瑰花和音乐的世界,说明了贝尔蒙特是人们的理想世界、极乐世界,同时表明作者对美好和理想世界的渴望与向往。但从某种层面上来说,鲍西娅只是扮演了解围的角色,她的行为并未从根本上解决夏洛克和安东尼奥冲突的症结。这表明莎士比亚既看到了人文主义的光明前景,同时也看到了在这个新旧交替世界里隐藏的种种罪恶,对当时社会中现实世界的矛盾冲突无法解决具有清醒的认识。

对犹太人的社会偏见与种族歧视在剧中俯拾皆是，作品讽刺虚伪的所谓仁爱、宽恕的基督精神，体现了种族歧视和宗教迫害的隐性主题。夏洛克的仆人朗斯洛特对他不满，曾愤愤地说："那犹太人一定就是魔鬼的化身……我要是再服侍这个犹太人，连我自己都要变做犹太人了。"（《威尼斯商人》：2.2.24—27）夏洛克与安东尼奥的冲突也是十分尖锐的：在订立契约前，夏洛克是社会上备受歧视的异教徒，他虽然痛恨安东尼奥处处针对自己的高利贷事业，借钱给人不收利息，给自己造成了巨大生意损失。但为了向安东尼奥示好，他还是与安东尼奥签订了一磅肉的协定，声称借钱不要利息。安东尼奥说："这犹太人快要变做基督徒了，他的心肠变得好多啦。"（《威尼斯商人》：1.3.21）这里似乎在暗示人们：基督教徒全都善良仁慈，而犹太人狠毒奸诈。此外，安东尼奥强烈歧视犹太人，动辄辱骂犹太人是魔鬼、狗。夏洛克控诉安东尼奥"憎恶我们神圣的民族""把唾沫吐在我的犹太长袍上""我总是忍气吞声……因为忍受迫害本来是我们民族的特色"（《威尼斯商人》：1.3.17—19）。在生活中，他的女儿背叛他和基督徒私奔；在法庭的较量中，众人都对他持蔑视态度，最终他的信仰和财产都被剥夺……他所受的迫害从侧面曲折地反映了犹太人处处受欺压的命运。戏剧中他对安东尼奥的报复固然纠缠着金钱利益关系，但更多是种族、宗教矛盾。仅从"一磅肉契约"这一词组就可以看出，除了金钱问题之外，肉体本身及其紧密关联的生存与生命价值，从最根本的角度燃烧着被压迫的犹太人复仇的怒火，宣泄着犹太民族痛苦的心声。即使杰西卡这位在基督徒看来美丽温情、纯洁善良的犹太人，被众人接受的原因也是以她改信基督教为前提的。莎士比亚将她和夏洛克放在一起作为对比，通过夏洛克仇恨基督教的立场来折射自己对基督教的肯定。例如在第二幕第三场中，她暗自决定："虽然我在血统上是他的女儿，在行为上却不是他的女儿……我将要结束我内心的冲突，皈依基督教，做你的亲爱的妻子。"（《威尼斯商人》：2.3.31）在第三幕第五场中，朗斯洛特对杰西卡说："父亲的罪恶是要子女承当的……我想您总免不了下地狱。"杰西卡却认真地回答道："我可以靠着我的丈夫得救——他已经使我变成一个基督徒了。"（《威尼斯商人》：3.5.66—67）莎士比亚在此明确地告诉人们：改信基督教是犹太人改过自新的唯一出路，而夏洛克之流仇视基督教的思想罪孽深重，必然会落得家破人亡的报应。自基督教产生以来，基督教和犹太教的信仰之战就非常激烈，犹太人作为一个"软弱"而又"硬着脖项"走路的民族，其"一意孤行"地固守着自己的信仰，保存着自己的法律，坚持着自己的文化。历史上发生了多次大规模驱逐、迫害、屠杀犹太人的事件,但都不能消灭这个民族。犹太民族"我行我素"的执拗、顽固引起基督徒的极大愤怒与仇恨,因此,只有犹太人接受洗礼,皈依基督教,放弃其犹太性,基督教徒才会认为是取得了莫大的精神胜利。[①]崇高的基督教精神自始至终贯穿着莎翁的作品,莎翁笔下的英雄大都是虔诚的基督徒,所以安东尼奥宁肯削减经济赔偿,通过强迫夏洛克改变其宗教信仰,以达到精神上的满足,戏剧的主题——对种族歧视和宗教迫害,在犹太人夏洛克所遭受的种种欺辱中凸显了出来。

这部戏剧还体现了法律主题,戏剧中的每一个人,特别是主人公安东尼奥和夏洛克,都表现出了对法律的遵从和信仰。夏洛克与安东尼奥之间存在契约所形成的法律事实,因此夏洛克有依约割下一磅肉的权利。但从人性本身来说,这是一个难以被人类接受的残酷行为,所以自然会招致强烈的反对,再加上夏洛克在威尼斯的外邦人身份,以及在基督徒仇视犹太教徒的宗教意识形态之下,夏洛克必然处于孤立无援的境地。即使如此,夏洛克依然成竹在胸,究其原因就是他对法律的信任,无论是庭前,还是庭上,夏洛克一再以法律为信条回击所有的说客。安东尼奥自始至终也没有否认合约,他表示"公爵不能变更法律的规定,因为威尼斯的繁荣,完全依赖着各国人民的往来通商,要是剥夺了异邦人应享有的权利,一定会使人对威尼斯的法治精神发生重大的怀疑"(《威尼斯商人》:3.3.64)。这番言论体现出以安东尼奥为代表的基督教徒群体对于威尼斯法律的认同。鲍西娅精研案件,准确把握住击败夏洛克的致命条款——异邦人企图谋杀威尼斯公民,当然适用这一条款的前提是夏洛克坚持割肉,拒绝放安东尼奥一条生路。于是她欲擒故纵,先是将自己扮演成严厉的执法者,以赢得夏洛克的信任。她对夏洛克说:"按照威尼斯的法律,你的控诉是可以成立的。"(《威尼斯商人》:4.1.76)随后她大谈特谈慈悲心,劝说夏洛克应当仁慈一点,同时,鲍西娅又给夏洛克留下了"法律"的诱惑:"我说了这一番话,为的是希望你能够从你的法律的立场上作几分让步;可是如果你坚持着原来的要求,那么威尼斯的法庭是执法无私的。"在巴萨尼奥提出让法官变通法律时,鲍西娅义正词严地拒绝变更,由此得到夏洛克的赞赏,"一个但尼尔来做法官了!"(《威尼斯商人》:4.1.77)接着她虚与委蛇劝说夏洛克接受三倍的偿还,夏洛克越是严词拒绝,就越是能满足自

---

① 金灵杰:《论〈威尼斯商人〉中的种族歧视与宗教迫害》,吉林大学硕士学位论文,2004年。

己复仇的快感,在夏洛克得意地享受杀人之前的每一个步骤时,鲍西娅不经意地随口提议夏洛克做一件好事:邀请外科医生救治安东尼奥,这自然会获得夏洛克的惯性拒绝,于是鲍西娅取得了最充分的证据,大功告成。夏洛克的失败来得太快,因为精确地切割肉的重量,同时不能溅出一滴血,这个判决根本无法执行。没有比得到法律正义却得不到实际的权益更空洞的了,失去法律庇护的夏洛克只能让步,最后放弃诉讼以求全身而退,然而鲍西娅此时并没有对夏洛克施于她口口声声高尚的"仁慈",而是援引隐藏已久的"异邦人企图谋害威尼斯公民"的法律条款,剥夺了夏洛克的全部财产和生命权,在表面遵守法律的前提下运用法律的漏洞惩罚了夏洛克。隐藏在戏剧故事背后的法律功能,不是为了实现所倡导的公平,而是成为统治阶级自我保护的工具,这是法律的工具性所决定的。即使精明如犹太民族,其宗教信仰中存在的律法主义思想也使得犹太人在谨遵法律的同时受到了法律工具性的伤害。全剧自始至终贯穿着夏洛克的法律信仰,当这个信仰倒塌的时候,夏洛克无力、悲愤却毫无怨言地接受法庭裁判,这正暴露出以夏洛克为代表的犹太律法民族的致命弱点。然而没有人对夏洛克的法律信仰给予承认,他们冷酷地评价夏洛克是自私、残忍、冷漠、刻毒的人,基督徒的价值判断代替了法律的评价,基督教徒在这场庭审中的胜利恰好告诉了人们法律公正的偏失,因为,鲍西娅所处的立场从来都是反法律的,这一点从一开始她对父亲遗嘱的抱怨就可以看出来,一个反对法律的人是不会真心相信法律的,所以鲍西娅在法庭上表演的是对法律的操弄,如果不是她的丈夫牵涉其中,她也不会在法庭上运用诡辩的"白马非马"技巧,这又一次恰好说明了法律的工具性立场。从庭审现场暴露的法律背后的宗教、政治和文化等之间的矛盾问题,亟须社会正义的实现,它越是在社会生活中缺失,公平正义在文学中的表现就越强烈。《威尼斯商人》鲜明地表达了作者的人文主义法律观,以自己的诗性正义价值标准来审视当时社会的法律精神和法律公平,也用艺术的形式给公平正义延展出了时间的纵深:从文艺复兴时期到 21 世纪,很多事物的评价标准在不断发展,法律亦是如此。

　　剧中的经典人物夏洛克是一个具有多重复杂性格的立体人物,他靠原始积累时期旧式高利贷资本谋生,其手段是坐庄滚利。因此作为一个放债人,性格中有贪婪吝啬的一面,令人憎恶:夏洛克认为自己博取利息和雅各按约取得酬报是一样的性质,"只要不是偷窃,会打算盘总是好事"(《威尼斯商人》:1.3.19);他奇待仆人朗斯洛特，不让他吃饱；他嗜财如命，每次出门前都再三叮嘱女儿看好门户和钱财；他向杜伯尔谈起他卷钱私奔的女儿时声称情愿看着女儿满身珠宝地死在他脚下；他在安东尼奥无法按时还款时步步紧逼，决意置其于死地……这些行为导致夏洛克被列为世界文学作品中四大吝啬鬼之一，一直以负面的喜剧形象示人，但莎士比亚并非要把夏洛克写成一个简单的恶棍，夏洛克不仅是一个重利盘剥的高利贷者，他还是那个在基督教社会里受欺负的犹太人。夏洛克的行为和性格具有合理性，犹太民族的狭隘信仰和种族烙印使其始终处于被孤立的"客民"身份，可以从事的生存领域被极度压缩，生存权和发展权都要靠金钱来租买，高利贷领域是他们被许可的为数不多的谋生职业之一，敛财成为他们安全感的重要来源，加之高利贷行业的特殊性，他们必须以那种残酷无情和斤斤计较面目示人，长此以往，人们也形成了对犹太人的刻板印象。其实他并非冷漠无情、顽固不化之人，夏洛克十分疼爱自己的女儿杰西卡，夏洛克外出赴宴之前，对杰西卡说"这是我的钥匙，你好生收管着"（《威尼斯商人》：2.5.34），由此可看出夏洛克对女儿的信任；夏洛克曾十分凶狠地诅咒过女儿，但那是杰西卡跟着基督徒私奔之后的事，夏洛克既因为钱财和珠宝连同爱女完全落入基督徒之手而气得发狂，也因为杰西卡的不孝和对民族、宗教信仰的背叛而咒骂："一定要下地狱""我希望我的女儿死在我脚下，那些珠宝都挂在她的耳朵上"（《威尼斯商人》：3.1.50），所以不能据此判断夏洛克只爱钱不爱女儿。夏洛克把杰西卡视为自己的"血肉"，这是他表达爱的方式，在物质与精神之间，他没有作界限分明的区分，他把"血肉"和精神之爱深深融合在一起，但这却成了基督徒攻击他的理由，萨莱尼奥无情嘲讽夏洛克的物质性："啊，我的银钱！啊，我的女儿！"19世纪后期的德国诗人海涅承认夏洛克的确爱钱，但夏洛克更爱的并不是钱，而是他的女儿，所以她的背弃残忍地伤害了他。夏洛克诅咒的话表达出的是巨大的愤怒与深深的失落，在宠爱女儿的同时他还一直在怀念妻子，听说杰西卡用妻子莉亚送给他的绿玉指环换了一只猴子时，他的愤怒与悲伤显而易见："即使人家把一大群猴子来向我交换，我也不愿把它给人。"（《威尼斯商人》：3.1.51）这是一个在感情上悭吝成性之人的表白，因其悭吝，这感情愈加显得深沉，海涅曾在《莎士比亚笔下的女角》中这样写道：这个可怜的犹太人，到处受排挤，他被逐出社会，最后被赶到一个天伦之乐的小围篱中，在他身上只剩下了一种家庭感情，一种对家人的深厚的爱。可是就连这最后的一角生存空间也被基督徒们破坏掉了，夏洛克是死无葬身之地了。杰西卡拿母亲的遗物去换猴儿,未必全然出于她自己被惯坏了的大手大脚和少不更事,也暴露了基督徒的教唆和胁迫,这一极易为人忽视的细节描写,无疑说明了基督徒们连夏洛克对亡妻的怀念——他唯一的感情寄托也不放过,可谓赶尽杀绝。他的仆人朗斯洛特本身好吃懒做、油嘴滑舌,夏洛克并未直接辞掉他,反而是教导和提醒他做事的规矩,他在朗斯洛特私下里自作主张跳槽到巴萨尼奥那里后也没有生气,而是顺水推舟,这些表明他并非如朗斯洛特形容的那样"那犹太人一定就是魔鬼的化身"(《威尼斯商人》:2.2.24)。而当杰西卡不再属于他,他唯一能指望的就是钱。他得忘记她,这是一种严酷的道德法则,遵循它必须以极大的热忱和自律,这种热忱和自律可以用来衡量道德法则在夏洛克心中的意义。对夏洛克而言,女儿虽生犹死,但他自身的一部分已经随之消亡。在此,夏洛克不是一个喜剧角色,没有任何场景证明他本身是可笑的,生活对夏洛克而言是世俗的,他的金钱与他的存在有着盘根错节的复杂关系。他爱女儿是因为女儿是他的血肉,他以拥有自己身体的方式去拥有女儿,其间并不缺少应有的亲情。因此,他是重情重义的,心中也是充满热爱的,尽管他真正爱的是他的家庭和他那"神圣的民族"。

　　作为异教徒,夏洛克是一个深受种族歧视和宗教迫害的犹太人,他性格中具有犹太民族自古以来的忍辱负重的隐忍与强烈的复仇欲。在"一磅肉契约"中,如果夏洛克是一个纯粹的"经济人",那么他提出的条件和要求必须保证他出借资金以及利息的安全,而不会出现不要利息,甚至在无法如期还本时也不要本金,而只要"没好处"的"一磅肉"。① 仅凭此处指认夏洛克的残忍与伪善是片面的。夏洛克提出的违约要求——支付"一磅肉",在遭受巴萨尼奥的怀疑之后,他表明这只是要和安东尼奥等人开个玩笑。"玩笑说"对于夏洛克在当时威尼斯的处境来说具有合理性:夏洛克在基督徒的社会里到处受到排挤,作为高利贷者的他已经遭到了威尼斯社会普遍的唾弃,放贷生意也因为安东尼奥从中作梗而损失巨大,他借钱给安东尼奥不要利息,旨在改善威尼斯人对他的偏见,从而提升他的社会形象,为他之后的生存与生意带来便利。第一次听闻安东尼奥货船失事的消息时,夏洛克正处于女儿和钱财被基督徒拐走的失魂落魄之中,他的下意识的回答是,那"又是我的一桩倒霉事情"(《威尼斯商人》:3.1.48)。第一件事是

---

① 　杨虹:《〈威尼斯商人〉的合约解读》,《外国文学研究》2009 年第 2 期。

夏洛克的"倒霉事"可以理解，即女儿杰西卡被罗兰佐引诱携款出逃，但第二件事，安东尼奥的货船在海峡里倾覆，也被他认为是"倒霉事"，则再次说明"割肉偿债"不是夏洛克的"预谋"。但正是这两件接踵而至的"倒霉事"刺激了夏洛克，那个不合常理的违约要求出现在他的脑海里。他才通过如下言辞宣泄着自己的愤怒："即使他的肉不中吃，至少也可以出出我这一口气……报仇。"（《威尼斯商人》：3.1.49）所以当面对强大的以安东尼奥为首的基督徒阵营和公爵为首的法庭时，他又表现出"威武不屈"和"以理相争"的骨气，敏捷机警又果断沉着，使人钦佩。正如阿尼克斯特断言："划分正面人物和反面人物的做法，是同莎士比亚格格不入的，对他来说，只有一种被他极为深刻而多方面地揭示出本质的人。"普希金更是直截了当地指出夏洛克形象具有多面性，"莫里哀的悭吝人只是悭吝而已，莎士比亚的夏洛克却是悭吝、机灵、复仇心重、热爱子女，而且锐敏多智"。法国大作家雨果说："夏洛克的伟大在于他表现了一个处于被压迫状态下的民族。"①因为女儿的背叛，夏洛克一夜之间失去所有，于是迁怒于安东尼奥，尽管安东尼奥对此一无所知。夏洛克意识到没人关心他，他的悲伤不过是人们的笑柄，这是一种无以复加的侮辱，作为有尊严的人，他必须让其他人为他的痛苦而受苦。在法庭上夏洛克舌战群雄，显示出不畏强权的勇敢精神。当公爵劝夏洛克要有仁慈恻隐之心时，夏洛克马上反唇相讥道："你们买了许多奴隶，把他们当做驴狗骡马一样看待……我可不可以对你们说，让他们自由，叫他们跟你们的子女结婚……你们会回答说：'这些奴隶是我们所有的。'"（《威尼斯商人》：4.1.73）从前，他虽然不受欢迎，但在狭隘的生活中能忍受屈辱，坚持信仰，享受家庭幸福，现在一切都落空了。从他深切的狂怒中显现出某种庄严，然而他变得愈加可怕，使人印象深刻的唯有他的阴暗面，于是对基督徒的怨恨成为他活下去的全部动力。19世纪英国批评家赫士列特也认为，夏洛克"所犯的罪过要比他遭受的凌辱小得多"②。所以他是受尽凌辱、让人同情的。

在《威尼斯商人》中被引用最多的一段话最能显示夏洛克的困境："只因为我是一个犹太人。难道犹太人没有眼睛吗？难道犹太人没有五官四肢、没有知觉、没有感情、没有血气吗？……要是别的地方我们都跟你们一样，那么在这（报仇）一点上也是彼此相同的。"（《威尼斯商人》：3.1.49）夏洛克通过诉诸人性的普遍

---

① 张泗洋、徐斌、张晓阳：《莎士比亚引论》（上），北京：中国戏剧出版社，1989年版，第202页。

② 张泗洋、徐斌、张晓阳：《莎士比亚引论》（上），北京：中国戏剧出版社，1989年版，第202页。

性为自己正名。在刺耳却令人同情的怨言背后，是对践行"黄金律"的恳求：只有认识到彼此的共通之处，人们才能够和平相处，否则他们将视对方为异类。夏洛克提出他与那些令他痛苦的基督徒是平等的，但这种平等建立在一系列相似之上，而这些相似究其实质仅仅是肉体上的相似，在精神层面上似乎只有复仇是其中唯一的相似之处，至于基督徒所倡导的仁慈宽恕，在夏洛克们的世界里，从来都没有享受过一分一毫，所以，他当然也没有主动付出的自觉性。

夏洛克信仰犹太教和法律，他生命的意义和生存权利的保障也由此而来，而不是基于他的日常饮食或七情六欲。黑兹利特把夏洛克看作一个"肩负起为他那受难的民族复仇这一重任的一个形象；故此，夏洛克值得人景仰，因为他骄傲地拒绝待在社会强迫他所待的卑贱地位上"，他"比剧中任何人物都更聪明、更富想象力、更有人格力量"。所以，尽管剧中的夏洛克有种种"恶行"，但他在世人眼中已变成一种悲剧性象征，一个被压迫民族的象征。丹麦评论家乔格·布朗迪斯这样评价夏洛克："就是对这样一个人，基督徒们还是不肯放手，他们上下勾结，夺走他的全部财产，强迫他放弃犹太教信仰，改信基督教，再加上拐跑他的女儿和部分财产，使他最后在社会上、经济上、家庭上、宗教上都被消灭了，夏洛克生不如死。"法国作家雨果说："夏洛克与任何一个高利贷者都不同，从高利贷者总体中提取出完整的一个来，他就是夏洛克。他是整个希伯来教和犹太人，他的伟大在于他表现了一个处于压迫状态下的民族。"而波斯纳更是一针见血地指出："拘泥细节的条文主义是贱民的保护伞，但是，因法律字面含义而生的人也可能会因之而死。"①一向骄傲于自身严谨的律法精神的犹太民族，不知道有没有读懂波斯纳的这句要义。"法律上是这样说的吗?"(《威尼斯商人》:4.1.80)夏洛克不停发问。法律是导致他毁灭的原因，他因此而获得悲剧的尊严。夏洛克是被法律欺骗的人，他从未考虑过法律可能只是实现目的的手段。

与夏洛克这个"血淋淋"的放贷者相比，安东尼奥所代表的资本势力是伊丽莎白盛世时期的产物，莎士比亚赋予他崇高的品德，他是"一个心肠最仁慈的人，热心为善，多情尚义，在他身上存留着比任何意大利人更多的古代罗马的侠义精神"，他反对高利贷的重利盘剥，所以他"跟人家互通有无，从来不讲利息"(《威尼斯商人》:1.3.18)，在当时有着极高的声望。但奇怪的是安东尼奥并没有真正可

---

① 理查德·A.波斯纳:《法律与文学》(增订版)，李国庆译，北京:中国政法大学出版社，2002年，第147页。

靠的朋友,之所以这样说,有两处证据:一是在巴萨尼奥急需帮助时,安东尼奥正处资金周转困难,他并没有向威尼斯的其他人借钱,而是向自己的头号仇人夏洛克去借,并冒着生命危险订立契约;二是在契约到期时,他生死存亡之际,也没有朋友来解燃眉之急。可以说他是孤立无援、不被理解的。安东尼奥还具有强烈的种族和宗教歧视倾向,他处处针对和羞辱夏洛克,即使在向夏洛克借钱时仍然盛气凌人,对夏洛克冷嘲热讽;在庭审后期,安东尼奥表面上慈悲为怀没有要夏洛克的性命,但他接管夏洛克的一半财产,而且强迫夏洛克在死后将所有财产传给女婿和女儿,另外,他还勒令夏洛克改宗,这实际上使夏洛克几乎毁灭:夏洛克被基督徒鄙视,被女儿欺骗背叛,在改变宗教信仰后,他必然会被犹太族人抛弃,他最终只能活成孤魂野鬼,衰子余生。可见安东尼奥的宽容和仁慈是分对象的。从文中看安东尼奥主要是从事海上贸易,在当时英国,这是一种朝阳行业,因此他在社会上是享有一定的名望的,但是,海外贸易依然具有殖民掠夺性,它只是还未被揭露而已。恩格斯曾经说过,占统治地位的商业资本,到处都代表着一种掠夺制度。它在古代和新时代的商业民族中的发展是同暴力掠夺、海盗行径、绑架奴隶、征服殖民地直接结合在一起的。英国历史学家阿莱莫尔顿也曾说过,"在十六世纪初期,海盗业和真正的商业之间划不出很清楚的界线。"由此可知,安东尼奥和夏洛克在本质上并没有差别,夏洛克和杜伯尔这一类高利贷者固然具有寄生性和残酷性,但安东尼奥一类商业资产阶级剥削和掠夺劳动人民特别是殖民地人民的血腥行径也是不言而喻的。由此可知,《威尼斯商人》的主要矛盾是安东尼奥和夏洛克的矛盾,矛盾的性质就是商业资本和高利贷资本的矛盾,是新兴资产阶级人文主义道德原则和中世纪流传下来的旧式高利贷者利己主义信条的矛盾。

巴萨尼奥是当时没落年轻贵族的代表人物,他爱慕虚荣,沉溺于享受,靠借钱维持外强中干的体面生活,因此负债累累,但又具有一定的功利心,"我最大的烦恼是怎样可以解脱我背上这一重重由于挥霍而积欠下来的债务"(《威尼斯商人》:1.1.9),目的性极强,"从她的眼睛里,我有时接到她的脉脉含情的流盼"(《威尼斯商人》:1.1.10),从而将求娶鲍西娅继承其父亲留下的遗产作为清理债务的计划。他在法庭上对安东尼奥说:"安东尼奥,我爱我的妻子,就像我自己的生命一样;可是我的生命、我的妻子以及整个的世界,在我的眼中都不比你的生命更为贵重;我愿意丧失一切,把它们献给这恶魔做牺牲,来救出你的生命。"

(《威尼斯商人》:4.1.79)表现出其重情重义的特点。当鲍西娅打赢官司后,巴萨尼奥把定情指环转赠给法学博士,以表谢意,但巴萨尼奥曾发誓永不抛弃指环,因为鲍西娅叮嘱过,指环送给爱人,就成为爱人身体的一部分,绝不可赠给别人。这里借鲍西娅和巴萨尼奥对待指环的不同态度看出二人对待爱情的差异:一个是视为生命般最重要的东西,一个将名誉和交情置于爱情之上。鲍西娅想要的是巴萨尼奥,她看到他是一个好人,拥有精致的趣味和丰沛的情感,是真正的绅士。他不会说教,判断力平衡而优雅——既不原始,也不过度文明。他不具备卓越的美德,但从不伪装,没有显著的恶行。他是一个中庸的人,英俊而有修养。巴萨尼奥毫无宗教狂热,他是唯一的本能上并不厌恶夏洛克的威尼斯人。与安东尼奥不同,巴萨尼奥从未刺激或鼓动这一切不幸的发生。他仁爱而单纯,和鲍西娅一样,进入世界时不带成见,任凭印象和喜好的引领,但他的趣味是受过教化的。

　　鲍西娅是资产阶级完美新女性的代表。鲍西娅是贝尔蒙特的女主人,她聪明博学,才思敏捷,能言善辩,敢于向旧的世俗观念勇敢挑战。开篇她抱怨"活着的女儿的意志,却要被一个死了的父亲的遗嘱所钳制",转眼她就轻松地跃过父亲设下的"藩篱":她吩咐仆人用葡萄酒诱使酒鬼求婚者作错误选择,当巴萨尼奥选择时,她用歌声进行微妙的暗示。"三匣择亲"的藩篱一方面帮助鲍西娅驱赶了她厌弃的摩洛哥亲王、阿拉贡亲王等人,另一方面又没有阻碍其追求自己的幸福。她表面上顺从父亲的规则,却也没有被幽灵意志所桎梏,她聪明地利用规则达成了自己的目的,恰如对待威尼斯律法的态度一样,她巧妙地利用夏洛克对法律的信仰,在法律的规定和执行中制造错位,最终达到帮助安东尼奥的结果。她大胆地追求爱情,以全新的择偶标准完美实践人文主义的行为准则。鲍西娅在浏览追求者名单时,自有一套根据民族特征而来的分类法——嗜马如命的那不勒斯亲王、严厉苛刻的巴拉廷伯爵、烂醉如泥的德国少爷等等。她的评判标准是:能否为快乐的共同生活锦上添花,具有享乐主义倾向。鲍西娅和侍女独处时的坦率也清晰地勾勒出她的形象:自由奔放,轻蔑地拒绝悲伤之渊。在看遍了异域的奇特的求婚者之后,她却选择了巴萨尼奥成为自己的丈夫。她选择了她心目中的欢愉和适当。与其他追求者相比,巴萨尼奥与金钱无关,虽有高贵的血统却也已没落为凡夫,巴萨尼奥选择了象征牺牲和奉献的铅匣,那恰恰说明他的睿智和真诚。鲍西娅的优雅高贵、洞察世事、勇敢果断、善于掌握规则和利用规则,象征了文艺复兴时期资产阶级充满光明和谐的理想战士。

在这出并不十分滑稽的喜剧里,最可笑的人物应属小丑朗斯洛特·高波。朗斯洛特为犹太人工作,但良知说他的主顾是魔鬼,于是他想离开,可良知也告诉他必须承担自己的责任。他的良知令他进退两难,最终,他选择听从自己唯一确定的东西——他的胃。他的话前后颠倒,荒诞不经,引人发笑,比如与父亲相遇的那一幕戏弄父亲的场景;朗斯洛特与杰西卡谈论她的改宗问题,并一针见血总结出她面临的问题:她下定地狱了。当杰西卡提出自己改变宗教信仰时,鉴于口腹之欲,朗斯洛特坚决反对,因为这会使猪肉价格飞涨。朗斯洛特用着最富有侠义色彩的中世纪圆桌骑士的名字,表现出自己最不仗义且猥琐狭隘的实质,他企图通过自己选择主人的两难来表现自己的良心,实际上是试图在安东尼奥和夏洛克之间取得平衡,妄图使水火不容的两种观念达到互洽,这是古往今来的能人贤士所无法达成的,只有小丑才会有如此狂妄自大的想法。

在"三匣择亲"环节也浮现出了很多有趣的人物,第一个冒险选择的是摩尔人,他的求爱以请求开始:"不要因为我的肤色而憎厌我。"(《威尼斯商人》:2.1.22)他在某些方面与奥瑟罗相似,但在鲍西娅创造的氛围中显得有些可笑。他是伟大的勇士和多情的爱人,满口煌煌高论。这个轻率的南方人鉴于外表选择了金匣子,他是感官的奴隶。鲍西娅保持着刻意的礼貌,心里早已淘汰了他:"但愿像他一样肤色的人,都像他一样选不中。"(《威尼斯商人》:2.7.41)她不是苔丝德蒙娜,能"从他的心灵中看出奥瑟罗的容颜"。摩尔人率直、感性而热情,比较之下,阿拉贡则是冷静的,代表北方人的绅士风度。他是虔诚的道学家,满口最庄严的陈词滥调。他根据匣子上的文字选择了中庸的银匣子。他认为自己值得被回报,当发现回报少于他的预想,他愤怒了。阿拉贡是愚蠢的,他认为对道德的强调就能形成道德的实质。在他身上鲍西娅只看到一个单调乏味的人。摩尔人选择的依据是形象,阿拉贡的依据是文本,二者皆误。鲍西娅寻找的人,要能够在情感的自然优雅中结合感受和思考。南方人野蛮,北方人冷酷又爱引经据典,但真正的文明意味着成熟的理解、反思与充分的感受力的结合。

《威尼斯商人》中借"一磅肉契约""三匣择亲""杰西卡私奔"三条平行又交错的线索塑造了两个截然不同的世界:充满铜臭且残酷的现实之城威尼斯和理想之城贝尔蒙特。威尼斯是一个排外、追求奢华享受、有种族歧视、等级观念强烈、具有宗教迫害倾向和充满男权色彩的城市,贝尔蒙特充满音乐、月光、浪漫爱情、博爱与平等自由。二者是现实世界和理想世界的交织与结合,背景象征在剧中交替反复出现,深化了主题,强化了结构,点染了戏剧气氛。《威尼斯商人》善于引用典故。第五幕第一场杰西卡和罗兰佐连用四个古代神话传说进行两性关系的"对话",作品中三次运用了伊阿宋的神话故事,对应了三个人物的暗藏身份,即巴萨尼奥、葛莱西安诺和罗兰佐的海盗原型。《威尼斯商人》还运用了反讽手法。巴萨尼奥一方面是一无所有,动辄借债;另一方面是前呼后拥,奢华无度;他充满功利主义的爱情追求与他对"奉献"式爱情——铅匣子的选择;以及杰西卡为了爱情而逃离威尼斯,同时却在糟蹋父亲所珍视的爱情信物,二者之间都构成了强烈的讽刺。受伊丽莎白女王的影响,莎士比亚使用了易装情节提高女性的社会地位,但他还是清醒地意识到男权专制强大的统治地位,在二元性别对立上,女性至高无上的地位只能存在于乌托邦贝尔蒙特,而在威尼斯,在法庭上光彩夺目的依然是那个"男装"法学博士,这种妥协是莎士比亚自身局限性和时代局限性的必然。

第八节　《无事生非》

《无事生非》创作于 1598—1599 年。该喜剧是莎士比亚喜剧成熟时期的作品,内容热闹欢乐又富有哲思,凭借其鲜明的人物塑造和诙谐的台词,成为莎翁浪漫爱情喜剧代表作品之一。

《无事生非》围绕爱情主题设置了两条平行线索:一条线索是代表传统爱情模式的克劳狄奥和希罗。克劳狄奥对希罗一见钟情,彼德罗亲王为其求婚成功。但在筹备婚礼期间,彼德罗的弟弟约翰由于妒忌,设计使克劳狄奥与彼德罗误会希罗是个不贞洁的女子。随后在婚礼上,克劳狄奥当面侮辱且指责希罗,婚礼取消。后来骗局被揭穿,希罗仍与克劳狄奥完婚。另一条线索是培尼狄克和贝特丽丝,他们起初相互嘲讽、各不相让,最后却彼此倾倒、完满结合。

两条故事线索是莎士比亚取材于不同故事改编而成的。希罗和克劳狄奥的故事根据意大利的亚瑞欧托 1516 年出版的《愤怒的奥兰多》,以及班代罗于1554 年出版的《小说》中第二十二个短篇小说改写而成,这则含有悲剧成分的故事带有意大利式的浪漫多情。此外,未婚女子贞洁被污蔑的题材在文艺复兴时期也时有出现,斯宾塞的《仙后》中就有例子。另一条线索中的培尼狄克和贝特丽丝的故事则源自英式幽默传统,在中世纪时期的英国,两性战争是个常见的主题,乔叟写过类似的故事,莎士比亚早期的《驯悍记》也是类似主题。

作品的主题也有明显的层次之分,首先是莎士比亚喜剧常见的爱情主题。克劳迪奥与希罗是传统模式的爱情,由一见钟情到求婚,继而产生误会后决裂,误会解除后和好,最后圆满完婚;而培尼狄奥和贝丽特丝是新式爱情,他们都骄傲并蔑视婚姻,两人一见面便争吵不休。但在彼德罗的圈套中,两人都误以为对方深爱着自己,并且在为希罗据理力争的过程中互吐爱意,最后弄假成真,步入婚姻的殿堂。在剧中,不论是传统爱情还是新式爱情的结合,都经历了一番曲折,且主人公的心理过程和行为变化都符合爱情发展的规律,最终有情人终成眷属,体现了克服一切障碍而最终取得胜利的爱情主题。

作品还表现了对父权制社会的不满。克劳狄奥向希罗的求婚,是由其主人彼德罗向希罗的父亲里奥那托提出的,父亲自始至终未征求过希罗的意见;克劳狄奥和彼德罗仅仅听到一个男人在希罗窗下叫着希罗的名字说情话,就直接判定希罗是一个淫贱的女子,在婚礼上给希罗以无尽的羞辱;里奥那托性格谨慎,是一位功利的政治家形象,满脑子父权至上思想,女儿受谣言伤害后,里奥那托没有片刻犹疑,直接选择相信克劳狄奥和彼德罗的指责,"亲王兄弟两人是会说谎的吗?"拒绝给女儿任何为自己辩护的机会;希罗昏死之后,里奥那托更是诅咒女儿:"对于她的羞耻,死是最好的遮掩。""别理她!让她死吧!"(《无事生非》:4.1.522)希罗在婚前听从父亲的安排,婚后也会遵照丈夫的意志行事……剧中无故受辱的希罗陷入失语状态,说明男性话语的力量远远高于女性话语,希罗的失语是父权社会结构运行通畅无阻的另类表达;还有值得注意的是文本中两位女主人公的母亲角色的缺席,剧中没有一句话交代希罗和贝特丽丝的母亲的去向问题,而母亲从始至终都未出现却并不影响情节的发展,女性个人思想无须表达是父权文化的另一种呈现。在母亲缺席的影响下,这种由父亲独裁和男性话语权造成的性别不平等局面自然成为希罗们承认、接受、支持和实现的一种不容置疑、不可改变的社会规则。因此,希罗们接受这种情况并向男性屈服,然后成为这种规则的一部分和受害者。

与希罗不同,贝特丽丝是男权社会的反叛者。她机智敏捷、口齿伶俐、活泼开朗;她生性高傲,不循常规,蔑视婚姻,不愿成为男性的附属;她正直坚强,坚守原则,当希罗遭受不公平诬陷时,她竭力反抗,绝不做沉默的羔羊;她极具个性,反叛意识十分强烈,拒绝接受社会结构中的女性附属地位,虽依然受到当时社会环境的束缚,但与希罗相比,贝特丽丝的爱情更为自主、独立。她不仅具有与其他女性相同的美丽、善良,而且具有她们所缺乏的泼辣、正直、勇敢、刚强。贝特丽丝勇敢反抗占统治地位的男权话语,也因此收获了比男权社会的顺从者希罗更美好的爱情,从二者的不同遭遇来看,莎士比亚显然更倾向于贝特丽丝这样的人生态度,肯定其追求自由平等、敢于反抗的性格特征。希罗与贝特丽丝虽然性格各异、命运不同,分别从不同的立场与父权制之间发生或服从或对抗的关系,但她们都是男权社会的"第二性"和"他者",没能摆脱男权话语的操控,这一点揭示了作者对于父权社会制度的不满。

作品也揭露了人性的善变与复杂。克劳狄奥对希罗一见钟情,先是对希罗大加赞美,后来却轻信阴谋,斥责希罗不贞洁,骗局被揭穿后追悔不已,深情悼念希罗,但随即就又欣然接受里奥那托将侄女嫁给他的提议;培尼狄克和贝特丽丝表面上针锋相对,却早就互有好感,虽然他们的爱情因为一个恶作剧而展开,但比起一开始便表示自己的深情和忠贞的克劳狄奥却显得情感更加真挚。培尼狄克在剧中末尾说道:"所以你们也不必因为我从前说过反对结婚的话而把我取笑,因为人本来是个出尔反尔的东西,这就是我的结论了。"(《无事生非》:5.4.553)文本因此在人性的善变中以戏谑的口吻不断重复"人本来就是个出尔反尔的东西"这一主题。

《无事生非》英文原名为 *Much Ado About Nothing*,"nothing"一词在人物对白中频繁出现,处处点题;从情节上来看,也是以"无事"为事件开端,因误会或他人故意陷害而生发出别样的故事,例如克劳狄奥和希罗婚事本来是两情相悦,水到渠成,偏偏生出约翰和波拉契奥陷害的事端,导致婚礼变故,差点酿下死亡的悲剧;贝特丽丝与培尼狄克原本二人都高傲自大,拒绝爱情与婚姻,没想到在彼德罗的谎言下二人互相靠近,最后喜结良缘。可见,"无事"是常态,"生非"是偶然;前者是静态,后者是动态;前者是物事,后者是人非;长恨人心不如水,等闲平地起波澜。苍茫世界正是因为人的存在,所以才会如此生动丰富、变化多端。这样看来,题目名为"无事",实际上真正着意于"有事"即"生非"。剧作家执笔并非为了描写"无事"的平静状态,而是妙笔生花,意在搅动一池春水。"人"的因素就这样凸显出来,在保守沉闷而又停滞的封建社会末期,带有浓厚人文主义色彩的文艺复兴运动就是这样把整个欧洲社会搅动起来,莎士比亚带着他笔下的青年男女,燃烧着绚烂多姿的爱情,将"人"的能动性发挥到了极致。

《无事生非》在特殊心理把握上具有独特的创造力。歌德极为推崇莎士比亚的心理学才华,"莎士比亚是一个伟大的心理学家,从他的剧本中我可以学会懂得人类的思想感情"①。剧中的培尼狄克和贝特丽丝是一对冤家,他们具有相似的高傲性格,培尼狄克在战场上骁勇善战,在生活中疾恶如仇,这种烈火一般的性格使他对莺莺燕燕的爱情非常鄙夷,在他看来,女性是充满缺陷的,婚姻是不可靠不自由的,他对女性和爱情、婚姻的看法充满偏见,但事实上,这是他年轻幼稚的表现,他的专断结论仅仅来自自身的臆想,是没有生活经验基础的理想主义作祟的结果。贝特丽丝性格开朗,高傲自信,她对男性的蔑视和女性地位的争取同样是理想主义的。二人的性格如出一辙,具有真诚、骄傲的共性。由于各自固守自己的立场,所以同类之间的相斥必不可少,言语的交锋充满了喜剧的轻松和幽默。但作为青年男女,爱情对他们具有本能的作用力,性格的共性也是他们观念一致的基础。随着二人更多的口角之争,二人在心理上却逐渐接近,在他们的对话和行动中不经意地夹杂了对彼此的关注与欣赏。培尼狄克虽然表面上嘲笑贝特丽丝是"女妖精",私下里又承认她的可爱和美貌,觉得她比她的妹妹希罗"好看多了";贝特丽丝同样如此,面对报信的使者,她既想得知培尼狄克的消息,又以不屑的口气嘲笑他,这样就使得使者为其辩护,透露出他更多信息,贝特丽丝的行为看似是在打趣,实则在掩饰她对培尼狄克的关切。两个人内心逐渐接近,但面子上却碍于骄傲无法更进一步,这时候外力的作用就属于顺势而为。莎士比亚安排的亲王彼德罗的撮合采用了有的放矢的手段,即瓦解彼此骄傲的屏障,用爱慕的谎言软化二人坚硬的盔甲。二人因此迅速沦陷于爱情之中。培尼狄克发誓,"要是我不爱她,我就是犹太人",贝特丽丝也表示"去你的吧,那种狂妄;再会吧,处女的骄傲"。在这一前后的重大转变中,年轻男女面对爱情的那种敏感、骄傲和言不由衷跃然纸上,令人会意地微笑,却又折服于作者对爱情心理的精准把握。莎士比亚遵循心理发展的辩证规律,巧妙地利用人物的性格特征,编导了一出感情大戏。贝特丽丝与培尼狄克的爱情经历了坎坷与挫折,在性格磨合的过程中强化了思考能力和心理认知,因此二人的情感比较稳固,甚至当贝

---

① 艾克曼:《歌德谈话录》,洪天富译,南京:译林出版社,2002年,第99页。

特丽丝为希罗鸣冤时,培尼狄克勇于背叛男权集团,站到贝特丽丝的女性立场上,向以克劳狄奥、彼德罗亲王和里奥那托为代表的传统道德阵营发起进攻。而克劳狄奥和希罗二人正是因为没有这样循序渐进的感情发展过程,才会轻易地被谣言蒙骗,换句话来说,这二人的爱情发展更多被外物所牵制,戏剧化的情节性远远超过心理层面的挖掘,难怪梁实秋先生感叹"如果从这出戏中抽走璧阿垂斯和班耐底克,那将是不可想象的事"①。

剧中还采用了矛盾叙事手法。剧中人物话语的矛盾修辞和情节的逻辑矛盾,不仅体现人物的性格,也反映社会现实,揭露真实的人性,构建起人物的身份和社会地位,具有戏剧性。克劳狄奥一行人诘责希罗的罪行时,并没有直接的证据可以证明希罗有罪,却要求希罗必须拿出证据证明自己无罪,不然就是有罪,这一荒唐情节显示了男权社会下女性生存境况的困窘;培尼狄克前期不愿意把自己的头颈伸进婚姻的轭里去,"我愿意一生一世做个光棍"(《无事生非》:1.1.463),但当他中了亲王彼德罗的计谋,以为贝特丽丝爱慕他的时候,又以"人类是不能让它绝种的。当初我说我要一生一世做个单身汉,那是因为我没有想到我会活到结婚的一天"(《无事生非》:2.3.494)为自己圆场,培尼狄克前后话语的矛盾刻画出其因骄傲敏感而表面蔑视婚姻与爱情、实则向往爱情的心理。

剧中还运用了很多双关语。双关就是利用词的一词多义或同音异义现象产生出词义的混搭,并产生诙谐效果。《无事生非》中的双关语大部分集中在贝特丽丝、培尼狄克、道格培里和弗吉斯等人物语言上。从不同人物的双关语措辞上可以洞察其内心,看出人物性格及其所处的阶层。例如:

Messenger:He hath done good service, lady, in these wars.

Beatrice:You had musty victual, and he hath holp to eat it; he is a very valiant trencherman; he has an excellent stomach.

……

Beatrice:And a good solider to a lady; but what is he to a lord?

Messenger:A lord to a lord, a man to a man; stuffed with all honorable virtues.

Beatrice:It is indeed; he is no less than a stuffed man; but for the stuff-

① 莎士比亚:《四大喜剧》,梁实秋译,北京:中国广播电视出版社,2002 年,序言。

ing,—well,we are all mortal.

上文中使者赞美培尼狄克在战场上表现英勇,用了"good service",贝特丽丝则故意曲解其意,理解成美食,所以她说"你们那些发霉的军粮,都是他一个人吃下去的",并讽刺其为"著名的大饭桶","胃口好得很呢";使者接着赞美培尼狄克是一位好军人,充满了令人称赞的美德,即"stuffed with all honorable virtues",而贝特丽丝抓住"stuffed"这个词,歪曲培尼狄克为"a stuffed man",即"外强中干,没有真学识的人"。这里既显示出贝特丽丝的机智刻薄的性格特点,同时增强了喜剧效果。

第九节　《温莎的风流娘儿们》

《温莎的风流娘儿们》是莎士比亚唯一一部取材于现实生活、以英国本土作为背景的喜剧,作为莎士比亚喜剧创作成熟期的作品,被称为"闹剧中的精品"。作品通过讲述温莎城内妇女们恋爱与婚姻问题的故事,"对温莎的自然环境、市井生活,风俗习俗进行了真实的描写",处处洋溢着"快乐的英格兰"的气息。①难怪恩格斯在致马克思的信中指出:"单是《风流娘儿们》的第一幕就比全部德国文学包含着更多的生活气息和现实性。"②

据说《温莎的风流娘儿们》是因为伊丽莎白女王在观看《亨利四世》之后对福斯塔夫产生兴趣,要求莎士比亚再写一部"恋爱中的约翰爵士",因此莎士比亚在十天内仓促写成剧本,以致在情节、人物乃至语言方面都略显粗糙。该剧虽然没有清晰的情节渊源,但与当时民间的一些俚俗故事有一定的联系,也有部分情节与奥维德《变形记》第九章中的"河神讲述关于荒年的故事"有很大的相似性。

《温莎的风流娘儿们》的剧情可以分为两条主线与两条副线。第一条主线是福斯塔夫为了骗取钱财写情书勾引两位富裕市民的妻子反被她俩三次设计出丑;另一条主线是青年斯兰德、卡厄斯、范顿都爱上了安·培琪小姐并向她求婚,培琪小姐的父亲看上了法官的侄子斯兰德,她的母亲却相中了卡厄斯医生,安·

---

① 张泗洋、徐斌、张晓阳:《莎士比亚戏剧研究》,长春:时代文艺出版社,1991年,第126页。

② 马克思、恩格斯:《马克思恩格斯全集》(第33卷),中共中央马克思恩格斯列宁斯大林著作编译局译,北京:人民出版社,1975年版,第108页。

培琪成功瞒着父母甩掉了前两位青年,最终与心心相印的范顿结婚。两条主线又各有一条副线作补充:一条副线是福德听说福斯塔夫勾引自己的妻子,心生醋意去捉奸,反被娘子提弄;另一条是牧师主动帮助斯兰德请求快嘴桂嫂去提亲,桂嫂之前已经承诺医生去说亲,医生因此向牧师下达决斗战书,好心的店主故意通知决斗双方错误的地点,结果受到双方报复几乎破产;店主帮有情人范顿和安·培琪寻找牧师秘密结婚,不仅损失得到补偿,而且得到“黄金百镑”的额外酬劳。连接四条线索的是桂嫂,她既是卡厄斯医生的用人,又是帮助三位求婚者说亲的媒婆,还是两位风流娘子提弄福斯塔夫的联系人,她在结构上起了穿针引线的作用。作品在主副线的框架之中又穿插了大大小小的矛盾,情节跌宕起伏。

全剧体现了对机智开朗的女性的歌颂和对爱情自由的追求。面对福斯塔夫这一登徒子的勾引,福德大娘和培琪大娘对福斯塔夫的提弄可谓是花样百出。她们虽然愤怒,却不打不骂不喧闹,抓住福斯塔夫色欲熏心的性格谋定计划,使得福斯塔夫连连出糗,一并也惩治了爱吃醋的丈夫,可谓是一箭双雕。妇人们的机智勇敢与男人们的笨拙愚蠢形成了鲜明的对比,表现出对女性聪明睿智的肯定。在以财产为目的的恋爱追求中,范顿从爱钱到爱品德的转变赢得了安·培琪的心,安·培琪的父母却因为范顿没有丰厚的资产而加以阻拦。两位青年靠着“金蝉脱壳”的计谋骗过父母,在牧师的见证下完成了婚礼。他们对纯洁爱情的追求在牧师的祝福下获得了承认,也赢得了舆论的支持,终于实现对恋爱自由的追求。

剧中的福斯塔夫与安·培琪表现了两种爱情婚姻观。福斯塔夫违背社会伦理道德向两位已婚妇女调情弄爱,其目的是为了骗取她们的钱财,他的色欲熏心和财迷心窍导致他反复上当受辱仍然贼心不死,“莎士比亚以这个人物批判了追逐金钱的恶劣社会风气,形象而生动地揭示了衰落的封建贵族阶级不得不向新兴的资产阶级靠拢的历史趋势”[1]。追求安·培琪的三位男青年以及剧中其他一些人物也是以财产为目标,将爱情当作有利可图的金钱交易,把女性本身当作一种财产,这既有中世纪封建旧习俗的影响,更多的是对资产阶级以金钱为中心的庸俗社会风尚的批判。而安·培琪则体现了追求两情相悦的自由爱情的人文主义爱情观。对于前者,他们接连失败;对于后者,莎士比亚让牧师赐予了祝福,

---

[1]　张泗洋、徐斌、张晓阳:《莎士比亚戏剧研究》,长春:时代文艺出版社,1991年版,第 126 页。

体现出莎士比亚对进步人文主义精神的弘扬。

《温莎的风流娘儿们》的情节跌宕起伏，人物形象生动活泼，语言贴切人物个性。捉弄福斯塔夫的精心谋划、安·培琪与范顿的坎坷爱情、小镇居民的争执吵闹……这些大大小小的矛盾闹剧在舞台上一一上演，牢牢地吸引观众的目光；各路角色都性格鲜明，让人印象深刻；人物使用的语言贴近人物的性格心理，顺应语境，不仅增加了戏剧语言的魅力，更是从侧面烘托了人物形象，丰富了人物性格。

《温莎的风流娘儿们》中的福斯塔夫是莎士比亚"福斯塔夫三部曲"中的最后一个形象，作为主角的福斯塔夫已经与《亨利四世》中的形象有所差别，从一个混迹宫廷的落魄骑士变成市民社会中被女性愚弄的色鬼，被资产阶级环境包围的福斯塔夫性格依然非常鲜明：他贪财好色、游手好闲、不务正业、吹牛扯谎、懦弱可笑，与此同时他又灵活机敏、随机应变、充满激情，是个十足的乐天派。为了钱财，他写信勾引两位妇人，被发现了也狡辩嘴硬；贪图美色，他一次又一次地中妇人们的计谋，出尽各种洋相。福斯塔夫的冥顽不灵、穷困潦倒、丑态百出说明这个破落贵族已经走到了穷途末路的境地，他曾经在动荡不安的战争年代如鱼得水地欺上瞒下，但在平民社会中，他已经失去了生存的土壤，被历史残酷无情地淘汰了。

作品中的女性角色是生动鲜活的。主要描写的四大女性角色培琪大娘、福德大娘、快嘴桂嫂和安·培琪，她们貌不出众，但大胆泼辣、热爱生活、机智幽默，除此以外，她们还忠贞纯洁。培琪大娘势利固执，但为人规矩、果断坚决，富有智慧。福德大娘家庭地位较低、没有主见，但也具有反抗精神，在惩罚福斯塔夫时她说："我不知道愚弄我的丈夫跟愚弄福斯塔夫，比较起来哪一件事更使我高兴。"（《温莎的风流娘儿们》：3.3.233）她们对爱情忠贞专一，福斯塔夫的勾引引起了她们人格被亵渎的愤怒，于是靠着出色的智慧把他骗得团团转，包括福斯塔夫、福德绅士在内的男人们都被她们玩弄于股掌之上。安·培琪虽然年轻，乖巧柔顺，但她也具有反抗精神，为了与爱人结婚，她骗过了父母和众人，用天衣无缝的调包计划获得成功，可见其心思缜密、智谋高超。快嘴桂嫂看似不起眼，但她在剧情中穿针引线，体现出能言善辩、处事圆滑的特点。而温莎的男人们可笑、猥琐、迟钝与大方、活泼、精明的女人们形成了鲜明的对比。

在时间和场景的安排上，戏剧反映的生活下移到了平民阶层，表现普通百姓的生活。剧中的妇女们掌握着家中的财政大权，机智地报复登徒子，这体现出文艺复兴运动影响下女性的个性解放、人格尊严与价值受到社会重视、女性的地位得到提高的事实。这些"新女性"自信独立、敢于直言,在婚姻和爱情生活中有了相当独立的自主权利和自我意识,莎士比亚将女性视为善良的化身,热情地歌颂她们、同情她们、赞美她们,或是出于对伊丽莎白女王的崇拜,但也体现出其追求人性解放和自由平等的人文主义思想。但在剧中我们还能看到,两性关系仍倾倒于男性一边,因而女性要获得真正的独立解放还是任重道远。

剧本在结构安排上富有特色,作品虽然有大小四条线索,但线索与线索之间既不错乱,也不疏离,形成了有机结合、各司其职的良好效果。在以"骗"为核心的全盘计划中,莎士比亚调动了他常用的乔装打扮、双关语、调包计等手法,使场面更热闹、剧情更生动、语言更生活化。通过狂欢化的笑声,使观众在欢快轻松的气氛中自然而然地感受喜剧的魅力。

《温莎的风流娘儿们》虽然是一部"遵命喜剧",但是在有限的时间里,莎士比亚创造了雅俗共赏的奇迹,它不仅受到以女王为代表的宫廷贵族的喜爱,而且备受下层观众的欢迎;不仅风靡文艺复兴时期的英国,而且在世界范围内掀起了"温莎"热。在我国的戏剧舞台上,这部闹剧杰作也获得了如潮的好评。

第十节 《皆大欢喜》

《皆大欢喜》创作于 1599—1600 年,是莎士比亚喜剧的高峰期之作,有莎士比亚"四大喜剧之一"和"三大欢庆喜剧之一"的称号;因创作时间处于莎士比亚第一、第二创作时期的转型期,因而具有悲喜剧色彩,它也是莎士比亚由喜剧转向悲剧创作的前奏。

《皆大欢喜》情节复杂,以亚登森林为故事发生的主要地点,作品讲述了老公爵被弟弟弗莱德里克谋篡爵位放逐到亚登森林,几位忠心的大臣自愿跟着老公爵逃亡并住进了亚登森林;老公爵的女儿罗瑟琳与叔父之女西莉娅情同手足所以并未随父亲一起离开,后来因为叔父对罗瑟琳心存芥蒂仍将其逐出宫廷,于是堂姐妹女扮男装伪装成牧羊人,前往亚登森林投奔老公爵。与此同时,老公爵宠爱的罗兰爵士去世,其幼子奥兰多因为自身的优秀而受尽长兄奥列佛的嫉恨与虐待,恰逢奥兰多与弗莱德里克的拳师查尔斯当众角力比赛,奥列佛企图借拳师之手杀死弟弟,未料奥兰多居然获胜并与在场的罗瑟琳一见钟情。奥列佛恼羞成怒准备置奥兰多于死地,奥兰多在老仆人亚当的帮助下逃进了亚登森林。他在亚登森林与乔装打扮的罗瑟琳相逢,两人共谱一段欢快的爱情浪漫曲。弗莱德里克四处寻找出走的女儿西莉娅,从侍女处听说了姐妹俩可能与奥兰多在一起,故逼迫奥列佛寻找奥兰多,奥列佛因此流落到亚登森林,并陷入恶狮扑食的险境,奥兰多拼死救出哥哥,奥列佛痛改前非并与西莉娅一见钟情。弗莱德里克率兵攻进亚登森林,与林中的一位修道士深谈之后幡然醒悟,将权位归还给老公爵,最后有情人终成眷属、兄弟仇恨化解、国家政权回归,一切皆大欢喜。

《皆大欢喜》取材于托马斯·洛奇的牧歌传奇《罗萨琳》,莎翁在此基础上进行了再创造。洛奇的《罗萨琳》歌咏了世外桃源式的牧羊人的纯洁爱情,并正面表现男主角在报仇、获得财产与救出哥哥之间徘徊的心理过程。莎剧对奥兰多救人的行为叙述得极为简洁,在歌颂田园牧歌式爱情的同时,加重了亚登森林的描写分量,这座森林正是莎士比亚故乡斯特拉福镇旁边的森林。

《皆大欢喜》展现出了"爱战胜一切"的基本主题,具体表现在仁爱与人文主义爱情观两个方面,展现了乐观主义精神。剧中西莉娅为堂姐罗瑟琳抛弃公爵父亲和高贵舒适的宫廷生活,逃往亚登森林,体现了两人的手足之爱。在前半部分故事中,老公爵与弗莱德里克公爵、奥兰多与奥列佛这两对兄弟反目成仇,势同水火;而在故事的后半部,当众人置身于充满自由、仁爱的理想世界——亚登森林时,奥兰多与奥列佛兄弟冰释前嫌,四对有情人各得所爱,终成眷属,甚至在故事的结尾,带兵攻打亚登森林的弗莱德里克公爵也被感化,还政于老公爵。欺辱、仇恨被消解,爱与仁慈战胜了妒忌和邪恶,以皆大欢喜、和谐圆满作结。而使整部剧由仇恨向和解转变的关键,则是奥兰多舍身救兄的仁爱之心。奥兰多救人的场景在剧中笔墨较少,仅由被救的奥列佛简单讲述出来:"他两次转身想去,可是善心比复仇更高贵,天性克服了他的私怨,使他去和那母狮格斗,很快地那狮子便在他手下丧命了。"(《皆大欢喜》:4.3.182)叙述之简暗示出其救人行为是出于天性与善心,具有自发性。

奥兰多对罗瑟琳一见倾心,"我不能说一句谢谢您吗? 我的心神都已摔倒,站在这儿的只是一个人形的枪靶,一块没有生命的木石"(《皆大欢喜》:1.2.117)。两人从初见到罗瑟琳"易装"与奥兰多互表爱意,再到面对老公爵时坚持他们的爱情,他们既小心试探,又大胆表态,表现出对爱情的追求与歌颂;同时罗瑟琳在告知老公爵和奥兰多自己就是"罗瑟琳"之前进行了试探,她说:"假如我把您的罗瑟琳带了来,您愿意把她赏给这位奥兰多做妻子吗?"可见罗瑟琳对婚姻自主权的捍卫和对自由婚姻的向往。剧中除了描写奥兰多与罗瑟琳这对恋人以外,还安排了奥列佛与西莉娅、牧人西尔维斯与牧女菲苾、小丑试金石与村姑奥德蕾三对情人,四对有情人皆终成眷属,表现了爱情力量的伟大。不仅如此,《皆大欢喜》还体现出爱情的平等。第一幕第二场中罗瑟琳和西莉娅一同嘲讽命运女神对女性恩典的不公平;罗瑟琳在亚登森林中再次见到奥兰多时并没有急着相认,而是以美少年盖尼米德的身份对奥兰多进行试探,测试两人对爱情共同的真心。另外试金石和奥德蕾决定结婚时,声明"我不要别人把她布施给我",他将奥德蕾视作一个独立的个体,不需要被人"布施",这个看似荒诞不经的小丑"在他身上闪耀出来的智慧光芒,令人眼前一亮、眼界大开"[①]。上述这些人物都对平等爱情作出了自己的追求。

　　从女性主义出发,该剧还体现出性别主题,集中展现在性别束缚与性别解放两个方面。结合文本以罗瑟琳为例,以"乔装"为界限,她的性格、态度与经历发生了巨大改变。装扮成盖尼米德之前的她虽然聪明机智,但也存在着彷徨、胆怯的心理,如当得知被放逐时,她彷徨不定,犹豫不决是否出走寻找父亲,这时是妹妹西莉娅支撑与抚慰了她;而她真正女扮男装后,"心里尽管隐藏着女人家的胆怯,俺要在外表上装出一副雄赳赳、气昂昂的样子来"(《皆大欢喜》:1.3.122),当她们去往森林途中感到疲惫和恐惧时,罗瑟琳成为安抚者;到达陌生的森林后,她买了屋舍,建了农场,安排两人的新生活;在森林中,她驱散了老公爵及大臣们的悲观厌世情绪,激发他们的斗志;同时在她的巧妙设计下,牧羊人西尔维斯与牧女菲苾成为一对神仙眷侣;最后一幕也是由她掌控局面,让所有恋人终成眷属,可见乔装后的罗瑟琳更加自信、勇敢、成熟与能力卓绝。不仅如此,乔装后的罗瑟琳同时拥有牧女和奥兰多的爱,这种多样性的爱使得罗瑟琳精神世界与人物形象更加丰满,女性从"花瓶""人偶"变成了人人喜爱的缪斯,体现了女性从传统伦理中得以解脱。不过该剧仍表现出女性地位低于男性的思想。如罗瑟琳是在女扮男装的掩护下变得成熟与勇敢,当她在最后一幕脱下男性的装束回归女儿身时,对父亲与奥兰多分别说了"我把我自己交给您,因为我是您的"(《皆大欢喜》:5.4.196),从这句话可以看出,机智勇敢、拥有独立意识的罗瑟琳突然变得

---

① 傅光明:《〈皆大欢喜〉——"欢庆"喜剧中风采各异的人物》,《东吴学术》2017 年第 6 期。

顺从温婉,这一突转体现了莎翁仍然受中世纪"男尊女卑"等级观念的影响。

《皆大欢喜》是一部富于伦理内涵的剧作,从整体主义的伦理观出发,我们可以看到这部喜剧以明快活泼的笔调叙述动人的爱情故事,同时展示了兄弟关系以及君臣关系等人际关系形态,这些关系分别建立在灵魂、血缘和社会政治结构的基础之上,遵循着从小到大、由内而外的顺序,揭示了文艺复兴时期英国的社会伦理关系及其思想,具有超越时代的伦理学意义。

《皆大欢喜》对自然景观着墨较多,剧中的亚登森林为被放逐的老公爵、奥兰多等提供了休养生息之所,展示出大自然的包容与博爱;而老公爵及大臣们在这自由的天堂寨中狩猎取乐,捕杀牧鹿,破坏野生动物繁衍生息的家园,杰奎斯对此感到忧郁、愤懑,他"用最恶毒的话来辱骂着乡村、城市和宫廷的一切",痛恨人们"到这些畜生们的天然的居处来惊扰它们,杀害它们"(《皆大欢喜》:2.1.125),莎翁以批驳的态度警醒人们:人与自然休戚与共,自然供养了人类,人类也应该善待自然,该剧由此体现了人与自然和谐相处的生态理念。

罗瑟琳作为剧中的女主角,聪明漂亮,勇敢智慧,是莎翁理想女性的化身。初遇奥兰多,被他战胜拳师查尔斯的勇猛所折服,果敢的罗瑟琳便当机立断以金项链作为定情信物赠予奥兰多,可见她的机智与勇敢;当在"美貌比金银更容易起盗心"的时代遭遇叔父的驱逐时,她决定以女扮男装的方式,穿上破旧的衣服,脸上涂满黄泥,"腰间插着一把出色的匕首,手里拿着一柄刺野猪的长矛"(《皆大欢喜》:1.3.122),与堂妹西莉娅双双出逃宫廷,安全到达亚登森林,足以看出她具有独立的人格、坚强的勇气以及智慧的锋芒;当她进入亚登森林后,购买屋舍,独立安排姐妹两人的生活,可见其能力之强、性格之独立;除此以外,在她的努力下,老公爵和随从们摆脱了消极厌世的情绪,重整旗鼓,牧羊人成功获取牧女的芳心,四对有情人终成眷属……她的到来使得亚登森林中的不完美变得圆满,可见其能力之出众。与之相应的西莉娅虽然活泼可爱、机灵幽默,但其形象逊色于罗瑟琳。

作为《皆大欢喜》推动剧情发展的主要人物之一的"试金石",因其滑稽且富有哲理的丰富形象,引起了莎学界对他的研究热潮。试金石"身穿彩衣头戴有铃铛的尖顶帽,是真正古老英国式小丑的代表"[1]。作为宫廷的"傻子",他是人为

---

① 孙家琇:《莎士比亚辞典》,石家庄:河北人民出版社,1990 年,第 121 页。

塑造的小丑、职业的傻瓜,供达官贵人玩笑取乐,如罗瑟琳与西莉娅选择他一同出逃,就是出于艰辛旅途中他可以作为开心笑料的考虑。他装疯卖傻、插科打诨,即便被上流社会所讽刺也不以为意,甚至自嘲"我真是个大傻瓜";同时他玩世不恭,随意对待爱情,对"诗意""贞洁"大放厥词,称奥德蕾"寒伦""难看",与奥德蕾结为夫妻也是为了满足肉欲,可见其滑稽卑劣的一面。但作为具有典型代表意义的丑角,试金石不仅仅是滑稽取乐的小丑,还是参与并见证上流社会、社会风俗的机智与理智并存的思考者。他出场随意,戏份不多,但风头胜过主人,游走在剧情的边缘,以旁观者的形象注视故事的发展。正如老公爵称"他把他的傻气当作了藏身的烟幕,在它的荫蔽之下放出他的机智来"(《皆大欢喜》:5.4.166),西莉娅认为他是"聪明人",他机智地将嘲讽用戏谑的方式表达出来。他一出场就以"我以名誉起誓"这句骑士具有代表性的言不由衷的话对宫廷骑士言行不一、追求虚假的名誉做了戏谑式的讽刺;看到奥兰多为罗瑟琳所作的情诗,他用主人罗瑟琳的名字作韵脚,以"鹿儿寻伴""猫儿配对"为喻作了一首打油诗,对奥兰多骑士般浅显直白、虚伪矫饰的爱情和罗瑟琳陷入恋爱后的荒唐与酸气进行强烈的讽刺;在与乡下人柯林的对话中指出宫廷老爷们涂的麝香比乡下人手上的焦油更脏,表达出他对腐朽宫廷的讽刺,体现出他的理智与清醒;他也不否认自己享受宫廷生活,足见其诚实的品质。

杰奎斯是该剧中值得探讨的另一位人物,跟剧中其他人物相比,他身上带有明显忧郁的暗色调,是一位"忧郁的旅行者"。在他身上,我们可以看出该剧的悲剧色彩。他剖析自己是天生的忧郁者,"我的忧郁全然是我独有的,它是由各种成分组成的"(《皆大欢喜》:4.1.169),因此面对被猎杀的鹿,他感到难过而愤怒,大声斥责老公爵对于亚登森林的暴力入侵,甚至称其为彻头彻尾的篡位者;他透视世俗,洞察人心,提出了"人生七幕戏"的真知灼见,称"全世界是一个舞台,所有的男男女女不过是一些演员;他们都有下场的时候,也都有上场的时候"(《皆大欢喜》:2.7.139),以深邃犀利的目光审视生命、审视人生,表达了"人生如戏,戏如人生"的哲理;他肯定试金石是"高贵的傻子""可敬的傻子",并怀有济世的雄心对未来有所期许,"给我穿一件彩衣,准许我说我心里的话,我一定会痛痛快快地把这染病的世界的丑恶的身体清洗个干净,假如他们肯耐心接受我的药方"(《皆大欢喜》:2.7.137),然而现实世界终将是残酷的,他无法拥有小丑的"彩衣",救世梦想只能成为幻影,最终只能自我放逐,不愿同流合污,保全自我。因此当众人喜笑颜开地返回宫廷时，只有杰奎斯远离世俗，选择留在亚登森林。

作为莎士比亚由喜剧转向悲剧创作的前奏，《皆大欢喜》体现了喜剧和悲剧色彩并存的艺术特色。《皆大欢喜》与《第十二夜》《无事生非》并称为莎士比亚的"三大欢庆喜剧"，道顿认为"总体而言，《皆大欢喜》是莎士比亚所有喜剧中最甜美、最令人愉悦的一部"①，可见该剧充满欢乐的喜剧色彩。从宏观角度来看，《皆大欢喜》讲述四对恋人好事多磨、终成眷属，两个坏人幡然醒悟、改邪归正的故事，并且结局都是温馨、和谐、圆满的；剧中的亚登森林"名义上是在法国，实际上是歇尔乌森林，在那里聚集着一些像'古代英国罗宾汉'那样的被流放者。在这里，冬天的气候极端恶劣。但是，正如一切灾难一样，这种恶劣气候被那些意志坚强、生机勃勃的人们的毅力和乐观精神战胜了。这就是喜剧的实质之所在"②。在这个理想国中，爱可以战胜一切，因此四对有情人喜结良缘，两对兄弟重归于好；同时剧中出现了典型的乔装、宴饮、婚礼等狂欢场景。如罗瑟琳被驱逐后，女扮男装保障自身安全；公爵在亚登森林宴请奥兰多时，有音乐伴奏；最后一幕是以奥兰多和罗瑟琳的婚礼结束的。剧中还借助贬低化和降格的语言方式否定了腐朽的官方文化，如试金石认为在"美貌比金银更容易起盗心"的时代，女人不可能同时拥有美貌和贞洁等。

然而《皆大欢喜》并非自始至终地展现欢喜娱乐，它也存在着悲剧成分。在情节上有着悲剧式的开端，老公爵被弟弟僭位且被驱逐；奥兰多在家里吃苦受罪，被剥夺财产，遭兄长奥列佛驱逐追杀；罗瑟琳被叔父仇视并驱逐，三人在逃往亚登森林之前，都活在极度紧张之中。在人物形象的塑造上，杰奎斯最为典型，作为"忧郁的旅行者"，他对自己、对世俗、对人生都有着清醒而深刻的认识，犀利地揭示了"整个世界是一座舞台"的真相，尤其是在众人皆大欢喜中，他一人独留于亚登森林，给观众留下悲剧的感伤，深化了喜剧的内涵。

《皆大欢喜》的艺术特色亦展现在复调性上。巴赫金认为："在莎士比亚的戏剧里能找到复调的某些成分、胚胎、萌芽。莎士比亚与拉伯雷、塞万提斯、格里美豪森等人，都属于欧洲文学发展史上那条孕育成熟复调胚胎的路线，陀思妥耶夫

---

① 傅光明：《〈皆大欢喜〉——"欢庆"喜剧中风采各异的人物》，《东吴学术》2017年第6期。
② M.M.莫罗佐夫：《论莎士比亚》，朱富扬译，北京：文化艺术出版社，1987年，第128页。

斯基则是这条路线的完成者。"①《皆大欢喜》中由公爵及其大臣杰奎斯、罗瑟琳
与奥兰多及西莉娅与奥列佛、牧羊女菲苾与牧人西尔维斯及村姑奥德蕾与小丑
试金石三组人马分别构建了三个世界,其中的人物、态度彼此对立,平等发声,共
同构建了亚登森林的复调交响。亚登森林是故事发生与发展的主要场地,同时
也是狂欢广场的变形,为不同的人物、观点的出现提供了可能性。与世俗世界相
比,亚登森林是理想的王国,大家脱离了繁文缛节的束缚,返璞归真,享受自然的
安宁与和谐,老公爵独白中展示了"远离尘嚣","溪中的流水便是大好文章,一石
之微,也暗寓着教训;每一件事物中间,都可以找到些益处来"(《皆大欢喜》:
2.1.123);而在小丑试金石等人的眼中,这儿"寂寞""无聊""唯见傻瓜遍地",是
狮蛇出没的"古怪的林";牧羊人西维斯和菲苾则在森林中过着简单淳朴、自给自
足的生活,他们的对白展现了亚登森林田园牧歌世界的理想色彩。在爱情模式
上,除西维斯和菲苾的牧歌模式之外,贵族男女表现出一见钟情式的张扬的爱
情,奥兰多对罗瑟琳、奥列佛对西莉娅都是一见钟情,尤其是奥兰多对罗瑟琳痴
情甚深,以至于他将写给恋人的情书挂满枝头,日日吟诵;试金石与笨拙的村妇
的毫无浪漫甚至粗俗的结合,展现出世俗爱情与婚姻的缩影。三种爱情模式彼
此对立,而又和谐共生。在微观方面,如在人物形象的塑造方面,也体现了复调
性。当姐姐罗瑟琳因父亲放逐而强颜欢笑、忧心忡忡时,西莉娅不惜违背父亲的
愿望,发誓放弃继承权来弥补堂姐;当罗瑟琳被叔父放逐时,西莉娅更是义无反
顾抛弃父亲,选择与罗瑟琳一起出逃宫廷。西莉娅这一前一后对抗父亲、亲近姐
姐的言行,反映了人物内部的模仿复调,体现出西莉娅的明辨是非、勇敢坚持的品
质。此外,在妹妹的开导下,被放逐的罗瑟琳走出低沉的阴霾,并戏说通过恋爱来
消遣时间,可见其视爱情为玩物;而当她第一眼见到奥兰多便沦陷了,主动以项链
相赠,热情投入。这一对比复调展示出她对爱情的渴望与热情。在情节叙述方面,
也突出了复调。剧中四位女性几乎都通过一见钟情来宣召恋人,而故事主要围绕
奥兰多与罗瑟琳两人的爱情展开,对于其他三对恋人的相恋经过只是寥寥几笔,这
样的复调体现出优美动容的爱情和声,同时也凸显了罗瑟琳的勇敢与理智。

《皆大欢喜》的艺术特色还体现在具有原型特点。纵观全剧,三条线索主人
公经历磨难、放逐与逃亡,在亚登森林汇集,并且爱情、亲情与政治上的误会和矛

---

① 巴赫金:《陀思妥耶夫斯基诗学问题》,刘虎译,北京:中央编译出版社,2010年,第37页。

盾在理想的王国消解,全剧呈现出不和谐—暂时和谐—和谐的结构模式。矛盾产生于世俗世界中的公爵府,解决于理想王国亚登森林,最终以圆满的结局又回归世俗,符合弗莱的批评理论。在亚登森林中,"春天可以战胜荒原","爱可以战胜一切",因此恶人受到绿色世界的净化——奥列佛的脱胎换骨,改过自新;僭主弗莱德里克改邪归正,归还政权。而老公爵与奥兰多二人对兄弟的原谅则体现出了仁爱宽恕的精神。

《皆大欢喜》运用了乔装、讽刺等丰富的喜剧手法。罗瑟琳通过女扮男装的方式安全逃往亚登森林,并且以男装的身份来试探奥兰多对她的感情,颇具喜剧色彩。喜剧性的语言凸显讽刺效果。老公爵及其侍从被放逐到亚登森林,在享受自然、与世无争的同时,还肆意猎杀野鹿,做自然的掠夺者。试金石通过插科打诨、喜剧性的语言讽刺了上流社会的腐朽面貌,即弗莱德里克僭位、迫害兄长,骑士言行不一、追求虚名等;以随口胡诌的打油诗讽刺了奥兰多与罗瑟琳看似高贵浪漫、实则浮夸的爱情。罗瑟琳为救父亲而称谋权篡位的叔父为"仁慈的君主",讽刺意味十足。

《皆大欢喜》中的亚登森林这一意象具有多重意义。首先,亚登森林是田园牧歌式的人间乐园。第一幕当中,亚登森林就呈现出与纷扰的世俗生活不同的一面,"丽日光风",树木葱郁,"枝头鸟鸣",泉水潺潺,人们远离争斗,过着牧羊、狩鹿、嬉戏的平静生活,展现了一幅田园风光图,表达了莎士比亚对理想王国的向往。其次,亚登森林也是爱情花园的象征。亚登森林如同空中大花园,承载了奥兰多和罗瑟琳、奥列佛与西莉娅、牧人西尔维斯与牧女菲苾、小丑试金石与村姑奥德蕾这四对神仙眷侣。最后,亚登森林也是哲学的沉思园。杰奎斯以忧郁的态度看待老公爵对自然森林动物的肆意滥杀,思考人与自然和谐共生的问题;他在亚登森林中审视内心、洞察世俗,以冷静的眼光、犀利的言语指出"整个世界是一座舞台"这一深刻哲理,体现对现实世界深邃的思考。

第十一节　《第十二夜》

《第十二夜》又名《随心所欲》,是莎士比亚著名的"四大喜剧"之一。成书时间大约在 1600—1602 年间,是莎士比亚创作第二阶段中最后一部喜剧,也是他最受推崇的一部喜剧作品，"只要一提起它，莎评家们几乎是众口一词地用'最高级'的形容词来描绘它"。从艺术手法而言，该剧是莎氏"喜剧艺术之大成的一部杰作，该剧喜剧手段多样，运用灵活，几乎包括了莎士比亚以前所用过的所有喜剧手法。换句音乐术语来讲，就是它几乎包括了喜剧艺术的全部音阶"①。《第十二夜》1623 年在书业公所登记，同年收入第一对开本中。

　　与莎士比亚创作的大多数戏剧一样，《第十二夜》的题材也有出处：此剧的故事情节来自罗马喜剧作家普劳图斯的《孪生兄弟》和意大利的戏剧《英甘尼》。在意大利，以《英甘尼》为题的戏剧就有三种，作者分别是尼古拉·塞奇和卡兹奥·贡扎加，还有一种是流传甚广的佚名作品，有法文译本和西班牙文译本。英国作家里奇还根据法文翻译的佚名剧编写过一个题为《阿波隆纽斯和西拉》的散文作品，这可能是莎士比亚创作时最直接的来源。此外，莎士比亚还可能参照过无名氏的剧本《克拉姆农爵士和克莱姆德斯爵士》（1570—1583）、锡德尼的《阿卡狄亚》（1590）和伊曼纽尔福德的散文罗曼史《帕里斯墨斯》。有关马伏里奥的描写则影射了伊丽莎白女王宫廷里的一位名叫威廉·诺里斯的侍臣。《第十二夜》和莎士比亚 1594 年写的《错误的喜剧》的手法也有相似之处。

　　故事以意大利伊利里亚为背景，同时设置了三条并行的故事线索：第一条线索是薇奥拉对奥西诺公爵的追求：孪生兄妹西巴斯辛和薇奥拉遭遇海难失散后，流落到伊利里亚，薇奥拉女扮男装成为奥西诺的侍童，受命为其追求奥丽维娅，而自己在暗中也爱慕着公爵，经过一番曲折后和公爵终成眷属；第二条线索是伯爵小姐奥丽维娅对薇奥拉伪装的侍童西萨里奥的追求：奥丽维娅被西萨里奥的外貌和才情打动，爱上了女扮男装的薇奥拉，放弃了自己为哥哥"七年守丧"的承诺，对西萨里奥展开热烈追求，后因为误会和西巴斯辛订婚，误会解除后接受西萨里奥是女人的事实，与西巴斯辛结成良缘；第三条线索是托比一行人对马伏里奥的戏弄：马伏里奥是奥丽维娅的管家，一心想往上爬，在侍女玛利娅的设计下经历了"花园拾信""主前出丑""小丑探囚"等一系列戏弄，知道真相后愤而出走。

　　莎士比亚的喜剧作品绝大多数描写爱情，《第十二夜》也是如此，它主要表达了对真挚爱情的赞美、对真诚友谊的赞扬、对人性解放的讴歌和对和谐社会的憧

---

① 　张泗洋、徐斌、张晓阳：《莎士比亚引论》（上），北京：中国戏剧出版社，1989 年，第 256 页。

憬，是莎士比亚人文主义理想的体现。薇奥拉对爱情坚定执着，她深爱公爵并多次暗示表白，同时也忠心为公爵追求奥丽维娅，她的爱情崇高且富于牺牲精神；奥丽维娅不畏权威，拒绝奥西诺公爵，转而热情追求侍童身份的薇奥拉，她不顾世俗的眼光，打破等级的束缚，勇敢追求心中的理想爱情，最后收获了爱情，表现出自主独立的人文主义精神。两位女主人公都具有不同程度的人文主义思想，敢于冲破封建禁欲主义和等级观念的束缚，执着地追求爱情幸福，表现出莎士比亚对勇于追求真挚爱情的肯定，说明爱情中人与人的平等，每个人都有追求爱与被爱的权利与自由，彰显了人的自由意志与价值。对真诚友谊的赞扬则表现在船长对薇奥拉无私的帮助、安东尼奥对西巴斯辛的慷慨解囊和奋不顾身的保护，以及在托比对安德鲁爵士的利用与抛弃的讽刺当中；伊利里亚的统治者品德高贵，伊利里亚和谐美好，奥西诺公爵虽然位高权重，却并未使用权力对自己求而不得的奥丽维娅进行压迫，而富家小姐也并未因为自己的家世对下人持有偏见，展现出作者的美好社会理想。

作家在颂扬人文主义理想的同时也表达了对封建礼教和男权社会的不满。莎士比亚塑造了在外貌和地位两种层面都符合封建社会价值标准的女性薇奥拉和奥丽维娅，却给予了她们反叛传统的智慧与情感，薇奥拉向男权社会宣示了自己的姿态，勇于反驳公爵认为女人的爱情不会像男人那样"强烈"的观点，她为女性发声，认为女子和男子一样："她们是跟我们一样真心的"。"我们男人也许更多话，更会发誓，可是我们所表示的，总多于我们所决心实行的；不论我们怎样山盟海誓，我们的爱情总不过如此。"（《第十二夜》：2.4.447）女扮男装的薇奥拉以自己熟知的两性现状客观评判了彼此的区别，对男权社会中女性被压制的失语状态进行了反抗，矫正了被曲解的女性观念。莎士比亚通过易装这一手法，使薇奥拉享有了一定程度上的精神和肉体的自由，这样的一次跨越是一次性别解放和女性意识的觉醒。奥丽维娅也没有被封建礼教束缚天性，她不顾西萨里奥侍童的身份，勇敢地追求渴望的爱情。侍女玛利娅虽社会地位低下，但她对男权的抗争却直接而有力。她称公爵安德鲁为傻子，除了有钱和身份以外一无是处。这三位女性分别从不同的角度对男权社会进行反抗，鲜明地表达出了女性的社会诉求和存在价值。

戏剧中塑造了两个典型的新女性形象——薇奥拉和奥丽维娅。薇奥拉沉稳聪明、坚强乐观、忠诚无私、正直善良、能言善辩、执着追求。薇奥拉遇到海难流落伊利里亚,但她坚定地同命运作抗争,她勇敢追求爱情,女扮男装接近奥西诺,她还表现出崇高的自我牺牲精神,薇奥拉的这些行动说明她是一个百折不挠地追求理想爱情的人。与薇奥拉相似的是,奥丽维娅同样聪慧美丽、善良宽容、勇于追求爱情且执着坚定。奥丽维娅作为一位贵族小姐,自有其学识与修养,又机智果敢,在爱上仆人西萨里奥后勇敢示爱,即使被西萨里奥拒绝和打击也不气馁。但与薇奥拉不同的是,奥丽维娅具有更高的自由度。奥丽维娅与男主人公奥西诺公爵有着相似的社会地位和经历,但人物性格却大不相同,奥西诺在感情中是被动者。奥西诺公爵作为一位理想型的男主角,是一位"高贵的公爵",他"有很好的名声,慷慨、博学、勇敢,长得又体面",但他的弱点和缺陷也很明显。在爱情面前他不够勇敢热烈,在行动力方面不够主动积极,究其原因与其封建贵族阶级的高傲、保守的特征是一致的。

马伏里奥是戏剧中的一个复杂角色。查理一世在 1625 年继承王位几年之后,亲笔把他手里 1632 年第二版《莎士比亚全集》(第一版即 1623 年出版的"第一对开本")中《第十二夜》的剧名改为"马伏里奥"①,其人物形象之典型可见一斑。一方面,马伏里奥对女主人忠诚不贰、唯命是从;对管家差事尽心竭力、一丝不苟,在奥丽维娅接连丧父丧兄无所依靠时把伯爵府管理得井井有条,以至于奥丽维娅曾说"我宁可牺牲一半的嫁妆,也不希望他有什么意外"。另一方面,他又虚荣骄傲、自命不凡。他恪守规矩,拒绝声色犬马的放纵生活,但内心中又对跻身上层社会抱有热烈的期望。他阶层意识顽固,责怪小姐奥丽维娅与小丑闲谈:"怎么会喜欢这种没有头脑的混账东西。"这话惹得奥丽维娅心有不悦,责怪马伏里奥"你是太自命不凡了,马伏里奥:你缺少一副健全的胃口……傻子有特许放肆的权利,虽然他满口骂人,人家不会见怪于他;君子出言必有分量,虽然他老是指摘人家的错处,也不能算为谩骂"(《第十二夜》:1.5.425)。马伏里奥被玛利娅伪造的奥丽维娅的情书欺骗后"在那边太阳光底下对他自己的影子练习了半个钟头仪法"(《第十二夜》:2.5.448),这个"影子"掀开了他十足自恋的面纱。马伏里奥追求爱情,全然以物质主义为目的,认为赢取爱情即意味着获得名誉、地位、财富和权力,是资本主义萌芽时期的新人物代表。但他虽然已经成为管家,却仍然身处底层人的领域,他被捉弄是因为尽了管家职责出言阻止托比老爷等人深

---

① 傅光明:《〈第十二夜〉:"清教徒"马伏里奥和他的"国教"对手们》,《长江学术》2017 年第 4 期。

夜酗酒胡闹,因此被设圈套误以为小姐爱慕自己,由此做出一系列可笑的行为,最后被诬蔑为疯子囚禁起来。他被关在暗室时,反复强调自己没有发疯,但其他人是清楚这一点的,所以没有人在乎他说什么,以至于后来马伏里奥对自己的精神状况都产生了怀疑,这是对他精神和肉体上的双重折磨,甚至在真相大白以后众人也没有给他任何解释,使得他愤而离开。这说明人在被剥夺了话语权以后,只能任人摆布,承受来自掌握话语权者的指责与诬陷,在这一点上,他是值得同情的。

比起马伏里奥,安德鲁爵士身上就只剩下可笑之处了。他是《第十二夜》中真正的"天生的傻瓜",他瘦弱怯懦,不学无术,是中世纪晚期没落骑士的典型代表:有一些土地和财产,嗜酒成性,好吃懒做,是一个只会鹦鹉学舌的酒囊饭袋。托比老爷和马伏里奥一样是一个丑角,但他是封建没落贵族的代表,他奉行享乐主义的人生态度,为人坦率乐观。《第十二夜》中众多丑角形象之间构成了有机的联系:马伏里奥、安德鲁爵士、托比老爷等以欺侮戏弄小丑为抬高自己身价的筹码,而以费斯特为代表的小丑也一针见血地回击其"痴愚",莎士比亚用非理性的真实智慧和理性的愚钝之间的冲突完成了对生命的反思与嘲讽,展现了巨大的写作张力。

狂欢精神在《第十二夜》中有非常典型的表现。首先,《第十二夜》的故事发生在圣诞节的最后一个狂欢夜。在奥丽维娅的家中,主仆一干人等在面具的掩饰之下纵情狂欢,人人平等,没有等级之分,这就相当于在这个特定的时间点创造了一种新型的人际关系——与现实生活完全相反的关系,人们彻底从现实生活中等级森严的社会制度里解脱了出来。其次,在《第十二夜》中有一个非常重要的狂欢场所,那就是奥丽维娅的花园,许多重要情节都在此发生。奥丽维娅、奥西诺公爵、薇奥拉之间的爱恋关系通过这个狂欢化喜剧场景,一再发生误爱、误认和误会;剧中的其他人物和情节也充满着狂欢化的意味,例如小丑假冒牧师戏弄马伏里奥等等。

隐喻手法在剧中也多次出现,薇奥拉将"悲伤"喻为虫子,以花朵被啃噬来映射自己悲伤的状态,形象地描绘了薇奥拉内心压抑的爱转为悲伤而饱受折磨的状态。双关语可以使戏剧产生更强的戏剧性。比如,马伏里奥被关进了房间,小丑费斯特假扮成了牧师先生与他讨论宗教。牧师的名字叫托帕斯,在英文中有黄玉的意思,传说中黄玉可以治愈疾病,这里就是一个双关的用法,用来展现小丑费斯特扮演的牧师能够治愈马伏里奥的疾病,从而达到增强喜剧效果的作用。

第十二节 《终成眷属》

《终成眷属》是莎学研究者关注较少的一部作品,文学史一般把它归为喜剧,但它与莎士比亚的其他喜剧有明显的不同:剧本的结尾虽然是大团圆结局,却没有真正的欢乐气氛;在戏剧美感上,既不具有悲剧的"恐惧"与"怜悯",也没有喜剧的诙谐和欢快;在戏剧冲突的设置上,对抗的"两种势力各自沿着自己的路线演进,结果各自达到自己的目的"①。因这些独特性,所以有人称它"实质上是悲喜剧"。

《终成眷属》讲述了伯爵侍医的女儿海丽娜爱上伯爵之子勃特拉姆,靠自己的机智一步步靠近目标,最终和勃特拉姆在一起的故事。作为伯爵侍医的女儿,海丽娜早就对勃特拉姆情根深种,但这份感情一直被她深藏于心。在海丽娜用父亲遗传的秘方治好重病的国王之后,她请求国王指定勃特拉姆为自己的丈夫作为奖赏。勃特拉姆并不爱海丽娜,虽然他接受了国王指婚,却在新婚夜出走奔赴意大利参战,留下了"汝倘能得余永不离手之指环,且能腹孕一子,确为余之骨肉者,始可称余为夫;然余可断言永无此一日也"(《终成眷属》:3.2.354)的信给海丽娜。海丽娜打扮成朝圣者前往弗罗棱萨寻找勃特拉姆,得知勃特拉姆正热烈追求寡妇之女狄安娜,于是海丽娜乔装成狄安娜获得了勃特拉姆以及他的戒指。勃特拉姆听说海丽娜身亡的消息回国,打算与大臣拉佛的女儿成婚。就在此时勃特拉姆受到狄安娜的控诉,海丽娜也随之携子登场,海丽娜最终实现了丈夫的要求,与勃特拉姆终成眷属。

从人物、情节、结构上都能看出《终成眷属》对于薄伽丘《十日谈》中"第三天故事九""芝兰特追夫"的借鉴。但由于时代精神的影响,莎士比亚的改编则完全区别于薄伽丘的故事,不仅增加了许多人物,更是改编了许多关键情节和人物性格,呈现出更加深刻的思想性。

《终成眷属》的爱情主题体现了封建阶级观念对于爱情的阻碍。出身低微的海丽娜深爱着勃特拉姆,也深知以自己的地位想要嫁给勃特拉姆是痴心妄想,所以"我不能蹭越我的名分和他亲近,只好在他的耀目的光华下,沾取他的几分余

---

① 孟宪强:《莎士比亚悲喜剧初探》,《社会科学战线》1984 年第 1 期。

辉,安慰安慰我的饥渴"(《终成眷属》:1.1.308)。勃特拉姆出身贵族,深受贵族阶级等级观念的影响。尽管他知道海丽娜端庄大方,但却因为海丽娜的地位出身而拒绝海丽娜的求爱。他爱上拉佛的女儿一方面是因为她的美丽,更重要的是其千金小姐的贵族出身符合他对于婚姻双方门当户对的要求。

由于阶级意识的存在,海丽娜不敢追求勃特拉姆,勃特拉姆不肯接受海丽娜的追求。最后两人虽然受国王的指示成为夫妻,但国王的判决也只是使双方的矛盾处于新的僵持状态。两人的阶级意识仍然存在,阶级差异无法抹平,他们看似"终成眷属",但海丽娜的卑微小心和勃特拉姆的傲慢自大依然会存续下去;海丽娜偶然地满足条件不足以改变勃特拉姆的思想感情。因为爱情既不能靠勉强萌生,也不能靠权力赐予,更不能靠"奇迹"获得。高贵的爱情是两颗灵魂的结合。剧中这种安排正体现出封建等级观念对爱情的束缚和非自由婚姻的弊端。

海丽娜在追求爱情的过程中,国王和伯爵夫人是她的守护天使,他们从财产地位和家庭支持两方面为海丽娜的婚姻提供了有力的支撑,而且莎士比亚借国王和伯爵夫人之口批评了僵硬的封建等级意识,体现出鲜明的人文主义精神。除国王和伯爵夫人奇迹般的庇佑之外,海丽娜父亲遗留的神奇秘方也是其成功的巨大支撑,在这里,莎士比亚用童话手法为海丽娜获胜解决了困局。虽然作品在孤女海丽娜追求爱情的过程中表现了对封建阶级意识的批判,但在作品中,还是可以看出莎士比亚对伊丽莎白时期意识形态的维护。例如海丽娜的忠贞、谦卑、顺从、忍耐等性格,符合当时英国社会对女性的道德要求。海丽娜一心嫁给勃特拉姆也是对当时社会等级观念和价值观念的认可,国王、伯爵夫人以及父亲是当时社会话语权的主体(父权社会)。莎士比亚通过这一描写表达了顺应时代的主流价值观念。

《终成眷属》的海丽娜是一个有争议的女性角色。从个人性格来说,她朴素纯洁、大方活泼、聪明机智、忠贞专一,为自己的爱情义无反顾。她没有显赫的出身,父亲仅为伯爵府的侍医;她也没有丰厚的财产依傍,在父亲去世之后,作为一名孤女,靠了好心的伯爵夫人的庇护,才得以在伯爵府度日而避免了流落街头。所以,海丽娜扫清婚姻障碍主要源于她自己的执着追爱,她自荐为国王治疗顽疾,后又请求国王赐婚,这证明了她的勇气魄力和智慧;勃特拉姆提出了几乎不可能实现的要求,而海丽娜通过巧思设计将其实现,其聪慧与坚韧不可小觑。剧中除勃特拉姆外大家都很喜欢她:伯爵夫人爱她质朴真诚的性格与纯善的德行,国王因她不卑不亢的冷静与智慧同意治疗，所有人都在同情、关爱着她。这些都证明了海丽娜的人格魅力。

但与此同时，也有人说她富有心机、自私自利。她失去父亲、身份地位，可以说是一无所有，勃特拉姆在他人口中更称不上是婚配的良人，为何她对勃特拉姆如此执着？海丽娜对勃特拉姆的狂热追求很难刨除掉她对于其贵族地位的渴望，因为唯有嫁给一个身份高贵的人，她未来的人生才会有保障。她面对勃特拉姆的谦卑和执着实际上是她内化了父权制的价值取向和对自身生存困境的危机感的体现。贵族地位所产生的诱惑远超过维护其自身人格尊严的必要，这份资产阶级势利气息使得海丽娜的美好形象变得有些阴暗。

对于勃特拉姆，莎士比亚在剧中并没有对他展开直接的描写，尽管海丽娜夸赞他、深爱他，但我们看到的勃特拉姆只是一个花心的男人。尽管封建贵族阶级观念在他脑中根深蒂固，但他的身上也有人文主义思想的风采：国王指派的婚姻违背了他的婚姻自由，他便毅然反抗"我不会爱她，我也不想爱她"。他在战场上建立功勋、胸怀大志。可若因此说他正直却也太过武断——他不择手段地追求狄安娜，却只是逢场作戏。被狄安娜指控，他一再狡辩，甚至开口侮蔑狄安娜是"军营里一个人尽可夫的娼妓"，其自私无耻的丑恶嘴脸暴露无遗。但同时他也是一个可怜人，迫于国王的威严，他不得不与自己不爱的女人结婚，在不知情的情况下沦为国王与海丽娜的交易筹码。

帕洛是一个色彩丰富的小人物形象。他吹嘘自大、毫无道德，他引诱勃特拉姆堕落，出坏主意并且煽风点火，讨好奉承主人，获得主人的信任，而他却缺少对于主人的忠诚。对于帕洛的形象塑造展现出那一时代资产阶级利己主义下诞生的失去传统道德的败坏人物。因此马克思在《福格特先生》一文中引用帕洛寻找失去的战鼓的可笑行为无情地讽刺了路易·波拿巴雇用的德国密探福格特。[①]

莎士比亚改编的国王爱臣民、讲义气，是一个人文主义的开明君主；伯爵夫人不以阶级论高低，是一个开明的婆婆；狄安娜忠贞纯洁，不受动摇，是高洁坚定的少女形象，这些人物都性格鲜明、个性突出。

《终成眷属》的特色在于其一方面呈现出喜剧的形式与结构，另一方面却具有悲剧的内涵。不仅通过题目与内容的期待视野产生对比，在描绘人物的过程

---

① 马克思：《福格特先生》，见《马克思恩格斯全集》（第 14 卷），中共中央马克思恩格斯列宁斯大林著作编译局译，北京：人民出版社，1964 年，第 419 页。

中更是从各个方面表现人物的性格特征,呈现出悲喜杂糅的形式,使人物形象变得矛盾且生动立体。"大团圆"式的结局之下涌动着悲剧的暗流,使人回味无穷。其中暴露出的社会问题的深刻性和矛盾的尖锐性都具有非同一般的现实意义。《终成眷属》的悲喜剧式的呈现很可能与当时的社会环境有关。伊丽莎白女王去世,社会动荡不安,危机四伏。无论是人民还是莎士比亚都需要这样一部欢乐结局的戏剧抚慰身心。对于国王的塑造正出于莎士比亚对于继位君主统治的担忧。

第十三节 《一报还一报》

《一报还一报》,又译为《请君入瓮》《恶有恶报》《自作自受》《知法犯法》《量罪记》《量·度》等,创作于 1604 年,是莎士比亚在詹姆斯一世时期写的第一个剧本。该剧看似皆大欢喜,被视为喜剧;又因其涉及宗教、政治、法律、社会伦理等复杂主题,含有悲剧色彩,被称为"问题剧""黑色喜剧"及"悲喜剧",其在英国戏剧史上具有不容忽视的地位。

《一报还一报》以维也纳公爵文森修"乔装"私巡为贯穿线,以克劳狄奥与朱丽叶未婚有孕为主要伦理线,以依莎贝拉为救弟弟而对抗"罪恶"权贵安哲鲁为情节线,三线并行。剧作讲述了维也纳公爵担心国家法纪不严、政令失效,决定微服私访,暂将国家政权转交给"德高望重"的安哲鲁。安哲鲁掌权后,严申法令,将维也纳附近的妓院一并拆除,并逮捕、下令处死使情人朱丽叶未婚先孕的克劳狄奥。克劳狄奥的姐姐依莎贝拉为救弟弟向摄政官安哲鲁求情,一向禁欲克制的安哲鲁为美色所动,要求依莎贝拉委身于他。依莎贝拉向被安哲鲁抛弃的未婚妻玛利安娜求助,后使用调包计得以逃脱,而满足私欲后的安哲鲁却公然毁约。在乔装私访的文森修公爵的帮助下,安哲鲁阴谋败露,恶有恶报,面临法律的严厉制裁。依莎贝拉心怀慈悲,请求对安哲鲁从轻处治,最终玛利安娜的名誉和婚姻得以维护,克劳狄奥与朱丽叶、文森修公爵和依莎贝拉两对有情人也终成眷属,全体皆大欢喜。

《一报还一报》大约完成于 1604—1605 年,主要取材于乔治·惠咨通的剧本《普洛莫斯和卡桑德拉》和辛西奥的《寓言百篇》。原剧情节简单,讲述了为拯救罪犯弟弟,卡珊德拉委身于法官普洛莫斯,但法官失信于她,仍处死了她弟弟。

于是卡珊德拉向国王告状,后来普洛莫斯被判处先娶女方为妻,然后受死赔命。因弟弟被好心的狱吏用调包计救下,卡珊德拉又为丈夫求饶,最后丈夫得到赦免。《一报还一报》在此剧的基础上进行再创造,在情节、人物、思想等方面变动很大,如原剧中出场较少的国王,在该剧中成为贯穿始终、操纵整个剧情发展的"权威";增加了玛利安娜这一替身的角色等。

《一报还一报》以轻松谐趣的笔调描写了上至王公大臣、下至狱吏老鸨等一系列社会人物形象及伦理关系,同时以性道德作为中心议题,讨论了人文主义与基督教禁欲思想之间的冲突以及法律宽容性等问题,揭露了以公爵为代表的政客们的种种丑行,展现出个人在强权面前的弱小与无奈,是一部名副其实的社会问题剧。

赫利称此作是"莎士比亚最典型的一部直接反映道德问题的剧作"①。道德问题分别借助人物塑造和情节安排来展示,如依莎贝拉代表"圣洁",安哲鲁代表"法利赛式的正义",公爵代表"健全而开明的伦理",庞贝和咬弗动太太代表"职业性的非道德"等。在情节安排方面,该剧一开始就展开宏大的政治伦理背景,即在文森修公爵多年宽松政令下,维也纳城法纪松弛。为一改城市风气和维护自身温和睿智的君主形象,文森修任命严谨禁欲的安哲鲁为摄政王。安哲鲁上任后便大刀阔斧,重整法令,将维也纳附近的妓院一并拆除。在这新旧执政理念冲突的背景下,性伦理也呈现出一系列混乱状态:克劳狄奥与恋人朱丽叶两情相悦,但逾越道德,导致未婚有孕;安哲鲁对未婚妻玛利安娜始乱终弃;安哲鲁对依莎贝拉以权谋色;鸨妇咬弗动太太同皮条客庞贝操持卖淫生意以及路西奥嫖妓,等等,这些事件反映出全社会"理性的缺乏以及对禁忌的漠视或破坏"②。

该剧还反映了仁爱的宗教主题。《一报还一报》的题目来自《圣经·马太福音》,原文是"因为你们怎样论断人,也必怎样被论断。你们用什么量器量给人,也必用什么量器量给你们"③。剧中依莎贝拉向摄政官安哲鲁直接引用或间接化用圣经中的故事来解救犯罪的弟弟,同时即便遭到安哲鲁的欺骗与毁约,又为其向公爵求情且宽恕了他。玛利安娜遭到未婚夫的抛弃与诽谤后,仍以宽恕之

① Harley Granville Barker,(Ed.). *A Companion to Shakespeare Studies*.New York:Millan Mike Co. Ltd,1960,p.130.
② 聂珍钊:《文学伦理学批评:基本理论与术语》,《外国文学研究》2010 年第 1 期。
③ 《圣经·新约》(和合本),南京:中国基督教会,2003 年,第 8 页。

心原谅了安哲鲁,这些行为直接践行了基督教的仁爱与宽恕。剧中的人物名称也与宗教教义相关,如克劳狄奥(Claudio)本意为"跛足的人",暗示了克劳狄奥的犯罪;依莎贝拉(Isabel)则证明她是个笃信上帝的人;玛利安娜(Mariana)意为"痛苦的仁慈";公爵意味着权威,而他的名字文森修(Vincentio)则意指胜利者或征服者,公爵在剧中扮演着全知"上帝"的角色。整个剧情基本上反映出与《圣经》一致的"乐园—犯罪—惩罚—忏悔—得救"的结构。

在道德剧的背后,《一报还一报》还深藏了政治主题。总览全剧,我们可以看到,造成社会性伦理混乱的客观原因主要在于维也纳的政治混乱,是统治者的宽容放纵使城邦治理呈现出道德败坏的局面,文森修公爵以安哲鲁作为代理人,整顿风纪,率先拿道德逾矩者、妓女嫖客开刀。这一做法,与1603年英国下令将娱乐场所集中的伦敦近郊相关住宅拆毁的法令相一致,具有强烈的现实意义。透视剧中王公大臣的行为,我们也能发现政客的丑恶。文森修公爵以英明睿智、仁爱宽容的形象示人,但也是怀有私心的政治家。面对国家危机,为保全自己的声誉,并借机除去声誉日盛的大臣安哲鲁这一隐患,他将掌管国家的权力暂时交给安哲鲁;而看似谨遵道德的安哲鲁,却倚仗权势、以权谋私,胁迫依莎贝拉委身于他,体现其形象卑劣虚伪的同时,也展现了维也纳政治腐败的现状。

《一报还一报》在探讨性道德的过程中,也对法律的宽容与严苛作出了思考。文森修的宽容统治造成维也纳的法纪松弛;安哲鲁的严格执法虽整顿了社会风气,却也过于苛责;依莎贝拉从基督教教义出发,宣扬以人为本的宽容思想;公爵惩罚安哲鲁的同时又心怀宽容。严苛与宽容,体现了法律的底线与弹性。在维也纳城中,婚前性行为虽违背伦理,但作为当时社会的普遍现象,安哲鲁执行过于严苛的法律,将情投意合但未婚先孕的青年男女游街示众,处以极刑,这违背了人的天性与基本道德权利,造成了法与理的对立,撕裂了法律与社会的稳定关系。在法律与政治的关系上,安哲鲁面对依莎贝拉的控诉,洋洋得意道:"我的洁白无瑕的名声,我的持躬的严正,我的振振有词的驳斥,我的柄持国政的地位,都可以压倒你的控诉,使你自取其辱,人家会把你的话当作抉嫌诽谤……你尽管向人怎样说我,我的虚伪会压倒你的真实。"(《一报还一报》:2.4.324)政治人物凭借自己的社会影响力可以颠倒黑白、左右法律判决。虽然安哲鲁的伪善面目最终被最高领导者文森修公爵所揭露并得到惩罚,但是文森修所凭借的名为法律,实为政治权力,从这一层面来说,法律仅仅是维护政治统治的一种手段,法律依附于权力,权力高于法律效力。法律的宽严相济以及法律与政治之间的平衡关系最终都归结到理想君王的手上,这虽然是莎士比亚美好的设想,但现实的隐患必定长期存在。

《一报还一报》还涉及了婚姻爱情观及女性观。从两性关系出发,可以从该剧中探寻莎士比亚对婚姻关系、女性地位的思考。在莎士比亚生活的时代,婚姻不是建立在爱情基础上,而是基于财富、权力、地位,《一报还一报》当中男女的婚姻就反映了这一现象。剧中安哲鲁抛弃未婚妻玛利安娜是因为她失去了嫁妆,而最终结为夫妻,是对安哲鲁抛弃玛利安娜的一种惩罚与补偿;路西奥迎娶妓女,是为了给私生子提供生活保障;而唯一一对基于爱情的恋人——克劳狄奥和朱丽叶,也因金钱的原因而推迟了婚礼,"因为她还有一注嫁妆在她亲友的保管之中,我们深恐他们会反对我们相爱,所以暂守秘密,等到那注嫁妆正式到她自己手里的时候,方才举行婚礼"(《一报还一报》:1.2.294)。剧中在描写男性欲望的时候,未涉及女性基本情欲的刻画。在道德失序的维也纳,依莎贝拉严守基督戒律,克制欲望,以贞洁维护社会秩序与道德秩序。然而在政治强权的压迫下,依莎贝拉却成为男性欲望与宗教教义、法律制度冲突的焦点。安哲鲁以其弟克劳狄奥的生命为筹码,胁迫依莎贝拉将处女的贞洁献给他,于暗中掌控一切的文森修公爵也对依莎贝拉产生欲望,并在最后一幕提出"你要是愿意听我的话,那么我的一切都是你的,你的一切也都是我的"(《一报还一报》:5.1.380)这一要求。可见无论是在显性层面,还是隐性层面,作为女性的依莎贝拉,身体、贞洁与欲望都被物化,始终处于弱势地位。

安哲鲁表面上是一位严谨克制、德高望重的大臣,实质上却是唯利是图、以权谋私、内心龌龊的伪君子。安哲鲁在世人面前伪装成"外表俨如神圣","喜怒不形于色","是一个持身严谨、摒绝嗜欲的君子",但实际上已和玛利安娜订婚的他,因未婚妻的嫁妆丢失,便以造谣的名义毁坏玛利安娜的名誉,企图解除婚约。公开场合下,他看似正人君子,秉公执法,"法律判你兄弟的罪,并不是我。他即使是我的亲戚,我的兄弟,或是我的儿子,我也是一样对待他"(《一报还一报》:2.2.313);暗地里,他却以克劳狄奥的性命相威胁企图玷污依莎贝拉的贞洁,事后还暗自毁约,指使狱吏提前处死克劳狄奥。他看似克制情欲、坐怀不乱,实则道貌岸然、内心龌龊,"因为她的纯洁而对她爱慕,因为爱慕她而必须玷污她的纯洁"(《一报还一报》:2.2.317)。当依莎贝拉将其小人行径公之于世时,他反咬一口,称依莎贝拉"无耻的妇人""给人利用的工具";当发现文森修公爵主持公道时,便偃旗息鼓,请求责罚;发现克劳狄奥"死而复活",便心生希望,"眼睛里似乎突然发出光来",因为他"知道他的生命可以保全了"。这样一个层次丰富、性格复杂、虚伪狡诈的伪君子就立体地展现在观众面前。

文森修公爵英明睿智,伸张公义,是莎士比亚笔下的理想明君。作为维也纳的执政者,清醒认识到自己执政时过于宽容的缺陷;为挽救政治危机,肃清不良社会风气,他引咎自责,将摄政权移交给富有铁血手腕的安哲鲁。同时,他乔装成神父,微服私访,体察民情,匡扶正义。他又具有哲人气质,能够兼顾法与情,这些体现了文森修的明君形象。而作为政治家,他也颇有手腕。他将统治权暂时交给德高望重的安哲鲁,令其严整法令。这就在维护国家统治的同时,还维持了自身宽容仁慈的明君形象,而且为除去权高镇主的安哲鲁创造了条件;他既罢免了大臣安哲鲁,又获得依莎贝拉的芳心,而且获得了民心,他的精明和城府,显现出一个典型的马基雅维利式的政治家形象。

依莎贝拉心地善纯、品性高尚,是莎翁心目中圣洁的"美与道德"的化身。她外表美丽,重视亲情,为救弟弟克劳狄奥只身一人向摄政官安哲鲁求助;她聪明伶俐,善于言辞,从道义与情理出发,侃侃而谈,打动了严格执法的安哲鲁,使他感慨"她说得那样有理,倒叫我心思摇惑不定"(《一报还一报》:2.2.316)。她不畏强权,坚守忠贞,当安哲鲁要挟她献出贞操时,她宁死不屈,不愿让"身体蒙上羞辱",始终坚守伦理道德与基督教义。因此公爵对其高度赞扬,"造物给你美貌,也给你美好的德性;没有德性的美貌,是转瞬即逝的;可是因为在你的美貌中,有颗美好的灵魂,所以你的美貌是永存的"(《一报还一报》:3.1.331)。可以说,依莎贝拉是真善美的统一体。但较之于莎士比亚其他喜剧作品中活泼明媚的女主人公,依莎贝拉无欲无求,古井无波,对生活不抱浪漫期待;她的平淡温和,她的谨言慎行,都透露出对世事的淡漠之感。这使得这个人物形象在承载道德典范重任的同时,多少失去了一些青年男女的活力,大大降低了形象的感染力。

路西奥是剧中的反面人物,身上带有道德败坏、放荡纵欲、理想缺失的落魄贵族的劣根性,同时他又受人文主义思想的影响,有着消极反叛和批判社会的勇气。作为城邦中"最危险的人,一个毫无道德意识且擅长玩弄诡计的人"①,在他

---

① 阿鲁里斯、苏利文编:《莎士比亚的政治盛典》,赵蓉译,北京:华夏出版社,2011年,第75—76页。

身上既充满展示罪恶,暴露丑陋的喜剧性,又具备了针砭时弊的悲剧色彩。他反对腐朽统治与传统伦理,恶意评价文森修公爵;沉迷声色,玩弄女性,最终被迫迎娶妓女为妻,受到"生不如死"的惩罚。而作为克劳狄奥的朋友,他慷慨仗义,助力依莎贝拉,竭力解救好友;他聪明机智,利用爱斯卡勒斯话中的多义词大做文章,诱导爱斯卡勒斯一步步将严肃的执法行为变成性挑逗的自白而不自知。路西奥的灵敏机智和爱斯卡勒斯的老朽迂腐形成强烈的对照,产生了隽永的艺术效果。

有"悲喜剧"之称的《一报还一报》,最大的艺术特色在于集悲剧与喜剧色彩于一体。《一报还一报》中语言诙谐幽默,情节跌宕起伏,体现浓郁的喜剧色彩;而剧中伦理、爱情、宗教、法律的矛盾与冲突,及不完美的结局又带有悲凉色彩。具体表现如下:首先,在喜剧的背景中展现悲剧式的冲突。剧中依莎贝拉的"善"与安哲鲁的"恶"产生冲突,掌管权力的"虚伪"始终压制着正义,正义难以得到伸张。而这一贯穿全剧的矛盾,都在看似退位、实则掌控全局的文森修公爵的注视与引导下一步步爆发,安哲鲁的丑恶面貌终将大白于世,亦会受到法律的制裁,而正义终将会战胜罪恶。这体现了该戏剧的喜剧性。其次,全剧笼罩在低沉阴郁的氛围中。在"善"与"恶"的对抗中,恶势力安哲鲁拥有至高无上的权力,而依莎贝拉仅仅是手无缚鸡之力的普通女性。在力量的对比上,安哲鲁具有绝对的优势。在恶势力愈加猖獗的时候,单薄的正义愈发无力,只能任人摆布,倍显凄凉。再者,在人物形象的塑造上,剧中人物脱离了浪漫色彩,更贴近现实。如美丽圣洁的依莎贝拉,超脱凡尘,与世无争;公正英明的文森修公爵具有利己的一面等。在情节方面,结局具有悲喜剧基调。一方面,该剧以宽恕、和解结尾,具有喜剧性质;另一方面,并非圆满的喜剧结尾,三对夫妻迫于无奈"奉旨成婚",誓做修女的依莎贝拉嫁与公爵为妻,又给全剧披上了悲剧色彩。

《一报还一报》的艺术特色还表现在剧中富有诙谐风趣、富有个性与哲理的人物语言。如"他的脸是他身上最坏的一部分","因为松了松裤腰带,才给判了死刑","我发现当刽子手确实是王八羔子更高尚的职业"等等,从下层人物庞贝与纨绔子弟路西奥降格化的嬉笑怒骂、粗鄙之言中,在哄堂大笑的同时体会到人生的残酷。同时,借公爵之口道出"人心不可测,择交当谨慎"等至理名言,发人深省。《一报还一报》的艺术特色亦表现在乔装、讽刺等戏剧手法的运用。

第五章　莎士比亚的悲剧

第一节　悲剧概述

　　莎士比亚一共创作了 11 部悲剧,前两部悲剧距离悲剧时期较远,第一部悲剧《泰特斯·安德洛尼克斯》还留有早期罗马复仇剧的痕迹,《罗密欧与朱丽叶》因创作于喜剧时期,也带有明显的喜剧风格。

　　《泰特斯·安德洛尼克斯》创作于初期的 1593 年,主人公泰特斯起初信守的是封建的宗法思想,虽然一众有识之士推举他为王,他却固守宗法制度力推前王长子上位,但他推举的昏君先是使泰特斯破坏女儿的婚约,刺死持反对意见的儿子,后来因色欲娶泰特斯的战俘为后,由此带来泰特斯家破人亡。整部悲剧笼罩在阴暗气氛中,个人主义者猖狂残暴,正义之士势单力孤,剧中充斥着大量的凶杀事件,展现了一系列血淋淋的行为,恐怖气氛浓厚,人物面目可憎,理想光辉缺失,从思想到艺术都是塞内加复仇悲剧的模式,距离人文主义世界观比较遥远。

　　1595 年的《罗密欧与朱丽叶》创作于喜剧时期,其爱情主题和明亮色调都符合这时期的喜剧氛围。青春洋溢的贵族青年男女体现了追求个人幸福的自由精神,这是人文主义理想的展现,更是人民要求摆脱封建桎梏的愿望。从一出喜剧转变为悲剧似乎有些突然,如果说罗密欧为朋友两肋插刀尚属于友谊与封建世仇的冲突,劳伦斯神父送信环节的突发疫情的滞留则纯属偶然,一对佳人为爱情献出年轻的生命,令人唏嘘扼腕。至于这种牺牲带来的封建世家的和解,多少有点牵强,现实意义也不大,封建世仇的消解岂是浪漫爱情所能够左右的? 封建制度的存在,统治阶级的顽固,在《罗密欧与朱丽叶》剧中作了浪漫化的处理,凭着一位看似开明的亲王和几颗被感动的封建家长的心灵,作品似乎有了一个聊可慰藉的结尾,但这并不能掩盖社会深层问题透出的落寞悲凉和忐忑不安。到后期的悲剧里，这些忧虑就真成了问题。

1599 年的《裘力斯·凯撒》是向"悲剧时期"过渡的作品。《裘力斯·凯撒》以政治为主题，历史剧中常见的"混乱"题材在这里又一次上演。上层统治人物各怀野心，得势的把自身凡胎置于神明的高度；失意的滥用"共和国""反对专制""自由"的名义，阴谋策划夺权。中等阶层别有用心，一边控制平民，一边勾结上层阴谋家，企图浑水摸鱼。下层的人民群众，愚蠢幼稚，受人操弄。人文主义思想的核心——"人是自己命运的主宰"，在剧中是阴谋家凯歇斯煽动政变的口号，事实上他是出于嫉妒夸大了凯撒的危险；具有崇高理想的勃鲁托斯仅仅因为一份造假的民众请愿信掀起叛乱，为维护共和体制弑杀亦君亦父的凯撒，给刚刚安定的罗马带来了新的暴乱，作品中对勃鲁托斯的定论通过安东尼之口界定为"这是一个高贵的罗马人"。"人"的定义、人文主义的理想在现实的面前软弱无力，一再成为现实的附庸和阴谋的工具，理想与现实在天平上完全失衡。

《裘力斯·凯撒》和《哈姆莱特》都是社会哲理悲剧，两部作品思想倾向接近，勃鲁托斯与哈姆莱特面临的问题也相似，在选择对付邪恶的斗争方式上，勃鲁托斯过于感情用事，而哈姆莱特却注重理智。《裘力斯·凯撒》中的问题以及在《泰特斯·安德洛尼克斯》《罗密欧与朱丽叶》中逐渐明晰的问题，在哈姆莱特身上得到了集中爆发。从《哈姆莱特》开始，莎士比亚的"悲剧时期"正式开幕了。悲剧时期的中心作品是"四大悲剧"——《哈姆莱特》《奥瑟罗》《李尔王》《麦克白》。《哈姆莱特》是莎剧中"最丰富"的作品，《奥瑟罗》是"最完美"的作品，《李尔王》是"最宏伟"的作品，《麦克白》是"最精练"的作品。四大悲剧的思想性和艺术性达到高度完美的结合，是古希腊之后欧洲悲剧艺术的最高典范。

《哈姆莱特》是莎士比亚前后期戏剧创作的转折点。《李尔王》是莎士比亚"悲剧时期"的高潮。它们利用独到的艺术处理，使常见的故事情节包含了广泛的现实内容和深奥的哲学意义，深刻展现社会矛盾和思想危机。

四大悲剧的主人公都是欧洲文艺复兴时期的典型人物，哈姆莱特是人文主义的理想形象，在社会政治、爱情友谊、道德品质等方面都力求做到完美，哈姆莱特的痛苦是理性的痛苦，其他作品的主人公之所以痛苦，是由于理性受到蒙蔽，在感情冲动之下做了蠢事。奥瑟罗在战场上是完美的，但在受到邪恶人物的挑拨之后，性格中的自卑、嫉妒等因素抬头，以至于在冲动之下扼死了美丽的人文主义女性苔丝狄蒙娜；李尔一开始是反理性的，他固执地驱逐了理想人物考狄利娅，但经过暴风雨洗礼之后，李尔逐渐现出理想的品质；麦克白在战场上同样战功显赫，但在政治野心受到怂恿时就犯下了弑君夺位、排除异己的罪行，必须提到的还有"反派"形象伊阿古，他的身上带有英国资本主义原始积累时期的深刻烙印。

哈姆莱特在忧郁里受尽了精神上的折磨，由装疯而半疯。在理想与现实的冲突当中，哈姆莱特不仅要向克劳狄斯复仇，还要向"颠倒混乱的时代"复仇，继之以涉及"生存还是毁灭"的生死问题；高贵、英武的奥瑟罗在苦恼的激情里暴跳如雷，扼死爱人，他在向人性的罪恶复仇的同时，也向自身潜藏的罪恶复仇；李尔从国王沦落到乞丐的地位，受尽了风吹雨打的肉体上的折磨，他先是向忘恩负义、忤逆的女儿们高喊报仇，后向苍天大地和造物主，向家庭、社会及自然伦理复仇，他在愤怒里失去了"人"的样子，像一只暴怒的野兽；麦克白以自身为标本演绎了欲望膨胀之后人性的毁灭，"人"与兽彻底颠倒。

反转使他们有了不一样的视角：哈姆莱特从戏子的表演中看出高如神明的激情，李尔在狂风暴雨中注意到人民的苦难。他们从抽象的人生问题回到具体的社会问题，哈姆莱特重建了复仇的信心，李尔认识了标志理想的方向。他们进一步认清了是非，坚持要改变现实。哈姆莱特随后又从他和"小人物"（士兵、掘坟人）的接触中继续增添了力量，最终坦荡地与克劳狄斯对峙。李尔在流浪中继续提高了他的社会批判精神，并且当面忏悔曾经对考狄利娅的驱逐。这样通过苦难，得到"新生"。既然源自自身的罪恶铸下了大错，那就用这双犯错的双手结束自己的生命，所以，奥瑟罗自刎了。麦克白从杀死邓肯的同时就杀掉了清白的睡眠，他用残存的意志支撑自己，用惯性和时间延长自我惩罚的过程，对于同谋麦克白夫人的死，他视若无睹，他几乎是拥抱了自己的死亡，因为那意味着解脱。莎士比亚的现实主义和浪漫主义的艺术平衡到这里产生了杰出的悲剧。他在这里总结了之前所有创作的倾向，并提示了他以后的创作方向：表现封建社会向资本主义过渡时期资产阶级的两面性。也可以说，他的人文主义到这里发生了深刻的危机。

《哈姆莱特》所揭开的丑恶现实，实际上是英国资本主义原始积累时期封建关系和资本主义关系由除旧布新转为"新"旧合流的社会局面。这种局面是从历史剧、喜剧、前期悲剧里逐渐发展壮大起来的，集中到《哈姆莱特》当中，就造成了一种突变的印象。突然经历父死母嫁的哈姆莱特，忽然觉得有一种陌生感，之前熟悉的环境在他看来都不合乎理想了，他要扭转乾坤。过渡时期的社会既包含封建残余，也含有资本主义的狭隘冷酷，所以哈姆莱特面对了双重的压力：他既想保留贵族的优雅，也赏识平民的机智和生机勃勃；既和下层人民有联系，也和上层贵族有联系，因此他力不从心。

封建主义和资本主义这种新旧合流的现象，在《奥瑟罗》中得到了典型的反映。奥瑟罗和苔丝狄蒙娜的人文主义理想爱情先是经历勃拉班修的考验，然后经历伊阿古的考验。勃拉班修是封建落后思想的代表，伊阿古是资本主义的产物，他一方面反对封建势力，另一方面又和它同流合污，他是典型的"马基雅维利主义者"。

《李尔王》以寓言的方式进一步展示了这个时期的两面性。剧中正反面人物的冲突即新旧社会力量的冲突，理想和现实的冲突。正面是考狄利娅、爱德伽、肯特等人物，反面是高纳里尔、里根、爱德蒙等，与《奥瑟罗》相比，《李尔王》里的反面人物人多势众，理想和现实的冲突有加剧的趋势。爱德蒙和上层的贵族合流，爱德伽和底层的平民接近。冒险家、野心家借助权力集团控制一切，空想家也在给社会指点迷津。考狄利娅这个理想人物形象，开始是文艺复兴时期的新女性的气息，最后却有中世纪的残余色彩。爱德伽既有平民色彩，也有贵族色彩。爱德蒙代表的资产阶级和贵族合流的一派，自己内部有矛盾、有冲突，但和另一派的冲突更加激烈。中心人物李尔在四部悲剧的主要人物当中别具特色。他在代表一定的阶级倾向的同时，还反映整个社会的发展倾向。在他身上就有两种社会力量的冲突。前期他代表封建统治人物，后期他代表平民力量，他在暴风雨中的大转换是悲剧里所有冲突当中最激烈的，在贵族与人民之间，在现实与理想之间，在资产阶级的两面性之间，胜负还很难见出分晓。

《麦克白》在一定意义上保持了社会批判精神，在权力欲望上表现了个人野心。麦克白是过渡时期冒险家的艺术概括。理查三世、亨利四世等历史剧中的人物，悲剧里的克劳狄斯、伊阿古、爱德蒙等是他的同类。麦克白从野心的一转念开始，从一个血腥罪行到另一个血腥罪行，顺理成章，人性的毁灭越来越彻底。而犯了众怒的麦克白被杀死，也明确肯定了人民力量的强大。马尔康以人民的名义发起的战争弱化了统治阶层与下层人民的冲突，削弱了作品的社会现实意义。

1601—1602 年的《特洛伊罗斯和克瑞西达》以反英雄反神话的塑造手段重

新审视战争的意义。悲剧后期的《安东尼与克莉奥佩特拉》把爱情故事提到了惊心动魄的悲剧性高度,继续发挥了其他悲剧的结局里所包含的精神——人在失败或死亡中显出了理想的光辉。但戏剧里表现的人文主义理想化的贵族色彩暴露为现实性的颓废色彩。"爱情至上"观到这里寿终正寝。《雅典的泰门》发挥了《李尔王》和《威尼斯商人》的社会批判精神,充分挖掘了社会罪恶的金钱根源。最后的悲剧《科利奥兰纳斯》比之前的悲剧更明确地表现社会斗争的三重关系:傲慢的贵族,以科利奥兰纳斯为代表;资产阶级中坚,以"护民官"为代表;下层人民。三方对立的表现使现实主义压倒了浪漫主义,现实主义使"高贵"的科利奥兰纳斯的个人主义暴露无遗,最终叛国投敌,落了一个可耻的下场。现实掩盖了理想的光芒,社会思想矛盾无法解决,悲剧显得平板空虚。

莎士比亚的 11 部悲剧均以主人公的名字命名,其中 8 部围绕一个中心人物展开,《罗密欧与朱丽叶》《特洛伊罗斯和克瑞西达》《安东尼与克莉奥佩特拉》这 3 部涉及两个主人公。每部悲剧都有一个贯串全剧的中心事件,并且形成了性质相近的五对:《泰特斯·安德洛尼克斯》和《哈姆莱特》的中心事件都是复仇,前者是父报子仇,后者是子报父仇;《罗密欧与朱丽叶》《特洛伊罗斯和克瑞西达》和《安东尼与克莉奥佩特拉》的中心事件都是爱情悲剧,《罗密欧与朱丽叶》《安东尼与克莉奥佩特拉》两部作品恋人双双殉情,前者是一对青年夫妇,后者是一对老年情人,造成《罗密欧与朱丽叶》爱情悲剧结局的是家仇,影响《特洛伊罗斯和克瑞西达》《安东尼与克莉奥佩特拉》爱情悲剧的是国恨,《安东尼与克莉奥佩特拉》中政治让位给爱情,《特洛伊罗斯和克瑞西达》中爱情被政治分裂;《李尔王》与《雅典的泰门》的中心事件都是忘恩负义,前者是子女恩将仇报,后者是朋友翻脸无情;《奥瑟罗》与《麦克白》的中心事件都是听信谗言杀人,摩尔人因为嫉妒而杀妻,苏格兰大将由于野心而杀君;《裘力斯·凯撒》与《科利奥兰纳斯》的中心事件都是英雄和人民的悲剧,前者是人民不理解英雄,后者是英雄不理解人民。

莎翁悲剧冲突的线索,有单线复线乃至多条线索之分,《罗密欧与朱丽叶》《麦克白》《雅典的泰门》和四部罗马悲剧都是单线发展,《李尔王》《特洛伊罗斯和克瑞西达》《奥瑟罗》是复线结构,《哈姆莱特》的情节线索多至三条。

莎翁悲剧打破了悲喜剧的界限,每部悲剧第三幕通常最紧张,在一幕内部,紧张的悲剧场面,总会间之以平静的日常生活插曲或喜剧场面进行反衬,它们既可以调整气氛,给观众留出必要的轻松时间,而不致感到疲倦,又能给下一步动作提供酝酿的时间,以取得轰然爆发的奇效。悲剧冲突双方的主要人物通通毁灭,是标准的莎士比亚动作。结局时主人公经历现实矛盾和内心冲突的折磨之后,临终出现了意料不到的宁静,对死抱着释然的态度。悲剧结尾是含糊其词的,冲突的政治方面虽获得了明确的解决,但对剧中所提问题并没有给予一致的答复,莎士比亚试图用时间这个形象化的概念将其表示为:时间是永恒流动的,生活它无所不包,规律性潜藏在现实生活之中。

总而言之,莎士比亚悲剧所描写的生活图景是由安定到动乱,又由动乱到安定的抽象的善恶交替运动,这种运动是有规律的,这种规律性既不是出于上帝的意志,又不是由古希腊神话中的正义女神所左右,但却包含着浓厚的因果报应色彩,传统的善恶到头终有报的观念,对莎翁及其主人公有较深影响,由它给悲剧所提问题作出了答复。

第二节　《泰特斯·安德洛尼克斯》

《泰特斯·安德洛尼克斯》创作于 1589—1592 年间,是莎士比亚创作的第一部悲剧,具有鲜明的塞内加式复仇悲剧的特点,反映了英国悲剧创作从复仇悲剧向伦理悲剧的转向。该剧自创作以来便鲜少有人问津,18 世纪评论家约翰森认为:"其文笔与其他各剧完全不同……场面的野蛮以及大规模的屠杀,任何观众皆不能忍受。"①戏剧描述了公元 4 世纪罗马帝国一场充满凶杀暴虐的复仇悲剧。戏剧开场,罗马前皇的两个儿子萨特尼纳斯与巴西安纳斯为了王位继承的问题展开激烈舌战,而元老院和罗马民众却公举立下赫赫功名的大将泰特斯为王。泰特斯征服哥特人后胜利而归,将哥特女王塔摩拉的长子烧死以献祭亡灵,塔摩拉心中因之埋下了复仇的种子。泰特斯建议推萨特尼纳斯继承皇位,萨特尼纳斯为表感激之情决定立泰特斯的女儿拉维妮娅为皇后,与拉维妮娅已有婚约的巴西安纳斯在大殿上夺妻而去,泰特斯的儿子们站在巴西安纳斯一边,泰特斯一怒之下刺死了儿子缪歇斯。随后萨特尼纳斯立塔摩拉为后。塔摩拉与情夫艾伦狼狈为奸,为了报复泰特斯,她教唆两个儿子杀死巴西安纳斯,奸污了拉维

---

① 朱士场:《别开生面的〈泰特斯·安得洛尼克斯〉》,《戏剧报》1986 年第 8 期。

妮娅,并割掉拉维妮娅的舌头和双臂,使她无法指证凶手。塔摩拉的两个儿子将罪行嫁祸在泰特斯的儿子昆塔斯和马歇斯身上,皇帝下令判处他们死刑,泰特斯苦苦哀求而萨特尼纳斯不为所动,走投无路之际,艾伦告诉泰特斯只要他献出自己的手臂,皇上就可以赦免他儿子的死刑,泰特斯毅然砍下了左臂,谁知这只是萨特尼纳斯和塔摩拉对他的戏弄。泰特斯立誓复仇,他制订了周详的复仇计划,让被放逐的儿子路歇斯去哥特人那里征集一支军队打回罗马,而自己装疯等待复仇时机。最终,泰特斯用塔摩拉的两个儿子的血肉做成肉饼,设宴款待萨特尼纳斯和塔摩拉,他在宴会上杀死拉维妮娅和塔摩拉,自己又被萨特尼纳斯杀死。此时路歇斯带领哥特人归来,联合罗马人民一同推翻了昏庸无道的皇帝萨特尼纳斯,成为罗马新的执政官。

《泰特斯·安德洛尼克斯》反映了"国与家""君与臣""父与子"的伦理关系内涵。泰特斯是王位的坚决拥护者,"国"在他心中始终居于优先地位。戏剧开场,两位王子为王位继承权争夺不休,泰特斯一生征战沙场,为罗马建立了丰功伟绩,赢得了罗马人民的爱戴,他的 25 个儿子,其中 21 个都为国捐躯,元老院及罗马民众都拥护泰特斯登上王位,毫无疑问,只要泰特斯点头,他就能轻而易举地称王。然而,他拒绝了元老院的提议,泰特斯将爱国与爱君王视为同一,他十分痛恨历史上大权在握便觊觎王位的僭主,立誓绝不效仿他们,坚定地维护传统政治伦理秩序,推戴先皇的长子萨特尼纳斯继承王位。泰特斯对皇帝绝对忠诚,甚至到了愚忠的地步。萨特尼纳斯为了"用实际行动报答"泰特斯,不顾巴西安纳斯与拉维妮娅的婚约,宣布立拉维妮娅为皇后,泰特斯不假思索表示同意,他的儿子们帮助巴西安纳斯夺走拉维妮娅,泰特斯认为这违反了君臣伦理,不惜杀死儿子缪歇斯以维护君主的权威,且不允许缪歇斯葬入家族坟茔。泰特斯维护传统政治伦理秩序,宁可牺牲自己和家人,也不允许皇帝的威严受到忤逆。即使最后他决心复仇,他的复仇矛头也主要指向塔摩拉而不是萨特尼纳斯。

但事与愿违,他倾尽全力维护的君王萨特尼纳斯并非贤明君主,泰特斯不可避免地走向悲剧。萨特尼纳斯昏庸狭隘、不辨是非,他企图霸占兄弟的未婚妻,转眼又被美貌的塔摩拉所吸引,泰特斯刺死缪歇斯后,他竟指责泰特斯一家人串通起来羞辱他,对忠臣没有丝毫的信任,当昆塔斯和马歇斯被陷害时,萨特尼纳斯根本不理会泰特斯的辩解,不仅下令处死了他们,还驱逐了其唯一活着的儿子路歇斯。萨特尼纳斯和泰特斯是君臣伦理关系的缩影:"无道的君王领导下的国家不可能有正常的君臣伦理秩序"①。君臣矛盾的无法调和也与时代环境有关，当时的罗马军人势力强大，许多重权在握的将领都伺机谋权篡位，皇帝为了巩固自己的统治，既要依赖掌握军权的将军，又要担心他们的势力膨胀威胁皇权。因此，他们在皇权不稳固时极力笼络将领，一旦坐稳王位，便排除异己，萨特尼纳斯就是这样一个典型。

《泰特斯·安德洛尼克斯》剧中的政治伦理问题是当时英国社会与莎士比亚政治观的生动写照。伊丽莎白女王创造了英国历史上的"黄金时代"，而女王年近花甲依旧没有子嗣，王位继承问题成为当时英格兰的热点政治问题。伊丽莎白女王统治后期发生的几次叛乱正是由于君臣生隙，莎士比亚寄希望于开明君主，渴望国家稳定，他对女王后期的统治感到不满，女王在 1603 年驾崩后，"所有的诗人献给女王以身后的哀荣，只有一位诗人没有向她致哀，这就是莎士比亚"②。

《泰特斯·安德洛尼克斯》也反映了人的社会性与生物性之间的矛盾。对于罗马人而言，荣誉同生命一样重要，甚至重于生命，因此泰特斯可以坦然地杀死儿子缪歇斯并不允许其葬入家族坟墓，因为他违反了君臣伦理，有辱祖先的光荣；他也可以结束拉维妮娅的生命，因为失去贞洁的女子有辱家族荣誉。这种违反常情的行为反映了"文化性对生物性的掩埋——荣誉阉割了父爱"。然而，面对拉维妮娅的悲惨遭遇和两个儿子的去世，家庭的巨大灾难激发了泰特斯的父爱本能，他让路歇斯去哥特人那里征集一支军队，并以牙还牙，将凶手狄米特律斯与契伦的血肉做成肉馅，骨灰和成面饼，献给塔摩拉和萨特尼纳斯，这一血腥的复仇场面令人震撼。"莎士比亚描写了父爱本能被极端环境推到灭绝的边缘，又在濒临灭绝的边缘被激发"，展示了人与生俱来的亲缘本能与社会文明规约之间的矛盾冲突，"此时我们所感受到的不仅是生命与爱的崇高与深刻，更能深深体味到莎士比亚对正义与和谐的社会秩序的期待"。③

拉维妮娅与塔摩拉是《泰特斯·安德洛尼克斯》中的主要女性人物，二人在"对比中相互映衬"。拉维妮娅是"纯洁"的典范，她美丽善良、温柔顺从，享有"贤

---

① 欧阳美和：《英国剧坛从复仇悲剧向伦理悲剧的转向之作——莎士比亚〈泰特斯·安德洛尼克斯〉新论》，《河北学刊》2017 年第 6 期。

② 阿尼克斯特：《莎士比亚传》，安国梁译，北京：中国戏剧出版社，1984 年，第 234 页。

③ 宋海萍：《文学达尔文主义视角中的〈泰特斯·安德洛尼克斯〉》，《外国文学研究》2013 年第 1 期。

淑的声名",是罗马男性心中完美的女性形象。拉维妮娅这一形象来源于古希腊和古罗马传说,奥维德《变形记》中描写了雅典公主菲罗墨拉被其姐夫奸而割舌的故事,菲罗墨拉将其遭遇织成文字,制衣交给姐姐普洛克捏,普洛克捏杀死自己的儿子,与菲罗墨拉逃走。莎士比亚给了拉维妮娅更多出场的机会,让她参与到自己的命运中,将其形象塑造得更为饱满。与拉维妮娅相反,塔摩拉是"奸恶"的化身,她嫁给萨特尼纳斯后仍与旧情人摩尔人艾伦私通,还生下一个黑婴,她狠毒、凶残,教唆她的儿子们用极其残忍的手段对待拉维妮娅,始终被观众形容为一个"淫妇""妖妇"。

少数学者意识到塔摩拉与拉维妮娅其实"是连在一起的",她们都是男权社会的牺牲品。拉维妮娅是听话的女儿、贤惠的妻子,是男性的附属品,萨特尼纳斯为了拉拢泰特斯,不顾拉维妮娅与巴西安纳斯的婚约强行立她为后,泰特斯为了表示忠诚立刻同意,这是一场男性主导的交易,拉维妮娅在场,却没有任何发表观点的权利,即使萨特尼纳斯转眼就被塔摩拉的美貌吸引,她也只能顺从,不能流露出丝毫不满。路歇斯等帮助巴西安纳斯劫亲,并不是尊重妹妹的意志,而是对其物化身份的进一步强调。路歇斯对泰特斯说:"您可以叫她死,却不能叫她放弃原来的婚约另嫁旁人。"(《泰特斯·安德洛尼克斯》:1.1.520)在他们看来,拉维妮娅已是巴西安纳斯的"所有物",捍卫"所有物权"便是捍卫荣誉。而塔摩拉作为大战的俘虏,被泰特斯献给皇帝,为了生存下去,她只能委身于垂涎其美色的萨特尼纳斯,并发誓做萨特尼纳斯的"奴婢""保姆",以表恭顺。

事实上,拉维妮娅与塔摩拉都被迫充当了男性的"替罪羊"。拉维妮娅被强暴、断肢皆因她的父亲杀死了塔摩拉的长子,塔摩拉被指责"动摇国本",背上了"红颜祸水"的罪名,她死后罗马人民将其抛尸荒野。人们没有看到萨特尼纳斯的昏庸好色导致君臣离心、国家动荡,将一切罪因都归咎到塔摩拉身上,让女性为其买单。

剧中的女性被剥夺了话语权。拉维妮娅虽然巧思善辩,但她更多以沉默和顺服的形象出现,被割掉舌头后,拉维妮娅处于彻底的"失语"状态,她只能依赖于家族的男性成员,他们通过对她肢体和表情的猜测做出任意解释,这样的诠释充满误解,表现了男权文化对女性形象的歪曲,失去舌头的拉维妮娅完全沉没于男性言语的桎梏中了。塔摩拉陷入了另一种话语缺失的模式,她可以滔滔不绝地发表意见,但她的话语不具备任何分量。戏剧开场塔摩拉苦苦哀求泰特斯放过她的长子，但他们无动于衷，依旧以极残忍的手段将其献祭。在森林中塔摩拉热情地表达对艾伦的爱慕，而艾伦甚至武断地打断她"不要说下去啦"。女性话语的缺失使女性被迫认同甚至模仿男性话语，导致了女性彼此间的隔阂，如塔摩拉效仿泰特斯，无视拉维妮娅的哀求，任由她的儿子们对拉维妮娅实施了惨无人道的暴行。

在男性主宰的社会中，拉维妮娅与塔摩拉的死亡是不可避免的。塔摩拉与摩尔人艾伦偷情并生下了一个黑婴，她给罗马皇帝带来了巨大的耻辱；拉维妮娅遭到奸污，给家族的名誉蒙上了灰尘。当时的人认为"女性的生命仅是贞操延续的佐证"，通奸与强奸并无多大差别，只要妻子与丈夫之外的男性发生关系，她就成了一件"被损坏的物品"，只有一死才能维护名誉。从另一个角度讲，拉维妮娅与塔摩拉是男权社会中女性的两种代表。"甘居从属地位的女性在认同一切男性价值观后将成为牺牲品被献祭于父权文化，试图争取与男性同等地位的女性又会引起男性的恐惧和厌恶而最终受到惩罚。"①拉维妮娅是父权制价值观念的产物，她顺从、维护父权社会体系，斥责塔摩拉为"淫妇"，在罗马民众心中是女神般的存在，到头来却成为男性的替罪羊，被自己的父亲亲手杀死。而塔摩拉破坏父权社会秩序，她借皇帝的贪恋美色由俘虏一跃而跳上了皇后的宝座，借助皇权对泰特斯展开了复仇。塔摩拉深入父权制中心，使皇帝对其言听计从，对传统秩序造成了严重威胁，于是她难逃一死。路歇斯回到罗马收回王位，象征着罗马社会恢复了原先的父权统治。塔摩拉与拉维妮娅的不幸遭遇在某种程度上也可视为16、17世纪女性在社会中的处境，她们从属于男性，无权主宰自己的命运，或成为男性心目中顺从贞洁的天使，或成为被谴责的魔鬼。

《泰特斯·安德洛尼克斯》剧蕴含众多怪诞因素，首先表现在剧中的"加冕和脱冕"仪式。戏剧开场，萨特尼纳斯在泰特斯的拥护下戴上皇冠，完成加冕。大殿上，巴西安纳斯公然劫走即将成为皇后的拉维妮娅，使萨特尼纳斯脸面尽失，这象征着对他的第一次脱冕。他的新皇后塔摩拉在新婚的第二天就与艾伦私会，还生下一个私生子，使萨特尼纳斯遭受巨大的耻辱，而他却沉浸在塔摩拉和艾伦制定的路线中浑然不觉，这使萨特尼纳斯的形象再次遭到贬低。最后，他被路歇斯所杀，完成了真正的脱冕仪式。在"狂欢化"理论中，脱冕是对人物形象的

---

① 刘萍：《莎士比亚与女权主义——以剧本〈泰特斯·安德洛尼克斯〉为例》，《河南师范大学学报》（哲学社会科学版）2000年第2期。

降格与贬低,萨特尼纳斯由高高在上的皇帝,经过一次次脱冕,显示出了本真的小丑形象,带来滑稽和怪诞的效果。

怪诞因素还展现在人体形象的异化和扭曲,全剧充满了血腥、肉体的肢解与死亡。戏剧开场,泰特斯就将塔摩拉的长子肢解并烧死以献祭亡灵。圣女般的拉维妮娅走向肉体的支离破碎,她的"像百合花"一样的纤手如今只剩断臂,"像迎着浮云的太阳的酡颜一样绯红"(《泰特斯·安德洛尼克斯》:2.4.545)的脸颊嵌着失去舌头流血的双唇,美丑的强烈反差带来极端的审美体验,既令人惊骇,又引发人们的怜悯。泰特斯的两个儿子被执行死刑,并失去一只手臂,为报复塔摩拉举办了"人体筵席",让塔摩拉食用自己的儿子,塔摩拉的肉体成为死亡与诞生的双重性存在,它孕育了生命,又成为儿子的葬身之处,生命再次回归母体,"显示了狂欢化的筵席形象中死与生牢不可破的统一"①。戏剧的结尾,泰特斯先杀死拉维妮娅,不愿让她忍辱活着,后杀死塔摩拉,接着萨特尼纳斯杀死了泰特斯,路歇斯归来又将皇帝杀死,四具尸体血淋淋地躺在观众面前,将全剧的恐怖气氛推向最高峰,而一种奇妙的解脱感油然而生。

第三节 《罗密欧与朱丽叶》

《罗密欧与朱丽叶》是莎士比亚创作于 1595 年前后的早期悲剧作品,是莎士比亚戏剧中最富诗意和魅力的作品之一,被认为是莎士比亚"最佳的作品"②。梁实秋先生也认为"毫无疑问,此剧是莎氏问世的第一部伟大的戏剧"。

故事题材来源于意大利一个古老的民间传说,据说故事在 14 世纪初意大利东北部的一座小城维洛那真实发生过,如今维洛那城里还有"朱丽叶之墓",学者们也提到它"是以 1303 年发生在意大利维洛那的真人真事为基础"③。较早时候意大利作家班戴洛根据民间传说提取素材,在 15 世纪中期完成《罗密欧和朱丽叶》小说的撰写,后在欧洲其他国家广为流传。五年后,皮埃尔又将其译为法

---

① 邵雪萍:《"狂欢"视角中的〈泰特斯·安德洛尼克斯〉》,《外国文学研究》2007 年第 1 期。

② 威廉·哈兹里特:《莎士比亚戏剧中的人物》,顾钧译,上海:华东师范大学出版社,2009 年,第106 页。

③ 张泗洋、徐斌、张晓阳:《莎士比亚引论》(上),北京:中国戏剧出版社,1989 年,第 338 页。

文，随后伊英特将法文版译成英文。1562 年，英国诗人亚瑟·布鲁克根据这个故事的法文译本，写成了英文长诗《罗梅乌斯与朱丽叶的悲剧史》，这首长诗是莎士比亚创作的重要来源之一，莎剧无论是在人物的角色设定还是情节安排上都与布鲁克诗相近，结局中两个家族的和解也沿用了布鲁克诗歌的结尾。

剧作讲述了意大利北部的小城维洛那，城内两大封建家族蒙太古与凯普莱特有着不共戴天的世仇。在凯普莱特家族举办的家庭舞会上，蒙太古家的儿子罗密欧与凯普莱特家的女儿朱丽叶一见钟情，当晚，罗密欧便潜进凯普莱特家的花园与朱丽叶互表心意。次日，二人在劳伦斯神父的见证下秘密结婚。后来罗密欧遭到朱丽叶的表兄提伯尔特的挑衅，好友茂丘西奥为其出头却遭杀害，罗密欧为了替好友茂丘西奥报仇与提伯尔特决斗并将其杀死，因此被判处流放。罗密欧在流放的前一晚和朱丽叶做了"一夜夫妻"后便被驱逐。与此同时，朱丽叶因被父母逼婚嫁给帕里斯，于是向神父劳伦斯求救，她听从神父建议服下假死药以逃过婚礼，等待罗密欧归来一起私奔。但受劳伦斯神父之托给罗密欧送信的约翰神父因为疫情滞留没有将信按时送到，劳伦斯神父也未能及时赶到墓地，导致罗密欧误以为朱丽叶真的死去，在墓中昏睡的朱丽叶身边服毒而亡。朱丽叶醒来后见到身边罗密欧的尸体，也毅然拔剑自刎，两人最终以死殉情。神父将罗密欧与朱丽叶生死相恋的故事公之于众，双方家长悔恨不已，在亲王的调解下握手言和，并在维洛那城建立雕像纪念他们的爱情。

《罗密欧与朱丽叶》是"世界上最伟大、最典型的爱情悲剧"。作品通过描写罗密欧与朱丽叶不顾家族宿怨的禁忌，在受到封建势力压迫和腐朽伦理价值观迫害的情况之下仍然勇敢追求个人幸福和伟大爱情，忠贞不渝地守卫爱情，甚至双双殉情身亡的故事，表达了克服一切阻碍追求真挚自由爱情的主题，有力地谴责了封建家族间的宿仇和父母包办的封建婚姻制度。朱丽叶作为一位代表人文主义理想的觉醒女性，在追求爱情和婚姻自由的道路上表现得十分的果敢、坚决。当真爱来临时，她敢于抛开家族的宿怨和荣誉的束缚，坚定地对罗密欧说："告诉我，你愿意在什么地方，什么时候举行婚礼，我就会把我的整个命运交托给你，把你当作我的主人，跟随你到世界的尽头。"（《罗密欧与朱丽叶》:2.2.639）她为了爱情不顾世俗舆论偏见与罗密欧秘密结婚；面对父母的疯狂逼婚，朱丽叶也没有妥协和屈从，而是据理力争"你们不能勉强我喜欢一个我对他没有好感的人"（《罗密欧与朱丽叶》:3.5.681），并主动向劳伦斯求救，为了与罗密欧私奔，冒死服下神父给的假死药。当发现罗密欧死在身边时,又毫不迟疑地把匕首刺向自己。由此可见,在整个故事的发展过程中,朱丽叶的一言一行都表现出了积极主动地追求个人幸福的态度和勇敢反抗封建传统的反叛精神。莎士比亚虽然强调人的个性自由,主张人要重视个人情感,讴歌爱情的美好,但也常常调侃激情的短暂和不可靠。比如劳伦斯神父始终对罗密欧的激情持有批评态度,"这种狂暴的快乐将会产生狂暴的结局"(《罗密欧与朱丽叶》:2.6.655)。阳台幽会一场戏中,朱丽叶也说她与罗密欧的"密约"是"太仓卒、太轻率、太出人意外了,正像一闪电光,等不及人家开一声口,已经消隐了下去"。以及罗密欧后来冲动地杀死提伯尔特、没有核实朱丽叶"死亡"的真相就服毒自杀等行为也与人物的激情联系紧密,表现出作者对于爱情中的狂热激情的批判态度,强调理性的辩证思考。

莎士比亚还通过描写朱丽叶勇敢地冲破父权制封建传统对女性的束缚,实现自我意识,来抨击传统的父权制社会结构。作为父权制的代言人,凯普莱特自认对女儿有绝对的支配权,认为女儿是他的私有财产,完全不顾女儿的意愿,将其许配给帕里斯,"我可以大胆替我的孩子作主,我想她一定会绝对服从我的意志"。对此朱丽叶愤怒拒绝,"凭着圣彼得教堂和圣彼得的名字起誓,我决不让他娶我做他幸福的新娘"(《罗密欧与朱丽叶》:3.5.680),表现出朱丽叶对于父权制的反叛意识。

《罗密欧与朱丽叶》以两大家族仆人之间的口角引发的流血冲突展开,剧中仆人们不自觉地参与了两大家族间的复仇行为,仆人们的对话交代了这次冲突只是早已被忘却根由的习惯式的累世宿怨延续下来的新的争端,揭示了两家家族仇恨的难以化解和愈演愈烈。两大家族的复仇行为已经演变到为复仇而复仇、为流血而流血的地步,充分地说明了封建世仇宿怨的非理性和暴力恶习的顽固。家族世仇使剧中罗密欧的两段恋情——不管是最初痴恋罗瑟琳还是后来钟情于朱丽叶——都充满着痛苦无奈:罗瑟琳是仇人家的亲戚,朱丽叶是仇人家的女儿,私情与家恨纠缠交织,使身处其中的当事人无法逃避,这种环境决定了爱情一旦产生,必然产生悲剧结局。朱丽叶的表哥提伯尔特是习惯性仇恨影响下的最具激进性格的反面代表人物,是剧中最具有复仇欲望的一个角色,也是推动戏剧发展的关键性人物。在第一幕第一场他就参与仆人的冲突,他不由分说地将为阻止冲突而拔剑的班伏里奥视为仇敌,恶意挑衅:"什么,你拔出了剑,还说什么和平?我痛恨这两个字,就跟我痛恨地狱、痛恨所有蒙太古家的人和你一样。照剑,懦夫!"(《罗密欧与朱丽叶》:1.1.609)在化装舞会上他也多次试图向罗密欧寻衅,但被重视名誉的叔父凯普莱特阻止;茂丘西奥的死亡也是源于他的好斗。作为世仇意识典型代表的提伯尔特的死亡瞬间点燃了凯普莱特家族的怒火,激化了两大家族的仇恨,继而又导致罗密欧被流放,间接推动了罗密欧与朱丽叶的爱情悲剧发生。劳伦斯神父和奶妈则是这场家族复仇的否定者,在戏剧中不断地起到调和的作用,他们为了成就罗密欧与朱丽叶的姻缘自觉站在反对世仇的立场上;但他们处于边缘或底层,力量薄弱,难以动摇根深蒂固的家族仇恨。综上所述,《罗密欧与朱丽叶》以宿仇积怨开始,用复仇情节贯穿,家族仇恨一直在左右着两个家族人们的行为举止以及罗密欧与朱丽叶之间的爱情,最后又以家族仇恨的化解作为结束,所以,家族复仇主题和罗密欧与朱丽叶的爱情主题构成该剧的共同主题。

莎士比亚通过描写罗密欧和朱丽叶的爱情悲剧,把爱情题材和文艺复兴时期的社会矛盾联系起来,既表现了两个封建家族之间的斗争,也反映了那个时代两种社会力量之间的矛盾。家族世仇象征着由中世纪一直流传下来的封建势力割据一方、时常械斗、互相争夺倾轧的遗风,象征着腐朽陈旧的封建主义思想,这种世仇观念不仅为拥有新思想观念的市民阶层所不齿,也被本家族中年轻一代所厌弃。而且由封建家族世仇引起的纷争与混乱,对于民族、国家的统一和社会的安定显然是不利的,对于资本主义的自由贸易更是构成极大的威胁。但在文艺复兴时期,资产阶级仍处于萌芽状态,新兴的人文主义思想并未完全建立,封建势力仍然强大,人文主义思想尚不能够与封建思想体系做全面较量,于是他们只能通过爱情这一人类的自性之强力,用它来充当先锋战队,去突破封建束缚,渐进式地动摇封建贵族的传统观念。因此,莎士比亚将人文思想的火种——罗密欧与朱丽叶,深藏在封建家族的内部,让对立的两个封建家族的子女互相钟情,意味着自由的爱情对封建恶习的胜利,说明了新的思想、新的精神已侵入封建阶级中的新一代,促使他们起来向旧的制度和世代承袭的陈腐观念发起挑战。罗密欧与朱丽叶反抗"父母之命"的传统婚姻模式,恰如资产阶级的诞生和发展来源于即将崩塌的封建社会,深刻揭示了新兴资产阶级和封建阶级在意识形态领域里的尖锐矛盾斗争。从这一层面上讲,文艺复兴时期,人文主义者所提倡的个性解放、爱情自由,在具有反封建意义的同时,还反映了资产阶级要求发展贸易、发展资本主义的自由,是资产阶级的"自由契约"思想在婚姻方面的表现。莎士比亚最后用男女主人公的双双殉情来使两家冰释前嫌,虽然体现出封建顽固势力对于社会新兴力量的残酷扼杀,但同样寄托了莎士比亚对于人文主义必将战胜封建制度得到胜利的坚定信心和美好理想。死亡在这里不仅象征着旧制度的终结,更象征着新生命的开始,表达了新兴资产阶级力量的不断生长与壮大。

《罗密欧与朱丽叶》的情节和结局还折射出当时社会"贵族渐衰,王权渐长"的现实。剧中有两个人物对抑制或消除两大家族的仇恨有积极主动的行为:劳伦斯神父和维洛那亲王,他们分别代表着宗教和王权。劳伦斯神父以宗教精神实施影响,而亲王则是用王权命令来制止两家的冲突。从结果上来看,劳伦斯神父出于调解两大家族世仇的目的,为罗密欧与朱丽叶证婚,并善意策划朱丽叶的假死以助其逃婚,最后却阴差阳错地造成了爱情悲剧,仅仅起到部分促进和解的作用;亲王在两家混战中失去了亲人,愤怒至极却仍选择用法律途径来解决问题,最后以王室之尊做了两家的调解人,维护了王权和法律的尊严。这一点说明莎士比亚承认宗教在教化人类方面的精神力量,但劳伦斯神父以秘密结婚作为和解的假说,但实际上却造成了接二连三的流血死亡悲剧,以人的力量设计假死出逃,却因"天意"——疫情滞留——而功亏一篑,这证明宗教的神力已经衰弱,不能解决现实问题。而不断强化的王权却能利用"人"的力量解决困难。第一幕闹事斗殴时,亲王的态度很强硬:"目无法纪的臣民,扰乱治安的罪人,你们的刀剑都被邻人的血玷污了;你们不听我的话吗?"(《罗密欧与朱丽叶》:1.1.609)凯普莱特和蒙太古两家目无王法,挑起事端,滥杀无辜的作为,表现出贵族在强盛时期蔑视一切权力的嚣张气焰。在罗密欧与朱丽叶死后,亲王又一次站出来极力推动两家人的握手言和:"瞧你们的仇恨已经受到了多大的惩罚,上天借手于爱情,夺去了你们心爱的人;我因为忽视你们的争执,也已经丧失了一双亲戚,大家都受到惩罚了。"(《罗密欧与朱丽叶》:5.3.713—714)最终,凯普莱特与蒙太古在神父和亲王的帮助下,为儿女之死悔恨而握手言和。但事实上,单纯的爱情、宗教和王权,都无法完成两家的和解,更重要的是两家在血拼之后,实力损耗而无力再挑起事端。印证了经过长时间的斗争和消耗,贵族力量逐渐衰落,国王的势力渐长的社会现实,两大家族的流血冲突最终造成了贵族与王权势力此消彼长的结果。

加拿大文学批评家诺斯罗普·弗莱将《罗密欧与朱丽叶》的情节解释为"乐园—犯罪—受难—忏悔—得救"的结构模式,但作品实际上只涉及了前三步:剧本开始的时候介绍了故事发生的背景,即两大家族的世仇长期存在争斗不休;主人公罗密欧与朱丽叶显然都活在争斗之外,尤其是罗密欧沉浸于前一段爱情的忧伤中不能自拔,对一切世俗琐事视而不见,舞会上的朱丽叶像一道上帝之光扫尽了他眼前的迷雾,使他迅速全身心地投入到新的爱情当中。养在深闺的朱丽叶在舞会上看到罗密欧第一眼起就决定非他不嫁,这二人对爱情的沉迷超乎一切,他们是为爱而活的人,为了爱,他们可以放弃自己的家族姓氏、身体甚至生命,花园由此变成了爱的乐园。好斗的提伯尔特引发的家族冲突迅疾之间改变了欢快的气氛,虽然蒙爱的罗密欧百般劝阻仍然没能避免好友茂丘西奥丧命于提伯尔特的剑下,震怒的罗密欧为好友报仇,转而杀死提伯尔特,由此触犯法律,大错铸成。罗密欧被判处放逐,朱丽叶的感情陷入亲情与爱情的两难境地,进入受难环节,这是整个结构的最低点,二人在短暂的相聚之后凄凉告别,随后双亲逼婚的重压使朱丽叶选择假死,从花园到坟墓的场景变化生动不过地预示了即将上演的天人永隔,从假死到二人殉情,似乎是眨眼之间的事情,却道尽了人生最残酷的痛苦。所谓的"忏悔"与"得救"在文末的表达几乎不值得一提。然而这并不能说明对基督教精神的忽视,因为从两位主人公的人物形象塑造来看,莎士比亚仍然使用了相关教义思想,他把基督教的"牺牲—救赎"这一精神融入人物创作,主人公罗密欧与朱丽叶的心灵高尚纯洁,他们的爱情纯粹悸动,相对于维洛那城的纷乱争斗来说,他们是这罪恶世界中洁白无瑕的羔羊,城内的两大家族上到族长下到仆人无一不被仇恨所浸染,盲目而不自知,罪深而不自拔,甚至连罗密欧的朋友茂丘西奥也牵连其中,流血冲突随时爆发,族群械斗视为常态,这样疯狂颠倒的生态无人能够改变。罗密欧与朱丽叶身为两大家族最核心的接班人从一出场就表现出截然不同的状态,他们都以爱情作为自己生活的中心,对外面的争斗没有任何兴趣,他们一个为失恋孑然独行、形销骨立,一个满怀憧憬、等待幸福。舞会的邂逅让两颗赤诚热烈的灵魂走到了一起,在此以后,他们为爱情受尽磨难直至为爱牺牲自己的生命。两相比较,一边是深渊地狱,一边是爱的乐园,最终罗密欧与朱丽叶用爱的牺牲唤醒了被罪恶蒙蔽双眼的人们,成为维洛那两大家族的救赎者。

　　莎士比亚在《罗密欧与朱丽叶》中塑造了一系列鲜明生动的人物形象。男主人公罗密欧便是莎士比亚着意塑造的一个人物,他勇敢正直、单纯执着、充满激情、矢志不渝地追求真挚爱情并向往和平生活,但又多愁善感、优柔寡断。罗密欧出身于封建家族,却没有继承封建传统和思想,而是顺应时代发展,背叛了封建家庭,成为一个坚定的人文主义者,他身为蒙太古之子,却拒绝参与蒙太古家族与凯普莱特家族的世仇争斗,认为两家宿怨的争斗是"吵吵闹闹的相爱,亲亲热热的怨恨!无中生有的一切"(《罗密欧与朱丽叶》:1.1.612)。他一心沉浸在爱情的梦幻中,除了爱情,对其他都心不在焉,显现出罗密欧的理想化思维人格特征;哪怕是"错爱"了仇人的女儿,罗密欧也毫不退缩,为了获取朱丽叶的爱情,他敢于"深入虎穴",当听到朱丽叶的表白后,他又敢于抛弃妨碍他们爱意的姓氏,显现出他对爱情的渴盼;他没有门户之见,爱上了朱丽叶,就把凯普莱特的家人当作自己的亲人,一心期望化解宿怨,即使武艺高强也愿意为了爱情委曲求全,在提伯尔特羞辱和挑衅他时一再忍让,这些都表现出他对爱情所拥有的非理性认知与盲目乐观;他重情重义,在朋友茂丘西奥因为替他出头被提伯尔特杀害后,他不顾自己爱情和前途与提伯尔特决斗并将其杀死,为好友报仇。但罗密欧深情不渝却又过于感性冲动、不够沉稳,获知朱丽叶的死讯后,他立即买了毒药,以死来表达他对爱情的坚贞,在没有向任何人核实爱人"死亡"真相的情况下就殉情自杀。他是一个新型人物,这种新除了表现在爱情、对家族纷争的态度上外,还表现在他待人接物平易和善的态度上,罗密欧在对他的父母、朋友和侍童的关系中,在与提伯尔特的冲突和决斗中,在对僧侣的尊敬和信任中,甚至在卖毒药给他的药师和在朱丽叶墓前与仆人的对话中,他都始终一贯地自尊自爱、平等待人,他是人文主义理想的代表人物。

女主人公朱丽叶是一个人文主义理想新女性的形象,作为一名贵族少女,她充满了青春的热情和活力,天真活泼,聪明机智,积极乐观,对爱情忠贞不渝,极富个性特质和反叛精神,勇于冲破世俗观念和封建传统的束缚,勇敢坚定地追求自由的爱情。不仅在面临痛苦矛盾时用积极斗争的方法追求个人理想,哪怕是牺牲生命也要捍卫爱情,表现出伟大的人文精神。比起罗密欧的处境,她在爱情里更加孤苦无依:她身边没有可以信赖的朋友,还受到家族强大的阻力,也没有可靠的亲信,但她却比罗密欧更加坚定和乐观。她经受了比罗密欧更多的痛苦和磨难,也显示出比男主人公更为丰富的内心世界、更为勇敢的抗争精神和更为完美的性格特征。花园幽会后,她不顾世俗舆论和家族仇恨,勇敢地与罗密欧举行秘密婚礼;罗密欧遭放逐后,在强大的封建势力的重压之下,她积极勇敢地进行了斗争,毫不动摇;她具有理性思维,虽机智勇敢却不乏端庄稳重的气质,一旦陷入困境,她不是叹息和忍受,而是积极地寻求出路,努力改变自己的境遇和命运。反抗无果后,她一方面机智冷静地与父母周旋,一方面向神父求救,想尽一切办法追求幸福;为了与罗密欧私奔,不仅冒死服下"假死药",更在发现罗密欧死在身边后决然拔剑殉情。在最艰难的考验的时刻,这个心灵的全部坚强力量,她的性格美和心灵美得到了最充分的展现。比起感性冲动和理想化的罗密欧,朱丽叶更像是一个理智稳重的行动主义者。在爱情生活的整个过程中,她自始至终都表现出一种令人震惊的镇定和乐观,罗密欧与朱丽叶的相恋不是苦恋,一切都是快乐的,体现着高昂和健康的情感。

茂丘西奥是该剧中性格复杂矛盾的一位现实主义者,地位仅次于男女主人公。他性格直爽、热情乐观、热爱生活、注重实际又豪勇仗义、思想活跃且率性而为、言辞机警风趣,文雅又有风度,热衷于友谊和幻想,憧憬自由平和的生活,是当时青年武士的典范,有时却又愤世嫉俗、满嘴脏话。对爱情和荣誉,茂丘西奥表现出了他豁达超然的一面。在第一幕第四场,茂丘西奥有一段关于精灵的著名独白,表面上来看,他描述了精灵翩跹的梦幻世界:蚂蚁大小的细马,蜘蛛长脚制作的车轮,蚱蜢的翅膀做的车篷,蟋蟀骨头做成的马鞭,实际上却直指人性的黑暗,春梦婆送去的不是美梦,是满足世人贪婪的欲望之梦:情人梦见恋爱,律师讨要讼费,朝臣梦见好差事,士兵梦见酣战沙场。通篇独白都是在"痴人说梦",茂丘西奥借此提醒罗密欧,人世间的一切欲望只是黄粱一梦罢了,这样通透的观念说明在对待罗密欧的爱情这个问题上,他比罗密欧更为清醒理智。

劳伦斯神父是一个穿着僧侣衣服的人文主义者,作为宗教势力中新生力量的代表出现。他博学广识,虽身为教会人员,却并不迂腐顽固。他没有禁欲主义的盲目说教,而是理解尊重年轻人自由选择与追求爱情的权利。他仁慈宽恕,鼓励、支持年轻人从家族世仇的束缚中挣脱出来。对于罗密欧的爱情,他悲悯善解人意,同情罗密欧"这些悲哀也是为罗瑟琳而发",劝他尽快将旧情忘却;当罗密欧转而爱上朱丽叶时,劳伦斯修士责怪他这么快就移情别恋,但当他相信罗密欧的确是与朱丽叶真心相爱,坚信"因为你们的结合也许会使你们两家释嫌修好"(《罗密欧与朱丽叶》:2.3.644)时,便担负起为他们主持婚礼的责任。但他又担忧两个家庭间累积的怨恨还未化解,认为罗密欧与朱丽叶此时结婚的举动不合时宜,因此他向婚前的新郎提出忠告:"最甜的蜜糖可以使味觉麻木;不太热烈的爱情才会维持久远;太快和太慢,结果都不会圆满。"(《罗密欧与朱丽叶》:

2.6.656)在罗密欧由于杀了提伯尔特遭到放逐,朱丽叶又被父母逼婚,二人爱情陷入困境时,也是劳伦斯神父积极出谋划策,提议朱丽叶用"假死药"逃过婚礼,等待罗密欧归来,他再帮助二人私奔;劳伦斯神父在剧中还扮演着客观叙述者的角色。作为叙述者,神父劳伦斯在剧中开头便交代了罗密欧在遇到朱丽叶以前,曾痴恋过罗瑟琳的一段时光;后来又肩负起将罗密欧与朱丽叶如何由相识、相爱到成婚以及最后殉情的经历告知世人的责任。由此,劳伦斯将罗密欧与朱丽叶的地下恋情与公开的社会相连接,有力地推动和补充了故事情节。如果说朱丽叶和罗密欧承载着救赎的重任,那么劳伦斯神父则是帮助他们完成救赎的使者。他拥有一定的智慧,却并非全知全能;他能预感到一些不祥的结果,却无法改变救赎者牺牲的结局。劳伦斯神父是有力量的,但是他却兼力量与软弱于一身,比如在罗密欧身死,悲剧无法挽回后,他担心"巡夜的人就要来了",表示"我不敢再等下去了",于是在朱丽叶拒绝一起逃走后,自己先行逃离。

在语言方面,《罗密欧与朱丽叶》具有诗化的语言特点。剧中的人物对话,简洁质朴、生动形象、音韵和谐,运用诗化的语言表现出人物丰富的内心世界。比如在第二幕第二场里,朱丽叶在楼上凭窗而立时,罗密欧运用诗化的语言盛赞朱丽叶:"天上两颗最灿烂的星,因为有事他去,请求她的眼睛替代它们在空中闪耀。……在天上的她的眼睛,会在天空中大放光明,使鸟儿们误以为黑夜已经过去而唱出它们的歌声。"(《罗密欧与朱丽叶》:2.2.635)两个年轻的恋人互相把对方比作光、星星、月亮、太阳等,一系列绚丽夺目的意象群贯穿全剧,用充满激情的语言营造出一种迷人的意境。莎士比亚也善于运用大量的比喻修辞,把隐藏在人物内心的思想情感多层次地展示出来。如在第五幕第三场中,罗密欧把阴森恐怖的墓室喻为"这是一个灯塔,因为朱丽叶睡在这里,她的美貌使这一个墓窟变成一座充满光明的欢宴的华堂"。在这样奇特的比喻中,罗密欧抒发了自己失去爱人的痛苦:"难道那虚无的死亡,那枯瘦可憎的妖魔,也是个多情种子,所以把你藏匿在这幽暗的地府里做他的情妇吗?"(《罗密欧与朱丽叶》:5.3.707)这样就把罗密欧的痛苦绝望和对朱丽叶的美丽爱恋融在一起了。诗歌中还隐含了大量暗喻象征,如用"罪恶"喻示两个家族间的仇恨即是两人爱情的原罪,而"祷告"则象征了罗密欧与朱丽叶两个人之间纯洁而神圣的精神交流,非常隐晦地揭示了两人之间由于身份、背景不同而展开的艰辛的爱情之路。

在《罗密欧与朱丽叶》中,莎士比亚运用了众多意象对主人公的性格与命运做了预示。首先是凯普莱特家的花园，花园本身具有私密性，作为罗密欧与朱丽叶深入交流和爱情发展的主要场所，赋予了朱丽叶的爱情以无限的浪漫情调和诗性意味。花园不仅象征着美好与活力，还象征着克服险阻的考验，家族式花园是封闭的，尤其是"仇人"家的花园，更是难于逾越与危险重重，所以花园不仅是一个不可随便进入的所在，还意味着森严的藩篱；将罗密欧与朱丽叶第二次相会设置在阳台上的情节也具有深刻寓意，阳台既能沟通室内室外，是户外与户内的过渡性空间，给人们走出室内感受外界的机会，也给予人们退回房间保护自身的权利。还能产生距离感，一定的高度与距离，恰恰能使得恋人之间产生美好的情愫与幻想。因此，阳台这一意象既能催化爱情，又是具有神圣意义的场所：罗密欧向上攀登阳台这一举动，正如虔诚的信徒向自己的信仰积极靠拢，因此，通过攀爬阳台去见情人，意味着这场爱情的圣洁与坚贞。通读文本可以发现，在戏剧的前半部分，出现最多的是黑暗（光明）意象，在第三、四幕出现较多的是梦境（现实）意象，而在戏剧结尾出现最多的则是死亡意象。意象在剧中不仅烘托气氛，对情节发展也有暗示作用，意象本身具有逻辑的统一，构成了一种基调。

雷蒙·查普曼提出在该剧的时间设置上，莎士比亚使用了"双重时间线索"的结构方式，即在剧情快速发展的表象下隐含了事件的真实间隔时长，并且有意将二者混淆。例如，剧中约翰神父因为瘟疫爆发而被滞留了一天，但根据文艺复兴时期有关瘟疫滞留的文献，真实的滞留期至少为 28 天。这一时间设置不仅从艺术效果层面增强了戏剧的紧迫感，又通过隐在的较长时间线索"缓解事件本身的紧迫感并且为情节营造出真实可信的效果"；莎士比亚在剧中还运用了时间修辞这一手法，通过区分戏剧人物对不同计时单位的使用，在还原历史语境的意义上展现了文艺复兴时期新旧时间观念的碰撞。一方面，代表着全新时间观念的"钟表时间"被赋予了个体主义和科学自信力的内涵；另一方面，莎士比亚通过保留不同时间线索之间的弹性，避免了戏剧人物时间感知能力的冷漠和僵化，超越了"钟表"修辞固有的机械性和循环性特征。在剧中，罗密欧与朱丽叶以及肯定他们恋爱的人物主要使用以小时为单位的"钟表时间"，而以凯普莱特和蒙太古为首的老一代家长包括属于年轻一代的帕里斯伯爵在进行时间安排时则使用以天数为单位的"日期时间"。这实质上象征着当时社会中新兴资产阶级对于思想解放和进行自由贸易的要求与封建阶级顽固守旧的对立；在文本层面，莎士比亚还频繁使用了"钟表时间"以及由此衍生出的机械隐喻，在肯定科学效率的同时也传达了对理性工具加剧人的异化的隐忧。[①]《罗密欧与朱丽叶》还采用了悲喜混杂的叙事结构,人文主义的乐观精神是《罗密欧与朱丽叶》的感情基调,茂丘西奥和奶妈作为戏剧中的喜剧人物,他们的一言一行也时时起到引人发笑的效果,增强了戏剧的趣味性,但故事中主人公感情的一波三折以及双双殉情的结局又奠定了戏剧的悲剧氛围。莎士比亚在剧中把欢乐同忧伤并列,被请来参加朱丽叶婚礼的乐师正好赶上送葬朱丽叶的灵柩,他们对这家人的丧事毫不在乎,竟在现场开起很不得体的玩笑,谈些跟这场灾难格格不入的事情,荒诞中透露出人生的复杂多变与反复无常。《罗密欧与朱丽叶》的悲剧性,也因这真实的"复杂"而更强烈与纯粹;在以反映爱情生活为主题的悲剧中,采用悲喜混杂的结构更容易做到生活真实与艺术真实的统一,将悲剧的深刻融于喜剧轻松的表现手法中,更凸显其主题的深刻性,同时也更符合观众日趋复杂的审美合理的需要。18 世纪英国评论家约翰逊指出,在《罗密欧与朱丽叶》中,情节的先后发展过程中,时而引起严肃和悲伤的感情,时而令人心情轻松,大笑不止。伏尔泰也曾认为,莎氏悲剧是崇高与卑贱、恐怖和滑稽、豪放和诙谐离奇古怪地混合在一起。

第四节 《裘力斯·凯撒》

《裘力斯·凯撒》创作于 1599 年,是莎士比亚三部罗马历史剧之一。它上承莎士比亚早期历史剧、喜剧和悲剧的写作经验,又在戏剧结构、人物塑造、语言等方面具有"实验性"的突破,为后期其他的悲剧创作奠定了坚实的基础。《裘力斯·凯撒》注重展示悲剧主人公精神世界的斗争与痛苦,它第一次把人物性格矛盾作为引发悲剧的关键因素,宣告了一种全新的悲剧——性格悲剧的诞生,被誉为"莎士比亚四大悲剧的基石"。

《裘力斯·凯撒》取材于古罗马历史,再现了罗马共和国独裁官凯撒遇刺身亡这一历史事件。戏剧开场,凯撒大败庞培的两个儿子后胜利而归,受到罗马民众的热烈欢迎。凯撒拒绝了追随者拥立其为"大帝"的提议,而凯歇斯出于自己的野心,夸大凯撒的危险和罗马的危机,以"防止独裁者出现"为借口,劝说在民

---

① 尹兰曦:《悲伤的时辰似乎如此漫长——〈罗密欧与朱丽叶〉中的"钟表时间"》,《外国文学研究》2020 年第 4 期。

众心中颇有声望的勃鲁托斯和他结盟,杀死凯撒以保卫罗马的民主共和。3月15日,凯撒不顾预言者的警告和妻子的恳请,参加了元老院会议,勃鲁托斯率领"叛党"刺死了凯撒。凯撒死后,勃鲁托斯不仅没有听从凯歇斯等人的意见处死凯撒生前的亲信安东尼,反而允许他收殓凯撒的尸体并向公众作悼念演说。安东尼发表了一席极具感染力的讲演,激起了罗马民众对凯撒的同情和对"叛党"的愤怒,勃鲁托斯、凯歇斯等人不得不逃出罗马,安东尼组织军队讨伐"叛党"。公元前42年,安东尼与勃鲁托斯的军队在腓利比展开大战,由于某些军事战略上的失误,勃鲁托斯兵败自杀。

《裘力斯·凯撒》取材于普鲁塔克的《凯撒传》。公元前1世纪,由奴隶主贵族元老掌权的罗马共和制度接近崩溃,凯撒、庞培与克拉苏秘密结成"前三头政治同盟",以反对元老院的统治,后凯撒与庞培争权,罗马内战爆发。公元前44年,凯撒击败庞培,被推举为终身独裁官,凯撒的威望与日俱增,引起了反对派的恐惧,公元前44年3月15日,共和派代表勃鲁托斯联合部分元老将凯撒刺杀于庞贝城剧院的台阶上。在凯撒的葬礼上,安东尼指出谋杀者的罪行,当晚罗马市民袭击刺杀者的住所,勃鲁托斯等人逃亡东方,并于公元前42年征募军队打回罗马,但由于某些军事上的误判,勃鲁托斯战败自杀。在普鲁塔克笔下,罗马平民对凯撒的独裁极为不满,并向勃鲁托斯写信希望他能阻止凯撒称王。莎士比亚弱化了凯撒的僭主形象,并切断了勃鲁托斯与罗马民众的联系,大大加强了勃鲁托斯这一人物形象的悲剧性。

戏剧开场,罗马市民纷纷涌上街头迎接凯撒的凯旋,而这一天正是罗马极其重要的卢柏克节,这一节日"既祭献罗马的牧神,也纪念罗马的建立以及罗慕鲁斯下的罗马王制,它令人想到罗马的起源以及罗马人传统的生活方式和政治秩序"①,民众庆祝凯撒的凯旋替代了卢柏克节,这暗示着罗马的共和传统不可避免地走向没落,凯撒的个人光辉掩盖了民主的美德,君主专制已成大势所趋。

戏剧中,莎士比亚看到了"民主共和"政体的脆弱性、虚假性和不现实性,他更希望能出现一个贤明的、有无上权威的君主来治理国家。莎士比亚拥护君主专制,寄希望于开明君主,反对社会混乱和国家分裂,剧中的凯撒即使身上有很多缺点,但他正是作者理想中的君王形象。莎士比亚批判地对待谋杀集团,展现

---

① 弗雷泽:《金枝》,徐育新、张泽石、汪培基译,北京:新世界出版社,2006年,第259页。

了他们逆历史潮流而动的悲剧结局。他认识到凯撒之死会重燃战火,使罗马失去刚刚获得的和平,他更不愿看到英国君主集中制的消亡和统一国家的再度分裂。因此,勃鲁托斯刺杀凯撒维护共和政体,把即将到来的和平再一次引向战争,这一系列行动实际上是"对社会、国家的破坏性盲动和政治冒险",必将走向毁灭。

《裘力斯·凯撒》通过对死亡、偶像、鲜血、预言及异常天象等一系列原始意象的描绘,反映了一套完整的原始民族奉行的庄严仪式——杀死神王之仪式,渲染出一种神秘阴森、宏大悲壮的气氛。

弗雷泽的《金枝》记载了原始民族一个普遍性的仪式——杀死神王。原始人普遍相信神的存在并认为神能在某一时期降附在人身上,化身为人的神拥有最高政治权力,成为神王。而"人神的能力一露衰退的迹象,就必须马上将他杀死,必须在将要来的衰退产生严重损害之前,把它的灵魂转给一个精力充沛的继承者"。剧中的凯撒确实处在身体日益衰退的境况,多年的沙场征战使凯撒的身体受到许多损害,他的左耳已聋,在拒绝接受安东尼奉上的皇冠时甚至晕倒在地、口吐白沫、人事不省。于是凯撒在元老院的被杀便成为一场血腥而又庄严的杀死神王的仪式。

莎士比亚戏剧具有强烈的伦理色彩,剧中伦理关系的破坏者常常会受到惩罚。勃鲁托斯正因破坏了伦理关系,才造成了无法弥合的心灵创伤,不得不以死获得解脱。凯撒是勃鲁托斯的上级,作为长辈,凯撒信任勃鲁托斯,委以重任,常称其为"我的儿子",作为国家的领导者,凯撒为罗马四处征战,治国有方,无论是晚辈还是下属,勃鲁托斯都理应尊敬、拥护凯撒,而他却以下犯上、弑君弑父,这是无可辩白的道德罪名。因此勃鲁托斯只能打着"爱凯撒,更爱罗马"的口号以赢得民众的宽恕和理解,维护自己的荣誉。勃鲁托斯通过引入理性、宏大的共和话语体系来压制、消解伦理体系,以民族、国家更高层次的意识形态来抹除养父子关系,以使刺杀行为在公众领域合法化。[①] 但无论找寻多么合理的借口,伦理关系的破坏给勃鲁托斯的精神世界留下了重大创伤,凯撒临终前的遗言"勃鲁托斯,你也在内吗"(《裘力斯·凯撒》:3.1.138)深深烙在勃鲁托斯的心头,无论勃鲁托斯怎样试图说服自己,都无法减轻心里的罪恶与痛苦。这直接表现为凯撒

---

① 蔡徽:《〈裘利斯·凯撒〉中的刺杀与自杀——解析勃鲁托斯的英雄情结与伦理创伤》,《宿州学院学报》2015 年第 9 期。

幽灵的两次出现,凯撒预言勃鲁托斯将死于腓利比的战场上,这种幻觉是勃鲁托斯内心创伤的外逸,勃鲁托斯最终选择自杀来了断自己的精神痛苦,这是他破坏伦理秩序应受到的罪罚。

勃鲁托斯是悲剧的引发者,是极端的理想主义和个人主义相结合的幼稚政治家,他有着崇高的理想,却缺乏政治远见和政治智慧,过分沉溺于自身荣誉,导致无法拥有理性的判断力,在进入现实政治时一再地判断错误。勃鲁托斯为人正直,轻信易欺,他缺乏处世经验,是一个盲目而又天真的人,因此不可避免地要犯下错误,是"一个命中注定要走向灭亡的人"。有研究者称其为"学者型的政治家"。

勃鲁托斯缺乏政治远见,他视罗马的共和政体为最理想的政治体制,认为共和制是和平与自由的保障,而君主制是绝对的暴政。因此,他将凯撒视为罗马共和的最大威胁,在凯撒称帝前就将其弑杀,以此来预防所谓可能出现的独裁专制。凯撒并没有流露出"称王"的野心,相反,他多次当众拒绝了安东尼献上的"王冠"。勃鲁托斯实际上不能找到任何切实的证据来证明凯撒将实行独裁专制,他只能根据自己的主观经验来推定,倘若凯撒的权力与名望再进一步扩大,可能会对民主共和造成极大危害,那时就会为时已晚。所以,"为了怕他有这一天,必须早一点防备。既然我们反对他的理由,不是因为他现在有什么可以指责的地方,所以就得这样想:他现在的地位,要是再扩大些权力,一定会引起这样那样的后患"(《裘力斯·凯撒》:2.1.117)。勃鲁托斯没有看到共和制已经不适用于日益强盛的罗马,他受英雄主义感召,天真地以为杀死凯撒就能使罗马走向永远的"和平、自由、解放",他的政治理想是违背历史发展方向的,将罗马拖入内乱的战火,使人民好不容易盼到的和平化为幻影,因此难以得到民众的支持和理解。

勃鲁托斯缺乏判断力。凯歇斯等人多次游说他加入反叛阵营,他迟迟没有同意,反而在3月14日晚上轻易相信了从窗外扔来的凯歇斯假造的民众请愿信,并将其视为神的意旨。并且,他轻信了安东尼的表面顺从,轻易给予了他在民众面前发言的机会。

勃鲁托斯具有强烈的荣誉观念。为了维护共和美德,他率众刺杀了凯撒;为了维护自己的荣誉,标榜自己的仁义,勃鲁托斯放过了安东尼,还允许他为凯撒收尸,结果安东尼的演说激起了民众的愤怒,罗马市民将勃鲁托斯等人赶出了罗马。在出逃过程中,勃鲁托斯重新说到刺杀凯撒的理由:"什么!我们曾经击倒全世界首屈一指的人物,只是因为他庇护盗贼?"(《裘力斯·凯撒》:4.3.163)先前勃鲁托斯提到凯撒时,并未说出凯撒的任一缺点,他曾经相信,刺杀凯撒是正义的行为,凯撒之死是对罗马共和事业的一大助力,是使全体罗马人民永葆自由与和平的保障,但结果表明,这实际上是一场由阴谋和嫉妒主导的卑劣的谋杀,凯撒之死使好不容易获得安宁的罗马再次陷入战乱之中。笼罩在这种荒谬感下,勃鲁托斯为了祛除身上的污点,维护自己高贵的荣誉,只有经过再一次独白式的自我说服,他试图说服自己,凯撒做了不义之事,杀死凯撒仍然是一件正义之事。但他无法蒙蔽自己的内心,凯撒之死造成了他精神世界的重大创伤,最终只能走向毁灭。

莎士比亚在剧中并没有过多地直接描绘凯撒,而是借他人之口,让我们去想象凯撒的形象。如勃鲁托斯被誉为"高贵的罗马人",而勃鲁托斯谈到凯撒时说,"讲到凯撒这个人,说一句公平话,我还不曾知道他什么时候一味感情用事,不受理智的支配"(《裘力斯·凯撒》:2.1.117),在勃鲁托斯看来,凯撒毫无缺点,而他决心杀死凯撒,仅仅是以防后患。借由勃鲁托斯,莎士比亚给予了凯撒至高的赞美,从侧面烘托了凯撒的伟大。

凯撒并没有犯下实际的罪行,他受民众的尊敬与爱戴,但凯撒也不是完全无辜。他将自己比作"北方之星""雄狮",自认为"凯撒是不会错误的,他所决定的事,一定有充分的理由"(《裘力斯·凯撒》:3.1.137),情不自禁滋长了自我"神化"的傲气。在被刺之前,凯撒已经多次受到外界的提醒,比如预言者的警告、元老院会议前夜的暴风雨、妻子的噩梦、祭司占卜的征兆等,他窥见了凯歇斯的危险,不仅不担心,反而堂皇地教训安东尼:"我现在不过告诉你哪一种人是可怕的,并不是说我惧怕他们,因为我永远是凯撒"(《裘力斯·凯撒》:1.2.106)。3月15日的早上,凯尔弗妮娅越加劝阻,凯撒越是要坚定地出去,直到她向凯撒下跪,凯撒瞬时答应她的请求。但为了强调自己意志独立、强硬,不受制于任何人,他让凯歇斯去告诉元老院"不是不能来,更不是不敢来,我就是不想来"(《裘力斯·凯撒》:2.2.129),后来他又对凯歇斯说是凯尔弗妮娅做了噩梦,跪着恳求他不要出去。由此,凯撒不出门的理由就变成了迁就妻子,而不是他个人的意愿,而凯歇斯把这个梦解释成大吉之兆,至此,凯撒没有理由不出门了。

凯撒自认为绝对理性、绝对正确、近乎神,但在3月15日早上,凯撒表现出了犹豫不决、近似常人的一面,凯撒清楚地意识到危险,他并没有那么无畏,却一定要表现得无畏;他想要接受劝阻,但又想维护自己意志强大的形象,所以他看上去坚决又善变。为了保全凯撒之名,他只能走出家门,选择赴死。在某种程度上,可以说,是凯撒自己杀死了自己。

安东尼是深谋远虑、屈伸有度的雄辩家。凯撒死后,作为亲信的安东尼处在危机四伏的境地,随时可能会被叛党杀害。然而他临危不惧,凯撒的葬礼上,勃鲁托斯的演讲已经广泛受到罗马民众的认可和支持,面对情绪高涨的罗马市民,他以清醒的头脑观察着广场上公众情绪的变化,审时度势地调整自己的措辞和状态,他没有选择指责勃鲁托斯等叛乱者,而是叙述凯撒的丰功伟绩,讲述凯撒为国家和民众带来的财富、利益,接着将被叛乱者刺得千疮百孔、血肉模糊的尸体指给在场的民众看,以此博得众人的同情,又拿出凯撒的遗嘱,讲述凯撒把所有财富留给罗马人民的事实,巧妙地暗示正是勃鲁托斯等人发动了血腥的叛乱,从而掌握了人民的情绪,扭转了政局。安东尼能言善辩,善于洞悉民心,拥有冷静的头脑和过人的政治智慧。

莎学界对于《裘力斯·凯撒》一剧的主角问题一直争论不休,主要分为两大倾向。持勃鲁托斯主角论观点的学者认为,虽然戏剧以《裘力斯·凯撒》为名,但凯撒仅登场三次,其形象似乎不够饱满,而勃鲁托斯的形象贯穿戏剧始终,又是全剧唯一得到深入刻画的人物。并且《裘力斯·凯撒》创作于历史剧与悲剧的交接处,既接近悲剧,又接近历史剧,剧名不一定要充当剧中的主角,如《约翰王》中的主角是庶子腓力普,《亨利四世》中的主角是哈尔王子,因此,勃鲁托斯作为主角名正言顺。

持凯撒主角论观点的评论家认为,虽然凯撒亮相不多,但他兼具外表形象和内在精神双重主角身份,是整出戏剧的中心。凯撒的肉体倒在了元老院的血泊之中,但剩下的场次全都围绕凯撒之死展开,在戏剧的后半部分,凯撒"作为一种强大的、可怕的、纯粹的精神,又站立起来,向阴谋分子们复仇"①。他自始至终都占据着舞台。

为了解决这一纷争不休的主角问题,有学者提出让凯撒和勃鲁托斯共同充当戏剧的主角。他们认为凯撒与勃鲁托斯两个悲剧性主角相辅相成,共同构成

---

① 柏荣宁:《论〈裘力斯·凯撒〉主角问题之纷争》,《外国文学研究》1991 年第 1 期。

一个整体,不仅在戏剧结构上,而且在象征的意义上,都是不可分割的。他们提出,《裘力斯·凯撒》的结构安排十分巧妙,其中有两个戏剧高潮,且这两个高潮分别包含了两个重要场次:一是凯撒被刺和安东尼在凯撒的葬礼上的演讲,二是凯歇斯之死和勃鲁托斯之死,两个高潮在戏剧结构上相互呼应、互为补足,具有相同的戏剧感染力,在心理上唤起观众对凯撒和勃鲁托斯产生相等的兴趣。正如邦乔尔所说:"我们的同情心被引得一会转向一个主角,一个派别,一会又转向另一个……直到这一钟摆的摇动最后停下,就好像被两股相等的力定住一样。这样,同情心刚好被一分为二,一半朝向罪恶的牺牲品,另一半朝向惩罚的牺牲品。"凯撒与勃鲁托斯是不可分割的两个主角,整个戏剧的情节动作和这两个主要人物紧密相连,只因《裘力斯·凯撒》是一部以"弑君"为主题的罗马历史剧,在古罗马帝国历史上,凯撒要比勃鲁托斯重要得多,勃鲁托斯曾与之抗争,结果是自取灭亡,这就是名为《裘力斯·凯撒》的缘故。①

剧中人物形象塑造突出。除去中心人物和重要人物外,其他次要角色也栩栩如生。情节结构上,莎士比亚把公元前 44 年至公元前 42 年的历史压缩到几个月,并着重表现了其中六天的内容,这种压缩集中,使戏剧看起来紧凑,也加重了悲剧性,为后来的大悲剧创作提供了良好的基础。《裘力斯·凯撒》的语言技艺相当成熟,直接表现在勃鲁托斯和安东尼的演讲,勃鲁托斯的演讲凝练理性、大量使用排比、对比等修辞手法,语言优美,形式考究,而安东尼的语言充满激情,脍炙人口,读之令人心潮澎湃。

莎士比亚经常采用大量的预言以及异常天象来暗示主人公的命运,并烘托某种特定的戏剧氛围,如预言者对凯撒的警告、凯尔弗妮娅的噩梦、各种神怪意象、夜半出现的凯撒的幽灵、元老院会议前夜的狂风暴雨等,这些超自然异象给人以神奇、黑暗和恐惧的感觉,让观众体验到一种神秘的、悲壮的氛围,衬托着情节内容,并与主人公的精神状态有了更为密切的呼应,给剧本增加了真实感。

《裘力斯·凯撒》作为"实验性"的创作作品,难免也存在不足或缺陷,18 世纪英国莎学家约翰逊所指出,它"同莎士比亚某些戏相比,不够动人",尤其是勃鲁托斯这个人物形象过于简单,他不像哈姆莱特、李尔王等大悲剧人物,他在行动前也经历了尖锐的思想斗争,但是由于性格和思维方式的特点,他简单快速地

---

① 柏荣宁:《论〈裘力斯·凯撒〉主角问题之纷争》,《外国文学研究》1991 年第 1 期。

解决了思想矛盾，坚信谋杀凯撒是"光明正大"的"义举"，这样就使他的形象不如四大悲剧的主角那样动人。

第五节　《哈姆莱特》

《哈姆莱特》取材于中世纪"阿姆列特的故事"，该故事原型在 12 世纪的《丹麦王国史》以及贝尔弗雷的历史悲剧中就已被提到。相似的情节原型更早可以溯源到古希腊悲剧"俄瑞斯忒亚三部曲"，莎士比亚借助丹麦 8 世纪的历史，写丹麦王子哈姆莱特为父复仇的故事。

丹麦王子哈姆莱特在德国威登堡大学读书时接到了父亲的死讯，匆匆赶回国内参加父亲的葬礼，叔父克劳狄斯在老国王葬礼之后与前王后乔特鲁德迅速结婚并登上王位，哈姆莱特沉浸于痛苦与失落之中。哈姆莱特的大学同学霍拉旭与卫兵勃那多和马西勒斯在城墙上见到了老国王的鬼魂，它穿着铠甲，脸带怒容。哈姆莱特得知后，专程前来等待鬼魂，并从鬼魂口中得知老国王是被克劳狄斯下毒谋害的，老国王要求哈姆莱特为自己报仇。哈姆莱特在装疯一个多月后用"戏中戏"的方法证实了叔父的罪行，急于报仇的哈姆莱特却在克劳狄斯向上帝忏悔时放过了凶手，随后到母亲乔特鲁德寝宫中怒而指责母亲，因察觉有人藏在帷幕后，哈姆莱特以为是克劳狄斯，痛下杀手却误杀了情人奥菲利娅的父亲——大臣波洛涅斯。克劳狄斯以此为由遣哈姆莱特出海，欲借英王之手除掉哈姆莱特。船只中途遭遇海盗，哈姆莱特趁混乱之际跳上海盗船只返回国内，隐身于郊外墓地。奥菲利娅之兄雷欧提斯听闻噩耗回国为父报仇，率众冲进王宫，被奸王克劳狄斯利用，二人密谋毒杀哈姆莱特。奥菲利娅因为父亲死亡、爱人离去而精神失常，后溺水而亡。哈姆莱特在墓地窥见奥菲利娅的葬礼，痛苦现身。奸王趁机挑唆哈姆莱特与雷欧提斯决斗。雷欧提斯用毒药抹于剑刃，克劳狄斯也事先准备毒酒，企图在决斗中害死哈姆莱特，王后乔特鲁德误喝毒酒身亡，雷欧提斯借机用毒剑偷袭哈姆莱特，混战中，哈姆莱特夺过毒剑刺中雷欧提斯，雷欧提斯临死前揭发奸王，哈姆莱特拼尽全力杀死克劳狄斯，挪威王子小福丁布拉斯最终登上王位。

《哈姆莱特》的创作时间在伊丽莎白一世的统治末期，王位继承的问题是当时英国的最大焦虑。前有苏格兰斯图亚特王室,后有埃塞克斯公爵的密谋,加之女王未婚无子女,王位继承的问题显得格外突出。作品开始时就描写中世纪的丹麦动荡不安,人们恐慌于即将到来的"世界末日"。在这一点上,莎士比亚借此影射的是早期英格兰文化对君权凌驾于共和政体的恐慌和对女性君主权力的规训与焦虑。莎士比亚在这样的国家政体焦虑之下思考君主政体与国家的本质,在剧中加入了大量的思考与戏剧冲突,借助隐喻反映了当时的社会现实。

剧中有明显都铎王朝构建的"君王双体论",借鉴的是基督教神学中人性与神性相融的特质,意指"君主的肉身与国家政体相为呼应"。国家成为人体的象征,而君主便是政体之首,统率疆土与人民。从哈姆莱特对奥菲利娅的态度看出,文中多处指涉西方早期社会对女性君主的规劝意识,其实质是对国家政体的抵触。奥菲利娅虽然倾心于哈姆莱特,她的躯体却为国家政体所有;哈姆莱特斥责乔特鲁德被情欲所惑,导致国体败坏;在哈姆莱特眼里,乔特鲁德的肉体已经成为国家政体变换的器具,肉体的存在是国王之死的共犯,而人体功能的溃散也象征国家政体的衰败。

同样,结尾小福丁布拉斯成为丹麦的新国王,则象征了一位全新的、能才兼具的国王重新回到政治中央,陈旧的、遭到毁灭的秩序从此颠覆,合乎天意的新秩序再度建立。

哈姆莱特是丹麦的王子,出身高贵,正直善良,从小受到良好的教育,是一位理想主义者、人文主义者。但在父亲死后,他的精神世界受到了极大的挫折,接二连三的变故使他越发多疑。哈姆莱特的人物形象一直以来都是莎士比亚戏剧研究的重点,关于人文主义与非人文主义的争执、关于人物的悲剧性与复杂性一直是学界争论的中心。哈姆莱特是人文主义的象征,在这个阶段,人文主义力量不敌强大的封建主义,人文精神遭受的打击也就是哈姆莱特所受的打击。

哈姆莱特的性格特征可从几个方面来把握:

(1) 忧郁泥沼中挣扎困顿。哈姆莱特身上具有躁狂和抑郁相互结合的特征,这也引起他的疯癫状态和对死亡与生存的探索诘问。哈姆莱特对爱与生命、对人际关系非常敏感,这样的情绪使他徘徊在忧郁之中难以解脱,甚至导致了他的多疑和复仇的延宕。无疑,这样的特质也同时成为哈姆莱特所独具的魅力和特质,成为他两重矛盾的"震源"。哈姆莱特的疯癫具有审美和哲学的双重含义,在莎士比亚戏剧中意义重大。

（2）恶流浊浪中坚守理性。哈姆莱特是莎士比亚感性和理性对话的体现，他具有复杂的人性和高尚的理性，在一步步走向复仇和痛苦的深渊时，他的思考与抗争始终藏有理性的光芒。面对父亲被杀、母亲被占的仇恨，哈姆莱特没有第一时间报仇，而是分出大量心理活动将复仇和人的生命价值在心中反复评估。仇恨的切齿之痛和对于生命的严肃思考导致他很多次都未成功下手。

（3）悖论旋涡中绝望抗争。社会现实的残忍变更和个人理想的破灭导致了哈姆莱特社会意义上的悲剧，神圣的使命与血腥的行动、正义的目的与非正义的手段、复仇的欲望和理性人性的旋涡让他陷入一种无法逃脱的悖论之中。

人物形象上，他符合人文主义者关于完美的人的标准。哈姆莱特的著名台词"人类是一件多么了不起的杰作"（《哈姆莱特》：2.2.327）表达了人文主义学者要求人类自身精神解放的思想。否认卑微渺小、否认现实生活的短暂，对人类抱有崇高的完美的理想，正是哈姆莱特内心活动的反射。而从思想上看，哈姆莱特具有平等的进步意识和理性色彩，善于思考和分析，不轻信不盲从，拥有高尚的品德和宏大的视野。他把个人的不幸延展到国家和人类的境界，是以歌德为代表的性格悲剧和以卡尔·维尔德为代表的环境悲剧的结合。

克劳狄斯是哈姆莱特的叔父，他利欲熏心，丧失理智，杀死兄长，霸占嫂子，夺权上位。他设计阴谋陷害、暗杀哈姆莱特，又在国民面前做出好国王的表象。克劳狄斯阴险狡诈，利用别人，为了自己的利益不择手段，实际上是文艺复兴晚期私欲泛滥的代表形象。

乔特鲁德是丹麦的王后，在老王死后嫁给新王克劳狄斯，导致哈姆莱特对她极为不满。乔特鲁德没有独立思考与政治生活的阅历，她陷于母爱与情爱的漩涡之中，幼稚地企图弥合彼此之间的鸿沟，对政治的险恶她无法做得更多，所以她眼睁睁看着儿子走向凶险之途而束手无策。面对新王被冲击的危机，她也是徒劳地训斥暴徒，她派人保护发疯的奥菲利娅，最终不得不感同身受地描述奥菲利娅的溺死画面，在两股力量的强力撕扯中，乔特鲁德伤痕累累。决斗中的那杯毒酒，是她自由意志最鲜明的一次表达，在灵魂的深处，她自始至终是一位深情的母亲，除此以外，她只是一个脆弱的女人。

奥菲利娅是波洛涅斯的女儿，与哈姆莱特两情相悦，但种种因素导致他们无法走到一起，前期父亲的默许使奥菲利娅释放爱意成为可能，后期在父亲的禁令、兄长的劝导当中她表面拒绝哈姆莱特的来访，内心却为情人忧心如焚，哈姆莱特的疯言疯语伤害了她的爱情;哈姆莱特误杀她的父亲远走他乡,则彻底毁灭了她的生命。奥菲利娅的悲剧体现在多个方面。首先,她纯洁无辜,美丽善良,但却因为女性的身份在男性至上的文化传统中丧失了自己的话语权,在争论和交锋之中保持沉默。奥菲利娅在父亲和恋人之间,她的一言一行无法脱离他们的制约,又同时处于完全被动的境地。在这一层面上,奥菲利娅的悲剧符合了亚里士多德的"好人受难"原则。其次,奥菲利娅是反抗与颠覆男权的某种象征。她从顺从男权的体制到质疑、再到挑战权威,最后以死亡为代价,设立了一场"死亡嘲讽"。而奥菲利娅的"疯癫"则可以看出诸多合理性,她的疯话里含着深刻的含义和隐喻,其实质是借助疯癫打破禁锢自己的沉默枷锁,表达自我的困惑和愤怒。

一直以来,哈姆莱特的复仇都是故事的主要剧情和人们讨论的焦点。哈姆莱特在父亲死后有过复仇机会却迟迟不动手,复仇延宕的原因成为《哈姆莱特》的复杂谜题。18世纪学者约翰逊认为哈姆莱特的悲剧根源在于外部因素的作用,提出哈姆莱特本人的主观意愿与外部条件对立的模型;在19世纪,科勒律治提出哈姆莱特本人的思想意识决定了忧郁漫长的思索和延宕的行动。在20世纪,布拉德雷将两种说法合二为一,称哈姆莱特内心的哲人思想与外部环境的逼迫导致了悲剧的发生。本身的哲人思维令他陷入忧郁,而接踵而至的外来灾难又使得他痛苦万分。原先具有的哲理思索与清醒意识在这时反而成为约束他的条件,才能成为他的大敌。

有些说法从人文主义的立场分析复仇的延宕。哈姆莱特出身王室,又在威登堡大学学习,被赋予了相应的人文主义气息。他长久以来站立于生活的苦难和矛盾之外,直到国王的去世将这一切打碎。但他没有将父亲的死讯看作自己个人遭受的苦难,而是上升到人类的痛苦与根源,认为这桩罪恶并非个体之恶。他的结论是"丹麦是一座监狱",罗森格兰兹反对道,如果以这样的眼光看,那么全世界都是一所监狱。哈姆莱特再次回答道:"了不起的一大所,里面有许多禁闭室,监房,暗牢;丹麦是里面最坏的一间。"(《哈姆莱特》:2.2.324)由此可见,哈姆莱特将黑暗的罪恶放在整个世界,他的犹豫与痛苦正是世界的痛苦。哈姆莱特想要消除罪恶,他曾经发出如此感叹:"这是一个颠倒错乱的时代,倒霉的我却要负起重整乾坤的责任。"(《哈姆莱特》:1.5.311)在这一过程中,个人的复仇变成反对世间的不正义。而哈姆莱特没有立即报仇的原因就在于此,因为一剑无法解决他的困扰与难题。

　　从文艺复兴时期基督教神学的角度来看,哈姆莱特的行为与基督教中牺牲自己以济世的行为类似。基督教无疑对他的精神世界产生了巨大影响,而神学与人文主义的矛盾境地让哈姆莱特陷入双重的绝望。在基督教的教义中,个人不允许自成"上帝的凶器与使者",因为上帝"申冤在我,我必报应"。可见于宗教戒律而言,主动的复仇与伸张世间的正义、获得来世的原谅实为相互矛盾。哈姆莱特在见到鬼魂后将近两个月依旧无所行动,侧面反映了宗教里谴责力度的强大。从这个角度看,有学者提出哈姆莱特的装疯是一种无言的反抗。尼科尔在《莎士比亚研究》中将"发疯"谨慎写为"失常",而哈姆莱特在第五幕的"失常"中未吐露过一句威胁国王的话。当戏中戏里提出"意志命运往往背道而驰"(《哈姆莱特》:3.2.353)时,可以将其看作哈姆莱特为父复仇并不是一件易事。他以戏剧来说出平时无法说出的威胁之语,在另一层面上获得对国王精神的折磨,达到复仇的效果。

　　此外,中世纪及文艺复兴的阶段,君王被看作不可逾越的神圣地位,而弑君必将带来严重后果。威尔逊·奈特曾对莎士比亚的君王观提出意见,称君王是历史事件的中心,君主是君权神授已得承认的象征,世人生活的结构中心即是君主。因此推翻君主即是打破神性的秩序,犯此罪的人不可饶恕。正是因为对前王的杀戮,才使得剧中丹麦笼罩在阴郁的气氛之中;而弑君者已是国王,所以哈姆莱特的复仇也有了违背天理的意味。就此,哈姆莱特面临双重的精神危机。复仇意味着背叛基督与上帝,而放弃复仇则意味着背弃了人文主义者的理想。正如基督牺牲自己为世人赎罪,当哈姆莱特单枪匹马与世界上的不正义进行斗争时,他也只能走向牺牲的十字架,以自己的生命来唤醒依旧浊恶的人世。

　　从福柯的权力话语理论看,剧中的核心是克劳狄斯和哈姆莱特之间流动的权力话语关系。在克劳狄斯的话语中,他把哈姆莱特称作自己的"Courtier"即"侍臣""弄臣",其目的是在承认哈姆莱特为王位的直接继承人之下又加附一层隐秘的权力关系。当哈姆莱特接受这样的说法后,他就承受了权力话语带来的制约。但福柯的权力话语并未将权力视作独立绝对物,而是"转向了用权力关系来论述权力"。在这样的关系中,权力等级在相互之间流动。权力话语的多变性与复杂性导致了复仇的延宕和他犹豫的性格。①但在权力关系中,相互的权力并

---

① 　Barrett Michele.*The Politics of Truth: From Marx to Foucault*.Palo Alto:Stanford University Press,1991,p.136.

不确定。克劳狄斯是国家权力的拥有者,但国家权力只落在位于这个地位的人手中。一旦地位陷落,权力也会随之转移。同时,哈姆莱特同样有可以为己所用的力量。他并非不善于行动,而是强于思考,也有勇有谋,审慎地面对变故与真相,利用可以利用的条件来调查情况,来面对残酷的真相。

克劳狄斯是他们之中权力的上位者,但只要关系存在,权力的上下关系便随时有可能倾覆。哈姆莱特是受动者,但时刻保持复仇的计划和意愿。在后来,哈姆莱特使用装疯、戏中戏等方法使得权力等级逐渐倾斜,他也由受控者逐渐向着主控者转变。但权力关系并非简单的二元相对,雷欧提斯、奥菲利娅和哈姆莱特之间也存在着复杂的关系话语,在这种关系未彻底稳定下来时,统治效应便不可能稳定存在。从这个角度看,哈姆莱特行动的延宕也来自没有稳定的权力话语。

克劳狄斯掌握的是典型的国家权力伪意识,即国家权力高于一切。尽管弑杀先王犯法,但他用国家利益将人情的非法掩盖,目的是建立国家权力的权威和合法性。但哈姆莱特既没有被国家权力伪意识包容和软化,也未成为实际意义上伦理道德需要的社会角色,而是在本体玄想的话语建构之中进入哲学的深层,探求生命和死亡的终极意义,用生死的终极命题和绝对理念来指引人类社会现存的价值体系。这种程度的反思实际上反映了早期人文主义者向往启蒙理性,又渴望追求宇宙本体意义的价值取向。

最后,哈姆莱特的时代正是传统价值体系崩溃、新的秩序重建的文艺复兴时期,意识形态领域的崩塌和信仰的跌落、感性与理性的冲突、神学与人学的交替导致了哈姆莱特内心的激烈冲突。他在信仰和理性之中困入两难境地,最终陷入沉重的精神枷锁中。

哈姆莱特的性格具有双重的复杂性,是他的时代和环境决定了他的性格,而他的性格又造成了他的悲剧命运。他身上的人文主义精神更贴合了深层的悲剧意味。

(一) 宗教

《哈姆莱特》中体现出基督教中上帝之国的重建。"上帝之国"在这其中表现的是对理想社会的追求,与哈姆莱特的需求相互照应。谨守契约是维系上帝之国的前提,重建者需要在上帝的救赎来临之时也严守神与人的契约,反思自我、虔诚信仰来清除罪恶,克服人类本身的弱点。

哈姆莱特在戏剧中体现出的是上帝之国的崩塌和重建的过程。克劳狄斯的弑君意味着人神合一、上帝之国的秩序毁灭,而哈姆莱特作为人伦与神性契约的践诺者和守护者开始重建上帝之国。但也正因如此,契约的守约和人伦的矛盾让他陷入人类社会狭隘正义与上帝之国普遍广爱的矛盾中,最终自己也为此而死,与耶稣类似,用自己的身和血重建秩序。哈姆莱特所为体现的是人类存在的契约性,即无论如何毁灭自己的家园,最终仍旧会与归善意志合一,用行动来对理想中的国度践诺。

在生死理念上,《哈姆莱特》中通过对鬼魂命运的揭露否认了炼狱教义,也打破了传统宗教中生者与死者的关系。而哈姆莱特处于新旧信仰破裂的中央,正是早期现代英国特殊宗教文化背景的反映。

(二) 血气

血气问题实则贯穿《哈姆莱特》全剧。从戏剧开头丹麦卫兵的话语中可以得知,老哈姆莱特曾经与挪威的国王定下了契约,将福丁布拉斯击败之后获得了对方的私人土地。正因如此,挪威与丹麦陷入了不交和的境地。战争的血气与先王的愤怒持续不断,与国家的历史直接相关,也来源于各国对荣誉的执着。在这之后,面对先王的灵魂,霍拉旭描述道:"它身上那副战铠,就是它讨伐野心的挪威王的时候所穿的;它脸上的那副怒容,活像它有一次谈判决裂……"(《哈姆莱特》:1.1.285)莎士比亚将鬼魂与丹麦的肃杀局面联系在一起,暗示了老哈姆莱特血气之争对政治的深远影响。

在之后,哈姆莱特受到老王鬼魂的影响,自身也难免带了些"血气":他不容忍任何道义上的"含混"之物,在老王被杀的前提下拥有强烈的复仇愿望。他苛责别人,也苛责自己,对母亲的怀疑和对奥菲利娅的斥责就从此而来。哈姆莱特对国王、对自己的不满最终成为对整个丹麦甚至人间的不满,让他陷入痛苦的深渊,给自己带来了灭亡。

《哈姆莱特》不仅在思想层面深邃复杂,在艺术特色层面也有诸多不凡的成就,例如在意象的使用上,剧中出现了多种意象,在情节的表层和意义的深层一同表现出丰富的含义,深化了主题思想,丰满了人物形象。

(1) 死亡意象

哈姆莱特用死亡相关的意象在哲理探索之中反复思考、表达情感。在哈姆莱特说出著名的台词"生存还是毁灭"(《哈姆莱特》:3.1.341)时,他的死亡意象已经具体化为存在的虚无、生命的困境与劫难。哈姆莱特描述消极的人生和衰败的死亡，将人称作"死狗尸体上的蛆虫"，爱情和新生命则是"太阳光亲吻下的臭肉"（《哈姆莱特》:2.2.322）；把波洛涅斯的"别让风吹着"说成"走入坟墓"（《哈姆莱特》:2.2.323）。他的这一番话透露出自己完全笼罩在死亡阴影下的思维，这思维是人类精神深处永久的恐惧来源。他时不时看到死神，试图与死亡对话，讲述尸骸的腐烂，在哲学和世界的夹缝中探求死亡存在的意义，营造出一种超出寻常人间的独特意识形态。在这之中，他并未与克劳狄斯的残忍同一，而是始终保持着身为人文主义者的理性之辉。

（2）镜子意象

《哈姆莱特》中出现了五种不同的"镜子"比喻，即"摹仿之镜""楷模之镜""自傲之镜""反省之镜"与"死亡之镜"。①

其一是摹仿之镜。欧洲中世纪时，镜子是一种常见意象，在文艺复兴时期又增添了更多教化功能。哈姆莱特设计的戏中戏即是一面"摹仿之镜"。他将现实中发生的凶杀罪行以戏剧的形式展现出来，在国王和王后面前揭出老哈姆莱特所受的暗杀，对凶手的灵魂进行了暗中的拷问。这次戏剧是一次有意摹仿，而这面镜子并不只是对现实的如实反映，更是追求真相与结局的艺术再现，是对罪孽的斥责和批判，让众人都从镜中看到自己的灵魂。

其二是"楷模之镜"。奥菲利娅曾经用"镜子"描述哈姆莱特："时流的明镜、人伦的雅范、举世瞩目的中心，这样无可挽回地陨落了。"（《哈姆莱特》:3.1.344）这是哈姆莱特昔日的形象陨落后的局面。哈姆莱特的转变让奥菲利娅不知所措，在被哈姆莱特辱骂的时候也只能痛苦万分，昔日的楷模成为现在的对比，也一定程度上影响了她后期的精神恍惚。而哈姆莱特也用"镜子"形容过雷欧提斯："除了在他的镜子里之外，再也找不到第二个跟他同样的人，纷纷追踪求迹之辈，不过是他的影子而已。"（《哈姆莱特》:5.2.412）但在这里，哈姆莱特的语气并非赞叹褒扬，而是采用了更加随意的散文体，以此模仿对方装腔作势的腔调，故意形成相反的嘲讽作用。

其三是"自傲之镜"。自傲之镜与上文哈姆莱特对雷欧提斯的"楷模"实为一，其实是在讽刺对方的目中无人。但哈姆莱特其实对雷欧提斯并无敌意，他们受到

---

① 王雯:《〈哈姆莱特〉中的五种镜子之喻》,《外国文学》2019 年第 1 期。

了国王的挑拨，而直到雷欧提斯临死之际，才意识到这一切无法归罪于哈姆莱特。

其四是"反省之镜"。这样的反省之镜出现在王后乔特鲁德身上。她一开始浑然不觉，对哈姆莱特的行为不予理解，直到哈姆莱特逼迫她反省："来，来，坐下来，不要动；我要把一面镜子放在你面前，让你看一看你自己的灵魂。"显然，这面镜子并不是普通字面意义上的"镜子"，而是对灵魂的观照。自我通过镜子达到陌生化的效果，在自己的眼中成为另一个被观察对象，促使人自我反省。而"反省之镜"也别有成效，王后意识到了自己的罪行："你使我的眼睛看进了我自己灵魂的深处，看见我灵魂里那些洗拭不去的黑点。"(《哈姆莱特》：3.4.367)

其五是"死亡之镜"。在《泰尔亲王配力克里斯》中，莎士比亚就有对死亡之镜的描写："留在记忆中的死亡应当像一面镜子一样，告诉我们生命不过是一口气，信任它便是错误。"(《泰尔亲王配力克里斯》1.1.274)在《哈姆莱特》中，给王后的"反省之镜"同样意味着死亡，在王后听闻不久，死亡的意象便缠绕上来："你要干什么呀？你不是要杀我吗？救命！救命呀！"(《哈姆莱特》：3.4.365)

（3）鬼魂意象

《哈姆莱特》中的鬼魂是连接全剧的重要意象，几乎所有的情节都由先王的鬼魂引起，又与它有各种直接或间接的关系。在《哈姆莱特》的剧情中，鬼魂比人的肉体更加自由灵活，可以随时出现在任何地方；不知来处也不知去处，鬼魂不受到人世道德要求束缚，全凭自我而存在。有说法认为，鬼魂是哈姆莱特自己的无意识产物，其在外观上是一种与寻常不同的"异象"，在行为上又是非现实性的"话语"。鬼魂的出现促成了事件的发展与流动，带来故事发展的其他可能性；而老哈姆莱特被杀的真相都只由鬼魂一人道来，带有强烈的主观意向性。鬼魂同时构成了表层和意念的虚幻世界，哈姆莱特的重心便随之跟着鬼魂的意愿而行。

除此之外，鬼魂成为记忆的表征。雷欧提斯、小福丁布拉斯和哈姆莱特的复仇之后是对亲人永不泯灭的记忆。

（4）大海意象

"大海"往往作为神秘的意象出现。深不可测的海底和喜怒无常的风浪在剧作家笔下带上了生死无常、变化多端的影子。丹麦三面皆海，而哈姆莱特正是在海上完成了书信的更换，免遭一死。除此之外，海洋也象征着勇于冒险、抗争。"赶快避一避吧，陛下；比大洋中的怒潮冲决堤岸、席卷平原还要汹汹其势，年轻的雷欧提斯带领着一队叛军，打败了您的卫士，冲进宫里来了。"(《哈姆莱特》：

4.5.384)将民众比成汹涌大海,展现的是一种非凡勇气。

《哈姆莱特》在复调式写作手法方面也有出色的表现。复调理论是巴赫金针对陀思妥耶夫斯基小说特点提出的理论。在《陀思妥耶夫斯基的诗学问题》中,巴赫金指出复调的特色是各方平等的主体发出各种不相混合的多异声音。这些意识不相融洽、不互融合,构成"众声喧哗"的世界。

其一,在《哈姆莱特》中,各类不同的声音分属自己的阶层与意识,各自发出不同的理念,甚至哈姆莱特本人就有两种互相矛盾的声音。哈姆莱特的忧虑、愤怒与哲理,克劳狄斯的奸诈狡猾、奥菲利娅的忠贞不渝……整个故事由霍拉旭讲述而来,作者的存在在文中隐匿,呈现出角色自我表达的特征,人物的行动相比于语言明显滞后。

其二,《哈姆莱特》中有明显"狂欢化"的痕迹。以上下倒错、卑贱、众声喧哗、脱冕为特色,哈姆莱特在戏中装疯,其语言特色分为两种:一是亵渎神圣,二是卑贱肮脏。他与奥菲利娅开起粗鲁的玩笑:"小姐,我可以睡在您的怀里吗?"(《哈姆莱特》:3.2.349)也同样将人们的躯体比作蛆虫,将国王与乞丐并列同谈:"一个国王可以在一个乞丐的脏腑里作一番出巡"(《哈姆莱特》:4.3.376),狂欢化的语言造成了诙谐讽刺的基调,一再深化了剧本的主题,让人物的表现力与剧本的张力得到更大程度的提升,也让复调模式成为莎士比亚话语含义的载体。

在《哈姆莱特》的研究中,五光十色的新理论新角度层出不穷,例如萨特的境遇剧理论、弗洛伊德的人格层次理论、后现代主义视角等等,这些新兴视角的出现诠释了经典的含义,使《哈姆莱特》成为不同时代、不同文化审视的对象,这也就使经典作品突破时空的限制,延续了无尽的生命力。

从萨特的境遇剧理论看,"人"是理论的中心。人首先在某些必然的限制中选择自己的存在,然后做出自己真正的选择。人只有自己采取行动,从自身之中寻求解放自己的目标,才能体现自己身为人的价值。萨特的境遇理论偏重于"极限处境",而《哈姆莱特》正描绘了人类普遍存在的生存困境。哈姆莱特身上存在理想遭到毁灭的沮丧、悲观和绝望,看到人处于清醒中痛苦的境地,由亲情的分崩离析、爱情的死亡、友情的破碎构成他激烈的冲突与挣扎,在困局中无法得救。哈姆莱特通过清醒、痛苦的思考做出自己的选择和行为,在整个复仇过程中让自己成为冷静的思索者。在自由要素上,萨特个体性理论和责任紧密相连,哈姆莱特也主动选择承担起了伦理责任。

弗洛伊德的精神分析法中存在"本我""自我""超我"的三重人格理论。其中，"本我"是与生俱来的本性，遵循快乐原则；"自我"处于"本我"与"超我"之间，从"本我"分化而来；"超我"则是受到道德限制的"至善代表"。在剧中，哈姆莱特听闻父亲死亡、母亲改嫁的消息，熊熊燃烧的复仇火焰即是"本我"的凸显。他的"本我"是遵循内心意愿的复仇，而"超我"则是限制复仇动机的理智思索。"超我"放弃复仇，所遵循的是更高一层的道德约束。而两者之间则是陷入困顿状态的"自我"，也就是所看到的矛盾行为本身。自我需要调节本我与超我的冲突，但无法调和的状况导致了复仇的一再延宕。

从作品、作者与读者关系的三个维度来看，后现代主义视角上的《哈姆莱特》可从两面观之：文学作品的独立阐述有其必然性，而解读后所生成结论的社会价值则有一定偶然性。其次，《哈姆莱特》中明显出现了情节发生的偶然性、多元性的后现代主义创作手法，包括黑色幽默、语言游戏、高雅与低俗的冗杂、荒诞性的反讽等，更有语言的隐喻与不确定性。例如在克劳狄斯与哈姆莱特的交流中，克劳狄斯用"云"来做比："为什么愁云仍然笼罩在你的心头？"（《哈姆莱特》：1.2.291）是在试探哈姆莱特是否有反抗之心；而哈姆莱特以"太阳"回答："我已经在太阳里晒得太久了。"（《哈姆莱特》：1.2.291）谐音是英文中的"儿子"，实际上在描述自己的从属意味。在两者的交锋过程中，克劳狄斯的策略是"躲到帷幕之后"（《哈姆莱特》：2.2.163），以隐蔽的方式探查哈姆莱特的内心，旁敲侧击想要了解对方的真实意图。哈姆莱特则以戏中戏的模式想要"窥视到他内心的深处"（《哈姆莱特》：2.2.338）。后现代主义的视角对《哈姆莱特》进行了更深刻的研究，对此后的作品鉴赏大有裨益。

第六节　《特洛伊罗斯与克瑞西达》

《特洛伊罗斯与克瑞西达》创作于 1602 年，是莎士比亚的第一部悲喜剧，也有学者称其为纯粹的悲剧或问题剧。这部戏剧创作之初在舞台上并不受欢迎，英国王朝复辟时期，戏剧家兼评论家德莱顿曾十分严厉地批判此剧本，维多利亚时期该剧也遭人唾骂。直到"一战"后，因其战争主题和对人性非道德一面的描述，回应了大众对现实的强烈不满，当初并不被人们看好的此剧开始大受欢迎。

　　剧作有两条故事主线，一是特洛伊罗斯与克瑞西达的爱情纠葛，一是特洛亚战争的进展。两条线索在特洛亚城里和郊外的希腊营地两个场景之间交错展开。戏剧开场，特洛亚王子特洛伊罗斯正为了向克瑞西达求爱而伤神，潘达洛斯为二人牵线搭桥，极力劝说外甥女克瑞西达接受特洛伊罗斯。在潘达洛斯的安排下，特洛伊罗斯与克瑞西达进行了第一次约会，交换了爱情誓言。但是第二天，克瑞西达的父亲卡尔卡斯（早前就已经投降希腊的一位祭司）请求用特洛亚战俘交换自己的女儿，克瑞西达因此来到希腊营地，一对情人就此分别，克瑞西达在希腊军营受到热烈欢迎。与此同时，希腊营帐中军心涣散，俄底修斯认为阿喀琉斯等将领居功自傲，漠视纪律，导致士气不振，在俄底修斯和忒耳西忒斯的煽动下，希腊军营的内部斗争更加激烈。因为特洛亚主帅赫克托提出要与任一希腊将领一决胜负，所以俄底修斯等人密谋让埃阿斯出场，通过吹捧埃阿斯以挫阿喀琉斯的傲气。两军对垒之时，赫克托因为对手埃阿斯是其表兄弟，所以拒绝继续交战。赫克托受埃阿斯等人邀请到希腊军营做客的时候见到了阿喀琉斯，二人相约第二天一决高下。这天晚上，特洛伊罗斯按照约定偷偷到希腊军营看望克瑞西达，却看到了克瑞西达正与狄俄墨得斯调情说笑，特洛伊罗斯愤怒离开。第二天，赫克托不顾相信预言的亲人们的苦苦哀求，坚持去赴战争之约，特洛伊罗斯也因为心头之恨决意找狄俄墨得斯报仇，勇猛的特洛亚人重挫希腊军队，卑鄙的阿喀琉斯趁赫克托解除武装休息时将他杀死，消息传来，特洛伊罗斯摆脱情伤，发誓为赫克托和特洛亚报仇雪恨。

　　《特洛伊罗斯与克瑞西达》取材于荷马史诗中的英雄传说，但荷马史诗只略微提到了特洛伊罗斯的名字。12世纪后半叶，法国诗人贝诺特在长篇叙事诗《特洛伊传奇》中描述了特洛伊罗斯、白丽西达和狄俄墨得斯三人的故事，但故事是从特洛伊罗斯和白丽西达分别的时候讲起的，没有叙述他们之间的恋爱过程。文艺复兴时期，薄伽丘以特洛伊罗斯为题材创作了诗歌《爱的摧残》（又译为《菲洛特拉多》），诗歌首次将白丽西达改成克瑞西达，并创造了另一个主角潘达洛斯。后来乔叟把以前关于特洛伊罗斯与克瑞西达的爱情故事融合在一起，写成了《特洛伊罗斯与克瑞西达》。中世纪传奇中，克瑞西达这个名字已经演变成了负心人的代称，而她的舅父潘达洛斯因千方百计怂恿克瑞西达接受特洛伊罗斯的爱，变成了一个"拉皮条"式的人物。克瑞西达和潘达洛斯都成了人们鄙视的人物形象而不受喜爱。

莎剧《特洛伊罗斯与克瑞西达》借鉴了乔叟的情节架构,并受 15、16 世纪民间传奇的影响,把在乔叟笔下身陷敌营、身不由己的克瑞西达写成了一个水性杨花的女子,而特洛伊罗斯也不再是英雄,成了一个怯懦的人,他爱克瑞西达但没有勇气求爱,更不愿出城去同希腊人作战。

莎士比亚对传说中的英雄人物进行了非英雄化的重新塑造。阿喀琉斯本是荷马史诗中最伟大的英雄,在剧中变成了一个居功自傲、为达目的不择手段的卑鄙小人。在他与赫克托决战的尾声,他趁赫克托卸去战甲时杀死了他,莎士比亚把勇猛的战斗写成了卑劣的活动,英雄色彩尽失。足智多谋的俄底修斯成为煽动内斗的主谋,联合众将领设计让埃阿斯出战以打击阿喀琉斯,将士之间互相猜忌,映射了当时英国军队领导集团之间的钩心斗角。其他英雄也现出了丑陋面孔,勇敢、机智的英雄变成了怯懦、愚蠢、傲慢的人,而特洛亚战争"争来争去不过是为了一个忘八和婊子,结果弄得彼此猜忌,白白损失了多少人的血"(《特洛伊罗斯与克瑞西达》:2.3.290)。

莎士比亚通过对英雄的否定性描绘与反神话塑造,剥蚀了古代悲剧应有的色彩,展示了英雄光环下的丑陋实质,动摇了人们对古代英雄的崇拜,引导人们重新审视战争的意义和后果,表达其反对掠夺战争的人道主义思想。16 世纪后期,正值英国攫取世界海洋霸权、大规模劫掠海外殖民地的时期,在莎士比亚看来,异族间侵略战争的目的在于抢掠财富,战争的光荣与胜利浸透了血腥与罪恶,得利的只是少数贵族,遭殃的却是普通士兵与平民。莎士比亚在剧中刻画出了英雄在战争中的种种丑相,揭示了战争的无意义和无价值,由此反对非正义的掠夺战争。

在莎士比亚笔下,特洛伊罗斯与克瑞西达的爱情完全不复乔叟故事中的浪漫动人,变得庸俗,成了彻头彻尾的欲望的产物。特洛伊罗斯对克瑞西达的追求从一开始就沾染了肉欲的色彩,特洛伊罗斯谈到克瑞西达时说:"她的眠床就是印度,她睡在上面,是一颗无价的明珠……我是个采宝的商人。"(《特洛伊罗斯与克瑞西达》:1.1.251)两人的爱情完全靠"拉皮条"的潘达洛斯促成,并且第一次约会就直接是肉欲的结合,潘达洛斯在安排两人相会时说:"那么要是你给殿下生下了一位小殿下,你就把他抱来给我好了";"好,交易已经做成,两方面盖个印吧"(《特洛伊罗斯与克瑞西达》:3.2.306),显然二人的爱情只是一场发泄情欲的交易。在得知克瑞西达要被送去敌营时,特洛伊罗斯没有丝毫的反抗,马上接受了这一决定,他说的第一句话就是:"好容易如愿以偿,又变了一场梦幻!"(《特洛伊罗斯与克瑞西达》:4.2.327)对他来说,他关注的是能否得到情欲的满足,而不是克瑞西达的痛苦。特洛伊罗斯的爱情十分浅薄,只停留在物质层面,而他自己毫无认识,他自诩为"一个忠实的情人",将爱情的背叛全部归结为克瑞西达的错误,事实上,特洛伊罗斯的爱情并没有那么"永恒而坚定"。

乔叟笔下浪漫哀怨的爱情故事在莎士比亚剧中已被解构,他表达的是爱情的幻灭,当爱失去了精神的光辉,剩下的就只有色欲的恣肆和占有的贪婪。莎士比亚通过对这对情人爱情的重塑,重新审视了文艺复兴以来因个人主义膨胀带来的欲望泛滥和普遍道德沦丧,冷峻地剖析了人性的各个层面,对人文主义进行了重新思考。

剧中的克瑞西达是一个水性杨花的女性形象,她从未有过专一的感情,与特洛伊罗斯立下山盟海誓,但刚刚踏进希腊军营,就马上向希腊将领们卖弄风情,毫不为难地接受他们的调戏与亲吻,并很快拥有了第二个情人狄俄墨得斯。克瑞西达宛如情场上的老手,她要的只是满足她的爱情需求,无论这个人是谁,因此她十分享受特洛伊罗斯的求爱。在克瑞西达的爱情观中,恋爱在达到目的后就不会像未得到满足前一样甜蜜,因此,她半推半就、欲擒故纵,故意折磨特洛伊罗斯。克瑞西达一直被视为一个"彻头彻尾的负心女人"或"道德败坏的角色"。

20世纪以来,学界不断站在新的视角审视人物,克瑞西达开始受到同情,众多学者认为她的负心很大程度上是受社会的逼迫。克瑞西达在剧中常常被比作食物或商品,显然她被看作男性欲望的对象,她深深知道,在这样的社会中,女性会有怎样的命运。克瑞西达实际上分裂成了两个自我:"一个是理智的自我,警惕地保护着自己,不让自己沦为男性玩弄的对象;另外一个是情感的自我,渴望着男性的爱情。"①因此,她不愿主动向特洛伊罗斯吐露心声,并非欲拒还迎半推半就,而是因为她对待情感十分慎重,既期待与爱人真心相印,又害怕成为男权社会爱情游戏的牺牲品。当要被带到希腊军营时,特洛伊罗斯丝毫没有抗争,克瑞西达失望了,真诚的爱情在她的心中已经熄灭,此时,如何在敌营生存下去成为首要之事。克瑞西达称狄俄墨得斯为"我的亲爱的保护人",表明她已认识到她需要通过迎合男人来保护自己,作为一个俘虏的交换物,这是她别无选择的命

① 李毅:《再识克瑞西达——论莎士比亚的喜剧〈特洛伊罗斯与克瑞西达〉》,《四川戏剧》2012年第2期。

运。正因如此,对克瑞西达简单的"爱情背叛者""水性杨花"的道德评判是有失公正的。

《特洛伊罗斯与克瑞西达》是莎士比亚的第一部悲喜剧。这部戏剧的基调"糅合了悲剧和喜剧两种快感"[1],莎士比亚将荷马史诗中的英雄传说与特洛亚传说中的爱情故事巧妙地结合在一起,加以改造,减少了悲剧成分,同时添加了强烈的批判讽刺性的喜剧成分。他着重刻画了克瑞西达的轻浮和感情不专,并有意削弱特洛伊罗斯的英雄气概,省去了特洛伊罗斯在战场上被阿喀琉斯杀死的悲惨结局,大大减弱了这出戏的悲剧气氛。并且,莎士比亚突出描写了英雄的滑稽以及潘达洛斯"拉皮条"式的活动,他们的无耻增加了这出戏的喜剧色彩。但整出戏剧又在悲剧的气氛中进行,剧中充满大段流血的场面和严肃对白,相当的悲剧成分笼罩着人物的全部活动,一定的喜剧成分冲淡了悲剧的严肃,它所激起的美感既不是悲剧的怜悯、恐惧,也不是喜剧的诙谐、欢快,而是一种复杂的感情,既包括对美好事物的喜爱,也包含对丑恶事物的厌恶,它使读者与观众在善恶美丑的鲜明对比中获得一种强烈的伦理感情。莎士比亚给特洛伊罗斯和克瑞西达的爱情涂上了一层悲喜混合的色彩,他们以两条平行线的方式结束了戏剧冲突,各自达到自己的目的,这种结局成为悲喜剧以及后来正剧所独有的结构类型。[2]

第七节　《奥瑟罗》

《奥瑟罗》创作于 1607 年,是莎士比亚四大悲剧之一,该剧改编自 16 世纪意大利小说家辛斯奥的短篇小说《威尼斯的摩尔人》,自问世以来,学者的研究便长盛不衰,更为这部悲剧增添了光辉的艺术魅力。

威尼斯将军摩尔人奥瑟罗英勇善战,在威尼斯屡立战功,与贵族元老勃拉班修的女儿苔丝狄蒙娜坠入爱河,私订终身。伊阿古是奥瑟罗手下的一名旗官,因奥瑟罗命凯西奥为副将而对二人心生愤恨,他将奥瑟罗和苔丝狄蒙娜相爱的事

---

[1]　孟宪强:《莎士比亚悲喜剧初探》,《社会科学战线》1984 年第 1 期。

[2]　孟宪强:《莎士比亚的第一部悲剧——简论〈特洛伊罗斯与克瑞西达〉》,《东北师大学报》(哲学社会科学版)1985 年第 1 期。

情告诉了勃拉班修,勃拉班修极力反对这桩婚事,让威尼斯公爵主持公道。公爵想派奥瑟罗前往塞浦路斯抵御入侵的土耳其人,决定不追究此事,并让苔丝狄蒙娜与奥瑟罗同去。伊阿古听说了奥瑟罗与他妻子爱米利娅私通的传言,决心报复奥瑟罗,污蔑苔丝狄蒙娜与凯西奥有私情。到达塞浦路斯后,伊阿古先设计使凯西奥酗酒闹事,受到了奥瑟罗的处分,接着劝说凯西奥向热心的苔丝狄蒙娜求情以官复原职,苔丝狄蒙娜的求情加重了奥瑟罗的猜疑。苔丝狄蒙娜丢失了与奥瑟罗的定情手帕,二人发生激烈争执,伊阿古捡走了这方手帕并扔到凯西奥的房间。万事皆备之际,伊阿古在奥瑟罗面前上演了一场假戏,他与凯西奥大谈女人的话题,并让奥瑟罗看到了凯西奥手中苔丝狄蒙娜的手帕,奥瑟罗妒火中烧,彻底相信了伊阿古的谗言,亲手掐死自己的妻子。爱米利娅在众人面前揭露了伊阿古的阴谋,真相大白后,奥瑟罗追悔莫及,最终拔剑自刎。

辛斯奥《威尼斯的摩尔人》讲述了一个威尼斯的摩尔人军官娶了美丽的威尼斯少女为妻,他手下的一个旗官因没有得到少女的爱情就展开了疯狂的陷害,摩尔军官听信谗言杀死了自己的妻子后又被旗官告发,最后被判处流放的故事。莎士比亚借用了这个故事的框架,又为人物注入了时代精神,奥瑟罗、苔丝狄蒙娜两个主人公身上闪烁着人文主义的光辉,伊阿古的阴险狡诈展现出了资本主义原始积累时期的极端利己主义的罪恶,同时又借助伊阿古对罗德利哥金钱的巧取豪夺批判了新兴资产阶级的拜金主义。

在早期莎学研究中,《奥瑟罗》往往被解读为一出轻信、嫉妒的悲剧,学者们认为剧中的每个人物身上或多或少都存在嫉妒的心理,悲剧的最后发生与人物的嫉妒心理密不可分。伊阿古出于嫉妒挑拨奥瑟罗、苔丝狄蒙娜和凯西奥三人之间的关系,罗德利哥嫉妒奥瑟罗拥有了他的心上人苔丝狄蒙娜,加入了伊阿古的阵营,而奥瑟罗一系列错误的造成更离不开他性格中的嫉妒和轻信。进入新时期后,学界更多从文化身份的角度介入,认为奥瑟罗的摩尔人身份和白人社会的文化冲突是造成人文主义爱情悲剧的原因。

奥瑟罗的悲剧是理想与现实之间的矛盾,反映了莎士比亚的人文主义美好理想同黑暗现实之间的激烈冲突。奥瑟罗与整个威尼斯社会之间有一条无法逾越的鸿沟。奥瑟罗是威尼斯勇猛的保护神,为威尼斯立下赫赫战功,他以为凭借他对威尼斯的伟大功绩,便可以消除外表的差异,赢得白人社会的认可,他反复强调威尼斯是"我们的国家",希望在这个社会中有一席立足之地,甚至主动接受基督教以融入威尼斯社会。奥瑟罗对自己摩尔人的行为方式与信仰习惯进行压抑，努力成为一个基督教文化的捍卫者，在蒙太诺与凯西奥酒后厮打时，奥瑟罗呵斥他们说："为什么闹起来的？难道我们都变成野蛮人了吗？……为了基督徒的面子，停止这场粗暴的争吵。"(《奥瑟罗》:2.3.598)

但事实上，威尼斯人只把他当作守卫城邦的奴隶，并未从心底接纳他，他们在背地里称呼奥瑟罗为"厚嘴唇的家伙""走江湖的蛮子""下贱的老黑羊"。勃拉班修素来对奥瑟罗很热情，当他得知自己的女儿与摩尔人混在一起，当众咒骂奥瑟罗："倘不是中了魔，怎么会不怕人家的笑话。背着尊亲投奔到你这个丑恶的黑鬼的怀里？"(《奥瑟罗》:1.2.566)连一向对奥瑟罗称赞有加的元老们也对这桩婚事表示了质疑，根深蒂固的种族歧视造成了奥瑟罗极度自卑、敏感的心理，内心深处，他对自己能否真正获得苔丝狄蒙娜的爱情产生了深深的怀疑，以致在伊阿古的挑唆下，轻易地便进入了圈套，相信妻子与白人副将凯西奥有染。苔丝狄蒙娜是奥瑟罗理想的寄托，她的"出轨"摧毁了奥瑟罗对美好未来的向往，在精神家园的崩塌下，奥瑟罗选择了最极端的解决方式——亲手杀死苔丝狄蒙娜，抛弃希望和理想，直面现实。谁知这一切只是一场阴谋，奥瑟罗只能选择自裁，以此获得解脱和安慰。《奥瑟罗》彰显了莎士比亚独特的国家意识，宣传了有秩序的国家应当消除种族歧视来维持国家的稳定和安宁等思想观念，具有超越时代的意义，但他构建的非洲人形象仍然只是欧洲社会所希望出现的形象，而不是真正的非洲人。

从某种程度上讲，伊阿古、苔丝狄蒙娜及凯西奥均是奥瑟罗内心冲突的具象化反映，"他们三人之间的矛盾冲突则以一种镜像关系的方式表现奥瑟罗内心的自我挣扎"。奥瑟罗是肤色黝黑、体格健壮的摩尔人，苔丝狄蒙娜是白人上流社会的贵族小姐，奥瑟罗对她的爱慕反映了以奥瑟罗为代表的异族文化渴望被主流社会接受的愿望。同时，奥瑟罗在苔丝狄蒙娜面前保持了自信和骄傲，他相信苔丝狄蒙娜一定会被自己的强大魅力吸引，因此给予了苔丝狄蒙娜充分的信任："我敢以性命作赌，她是不会变心的"，代表了奥瑟罗心中文化自信、坚守自我文化形式的思想倾向。随着社会对他的歧视和偏见的呈现以及伊阿古的一步步挑唆，奥瑟罗源自血脉的自卑情感开始泛滥，"他者"身份无法被认同的恐慌使他对曾经的美好愿景感到失望，开始否定和怀疑自己的文化，并且这种防备和恐惧渐渐占据上风，伊阿古是奥瑟罗作为"他者文化"试图融入主流文化时的摇摆与恐慌。凯西奥成为奥瑟罗假想的情敌，表明了奥瑟罗作为"他者文化"企图被主流所同化的渴望，这种极端的嫉妒心态不仅暗示了奥瑟罗对于自身的恐慌和否定，也表现出了他急于融入社会大众，急于成为社会主流的一种迫切和渴望。当听说自己的白人副官可能与苔丝狄蒙娜有染时，这种平常被压抑在心底的迫切和渴望便于无形之中迅速扩大，从反面加重了"他者"的自我否定，加剧了矛盾的升级。①

最终奥瑟罗对融入主流社会已经绝望，全盘否定自己的"他者"身份，他掐死苔丝狄蒙娜，亲手抹杀了以往的价值理念，"失去了文化价值定位的他既不能坚持自己的'他者文化'，也不能融入主流文化之中，他就像一个被双方抛弃的孤儿，成了真正的'异教徒'"②，奥瑟罗的理想破灭，精神已无家园可归，他只能自杀来获得忏悔和解脱。

奥瑟罗的悲剧更是一出莎士比亚人文主义理想覆灭的悲剧，奥瑟罗的毁灭体现了人文主义的脆弱。随着资本主义的不断发展，日益膨胀的欲望使人们的精神陷入深重危机，利己主义原则被越来越多的人奉为圭臬，社会整体道德秩序受到挑战。伊阿古的道德缺失带来种种人性悲剧，他的阴谋圆满实现正表明了人的阴暗与罪恶已经战胜了美好的人性。苔丝狄蒙娜是真善美的代表，她的死亡代表着对美好理想追求的破灭。

奥瑟罗的性格具有两面性和矛盾性，他一方面勇武自信，坦白爽直，认为自己是"高贵的祖先的后裔"，有充分的资格享受威尼斯的礼遇和荣誉；另一方面却敏感自卑，摩尔黑人的身份使他始终怀疑自己是否能真正赢得苔丝狄蒙娜的爱情。

作为将军，奥瑟罗英勇善战，具有强烈的事业心和责任心，是众人眼中的大将之才，威尼斯与外族的战争完全仰仗奥瑟罗的军事能力，即便伊阿古"恨他像恨地狱里的刑罚一样"，都不得不肯定他卓越的作战才能："塞浦路斯的战事正在进行，情势那么紧急，要不是马上派他前去，他们休想找到第二个人有像他那样的才能。"(《奥瑟罗》：1.1.562)同样，奥瑟罗身上也存在武将常有的通病，他耿直单纯，把世界看得异常简单，只要别人装出一副忠厚老实的样子，便认为他是个

---

① 贾元子：《通过〈奥瑟罗〉中的镜像关系阐述其悲剧产生的决定性因素》，《戏剧之家》2020年第18期。

② 贾元子：《通过〈奥瑟罗〉中的镜像关系阐述其悲剧产生的决定性因素》，《戏剧之家》2020年第18期。

好人,对其推心置腹,他全然信任着假意奉承的伊阿古,把伊阿古当成自己身边最忠实的追随者,他的过分天真遮蔽了自己的判断力,最终掉进了伊阿古的陷阱。

奥瑟罗又是一个自卑的人,长期生活在白人的种族歧视之中,使自卑的情感深深掩埋在他的心中,只需要一丝诱饵便能轻易将其引出。作为摩尔人的奥瑟罗,遭人歧视和厌恶,而身为将军的奥瑟罗,又受人敬仰和爱戴,这种一高一低两种身份互相转换形成的巨大张力使奥瑟罗的心理历程更为复杂,也更为敏感。因此,当苔丝狄蒙娜一次次为使凯西奥官复原职而向奥瑟罗求情,便使他血脉之中的自卑情感泛起波澜。当伊阿古说苔丝狄蒙娜与凯西奥"睡在一床",奥瑟罗便轻易脑补出什么"磨鼻子、咬耳朵、吮嘴唇"的场景,以至于看到他赠予苔丝狄蒙娜的手帕在凯西奥手中时,奥瑟罗完全相信了伊阿古的话,对威尼斯社会的白人文化彻底绝望了。

伊阿古是《奥瑟罗》悲剧的直接推动者,全剧五幕十五场,几乎场场都有他。他是一个"纯粹的坏人",具有极强的报复心,因奥瑟罗没有任命他为副将而心生嫉恨,又听说妻子与奥瑟罗有染,并且因为凯西奥英俊的外表,他疑心妻子与凯西奥也有暧昧,在并未证实的情况下便下定了报复的决心,策划了一连串的骗局,捏造事实欺骗奥瑟罗杀妻,又指使他人刺杀凯西奥,并从头至尾毫无愧疚悔过之心,充满令人畏惧的冷酷和谋略。此外,伊阿古对苔丝狄蒙娜意淫已久,他对苔丝狄蒙娜的幻想也是驱使他向奥瑟罗复仇的动力之一。伊阿古为达目的不择手段,一切只为了自己的利益,是极端的利己主义者,他对奥瑟罗装出一副恭敬的样子,"既不是为了忠心,也不是为了义务,只是为了自己的利益,才装出这一副假脸"(《奥瑟罗》:1.1.559)。

伊阿古对朋友和妻子只是欺骗与利用。他设计使凯西奥醉酒闹事被处置,在爱米利娅面前装出替凯西奥担心的样子,让妻子请求苔丝狄蒙娜为凯西奥求情,当苔丝狄蒙娜为凯西奥向奥瑟罗求情时,便进入了伊阿古的圈套。伊阿古多次在爱米利娅面前提到苔丝狄蒙娜的手帕,爱米利娅为了讨丈夫的欢心,捡走苔丝狄蒙娜遗落的手帕交给他,她知道女主人"失去这方手帕,准要发疯了",还是毅然背叛了她的主人。爱米利娅全心爱着伊阿古,而伊阿古只是利用妻子以达到自己报复的目的,当爱米利娅最后揭穿他虚伪的面目时,他不仅没有忏悔,反而辱骂她是"长舌的淫妇""贱人",并且拔剑刺死了爱米利娅。伊阿古对待朋友也是如此,罗德利哥相信伊阿古是真心为自己得到苔丝狄蒙娜而出谋划策,而伊阿古只把罗德利哥当作除去凯西奥的棋子,背地里称罗德利哥为"瘟生""鹰犬",他打着朋友的幌子,骗取罗德利哥的钱财,并利用他实施报复计划,欺骗他去刺杀凯西奥。伊阿古将罗德利哥的钱财骗得一干二净,而罗德利哥受伤倒地时,伊阿古并不救他,而是骂他是"杀人的凶徒"和"恶人",并拔剑刺向他。

苔丝狄蒙娜美丽善良、幽娴贞静,是莎翁笔下一个完美的女性形象,"她的美貌才德,胜过一切的形容和广大的名誉;笔墨的赞美不能写尽她的好处,没有一句适当的言语可以充分表现出她的天赋的优美"。

苔丝狄蒙娜本身存在着局限性和落后性。一方面,她是一个有尊严和独立见解的女性,她对奥瑟罗倾心以待,忠贞不贰,她敢于突破世俗的眼光,反抗自己的父亲,背弃贵族阶层,与被上流社会鄙弃的摩尔人私订终身,并大胆在父亲和公爵面前坚持自己的心意,这是对以勃拉班修为代表的等级制度和种族歧视的无声抗议,以及对父系社会权威的一种反抗。但在奥瑟罗面前,她丧失了独立的个性,不自觉地成为丈夫的附庸。她称丈夫为"高贵的丈夫""夫主",盲目地顺从奥瑟罗,毫不反抗丈夫的权威。父权社会的价值标准和行为规范早已渗入苔丝狄蒙娜的灵魂深处,成为她内心的一种无意识,支配着她的行动,而她自己却浑然不觉。她默默忍受奥瑟罗的辱骂,毫不反抗,甚至认为"我应该受到这样的待遇,全然是应该的"(《奥瑟罗》:4.2.650)。面对奥瑟罗的指责,她只能反复祈求奥瑟罗:"明天杀我,让我活过今天!"(《奥瑟罗》:5.2.669)苔丝狄蒙娜并没有将奥瑟罗视为与她地位对等的丈夫,而是高高在上的主人,因此,苔丝狄蒙娜注定无法逃脱时代的束缚,她的命运掌握在男性的手中,当奥瑟罗认定苔丝狄蒙娜背叛他后,她等到的只有无情的杀戮。并且,在那个种族歧视和等级制度森严的时代,作为上流社会贵族小姐的苔丝狄蒙娜选择了一个外族人,背叛了自己的阶层,她对自我阶层的背离破坏了原有的伦理关系,超越了当时的社会的普遍价值观,注定走向悲剧结局,勃拉班修说今天她欺骗了她父亲,就有一天会欺骗奥瑟罗,这也为他们的爱情埋下了祸根。

《奥瑟罗》延续了莎士比亚一贯的创作风格,具有简单的情节和复杂的结构,"结构严谨、逻辑缜密、环环相扣、因果分明"①,巧妙地运用误会、巧合等技巧,把

---

① 陆谷孙:《莎士比亚研究十讲》,上海:复旦大学出版社,2005 年,第 106 页。

一个平淡的故事讲得精彩绝伦，创造出一幕幕震撼人心的场景。莎士比亚精心设置了"内隐外现"的两条叙事结构，伊阿古是作品内在叙事结构的核心，他对奥瑟罗下套开展报复的过程，构成了整部悲剧的内在结构，可以说是伊阿古一手操纵了整个故事。[①] 戏剧开场，伊阿古与罗德利哥结成同盟，向勃拉班修告发了苔丝狄蒙娜与奥瑟罗私订终身的事实，正当观众为二人的命运担忧时，转折出现了，土耳其人进攻，威尼斯公爵出面，勃拉班修不得不承认二人成婚的事实。塞浦路斯岛上，伊阿古为奥瑟罗设下了连环套。第二幕，伊阿古设计让奥瑟罗解除凯西奥的职务，并让苔丝狄蒙娜为凯西奥说清，引发奥瑟罗的怀疑。第三幕，在伊阿古的挑拨下，误会越来越大，奥瑟罗对二人的"奸情"已经深信不疑。第四幕，手帕事件使矛盾彻底升级，把悲剧推到不可逆转的位置上。第五幕，全局到达高潮，奥瑟罗杀死苔丝狄蒙娜，悲剧酿成，爱米利娅紧随其后揭穿了伊阿古的阴谋，奥瑟罗自杀。整个故事层层递进，惊心动魄，一波接着一波，以不可阻挡之势将全剧推向高潮。

观众的视野也对剧作的跌宕起伏起着重要作用，观众们能清楚地看到伊阿古的阴谋，却为奥瑟罗的受骗而煎熬。伊阿古的诡计似乎只要轻轻一戳就能戳破，却始终保持着边界感，直至结尾悲剧已经酿成时才被揭穿，这种创作方法使观众的视野紧跟戏剧发展而不断调整，极大地调动了观众的情绪。

《奥瑟罗》善用对比进行人物形象刻画，存在着丰富的人物对比关系，如奥瑟罗的高尚与伊阿古的阴险，奥瑟罗的粗鲁狂暴与苔丝狄蒙娜的温柔娴静，伊阿古的狡诈与罗德利哥的愚蠢，再如奥瑟罗的英勇善战和敏感自卑，苔丝狄蒙娜婚前的独立自主和婚后的唯命是从，人物之间的多种对比交织在一起，形成了复杂的人物性格与关系，增强了悲剧性。

《奥瑟罗》采用了众多微妙的暗示性意象，在叙事中起着至关重要的作用。如"大海"意象象征着奥瑟罗对苔丝狄蒙娜的情感变化，在面对勃拉班修反对时，奥瑟罗说："倘不是我真心恋爱温柔的苔丝狄蒙娜，即使给我大海中所有的珍宝，我也不愿意放弃我的无拘无束的自由生活。"(《奥瑟罗》：1.2.564)这时，拥有无数珍宝的大海代表着奥瑟罗对苔丝狄蒙娜无比珍贵与炽热的爱情。而奥瑟罗受到伊阿古的挑拨和欺骗后，认为苔丝狄蒙娜背叛了他，他起誓说："正像黑海的寒

---

① 茹金水、王利娟：《结构、动力、意象——〈奥瑟罗〉叙事艺术研究》，《戏剧文学》2016年第8期。

涛滚滚奔流,奔进马尔马拉海,直冲达达尼尔海峡……在复仇的目的没有充分达到以前,也绝不会踟蹰回顾。"(《奥瑟罗》:3.3.625)此时,黑色狂暴的大海象征着奥瑟罗对苔丝狄蒙娜的爱已经转为深深的仇恨。本剧中的语言更呈现出鲜明的性别特色。男性可以使用脏话和禁忌语来表达情绪,而女性则需要规避,女性使用这些话一般是为了重复或引用男性对女性的评论。

此外,该剧处处流露出对《圣经》的灵活运用。伊阿古挑唆奥瑟罗,破坏了奥瑟罗和苔丝狄蒙娜的美好爱情,正如撒旦引诱夏娃,破坏了二人的伊甸园,而奥瑟罗亲手掐死苔丝狄蒙娜意味着使人类失去乐园的正是人类本身,伊阿古是魔鬼的化身,亚当、夏娃与蛇的关系正是奥瑟罗、苔丝狄蒙娜、伊阿古之间的三角关系的原型。莎士比亚擅长化用《圣经》中的典故,如第四幕第二场时苔丝狄蒙娜回应奥瑟罗的质问时引用了《圣经》的话语,既表达了苔丝狄蒙娜证明清白的决心,又渲染了她的圣洁形象。有时莎士比亚又让剧中的人物误用典故来营造悲剧氛围,如奥瑟罗杀死苔丝狄蒙娜后和爱米利娅的对话中用了《圣经》中"硫磺火湖""像水一样轻浮"的典故,两处典故表达出他对苔丝狄蒙娜的误解。

第八节　《李尔王》

《李尔王》创作于1606年,是莎士比亚四大悲剧的最后一部,也是最难读的剧作之一,因其无与伦比的崇高和悲剧美,被普遍认为是莎士比亚最伟大的悲剧,向来被认为是"只可读,不可演"的。海涅评价其为"天才飞翔到令人眩晕的高度的悲剧"。

《李尔王》讲述了李尔王三分国土酿成的个人、家庭乃至社会悲剧。故事情节分主次两条脉络展开。主线索讲述的是李尔和三个女儿的纠葛,李尔王年事已高,决定根据三个女儿所表达出的爱他的程度将国土和权势分给她们。大女儿高纳里尔和二女儿里根用花言巧语讨父亲欢心,成功分得了国土,小女儿考狄利娅不愿撒谎,表达了她的爱是恰如其分的,一分不多,一分不少,李尔一怒之下剥夺了原本准备给考狄利娅的那一份国土,将其平分给其他两个女儿,考狄利娅远嫁法国。失去权势的李尔很快受到了两个女儿的鄙弃,愤而出走,流落荒野,在暴风雨中备受折磨,因内心苦痛而发疯。在肆虐的狂风暴雨中,李尔深切体会到人民的苦难,开始从心底发出呐喊和呼唤,为民请命。考狄利娅听到父亲的遭遇后率法军回国讨伐,不幸兵败被俘,不久被爱德蒙处死,李尔也在悲愤中发狂而死。高纳里尔和里根为爱德蒙争风吃醋,互相残杀,里根被毒死,高纳里尔谋杀亲夫的阴谋败露后自杀。

另一条线索是葛罗斯特父子的纠葛。葛罗斯特的私生子爱德蒙设计陷害哥哥爱德伽,葛罗斯特听信谗言将爱德伽逐出家门。后爱德蒙又陷害父亲,葛罗斯特被挖去双目,在野外流浪时遇到乔装打扮成疯子的爱德伽,爱德伽一路照顾自己的父亲,葛罗斯特却不知道这就是他的儿子。最终,葛罗斯特知道了真相,含着微笑去世。爱德蒙在与爱德伽的决斗中被杀,爱德伽继承了爵位。

剧作取材于古不列颠传说。李尔是古不列颠的一位国王,他与三个女儿的故事最初记载于蒙茅斯的杰弗里的《不列颠诸王史》。这一故事曾被不少诗人和学者借用,但大都以喜剧结尾。在《不列颠诸王史》和霍林斯赫德的《英格兰、苏格兰和爱尔兰编年史》中,考狄利娅和丈夫帮助李尔恢复了王位,考狄利娅继承了不列颠王位并执政五年。斯宾塞在《仙后》第 2 卷中也采用了这个故事,同样赋予李尔王皆大欢喜的结局。莎士比亚独出心裁,以三家故事为蓝本,设计了一出悲剧。此外,有学者认为,葛罗斯特父子的故事来自 16 世纪英国作家锡德尼的田园小说《阿卡狄亚》,其卷二讲述了"帕夫拉戈尼亚的寡情国王和多情儿子的故事",莎士比亚对故事情节稍加更改,将其作为剧作的副线。

《李尔王》是都铎王朝向斯图亚特王朝转变时期英国社会面貌的真实写照。随着资本主义的急剧扩张,英国封建贵族所拥有的财富已经远远落后于新兴资产阶级,资本原始积累使新贵族和商人赚得盆满钵满的同时,流入的大量黄金促使物价飞涨,给以土地租金为主要收入的封建贵族们带来了巨大打击,他们为了维持现有的生活条件,不得不将自己名下的土地转卖给拥有大量财富的商人。土地成为可以任意转让、买卖和交易的私有财产,传统分封体系下的社会关系也因此遭到了前所未有的挑战。[1] 1603 年,詹姆斯一世继承王位,他进一步维护封建特权,打击清教徒和社会进步力量。为了维持奢靡的生活,詹姆斯一世把自己所拥有的贵族头衔卖给商人阶层,以换取足够的金钱,这一行为使得贵族的荣誉大幅贬值。不甘灭亡的贵族阶级竭力想把国家拖回以往的封建社会,而资产阶

① 冯伟:《〈李尔王〉与早期现代英国的王权思想》,《外国文学评论》2013 年第 1 期。

级却希望借助王权提升政治地位,铲除那些封建阶级的残余。封建贵族与新兴商人之间的矛盾日益激化。

封建社会向资本主义社会的转型给普通民众带来了无穷无尽的灾难,地主贵族凭借特权强取豪夺,资本家、商人利用金钱对人民进行残酷剥削,人民深受封建阶级和资产阶级的双重压迫,一切法律只是统治者用来压榨人民的得心应手的工具。在雷电交加、狂风暴雨的荒野中,李尔王、疯乞丐、小丑缩成一团,忍受饥饿,无处藏身,这一凄惨的景象正是千千万万英国劳苦民众的生活写照,李尔在暴风雨中大声疾呼,替人民群众喊出了他们再也压抑不住的愤怒和仇恨的心声。

从伊丽莎白时代进入詹姆斯一世时代,英国社会、宗教矛盾急剧激化,正常的道德秩序完全颠倒,封建王朝政治危机日益严重,人们生活的唯一目标便是追逐权力和利益,莎士比亚深切地感受到自己所追求的美好世界已被丑恶的现实完全掩盖,于是立足现实,批判假恶丑,试图追寻和谐的乌托邦世界。《李尔王》非常鲜明地反映了这一社会背景,悲剧的大幕一拉开,展现在舞台上的便是一个颠倒的乾坤、混乱的世界:"亲爱的人互相疏远,朋友变为陌路,兄弟化成仇雠;城市里有暴动,国家发生内乱,宫廷之内潜藏着逆谋;父不父,子不子,纲常伦纪完全破灭。……我们最好的日子已经过去,现在只有一些阴谋、欺诈、叛逆、纷乱追随在我们的背后,把我们赶下坟墓里去。"(《李尔王》:1.2.442)高纳里尔、里根姐妹对父亲忤逆不孝,高纳里尔背叛丈夫、姐妹相残,爱德蒙出卖父亲,使父亲身受酷刑,双目失明,他陷害兄长使爱德伽被逐出家门,装疯避难。种种秩序的颠倒杂乱正是导致悲剧的重要原因之一。

在以往的莎学研究中,学者们通常认为《李尔王》开篇安排的"爱的测试"展示出李尔王的年老昏聩,近年来,有学者提出,这一场景的设置其实具有非常明确的政治意义。李尔王年事已高,为了防止他去世后子女争夺权力而导致国家内乱,他决定提前做好准备,以免临终之时仓促托付。表面上看,李尔是根据三个女儿所表达的父爱程度来分配国土,事实上,李尔早在这一测试之前便做好了安排。如戏剧开场,肯特对葛罗斯特说:"我本以为王上更器重奥本尼公爵,而非康华尔公爵。"葛罗斯特回答:"我们一向都觉得是这样;可是这次划分国土的时候,却看不出他对这两位公爵有什么偏心;因为他分配得那么平均,无论他们怎样斤斤计较,都不能说对方比自己占了便宜。"(《李尔王》:1.1.427)由此可以看出,李尔王早在这场测试之前便划分好了国土,肯特与葛罗斯特两位大臣也早已清楚了李尔王的打算，并对这一决定表示赞同。

根据文本及赫林希德的《英格兰、苏格兰和爱尔兰编年史》，"源自古盖尔语 Alba 的 Albany（奥本尼）等同于拉丁语 Scotia，它指不列颠西南部福斯河以北的苏格兰广大地区，在《李尔王》中则成为高纳里尔之夫的公爵爵位名称（Duke of Albany）"①。因此，我们能够了解到高纳里尔分配到的国土是北方的苏格兰，二女儿里根获得的则是威尔士和西部边陲。而英国的中心地带——英格兰，正是李尔原本打算划分给考狄利娅的国土，也就是李尔所说的"比你的两个姐妹更富庶的土地"（《李尔王》：1.1.430），由此可以看出，李尔或许已经打算将王位传给考狄利娅。考狄利娅坐拥中心富庶地带，而两个姐姐继承边陲，既可以保证他们的后代有土地可分，也能保证君主的绝对政治、经济优势，有利于国家的稳定与延续。因此，这场爱的审判并不是李尔王荒谬的心血来潮，也不是李尔年事已高的发昏，而是细致斟酌并得到臣子肯定的精心布置，是一个严肃而又重大的政治事件，体现了李尔作为君王的政治才能。

为了符合程序正义、维护国家稳定，李尔王设置了"爱的测试"这一形式。考狄利娅是他最疼爱的小女儿，同样，他相信考狄利娅也是最爱他的女儿，李尔以为这样的规划便能让考狄利娅平稳、顺利地继承王位，谁知考狄利娅的表现出乎他的意料。当考狄利娅回答"父亲，我没有话说"（《李尔王》：1.1.430）时，李尔连续引导了她三次，希望考狄利娅能做出正确回答，然而遭到了考狄利娅的一再拒绝。李尔的愤怒不仅是考狄利娅恰如其分的爱，更多的是她不听从父亲的劝诫，打乱了李尔的政治规划，对国家的未来造成了影响，在众大臣面前，李尔已无退路可走。

这显然是李尔王悲剧开场中最深刻的悲剧：在政治现实与自然美德之间出现了矛盾，并由此引发国家与个人的重大悲剧。考狄利娅固然拥有天然的美德，但她的政治能力却相当幼稚。在朝堂之上，她没有意识到这是一场严肃的政治行为，她做出的错误选择成为导致悲剧的直接原因，甚至于考狄利娅带领法国军队讨伐高纳里尔和里根，也是一次极不明智的举动，她的目的虽然高尚，但仍旧是一场外国军队对于英国本土的侵略。李尔在没有对考狄利娅进行足够的政治教育之前就做出了分封国土的决定，也确实体现了李尔已经深受老年的侵蚀。

---

① 　郭方云：《"把那地图给我"：〈李尔王〉的女性空间生产与地图赝象》，《外国文学评论》2017 年第 1 期。

有研究者认为,"莎士比亚正是把伦理道德方面的冲突同政治斗争与哲学思考巧妙地结合在一起时,才增加了悲剧的深度"①。受基督教世界观影响,莎士比亚认为对现世存在的追求和对精神存在的追求是人类追求自身存在的两种不同方式。《李尔王》中的人物明显地被分为两类。② 以高纳里尔、里根、爱德蒙为一派代表着现世,他们追求的是现世的财富、权力,爱德蒙深受私生子名称的困扰,他陷害兄长、出卖父亲、谋权篡位,陷入了对权力近乎病态的追求中,对他来说,获得更多的财富与更高的地位,让所有曾经看不起他的人都为之屈膝,就是其人生存在的意义。他成为一个为获得财产而泯灭人性、沦丧道德、堕落灵魂的奴隶,他的眼中全然没有了伦理道德与亲情观念,只剩下了赤裸裸的金钱与交易,而最终沦为欲望极度膨胀的牺牲品。

考狄利娅、肯特等人代表着精神,他们追求真诚、正义等精神财富,考狄利娅追求真诚、仁爱,面对曾经抛弃她的父亲,她表现出了宽厚仁慈和无私的爱,最终以自我牺牲的形式实现了自己的精神追求,换得了父亲精神的回归。肯特坚持对君主的忠诚,坚守着自己的良知,虽然君主将他放逐,但他仍然不改初心,对国王忠心耿耿,化装后陪伴守护着李尔,并在李尔流落荒野后,努力重建已经混乱的君臣秩序。

李尔和葛罗斯特则是处于两极之间的过渡状态,他们的性格一直处在发展变化之中。早期的李尔是大权在握的君主,他一味地执着于自然状态和现世层面的存在,漠视精神的存在,他以为自己拥有了现世的权力和财产就代表着拥有了一切,他以现世的奖惩来换取精神上的满足。即使他把国家分给了两个女儿,他也没有放弃对现世的追求,坚持拥有自己的一百个骑士。当两个女儿剥夺了他的一切权势财富后,李尔流落荒野,他对世界感到了绝望,因为这时在他看来,失去了现世的一切,人的存在就失去了意义。李尔发出了愤怒的咆哮和诅咒:"震撼一切的霹雳啊,把这生殖繁密的、饱满的地球击平了吧!打碎造物主的模型,不要让一颗忘恩负义的人类的种子留在世上。"(《李尔王》:3.2.486)在暴风雨的洗礼中,李尔实现了他从对现世存在的追求到对精神存在的追求的转变,他超越了有限的自我,从小我走向了大我,他开始同情人民,对自己的罪过悔恨而自责。"李尔因为明白存在的终极意义而抛弃了自己的现世肉体存在并追随考

① 岳莹:《人类存在的终极意义——〈李尔王〉之哲学内涵》,《世界文学评论》2010年第1期。
② 肖四新:《追寻超越现世存在的永恒意义》,《宁夏大学学报》2010年第1期。

狄利娅而去,更加说明他对精神存在的大彻大悟。"李尔最终实现了自我精神的
超越,从而获得了精神的永恒,并且这种精神超越并非基督式的弃绝现世、泯灭
主体式的存在,而是以一种坚韧的毅力与勇气抗拒现世的悲剧性处境,"是主体
在经历苦难的净化后所导向的人性的升华及其所达成的精神的超越"①。

莎士比亚通过李尔和考狄利娅的死亡表现了精神超越的实质,通过爱德蒙、
高纳里尔和里根的死亡表现了将现世存在作为人生的终极意义必将走向灭亡。
他认为人不应该是自然状态的存在或仅仅是现世层面的存在,而应是一种精神
的存在,以现世追求作为人生终极目标会使人沦为命运的玩物,陷入人生虚无的
悲观主义情绪。

莎士比亚借经过苦难净化后的李尔表达了对人永恒存在意义的领悟与追
寻,指出人存在的终极意义就在于精神的自我超越,这种精神性的超越虽然是形
而上的,是源于人的主体之外的启示,但并非上帝的启示、命运的产物,而是一种
对人的有限性与宇宙无限性的辩证认识。它不是弃绝现世去追求一种虚无缥缈
的超验存在,而是在现世的苦难中诞生的,体现为以坚韧不拔的态度面对苦难的
处境。"它让我们感受到的不是沮丧,更不是绝望,而是痛苦中的升华和一种神
秘莫测的庄严肃穆。"②

李尔是古不列颠王国的君主,长期的身居高位、养尊处优,致使他把自己当
成权力本身,狂妄地认为自己拥有无上的权力,处在权力巅峰状态的李尔可以随
心所欲地给予女儿和臣子以权力和财富,馈赠的行为既是君王的政治策略,同时
也让馈赠者本人产生了一种近乎神明的幻觉。他因小女儿考狄利娅一时的违
逆,与其断绝父女关系,使其远嫁法国,这轻率的决定从此揭开了悲剧的序幕。

李尔是被权力异化的人,他认为自己本身就是伟大的,而不是由于手中掌握
着权力。③ 因此,他相信在抛弃权力后人们仍然敬畏他。在被两个女儿抛弃后,
李尔的思想发生了转变,一开始他拒绝接受现实,不肯承认自己已经失去了权
力,但在流浪的过程中,在苦难的历程中,他逐渐恢复了人的本性,直到暴风雨那
一夜,李尔对上天发出诅咒,但天地对他的呼喊不予理睬,任由暴风雨击打在他
身上,这一刻,李尔终于意识到自己并不具有天赋的权威,他只是一个凡人。

---

① 岳莹:《人类存在的终极意义——〈李尔王〉之哲学内涵》,《世界文学评论》2010 年第 1 期。
② 叶倩:《悲剧世界的终极力量说与莎士比亚悲剧的审美性解读》,《宁夏大学学报》2011 年第 2 期。
③ 杨健:《爱的拯救——从古老童话到荒诞寓言——莎士比亚〈李尔王〉解读》,《戏剧》2001 年第 4 期。

李尔是被封建制度的君主特权所异化的人，因此，随着身份的转变，他以自我为中心的精神世界出现了重大的认知偏差，最终因经受不住现实世界的猛烈冲击而崩溃，他疯了，他发觉人间竟然是地狱，人只能绝望地忍耐、承受，他恨眼前的一切，他开始把生命看成是毫无意义的、痛苦的闹剧，他大声呼喊："人是什么？难道人不过是这样一个东西吗？想一想他。你也不向蚕身上借一根丝，也不向野兽身上借一张皮，也不向羊身上借一根毛，也不向麝猫身上借一块香料。……人类在草昧的时代，不过是像你这样的一个寒碜的赤裸的两脚动物。脱下来脱下来，你们这些身外之物，来，给我松开钮扣。"（《李尔王》：3.4.494）莎士比亚借这段著名的台词向人类社会提出了疑问和责难，通过李尔，莎士比亚将他对人类的绝望、对人性的怀疑，上升到对宇宙和宗教质疑的高度。

李尔的发疯正是他开始清醒认识世界、建构真实自我的起点。当他转到一个普通人的地位，便能将自己的命运与民众联系起来，体验到平民的悲苦。他认识到强权和唯利是图是造成社会不公平的根源，他将自己的不幸化为对他人的怜悯，他为穷人祈祷："衣不蔽体的不幸的人们，无论你们在什么地方，都得忍耐这样无穷的暴风雨的袭击，你们的头上没有片瓦遮身，你们的腹中饥肠雷动，你们的衣服千疮百孔，怎么抵挡得了这样的气候呢？啊，我一向太没有想到这种事情了。安享荣华的人们啊，睁开你们的眼睛来，到外面来体味一下穷人所忍受的苦，分一些你们享用不了的福泽给他们。让上天显得更公道吧！"（《李尔王》：3.4.492）莎士比亚通过李尔的转变表达出要以真诚、仁爱原则来对抗冷酷、丑恶现实的思想。

值得注意的是，这次心灵的暴风雨并不仅仅是李尔精神救赎的开始，莎翁在这里还暗示了一个违背常理的悖论，人的理性认知和追求事情的真相总要以"失明""跌跤""疯狂"等那样的悲剧结果为代价。俗话说眼见为实，在《李尔王》中，眼睛往往成为误导人们的障碍，使人们与真相相去甚远，正如双目失明的葛罗斯特说："我看得见的时候反而跌了跤。"剧中人物在看得见时屡屡看错，双目失明后却"心明眼亮"起来；在神志正常时屡屡迷失自我，发疯后却能认清自己。这样传统意义上的正常与非正常便变得模糊不清，人类意识到原来感官似乎并不可信，于是对于人是否能认识身外的世界、认识世界的方式是否真实可靠的问题，莎翁给出了悲观的、否定的回答。更具悲剧色彩的是，人类即使认识并了解了人性的弱点，也仍无力亦无法纠正和根除这些人格的缺陷，认识上的清醒和行为上的无奈所形成的对立导致人们陷入了认知与行为的困境。

考狄利娅是莎士比亚人文主义理想的化身，她与伊丽莎白女王有些相通之处，是莎士比亚国家情感的寄托对象。考狄利娅出场不多，在《李尔王》全部的26场戏中只出现过5场，甚至其中两场没有一句台词，但莎翁仅用寥寥几笔就揭示了人物无比丰富的内涵和心灵。在分封国土时，她始终心口如一，没有选择像两个姐姐一样说出违心的话语，倔强地维护真理和正义；在与父亲的冲突中，考狄利娅坚持自己的原则，不愿为获取男性的封赐而违背自己的初衷。考狄利娅寻求的是自尊自强的独立人格，她毫不含糊地向父亲表明自己要追求自由爱情，要求一个不受父权完全控制和干涉的未来，闪烁着人文理想的火花。

考狄利娅是纯洁善良的代表，再次见到父亲时，她大声呼喊："啊，我的亲爱的父亲！但愿我的嘴唇上有治愈疯狂的灵药，让这一吻抹去两个姐姐加在你身上的无情的伤害吧！"（《李尔王》：4.7.532）这一场面堪称莎剧中最为动人的场景，考狄利娅纯洁高尚的博爱情怀和人道主义精神让读者无不为之动容，传递的是一种爱的拯救、人性的拯救。

莎士比亚借肯特之口说出了考狄利娅寻父的重要意义，"她（考狄利娅）已把天道人伦从两姐妹的诅咒中拯救出来"。考狄利娅的爱中背负了人类的道德，作者在她身上寄托了对人类的希望，她是人性还存在于世间的证明，代表着一种根据善良和亲情所建立的新的社会秩序的理想。而她的死表明这个世界的罪恶已达到灭绝人性的极限，但也正是因为死，她的爱才具有了最崇高的美学价值。

《李尔王》被称作莎士比亚最伟大的作品，源于其强烈、悲壮的悲剧美感。李尔王一夕之间从位高权重的君王成为被女儿抛弃无家可归的可怜人，在暴风雨肆虐的荒野上受尽苦难，抱着小女儿的尸体痛哭而亡。葛罗斯特听信谗言将儿子逐出家门，后被刺瞎双目，流浪荒野，李尔的女儿之间争权夺利，葛罗斯特的儿子之间陷害残杀，亲属之间的仇杀显示出人伦纲常的破坏所带来的"怜悯与恐惧"，这种悲剧性冲击着每一个观众的心灵，亲情的沦丧与毁灭带来的悲壮美，达到了震撼人心的效果。

《李尔王》延续了莎士比亚一贯创作的独特情节结构：双情节结构。主要情节围绕李尔和三个女儿关于权力的矛盾展开，次要情节围绕大臣葛罗斯特和两个儿子关于继承的矛盾展开，莎士比亚在主次情节中还分别安排了一正一反两个突出形象：考狄利娅与爱德蒙。双重情节既有相似之处又有不同，这种结构模式不仅避免了主次情节的简单重复，也使二者相辅相成，紧密地维系成统一的整体，使该剧的悲剧意义更为普遍和深刻。

除结构外，对立原则在剧中其他方面也多有运用。如人物之间的二元对立，考狄利娅的崇高与高纳里尔和里根的恶毒、爱德伽的虔诚与爱德蒙的贪婪形成鲜明对比。人物自身性格也有前后对照，如爱德蒙开始陷害爱德伽，勾引高纳里尔和里根引起她们的争斗，直至奄奄一息之际幡然醒悟，对自己的罪行表示了忏悔，让爱德伽派人去救即将被处死的李尔和考狄利娅。整部戏剧贯穿着各种二元对立组合模型，这一艺术手段为莎士比亚的人文主义主题建立了辉煌的艺术架构，加强了悲剧效果。

《李尔王》中塑造了丰富的意象。大量的自然意象为戏剧营造了氛围，推进剧情节奏，使得作品气势恢宏。如荒野中的暴风雨是为配合李尔王内心激烈痛苦的思想斗争而设置的，"瀑布一样的倾盆大雨；思想一样迅速的硫磺的闪电；劈碎橡树的巨雷；泛滥的波涛仿佛要吞没了陆地，万物都变了样子或归于毁灭"（《李尔王》：3.1.484），呼啸的暴风雨把李尔推向了疯狂，他借助风和雨表达了对人类的绝望、人性的怀疑，狂乱的暴风雨打破了自然的秩序，也重新建构了李尔王的价值观念。

莎士比亚还塑造了大量的动物意象，据统计，《李尔王》全剧中共有137处提到了64种动物，这些意象共同强调一个主题："人的命运和动物的命运之间存在着一种天然的类似性"[①]英国文学家肯尼斯·穆尔在其著作《莎士比亚——伟大的悲剧》中指出"动物意象给我们提供了一根衡量人性的标尺"，"人与野兽一样，锐牙利爪沾满鲜血，一层薄薄的文明面纱掩饰着残忍的生存斗争"。莎士比亚多次用凶猛的野兽形容高纳里尔和里根，贪婪和欲望使她们抛弃了亲情和伦理，她们的所作所为已经越过了人性的底线。如高纳里尔是"枭獍不如的东西"，她有着"豺狼一样的脸""毒蛇一样的舌头"，她的忘恩负义、恩将仇报比"毒蛇的牙齿"还要使人痛入骨髓，她无情的凶恶像"饿鹰的利啄一样"，对于丈夫，她是"蛇蝎般的魔鬼"，她和里根两人的良心还不如猪狗，她们"是猛虎，不是女儿"，有着"狼子野心"。

---

① 罗益民：《从动物意象看〈李尔王〉中的虚无主义思想》，《北京大学学报（外国语言文学专刊）》1999年S1期。

《李尔王》中还有弱小的动物意象,如弄人把李尔比作可怜的篱雀,被养大的杜鹃鸟吃掉。莎士比亚运用这些受难的动物意象,暗示人和动物一样,在人性泯灭、兽性横行的世界中同样受尽苦难,渲染了浓重的悲剧色彩。

动物意象在《李尔王》中表现的是一种悲观主义情调,野兽逐步侵蚀着人类世界,人类的伦理道德和尊严被无情地蹂躏和践踏,而残酷的恶势力和贪婪的野心在不断滋长,父子相害、骨肉相残,忠诚正直的人受到排挤和流放,虚伪自私的人却权势在握。在物欲横流的社会中,人的美好人性似乎已经被兽性所掩盖,它暗示着人类正义的努力似乎是徒然的,人性中的邪恶赤裸裸地展现在我们面前,不禁为我们敲响了道德警钟。

第九节 《麦克白》

《麦克白》作为莎士比亚四大悲剧之一,因其与另三大悲剧不同的阴郁、凶险风格而著名。

《麦克白》在题材上最早受到霍林斯赫德的《英格兰、苏格兰和爱尔兰编年史》影响,该书吸收了波伊斯所著《苏格兰人的历史》、约翰·莱斯利所著《苏格兰编年史》和安德鲁所著《苏格兰原始编年史》的内容,其中的《苏格兰编年史》中出现过麦克白梦中遇到三个可以预言未来的女人的情节。这个梦使他胡思乱想,并促使他谋杀了邓肯。到霍林斯赫德的编年史里,就已经出现了"三女巫""班柯""麦克白"等人物原型。在伊丽莎白一世统治末期和斯图亚特王朝早期,预言成为各种竞相角逐的政治话语的载体,而莎士比亚将苏格兰历史巧妙融入剧作,很多研究者把《麦克白》的第四场第一幕里女巫召唤出的第八位持镜的国王看作詹姆斯一世,"拿着两重的宝球、三头的御杖"。此外,剧本的设计还可能受到国王访问牛津事件的影响。1605 年 8 月,詹姆斯一世、安妮王后携王位继承人威尔士亲王访问牛津,三位女大学生做女巫打扮,走到国王面前,宣称她们就是当初向班柯预言其子孙为王的"命运三姐妹"。她们在此特意向国王预言,他的后人同样将万世为王,并依次向国王致敬。这个演出脚本后来被红绒装帧,分赠亲王贵胄。

由于詹姆斯一世坚信自己是班柯的后代,所以莎士比亚对《麦克白》的改编通常被认为做出了一些顺应统治者的改动,如第四幕第一场中麦克白见到的八位国王幻象都是班柯的后代。除此之外,莎士比亚还做了下列修改:删去了麦克白对王位的合法继承权。在霍林斯赫德的记述中,麦克白有权继承王位,而莎士比亚的版本则让邓肯直接忽略了麦克白统治的合法性,将王位传给马尔康;删去了麦克白在最初的正直统治。霍林斯赫德描述了麦克白前十年的英明统治,而莎士比亚的版本则直接将麦克白塑造为暴君;美化了邓肯形象,将软弱不擅赏罚和后期统治混乱的君主改写成一位好君主;删去了班柯一切都听命于麦克白并作为帮凶参与谋杀邓肯的情节,把他的形象加以美化;详细描写了麦克德夫妻子和孩子的遇害经过。

莎剧《麦克白》描写苏格兰国王邓肯的表弟麦克白和将军班柯胜利归来的路上遇到三个女巫,女巫们对他们给出预言:麦克白将成为国王,但是并不会有子嗣来继承下一任王位,而班柯的后代将要成为麦克白之后的国王。麦克白的夫人得知此事后怂恿麦克白弑君成王,而麦克白也忍不住膨胀的野心,二人在邓肯拜访留宿时合谋将其杀死,麦克白成功登上王座。但麦克白始终记着女巫对班柯的预言,决定雇佣杀手刺杀班柯及其儿子。班柯遇刺身亡,而他的儿子则侥幸逃脱。麦克白在招待宾客的宴席之上看到班柯的鬼魂而精神恍惚。他再次去寻找女巫,女巫给了他三个提示:要提防贵族麦克德夫、女人所生下的人伤害不了他、只有当勃南森林向他移动时他才会战败。随后麦克白残忍杀死麦克德夫的妻儿以及所有的仆人。在麦克白施行暴政期间,麦克白夫人被内心的愧悔折磨而死,麦克白却一意孤行,最后在众叛亲离之下,麦克白看到士兵伪装的勃南森林向他的城堡移动,而麦克德夫则坦承自己不是自然出生,而是剖腹出生的,这些都印证了女巫的预言,最终麦克白被杀死。

《麦克白》弥漫着恐怖低沉的气氛,平叛和反叛的相互交叠和互换、权力的失效和危机,形成"阴郁而又光明"的基调。古希腊悲剧中的人物时常显现着与命运对抗的色彩,命运成为情节发展的决定性力量。而在布拉德雷的悲剧学说中,主人公的行为和性格则是悲剧的中心。布拉德雷认为:"一出莎士比亚悲剧的'故事'或'事件'当然不仅仅是由人物的行动或行为组成的,然而行为却是主要的因素。"[①]在《麦克白》这部悲剧中,女巫的预言、鲜血、鬼魂、梦游等一系列超自然因素,都使其看起来像是一部命运悲剧。然而,《麦克白》的悲剧性更多地体现

---

① 布拉德雷:《莎士比亚悲剧的实质》,见杨周翰编选《莎士比亚评论汇编》(下),北京:中国社会科学出版社,1981年,第5页。

于麦克白内心的矛盾冲突及其性格缺陷。可以说,命运是一个外化的框架,而麦克白内心及其性格的矛盾则实实在在地将其推向悲剧的深渊。

剧作开头麦克白就表现出胆魄过人、能力出众、有勇有谋的征战能力,但这很快被女巫的预言所改变。当麦克白被封为考特爵士的预言在第一时间得到验证时,他即刻转而对女巫的预言深信不疑,对自己预言里的命运执着追求,同时也因自己的真实想法而惊惧不已。"这样阴郁而又这样光明的日子"(《麦克白》:1.1.199)更像是指麦克白自己性格的冲突,"想象中的恐怖远胜于实际上的恐怖;我的思想中不过偶然浮起了杀人的妄念,就已经使我全身震撼,心灵在胡思乱想中失去了作用,把虚无的幻影认为真实了"(《麦克白》:1.3.202)这句话显示出他受到压抑的潜意识被剥离出来而暴露的恐惧。麦克白似有高贵的外表,内心世界却充满阴暗,女巫的预言掀开了他的内心世界。尽管他仍在与自己的欲望野心做斗争,但这"杀人的妄念"早已存在。正如黑格尔说:"女巫们的预言正是麦克白私心里的愿望,这种愿望只是采取这种显然外在的方式到达他的意识,使他明白。"戴维森指出:"尽管麦克白在戏剧前期试图抵抗他那激烈而压倒性的邪恶思想,但现在似乎无法克制它们。他放弃了自己的意志,不再能够自主行动,成为一个邪恶势力的傀儡。"[①]麦克白最初并非一个彻底的恶人,在杀人前也曾有过挣扎和犹豫,然而在善恶和自己的心魔斗争之中,这种犹豫被消磨殆尽,麦克白最终被野心笼罩了心智,另一层冷漠残忍的自我被激发出来,最后,麦克白杀死了睡眠中的邓肯,杀死了班柯,也杀死了自己"清白的睡眠",终日活在恐惧之中,他也因此最终滑入了悲剧的深渊。女巫的预言成为推动麦克白行动的催化剂,而矛盾的心理和性格则造就了麦克白的种种残忍行为。可以说,《麦克白》是一出以命运为框架、性格为核心的双重悲剧。

菲尔培林指出,《麦克白》中三位女巫的预言"措辞模棱两可、似是而非,具有字面和隐喻的双重意义","既有命定论的色彩,同时似乎也为人的自由意志预留了余地"。[②] 也就是说,女巫的预言似乎暗示了麦克白的命运是被预定的,但麦克白作为人类,依然拥有一定程度的自由意志。如何去理解命运与自由意志、上帝与人类命运、罪与罚的关系问题,是理解《麦克白》悲剧性的核心所在。

关于罪与自由意志的矛盾,始于奥古斯丁与帕拉纠之间的争议。奥古斯丁

---

① 朱映锴:《信仰的溃败——重读〈麦克白〉的悲剧》,《戏剧之家》2019 年第 18 期。

② 倪萍:《沉沦者的悲剧:论〈麦克白〉中的罪、恩典与自由意志》,《外国文学评论》2013 年第 2 期。

认为,上帝赐予了人类理性,使其拥有在善恶之间做选择的自由意志。新教神学家追随奥古斯丁的教诲,认为如果没有上帝的恩典,人靠自身的意志所产生的行为是堕落和邪恶的。而帕拉纠认为,人可以凭借自由意志在善与恶之间做出选择。天主教的救恩论与帕拉纠的观点一脉相承,认为人有接受或拒绝上帝的恩典的自由意志。从剧本来看,麦克白清楚地知道"按照各种名分绝对不能干这样的事",然而女巫的预言及其被验证的一部分预言破坏了他的理性,激发了他"跃跃欲试的野心",他选择臣服于内心罪恶的欲望,因而走向了毁灭的深渊。也就是说,麦克白悲剧的根源在于其主观意志的自由选择。

但在另一种观点看来,《麦克白》带有"只有神的恩典才能帮助人类摆脱罪的束缚"这一神学色彩,麦克白正是因为没有神的恩典才落入了悲剧的深渊。艾略特根据天主教的观点,认为麦克白拥有接受或者拒绝神的恩典的自由意志,但麦克白选择了后者;莫斯利也认为,麦克白在面对自身的罪行时,只有绝望而没有忏悔,因此他无法通过忏悔来洗涤罪行,在这个意义上,是麦克白主观上抗拒了神的恩典。

按照新教的观点,"神使那些罪不得赦免且被遗弃之人刚硬"。麦克白在杀害邓肯之后,是想要获得上帝的恩典和宽恕的,然而他却失败了——"我想说声'阿门',却怎么也说不出口"(《麦克白》:2.2.217)。忏悔的语句无法被吐露,麦克白想要忏悔却无法忏悔,最终一再沉沦。加德纳认为,无法悔罪的麦克白实则是陷入了"撒旦式的困境"。杀害国王邓肯的麦克白类似于背叛上帝堕落为魔鬼的路西法,而撒旦的困境在于,上帝诅咒他在地狱中永远受罚,他虽欲悔罪但却永远无法获救。类似地,麦克白也是遭神弃绝的人类,他无法悔罪。麦克白的命运似乎就如他所认为的那样,拙劣而机械,因为它是被上帝一早就预定了的。

综上所述,在神学背景下去理解《麦克白》,其视角无可避免带上多重意义的模糊性。普尔认为,"该悲剧似乎是在肯定用自由意志去获得上帝的恩典的天主教神学观念与否定自由意志的加尔文之双重预定论的神学观念之间徘徊摇摆"。事实上,伊丽莎白时期的英国国教也是力图在天主教和新教之间寻找折中地带。这种折中意义的追寻一方面加剧了神学观点之间的摩擦,另一方面孕育了《麦克白》悲剧建构的丰富意蕴。[①]

---

① 倪萍:《沉沦者的悲剧:论〈麦克白〉中的罪、恩典与自由意志》,《外国文学评论》2013 年第 2 期。

"人生不过是一个行走的影子，一个在舞台上指手画脚的拙劣的伶人，登场片刻，就在无声无息中悄然退下；它是一个愚人所讲的故事，充满着喧哗和骚动，却找不到一点意义。"(《麦克白》:5.5.272)这是麦克白发现自己痛苦灵魂的一刹那，而人类获得救赎希望的时刻也在于此。麦克白毁灭了一切，包括他自己，他心理与性格的矛盾及其所造成的罪行固然可鄙，但是当麦克白开始意识到自身的痛苦，人类便获得了解救的可能。灵魂开始痛苦的时候，救赎实际上就已经展开。麦克白的悲剧好像一场对人性的烛照：麦克白就是我们自己，人类因为麦克白战胜自己而拥有了获救的可能。在这场悲剧的背后，莎士比亚呈现出了一个关乎人性的更为明晰的世界。

在莎士比亚的《麦克白》中，王权的更替串联起整个作品的发展。作为第一位登场的国王，《麦克白》中的邓肯与最初记载的文件不同，被塑造成了一位仁君。作品中几乎没有邓肯对军事的关注，更突出的是赞颂将军的功绩；邓肯在面对考特爵士的叛乱时没有表现出暴怒或失控的举动，体现出了一般君王身上罕见的高度自制；邓肯将子嗣马尔康立为王储，本没有必要向臣属说明，却依旧对麦克白表达出了自己的愧疚："我的忘恩负义的罪恶，刚才还重压在我的心头。"(《麦克白》:1.4.204)

但另一方面，邓肯的此番做法其实是一种任人唯亲不唯贤的表现。根据苏格兰传统的王位继承制，胜利归来的麦克白拥有合理继承的理由，立马尔康为王的选择实际上体现了以血缘伦理维系的德治措施。邓肯身为一国之君，明显缺乏必要的戒心和防备，刚刚遭遇了肯特爵士的叛变，就再次轻信麦克白。马基雅维利在《君主论》中提出，一个人如果在一切事情上都发誓以善良自持，那么他苟且偷安于许多心怀鬼胎的人当中定会遭到毁灭。邓肯一以贯之的仁慈是对德治探索的体现，而探索以失败告终。

篡位夺权的麦克白是出场的第二位君主，研究者认为他的治国方式是在对德治反面即暴力统治的探索。麦克白片面推行暴力的作用，沉醉于权力的强制力之中，在班柯赴宴途中命令刺客刺杀班柯父子，又残忍地杀害了麦克德夫的妻子和孩子，使得麦克德夫坚定了反抗的决心。从这个角度上说，麦克白的毁灭是由他自己的暴政带来的，剧作家通过这种方式对暴政予以否定。

在故事的结尾，马尔康打败麦克白成为第三位君主，所体现的是第三种君主模式。马尔康原本是邓肯钦定的继承人，本身具有继承合理性；马尔康机敏谨慎,在麦克德夫寻找到马尔康要求一起对抗麦克白以保护祖国时,马尔康表现出了高度的警惕,用语言伪装自己:"要是我有一天能够把暴君的头颅放在足下践踏,或者把它挂在我的剑上,我的可怜的祖国却要在一个新的暴君的统治之下,孳生更多的罪恶,忍受更大的苦痛,造成更分歧的局面。"(《麦克白》:4.3.256)他装作一个暴君,再以这样的形象试探麦克德夫的真实意图。在这之后,马尔康并未如他所言的暴君一样运用暴力行为,而是尽揽将才,暂时抛弃英格兰和苏格兰之间的隔阂以接纳英格兰将领西华德,对敌方投奔而来的安格斯给予包容,融入自己的军队。在具备王权的合理性之外,他也没忘记借助宗教的力量:"一切必要的工作,我们都要按照上帝的旨意,分别处理。"(《麦克白》:5.7.272)马尔康把自己所做的事称作"上帝的旨意",本质是将自己与神灵意愿结合,为王权增加了宗教的色彩。在王权的探索上,恩威并重和君权神授成为最好的解决方式。

麦克白夫人在剧中有三重身份:苏格兰贵妇,麦克白的妻子以及剧情的构建性人物。身份一方面诠释人的社会地位,另一方面又以各种规诫对人加以束缚,圈定在各自的"牢笼"之中。麦克白夫人在剧中显得野心勃勃,但仍然摆脱不了身份的困扰。当时的苏格兰鼓吹君权神授,封建等级思想控制着人们的精神领域。麦克白夫人同样处于权力游戏的虚构关系之中,而她最后发疯致死,原因也在于此。她为丈夫谋取高位,其实也是在为自己谋取高位,其根本目的是在完成她头脑中存在的等级网。封建制度在东方与西方都与父权和男权制定的森严体系无法分开,因此麦克白夫人凶猛的求取也只能达到女性的巅峰——苏格兰的王后。父权和夫权的阴影给予麦克白夫人更坚决的反抗意志,同时也带来更巨大的压力。

在近年来的研究中,麦克白夫人的女性主体地位愈发被学界所关注。作为女性,麦克白夫人处于男权的压抑之下。从"麦克白夫人"的称号上就可以看出,麦克白夫人自己的姓名已经被隐去,她的称呼只是一个依附于麦克白身上的代指,丧失了自己独立存在的意义。她不拥有自己独立的话语权,而是处于被男性话语忽略的境地。从这一点上,可以看出麦克白才是刺杀行动的主体。在麦克白的信件中,也体现出男性主导的倾向:"我的最亲爱的有福同享的伴侣,好让你不至于因为对于你所将要得到的富贵一无所知,而失去你所应该享有的欢欣。把它放在你的心头,再会。"(《麦克白》:1.5.206)这封信中语气确凿,把自己即将获得的荣耀看作掌中之物,而麦克白夫人则因此沾光。麦克白仅仅是在通知对方自己将要取得胜利,具有绝对的统治意义,而麦克白夫人并无提出独立意见的空间。而比较麦克白对夫人的态度,则可以看出逐渐冷淡的过程。从最开始的对"我最亲爱的人"把计划全盘托出,到最后麦克白夫人死前的不闻不问:"她反正要死的,迟早总会有听到这个消息的一天。"(《麦克白》:5.5.272)麦克白和夫人之间的隔阂在登临王位之后越加明显,而这疏离是麦克白的野心和麦克白夫人不断发作的愧悔造成的。麦克白夫人在梦游中不断地洗手想要洗刷掉罪恶,但这罪恶恰恰是完成篡位成王的条件。她的良心、反思和忏悔在无法回转的境地里无处可去,最终以失败告终。

在最开始的研究中,麦克白夫人因其言辞的恶毒狠辣常被置于批判境地。"我曾哺乳过婴孩,知道一个母亲是怎样怜爱那吮吸她乳汁的子女……要是我也像你一样,曾经发誓下这样毒手的话。"(《麦克白》:1.7.211)但实际上,麦克白夫人在进行设想时,驱动的对象是麦克白,她自己仅停留在提出想法这一步上。她认为不会失败的理由是麦克白"在关键时刻拿出勇气",把胜利的希望都寄托在麦克白身上。作为一个谋划者,麦克白夫人对计划的后续并无万全准备,并不知道如何应对接下来的心灵困局,因此才会在梦游和精神恍惚里痛苦万分。另一方面,做出弑君行为的是麦克白,但去处理残局、收拾凶器的是麦克白夫人,她甚至在梦游里也不忘安抚丈夫:"我再告诉你一遍,班柯已经下葬了;他不会从坟墓里出来的。"(《麦克白》:5.1.266)在麦克白夫人的视角下,她承受着痛苦的压力,所做的目的却是帮麦克白实现信中说的预言,帮助丈夫获得王位。她把行动的主控权交给麦克白,自己却拥有更大的恐慌和不安。克莱恩指出:"麦克白夫人代表了十六世纪对于性别的典型观点:女人是被动的,男人是主动的。"①现代批评家们从女性主义对麦克白夫人进行剖析。法国女性主义批评家埃莱娜·西苏提出,女性的存在被定义为"不是被动和被否定,便是不存在"的两种情况,在这一话语体系中,男性是"自我",女性是"他者"。麦克白夫人并不是自然地拥有自己的女性身份,而是作为一个男性权力机制下产生的女性而出现。麦克白的书信到来时,麦克白夫人似乎就被定义为一个听从、需要等待的女性,但她又表现出了高度的反抗和自觉。她一反常态,不甘于顺从,而是反过来催促麦克白:"伟大的爵士,你想要的那东西正在喊:'你要得手,就得这样干!'"(《麦克白》:1.5.

---

① 曹雅楠:《麦克白夫人的性别典型性和悲剧性》,《文学界》2012 年第 2 期。

207)在这样的对话中,麦克白夫人已经脱离了男性社会加之于她身上的定义,开始了自我觉醒的道路,决心参与这场王权斗争。后现代的女权"打破传统的男性统治女性、女性服从男性的性别模式,把男女关系拉回到零度的平等地位"①,麦克白夫人以一种政治斗争的姿态参与到剧中来,体现的正是女性的独立意识。正如福柯的观点"权力从未确定位置,它从不在某些人手中,从不像财产或财富那样被据为己有。权力运转着"②。麦克白夫人过激的话语体现的是常年经受压抑而爆发的内心渴望,是处于权力弱势中即将付出行动的宣言。

麦克白夫人本身具有痛苦的矛盾性。莎士比亚通过"梦游"这一意象描绘出麦克白夫人内心的挣扎,是沉默煎熬的外现。在清醒的情况下,麦克白夫人找不到内心宣泄的出路而痛苦压抑,进入梦境后,她的这些苦闷和挣扎才暂时得以排解,但这并非沉默中的安宁,而是沉默中的灭亡。她在白日里过度的自我控制和压抑导致的精神癫狂,是内心深受罪恶感影响的结果。麦克白夫人渴望在男权制下找到自我的定位,而一旦麦克白开始暴行,主导控制又回到麦克白手中。麦克白夫人在女性难以逃脱的"女性的柔弱"桎梏和男权下寻找自我价值的精神渴望中徘徊,悲剧性不言而喻。

传统的人物观注重叙事对人物的作用,强调叙事为人物服务,到俄国形式主义和结构主义发展时期,更多人开始关注人物的作用,讨论人物作为叙述的参与者如何为叙事服务。

巴赫金的复调理论提出,众多的主人公在面对相同的问题时,必然会产生对话。当"若干个人意识紧张斗争"凝聚为一点,这时候的人物成为"复调的人物",组成语义交叉的话语形态,而不再是"独白"的人物。按照巴赫金的理论,复调叙事里的主要特色是作者的声音与读者的声音互为平等,互相不占主体地位,小说中的主人公是一种语言层面的"复调",作者没有权利直接描写主人公的所有话语。莎士比亚在《麦克白》中,通过鬼魂和幻觉、女巫的手法,描写的是麦克白"思考着的意识"。这些意识之间不存在激烈的对话和争论,而是通过不同的角色、叙述人形成对位式的互相呼应,符合的是巴赫金理论中的"大型对话"。莎士比亚在人物的周围营造起一种微妙的气氛,主人公在不知不觉中袒露自己的心迹,在别人的意识中捕捉自己的位置,为自己预留后路。有学者把麦克白夫人看作

① 张广利、杨明光:《后现代女权理论与女性发展》,天津:天津人民出版社,2005年,第60页。
② 福柯:《必须保卫社会》,钱瀚译,上海:上海人民出版社,1999年,第27—28页。

麦克白自身的另一种表现,无疑体现出复调话语中相争的一部分。而麦克白夫人的死亡则意味着这种话语形态必然的消解。

复调叙事的第二特征反映在莎士比亚的《麦克白》中,是叙事中的"时代伦理的疏离性"。在《麦克白》创作这一时期,社会伦理集中在反对基督教的神学伦理道德观上,用人性反对神性。而戏剧中的空间带有丰富的隐喻意味,从第一幕的荒原开始,勃南森林、杀人夜晚,每个场景空间都含有神秘的宗教色彩。从地点上看,荒原往往象征着和文明相反的野蛮,与文明相对,而荒原上出现的"女巫"如同《圣经》中的蛇一样给出一个巨大的诱惑,即"称王"。"城堡"则是秩序的象征,上帝为亚当和夏娃建造伊甸园,但需要禁忌和限制;在《麦克白》中,杀死国王就如同服下禁果,麦克白夫人陷入巨大的恐慌之中。麦克白从善到恶的堕落体现出的是《圣经》中的母题叙事,麦克白夫妇如同亚当与夏娃,由于犯下错误而被驱逐出伊甸园,圣经的母题带有神秘和禁忌的意味。莎士比亚是虔诚的基督徒,但并未对剧中人物的思想做出自己的评价和干预:宗教的气氛从始至终出现,又在辩驳中自我对话。麦克白在痛苦中沉沦,又在罪恶里忏悔,麦克白说不出"阿门"的字眼,说明其对上帝已呈现背离的态势。在主人公这样的自我挣扎中,作者并未对其有过评判得失。二者建构起平等的语言对话系统,莎士比亚的自我伦理观与麦克白的伦理观并行不悖。

《麦克白》剧中的女巫和幽灵起到了代替叙述者的作用。他们一起建构了整体的悲剧气氛,代替了古希腊悲剧中的"合唱队":烘托气氛,提出劝告,暗示未来,向观众解释剧情等。三女巫在第一幕第三场中祝福道:"万福,麦克白! 祝福你,考特爵士!""万福,麦克白,未来的君王!"(《麦克白》:1.3.200)这实际上就在对观众点明麦克白的野心,暗示接下来帝王之间的权力争夺就要正式开场。在女巫的预言带领之下,戏剧前半部分的叙事按照"篡权夺位"和"铲除异己"的步骤行进。

《麦克白》的下半部分叙事也是从女巫开始:在麦克德夫拒不从命、马尔康逃离在外的情况下,麦克白心神不宁,再次寻找女巫。女巫们在第三幕第三场的出现是为与麦克白见面做准备,第四幕第一场则正式点出麦克白的恶人身份:"拇指怦怦动,必有恶人来。"(《麦克白》:4.1.246)这一幕的女巫还向麦克白给出了三条启示,这也成为戏剧下半部分麦克白行动的准则:进一步铲除异己,面临战争并且将要失败。但女巫对麦克白的三重暗示实则有隐藏的附加条件,即不是妇人生的人是一个浑身浴血的孩子,暗示是剖腹产而生;预言勃南森林会移动,暗示马尔康后来采用的树林隐蔽策略。这样的预言和古希腊神话有所类似,即人们为了躲避厄运,反而将自己进一步推入预言之中,此时的预言往往似真似假、难辨真伪。叙述者女巫的预言实际上形成了一个"套中套"的叙事圈套模式,作者由此带领读者进入叙事的迷宫。

班柯的鬼魂也参与了叙事的结构,形成似真似幻的效果。班柯鬼魂的出现让麦克白杀害国王的真相暴露,是从自我恐惧到众叛亲离的故事转折点,为麦克白的失败埋下了伏笔。以国王装束的鬼魂再次出现,更是撼动了麦克白的内心,这一幕出现了大段的幻觉和争论,戏剧气氛陡然紧张,推进了故事进程的进一步发展。

《麦克白》的叙事背景包括戏剧中隐含的事件、戏剧的空间和时间的建构。而戏剧对故事主要的铺设可以概括为"两个世界与勾连两个世界的人物"。《麦克白》中存在着两个世界:神巫"荒原"和常人居住的现实世界。

与戏剧中"荒原"场景频繁出现相应的是非自然力量,包括赫卡特、三女巫、黑夜里出现的第三个刺客,三个幽灵(第一幽灵为一戴盔之头,第二幽灵为一流血之小儿,第三幽灵为一戴王冠之小儿手持树枝)以及八个国王装束的幻影。非自然的预兆或现象有麦克白杀死邓肯那晚乡间人们所遭遇的暴风雨和各种异象。这些意象以直接的形式表现出离奇的特征,而观众感受到的剧情的奇异则相较起来更为间接,似乎以常理也能说通,处于现实和虚幻之间。例如第三幕第三场中,行刺班柯的队伍中莫名多出的一人和刺杀时全部熄灭的火把。

戏剧里的荒诞越贴近现实,非自然的因素越是内敛,表现出充满神秘诡异的"荒原"世界和戏剧里的现实世界并不相通。荒原的气氛给予离奇事件发生的合理性,而现实世界则显得突兀不合,意有所指。连接荒原与现实的人物是麦克白和班柯。

麦克白和班柯在开场时就接触到了三位女巫,涉入荒原上真实的神秘世界;麦克白在刺杀邓肯、班柯之后也常常看到幻象。不同的是,班柯对女巫的预言直接表达出反抗:"魔鬼为了要陷害我们,往往故意向我们说真话,在小事情上取得我们的信任,然后在重要的关头我们便会坠入他的圈套。"(《麦克白》:1.3.202)在梦到女巫时感叹"慈悲的神明!抑制那些罪恶的思想,不要让它们潜入我的睡梦之中。"(《麦克白》:2.1.213)但班柯同样因此察觉到预言带来的影响,猜测预言是否给自己带来希望。某种程度上,班柯和麦克白都自认对结果有所预知,并暗中期待现实世界的走向。与现实世界的其他人相比,他们更多了一层窥视秘密的忧惧和焦虑,成为异于现实世界的晦暗色彩。他们对现实世界的现象有所猜测和推进,成为接近着世事运行根源或者主导世界性嬗变的人物。

与此同时,他们彼此知根知底,互相进入同一个领域,所感知的又各有差异。在城堡的夜晚麦克白与班柯谈论起女巫和语言,麦克白暗示"您听了我的话,包您有一笔富贵到手"(《麦克白》:2.1.214),但遭到拒绝。如果说麦克白杀死邓肯是因为女巫的预言,那么谋杀班柯则是出自清醒又可怖的恶意,为了摆脱预言做出的决定。他对班柯"天性中高贵的东西"(《麦克白》:3.1.229)怀有深切的恐惧——一种麦克白丧失了的人性或清白的荣誉。从杀死班柯开始,麦克白杀戮中的个人意志已经愈发清晰,他的行为逐渐离开荒诞的荒原世界,而逐渐融入现实中的阴谋权术。

《麦克白》戏剧中的隐喻暗示是造成故事结局的重要因素,按作用不同可以分为两类:一类作用于推动人物当下的认识、行为,另一类则直接为结局的展现作铺垫,是我们通常所说的"伏笔"。前一类暗示包括麦克白所听到的预言与麦克白刺杀邓肯后现实世界出现的怪异现象,这些现象暗示着人们谋杀王上的凶手可能正是他的手足。

戏剧中的麦克白受到女巫的暗示和诱导而行动,是戏剧情节得以推进的原因,同样的,作者为了使得故事本身的逻辑通顺、结构完整,也为观众埋下了暗示与线索。女巫驱动麦克白发展野心和欲望的预言是显在的,在她们的预言背后同时也隐含着阴谋和言语的圈套。女巫预言中的机巧,在于对于语言的运用。索绪尔将语言符号划分为"能指"和"所指",而女巫的预言即表现出一种"能指过剩"的特征,即听者因自己的思想带给所听的语言以过多意义,作用于麦克白的暗示和预言也包含着他自身的理解。

剧中的"美即丑恶丑即美"频繁出现,麦克白出场便说"阴郁而又光明的日子",再如"用最美妙的外表把人们的欺骗;奸诈的心必须罩上虚伪的笑脸"(《麦克白》:1.7.212)。表象与实质相错位是作品所要着重展示的人性的状态,与此对应的是剧中展现的具体的政治关系,所象征的是反叛者与正人君子。第四幕第二场中,麦克德夫夫人与孩子讨论反贼和反贼的下场,是剧中第一次讨论反叛者与背叛者的对话。麦克德夫的孩子与成人世界分离,在没有政治立场的孩子的眼中,反叛者和背叛者只是一种相对关系。(《麦克白》:4.2.254)在麦克德夫夫人眼里,光明坦荡的行为也会因疑虑使人成为叛徒,洛斯则说是因为"时世冷酷"使人们背上叛徒的恶名。由此可见,在作者心中,政治地位上的正义与非正义同样转换无常,戏剧中反叛情节的循环出现是构成麦克白故事的主要形式。

剧中时常出现婴儿意象,如麦克白说"'怜悯'像是一个御气而行的天婴"(《麦克白》:1.7.210),麦克白夫人斥责他的懦弱,并认为自己能够为了野心杀死自己哺乳的孩子。婴儿在剧中象征着温柔良善的情感、关怀和怜悯,而把这比作"御风而行的天婴"可见其同时也是强大高贵的。在预言麦克白未来的婴儿幽灵里有一手拿树枝头戴王冠的婴儿,对应马尔康后来的森林战术。此外,麦克白认为邓肯秉性仁慈,"流血的小儿"也与邓肯呼应。这样的意象作为麦克白夫妇的对立面出现,意味着怜悯、同情等情感在他们身上的流失。

尽管"命运"一词本身带有类似于命定轨迹的含义,但在剧中却不能被简单视为串联内容的基准线。剧中人物对"命运"有依赖与反叛两种不同的倾向,读者所见"命运影响"在于被置于"命运"暗示之下的人的意志的呈现。《麦克白》中的"命运"常以狰狞的面目出现,诱发欲望,带来血腥和屠戮,背后透露着人在面对"荒原"力量时的无力感,人的意志慑于"命运"。剧中命运总与教唆相连,可见此处命运天然带有主导人的力量,在引导之下良善仁慈更显薄弱。因此,"命运"力量的本质并不是合于人物的隐秘愿望、心理,而是人对既定的纯粹的无力感,与此相对应的是剧中人物往往以消极、负面的形容词描述"命运"。但在面对命运时,戏剧又呈现出反抗的趋势。麦克白在寻求女巫预言时,为了"从命运手里接受切实的保证"而选择相信命运;但到后来,麦克白说"我不愿投降……可我还要擎起我的雄壮的盾牌,尽我最后的力量"(《麦克白》:2.3.229),所呈现的是孤立无援境地的人仍有反抗的决心和希望。

《麦克白》中隐喻丰富,研究者们往往对一些反复出现的意象加以深入研究。其一是剧中黑夜里出现的"敲门声"。德·昆西在论文《论〈麦克白〉中的敲门声》中将敲门声与充满思想斗争、惊惧激情交加的"杀人心理"相联系,指出爱与慈悲的神圣本性一旦消失,恶魔的本性便暴露无遗。"敲门声"本身所具有的可能性与隐秘性介入本来仅仅属于两个杀人凶手的寂静世界,同时也代表着时间的消灭和撕裂。麦克白因此从充满幻觉的谋杀里苏醒,"我们听见了敲门声,敲门声清楚地宣布反作用开始了,人性的回溯冲击了魔性,生命的脉搏又开始跳动起来,我们生活于其中的世界重建起它的活动,这个重建,第一次使我们强烈地感到停止活动的那段插曲的可怖性"①。另有观点认为,"敲门声"是戏剧中一种非人的推力,为剧情制造悬念,承上启下,并营造出人和"敲门声"对峙的阴森紧张氛围,暗示了后文"命运"的登场。

其二是戏剧中的"黑夜"与"睡眠"。在剧中黑夜与白天把一天的时限分为两极,茫茫黑夜滋生睡眠和幻觉。开场时女巫所唱的"半山夕照尚含辉"(《麦克白》:1.1.105)也预示着故事要在黑夜中发展。麦克白在黑夜中将国王杀死,有台词称:"像这样可怕的夜晚,却还是第一次遇见。"(《麦克白》:2.4.225)黑夜中萌生出罪恶、谋杀睡眠,在弑君完成之后,罪恶使得白昼和黑夜的分界线混淆:"差不多到了黑夜和白昼的交界,分不清是昼还是夜。"(《麦克白》:4.4.240)黑夜成为罪恶的象征,麦克德夫夫人在面对刺客的时候厌恶地回答道:"我希望他(麦克德夫)是在光天化日之下,你们这些鬼东西不敢露脸的地方。"(《麦克白》:4.2.254)

而黑夜中的睡眠,在这之上则意义更深:从生理上看,《麦克白》中的睡眠分成两种:一是主动抛弃的睡眠,二是被动剥离的睡眠。班柯的睡眠被他自己主动抛弃,是对罪恶的拒绝:"催人入睡的困倦像铅块一样压在我的身上,可是我一点也不想睡。慈悲的神明!抑制那些罪恶的思想,不要让它们潜入我的睡梦之中!"(《麦克白》:2.1.213)相比之下,要进行谋杀的麦克白则说:"我仿佛听见一个声音喊着:'不要再睡啦!麦克白已经谋杀了睡眠'。"从心理上看,麦克白扼杀睡眠的根本原因是扼杀了自己的"善",暴露出内心的真实欲望。弗洛伊德在研究中指出,睡眠时的人最容易暴露邪恶或美好的天性。在生理上缺乏睡眠的时候,非理性的冲动过大占据了理性的克制,也更容易萌生恶行。②

睡眠本该是在黑夜中被安享的事物,然而邓肯、麦克白、麦克白夫人却无一人能够获得清白的睡眠,这本身就已经是一种悲剧。同时,也有研究者把这样一种指向死亡的睡眠看作精神的解脱,活着的人无法安睡,似乎只有死亡才能带来真正的安宁,在这个意义上,《麦克白》的悲剧性又得到了新的拓展与延伸。

---

① 德·昆西:《论〈麦克白〉剧中的敲门声》,见杨周翰编选《莎士比亚评论汇编》(上),北京:中国社会科学出版社,1979年,第223—228页。

② 弗洛姆:《梦的精神分析》,叶颂寿译,北京:光明日报出版社,1988年,第19—25页。

第十节 《安东尼与克莉奥佩特拉》

《安东尼与克莉奥佩特拉》是莎士比亚在 1606—1607 年间创作的一部悲剧，登录于 1608 年 5 月 20 日纸商公会的登记簿上，在剧作家去世后的 1623 年首次出版。

故事最早来源于普鲁塔克的《安东尼传》，叙述了公元前 43 年罗马执政官安东尼、屋大维（本节中奥克泰维斯·凯撒简称为屋大维，以与裘力斯·凯撒相区别）和莱必多斯组成同盟，在次年的腓立比战役中打败勃鲁托斯和卡西厄斯，后者因谋杀裘力斯·恺撒而叛离外逃。安东尼胜利而归，召见埃及女王克莉奥佩特拉，问责其援助勃鲁托斯、卡西厄斯之罪，却与女王一见钟情。

莎士比亚的剧作并未完全按照《安东尼传》的故事讲述，而是进行了一定程度的改编：重点强调安东尼在政治和爱情之间的摇摆与挣扎，并讲述了爱情走向悲剧的过程。戏剧中绝大部分篇章用以描写安东尼和克莉奥佩特拉的感情生活，当时文艺复兴潮流兴起，人们对人性有了崭新看法，不再一味鼓吹纯洁美好的感情，而是更多地看到人性中的欲望，人文主义在解放人性的同时也催生出道德低下的现象，人的恶欲膨胀。而伊丽莎白一世晚期的英国对文学创作严加管束，剧作家难以对社会历史进行如实批判，这一点在女王去世后愈发恶劣。因此莎士比亚绕过了直白的批评，借用罗马政史影射英国现况。剧作中罗马共和国衰落、新一代帝国正在崛起的过程暗合都铎王朝的结束和苏格兰国王詹姆斯六世（后称詹姆斯一世）开创斯图亚特王朝的时期，对应着英格兰政权更迭与帝国心态膨胀的历史，融合历史、爱情、悲剧为一炉，演绎了一个传奇的故事。

安东尼是罗马的三大执政官之一，却沉迷于埃及女王克莉奥佩特拉的爱情，日渐疏忽国家事务，他抛下自己的妻子离开罗马，在埃及与女王相伴。后来罗马遭受庞贝的叛乱、海盗和东方帕提亚人的入侵，安东尼的妻子富尔维娅战死，安东尼才重回罗马。为巩固与屋大维政治同盟，安东尼与其妹联姻，这引起克莉奥佩特拉的不满。安东尼始终无法忘记埃及女王，在战事停歇后第一时间回到她的身边。后来庞贝被杀，安东尼和屋大维形成对峙局面，安东尼受到克莉奥佩特拉的影响，选择放弃陆上战争而进行不擅长的海战。在战争中克莉奥佩特拉逃走,安东尼随之逃离,战争以失败告终。安东尼自杀身亡,克莉奥佩特拉用尼罗河特有的毒蛇自螫而死。

《安东尼与克莉奥佩特拉》首先是一部爱情悲剧。剧作开始的时间是公元前40年,其时安东尼42岁,克莉奥佩特拉29岁,他们的爱情与普通年轻男女不同,在热烈的激情之外,有诸多不完美的细节。莎士比亚在剧中对两人感情的美好和矛盾都不吝笔墨,写克莉奥佩特拉在爱情里的占有欲和控制欲,利用魅力、各种手段以保全爱情。这种矛盾增添了人物的立体感,同时也可以传达出更加热烈的感情。"我要立一个界限,知道你能够爱我到怎么一个极度。"(《安东尼与克莉奥佩特拉》:1.1.5)"大半个世界都在愚昧中失去了;我们已经用轻轻的一吻,断送了无数的王国州郡。"(《安东尼与克莉奥佩特拉》:3.8.73)

有学者将这部悲剧归为性格悲剧。因为埃及当时的国家力量远不如罗马,所以安东尼的毁灭并非来自外力助推,而是内在激情和自我理性的冲突。与在《罗密欧与朱丽叶》中不同,莎士比亚不是仅仅渲染爱情的热烈美好、不顾一切,而是写出了爱情招致的毁灭。这里对"爱情"的态度虽然依旧建立在人文主义的精神之上,但这时候莎翁重点突出了理性精神的重要。

故事中的主角在爱情中不乏世俗的忧愁和矛盾,在感情的美好里不乏偏执和欲望的表现,理性的道德观和感性的激情在对撞、冲突里体会挣扎与痛苦。安东尼和克莉奥佩特拉的感情也许在某些方面招致指摘,但这样的种种不完美恰好反映人生的真实境遇。在世俗的眼里,安东尼"本来是这世界上三大柱石之一,现在已经变成一个娼妇的弄人"(《安东尼与克莉奥佩特拉》:1.1.5),这种与理性相悖的爱情抉择体现出人物情感的不可阻挡。爱情似乎并不完美,但于他们而言却成就了彼此的世界。在政治上,屋大维取得了胜利;但是在人性的自由和抒发上,安东尼与克莉奥佩特拉赢得了毫无疑问的胜利。剧中的屋大维评价道:"他们这一段悲惨的历史,成就了一个人的光荣,可是也赢得了世间无限的同情。"(《安东尼与克莉奥佩特拉》:5.2.130)在故事的最终,他们共同抵抗世俗的眼光,沉浸于自己与彼此的世界中,是一首荡气回肠的爱情凯歌。

莎士比亚的剧作思想深刻,具有广泛而直接的社会批判意义,剧作还表达了不择手段追求权力会腐蚀人的心灵,并批判了罗马内部各种政治力量的互相对抗和争斗。剧作中可以明显地区分出两个世界,即以罗马为代表的西方世界和以埃及为代表的东方世界,截取的历史时期是埃及文明的衰落时期,也是西方的崛起时期,"埃及的诗的讲述同充满了阴谋的险恶的罗马形成鲜明对照"。在西方的世界,安东尼代表的是权力厮杀和冷酷的斗争,而埃及代表的东方文明在托勒密王朝里固守自身,长久保持一种封闭和神秘的状态:"我们白天睡得日月无光,夜里喝得天旋地转"(《安东尼与克莉奥佩特拉》:2.2.34),政教合一的君主专制文化使得克莉奥佩特拉既是神权的代表,也是王权的象征,因此她与国家势力的斗争远不如安东尼那么激烈,与当时象征西方理性世界的罗马毫不相同。

先进文明的古罗马代表的是帝国殖民世界,与之相对的埃及在罗马人眼中是神秘、落后、迷信、颓废的象征,克莉奥佩特拉对古老文明的守护彰显出一种野性和狂欢的原始力量。在这场爱情与政治冲突的背后其实是两种不同文化的矛盾对立和互相融合。屋大维是罗马政治的体现,他和克莉奥佩特拉的对话反映出西方殖民文化和埃及原始文化的冲突,而安东尼则在其中扮演融合的角色,三个人物在剧情的交锋中体现出了政治话语的对立。剧作中的罗马战胜埃及,象征的是古代西方对东方的殖民,而最后主人公双双自杀体现了莎士比亚对于帝国殖民文化的反思。莎士比亚从最开始的个人爱情的"世界",到后来的失去国土的"世界",再到最后自杀时义无反顾选择的永恒的爱情"世界",这样的叙述思维,说明其将人文主义置于精神的最高点,引领人性走出物质和狭隘的个体,最终达到真正自由的境界。

安东尼的人物形象的塑造是这部剧作的另一个成功之处,他有着过人的胆识和雄辩的口才,也是战场上的常胜将军,他的属下把他视为战神的象征:"从前他指挥大军的时候,他的英勇的眼睛像全身盔甲的战神一样发出棱棱的威光"(《安东尼与克莉奥佩特拉》:1.1.5),有时也用赫剌克勒斯来比喻安东尼的勇猛强大的力量。但安东尼自从迷恋上克莉奥佩特拉之后,懈怠国事、决断错误,甚至在战争中逃离,在安东尼和屋大维的海战中惨败之后,文中说"这是安东尼所崇拜的赫剌克勒斯,现在离开他了"(《安东尼与克莉奥佩特拉》:4.3.91)。由此我们可以看到安东尼的两个形象:一个在和克莉奥佩特拉的恋情里无法自拔,沉溺于享乐和情爱;一个从道义出发把这场恋情看作一个错误,是对国家、对人民的背叛。安东尼的内心因此分为两个世界,一个属于罗马的理性王国,另一个属于埃及的情爱声色。他的两种性格在故事发展里构成一种互相斗争又不时妥协的矛盾,用弗洛伊德的理论来说就是"自我"和"本我"的对立。象征内心欲望和冲动的"本我",是发自原始本性的特征,仅仅依靠快乐原则行动,是唯乐主义的表征,爱欲给他带来满足和补充,这是安东尼和克莉奥佩特拉在一起时的心理状态。"自我"在"本我"的基础上分化出来,遵循现实要求,以合理的方式满足或者制约"本我",强调现实的意义强过享乐,安东尼的理性是他的政治生活,需要权衡利弊、冷峻无情,而在克莉奥佩特拉那里,他的有序和理智被爱火吞没:"让罗马融化在台伯河的流水里,让广袤的帝国的高大的拱门倒塌吧,这儿是我的生存的空间。纷纷列国,不过是一堆堆泥土。"(《安东尼与克莉奥佩特拉》:1.1.6)他也对自己做出过警醒和告诫:"我必须割断情丝离开这迷人的女王,千万种我所意料不到的祸事已在我的怠惰中萌蘖生长了。"(《安东尼与克莉奥佩特拉》:1.2.13)但可惜的是,在尼罗河的土地上,理性的力量始终无法动摇他对埃及女王的迷恋,以至于被部下如此评论:"他的整个行动,已经不受他自己驾驭了,我们的领袖是被人家牵走的,我们都是供妇女驱策的男子。"(《安东尼与克莉奥佩特拉》:3.7.72)

克莉奥佩特拉的原型是埃及女王,所代表的是神秘的东方世界,充满了和西方迥异的野性活力。剧中的克莉奥佩特拉以自己的美貌和魅力获取爱情与庇护:"最丑恶的事物一到了她的身上,也会变成美好,即使她在卖弄风情的时候,神圣的祭司也不得不为她祝福。"(《安东尼与克莉奥佩特拉》:2.2.36)在爱情中她又拥有极强的占有欲,在安东尼返回罗马帝国时甚至还会玩弄手段:"要是你看见他在发恼,就说我在跳舞;要是他样子很高兴,就对他说我突然病了"(《安东尼与克莉奥佩特拉》:1.3.15)。她是与安东尼截然不同的另一种生命状态,在对克莉奥佩特拉的描述里,燃烧的火焰象征热烈的情欲,变化多端的月亮象征多变的性格,而情节的变化也带来形象的变化。最初的变化多端、嫉妒和肉欲在毅然赴死时变成了坚定和勇气,她比喻自己"像大理石一般坚定",死亡之前讲述自己"我是火,我是风"(《安东尼与克莉奥佩特拉》:5.2.127)。

克莉奥佩特拉身为女王,至高的王权与神权的结合带来最高的统摄力和原始的控制力。剧中安东尼在思念克莉奥佩特拉的时候,比喻她为"古老的尼罗河的花蛇"。蛇在埃及是神权和王权的象征,成为埃及女王的中心意象。克莉奥佩特拉被蛇咬死的方法在那时看来是一种不朽的死亡。尼罗河的泛滥、丰收、河畔的花蛇、鳄鱼等意象结合起来构成克莉奥佩特拉特有的人物色彩,正如尼罗河的泛滥会带来洪水,而洪水带来的淤泥又可以继续带来丰收。尼罗河的生命意义是克莉奥佩特拉的生命力表征,她一边是永远充沛的热情和活力,一边又是可怕的破坏和颠覆。

安东尼接近克莉奥佩特拉相当于接近一种生命的呼唤,而屋大维视克莉奥佩特拉为女性统治的权力象征,她对罗马的威胁来自高度独立的女性形象,对男性的政治范围有极强的威胁力。

作为一部描写伟大人物炽热激情的作品,《安东尼与克莉奥佩特拉》大量使用了"狂欢化"手法。巴赫金说狂欢化是回归人与他人的联系,狂欢节世界感受使沉迷于日常世界的人们在关系中展露完整人性。福克纳也指出,狂欢化里的人物通过物质—肉体进行变形,把严肃和恐惧拉低化为荒诞和滑稽。剧中严肃战争的残酷被情感的力量解构,权力和争斗在感情的面前被瓦解,形象的戏拟中体现的是个体的解放与狂欢。安东尼的理性自我被情欲和肉体拉回到基础的激情里,在寻欢作乐里进入低一层的世俗感情,原本安东尼身上理性的特质被他的感情所遮掩覆盖,他与克莉奥佩特拉的情欲和寻乐正是巴赫金所说的"狂欢化"生活状态。

其次,剧作中(尤其是在描述埃及世界时)常常描绘宴席、笑声,这样的表现就是狂欢化中"节日的诙谐"。在笑声和调侃之中,原本的禁欲主义和教条被打破,人的天性得到释放。埃及语言中大胆直白的平民化世俗语言、自由含混的笑声和杂语与罗马世界的理性、严肃和秩序相对立,共同架构出民间的广场语言和冷漠的官方语言的对立。广场语言中对原本神圣之物进行戏拟、嘲讽,是狂欢化叙事"脱冕"的表现。在克莉奥佩特听说安东尼再婚时她说:"让埃及溶解在尼罗河里,让善良的人都变成蛇吧!"(《安东尼与克莉奥佩特拉》:2.5.43)这里运用了《圣经》中的意象,将魔鬼撒旦的变形反向用到上帝所肯定的善人身上,这样的戏谑以庄严的神学意象为调侃的对象,是典型的"狂欢化"叙事。另外,在很多对白中,动物和人的界限模糊,例如"污秽的大地养育着人类,也养育着禽兽……",角色被比作狮子、蛇、野鸭等等,意象的纷杂构成集体化的狂欢化形象。

第十一节 《雅典的泰门》

《雅典的泰门》创作于 1607 年左右,是莎士比亚悲剧创作的尾声,自出版以来便因为语言粗糙、结构松散、人物性格变化突兀等原因受到批评家很多诟病。[①]泰门这一形象取材于普鲁塔克的《亚西比德传》。亚西比德是雅典将军,他生活奢华,导致入不敷出,因挑起西西里海战使雅典元气大伤,最终输掉了伯罗奔尼撒战争。

剧作以古希腊城邦分治时期的雅典为背景,讲述了泰门从家财万贯的理想主义者变成一贫如洗的厌世者的过程。泰门是雅典极为富有的贵族,他性格和善、乐善好施,经常设宴款待宾客,因此他的身边聚集了一大群形形色色的“朋友”。“朋友们”对他恭维备至,泰门也常常慷慨馈赠他们。很快,他的财产就消耗殆尽,负债累累,他以为他的“朋友们”会像他一样慷慨无私地帮助他,仍如往常一样不断赠送礼物给讨好他的“朋友”,谁知债主上门时,他们马上与泰门断绝来往。泰门向“朋友们”寻求帮助,四处碰壁之下,泰门终于认清了他们的虚伪本性。为了惩罚这些忘恩负义的人,泰门再次举行了一次宴会,邀请了往日的“朋友”,他们以为泰门之前是故意装穷来考验他们,纷纷前来向泰门嘘寒问暖,泰门给他们端上的晚餐是白水和石头,把碗里的热水泼在这些人的脸上,咒骂他们,然后用碗碟把他们赶跑。从此,泰门离开了雅典城,躲进海滨附近的树林里生活,靠树根充饥。泰门在树林里发现了一罐金子,人们听说这一消息后,纷沓而至想要泰门将金子分给他们,泰门对人性彻底失望了,他成为一个“恨世者”,开始仇视一切、诅咒一切,最后在绝望孤独中凄凉地死在海滨。

泰门是莎士比亚塑造的一个具有人文主义特征的理想人物。他性格和善、乐于助人,他对朋友竭诚相待,每当朋友有什么困难,他总是不问缘由,义不容辞地予以帮助,而且不要求有任何回报。他常常大宴宾客,无论什么人都能参加,受到他热情的款待,每当别人送给他一件礼物,他一定拿出比别人贵重几倍的东西来作为答谢。就是对他的仆人,他也尽心帮助他们,当他得知仆人路西律斯因

---

① 郑杰:《从〈雅典的泰门〉看早期现代英国社会的伦理焦虑》,《外国文学研究》2016 年第 1 期。

贫困和地位低下无法与恋人终成眷属时，他主动拿钱出来帮助路西律斯成婚。

　　泰门起初是一个极度理想主义的人，他用天真的近乎儿童的视角看待世界。在他的心目中，金钱并不重要，朋友间真挚的情谊才是世间最宝贵、最高尚的东西，他试图通过物质上的施恩获得精神上的报答。泰门以为社会是等额回报、互利互惠的良性循环，他的广施金钱定能换得友谊的回馈，当管家提醒他的家产已经入不敷出时，泰门不以为然，他相信受过他恩惠的人们也会像他一样为朋友慷慨解囊，帮助他还清债务。谁知债主上门时，那些往日围在他身边谄媚逢迎、口口声声愿意为泰门大爷效劳的"朋友们"个个恩将仇报、翻脸无情。泰门的乌托邦世界在现实的打击下土崩瓦解，他原本将世界视为无比和谐的理想社会，以至于无法承受理想与现实之间的巨大落差，变成一个"恨世者"，开始怀疑一切，咒骂世界上的所有人。正如剧中的哲学家艾帕曼特斯所说，泰门"只知道人生中的两个极端，不曾度过中庸的生活"（《雅典的泰门》：4.2.71）。他的认识永远是极端化的，无法在其中找到一个平衡点，或毫无来由地轻信他人，或毫不辨别地怀疑世上的一切人，极端的理想主义导致了极端的厌世，这样一个单纯的二元对立世界注定是无法在现实社会立足的，因此泰门不可避免地走向死亡。

　　泰门为人正直、待人平等，但实质上，他的身上有着贵族阶级与生俱来的阶级局限性。他的慷慨并非纯粹出于善心的不求回报的无私奉献，一方面，他已然将自己摆在了高于他人的位置上，他享受施恩带来的他人的敬仰与尊崇，这种被吹捧为"救世主"一般的荣誉带来的巨大满足感，使他加倍施恩于他人，因此"谁替他做了一件事，他总是给他价值七倍的酬劳；谁送给他什么东西，他的答礼总是超过一般酬劳的极限"（《雅典的泰门》：1.1.16）。

　　另一方面，慷慨赠予是贵族的传统，这种美德为封建主所享受的特权和财富提供了合法理由。雅典是英国社会的折射，在传统的封建社会中，贵族领主拥有大量土地和财富，在经济上占绝对优势，他们习惯借慷慨的赠予收买被统治阶级的忠诚，以维系其统治，如"詹姆斯一世和查理二世都挥霍无度，常常过分轻率地收买他们的奴仆以求获得他们的忠诚和好感"。这种惯习正是泰门显示其贵族身份的一种方式，隐藏了一种与生俱来的经济优越感和高高在上的姿态。泰门所谓的友谊实际是建立在不平等的人际关系上的，是"自上而下"的封建主和受惠者之间的权力关系。剧中无论是出身贫贱的仆人，还是诗人、画家，抑或是商人、贵族元老，只要受过泰门恩惠的，都被称为泰门的"仆人"，表示被泰门征服，愿意为泰门效劳。泰门凭借巨大的财力轻而易举地立于社会的中心,他是宴会活动的组织者,是各类食客的资助者,这种经济优势使各种各样的人都向泰门奉上谄媚与恭维,在他面前屈膝。真正的友谊是建立在平等基础上的,泰门一开始便在潜意识中否定了这一基础,因此他借友谊之名所建立的注定是一场虚空。泰门在不自觉间将自己置于更高的地位,尽管他大肆赞美友谊和朋友间的真诚,对他人言必称"朋友"或"兄弟",然而在行动中,他却处处表现出对友谊的拒绝。泰门拒绝他者来回应他的恩德,如他解救文提狄斯出狱后,文提狄斯继承了父亲的财产,提出两倍支付泰门为他所付的赎金来报答泰门的大德,而泰门果断拒绝了,他说:"那笔钱是我送给您的,哪有给了人家再收回来之理?"(《雅典的泰门》:1.2.17)他在和贵族的交往中总要馈赠对方更加贵重的礼物,这样将对方永远置于道义责任上的亏欠方和劣势方,使得泰门必不可能获得他理想中的友谊。而他把所有人都当作假想的朋友,因此一旦遭到朋友的背叛,便将这种愤怒指向了所有人类。

　　泰门在他人的阿谀奉承中构建了一个"他我"的形象,他通过慷慨的礼赠与豪奢的筵席来打造自己光鲜亮丽的社会身份,获取来自其他社会成员的社会价值判断,他已经忘记了真实的自我,完全陷入身份的桎梏中。而当他看透现实的虚伪时,他扯掉了身上的面具,抛弃了为他人构建的"他我"形象,彻底摆脱了贵族的身份,在树林中与野兽为伍,他咒骂世上的一切人,希望把雅典人全都消灭掉,这种情感上的宣泄让泰门的形象彻底扭曲,逐渐走向了"非我"。有学者认为,"泰门的慷慨行为中的强势性表明他身上的野性并没有因'驯化'而被消磨",这种野性只是暂时被转移到了一种道德目标上,"当'友谊'到头来被证明只不过是一个谋利的幌子——也就是说,当道德驯化的工具最终失去效力时,泰门身上那桀骜不驯的能量便立刻在对人类的仇恨上找到了宣泄口"①。这种观点认为泰门对人类的疯狂诅咒与仇恨并不是一种"智识立场",而是生命本性中涌动的一种野性的显现,这种"狂野的能量"在前半部被驯服,表现为极度的慷慨和爱荣誉,而在后半部分失去控制,表现为无差别的、毫无节制的愤怒与仇恨。

　　除去性格缺陷和阶级局限性,泰门的悲剧更是社会伦理悲剧,再现了英国伊丽莎白和詹姆斯一世时代封建领土经济关系向资本主义经济关系转型带来的新

---

① 陈雷:《"血气"的研究——从柏拉图的角度看〈雅典的泰门〉》,《外国文学评论》2011 年第 3 期。

旧社会伦理秩序冲突及其给个体带来的灾难性后果。17 世纪初期,英国处于都铎王朝向斯图亚特王朝的转变期,封建主义自然经济逐渐崩溃,资本主义商业经济日益兴起,冲击着以往的道德传统。在新兴资本主义经济中,以土地为主要收入的封建贵族面对不断上涨的物价和相对低廉的租金收入,大多数只能靠借贷维持日常生活。16 世纪晚期,大多数地主(包括英国当时最有权势的王公贵族)均身负巨额债务,他们的土地以抵押的形式流入城市商人、外贸批发商、零售商和律师的手中。泰门本来拥有广阔的土地,当他向管家提议变卖土地来偿还高利贷时,被告知如今"土地有的已经变卖了,有的已经抵押给人家了;剩下来的还不够偿还目前已经到期的债款"(《雅典的泰门》:2.2.33)。泰门遇到的困境正是当时英国封建领主经济困境的真实写照。在这种经济模式下,双方对等的借贷关系也就是"高利贷"逐渐成为经济行为中的惯例,经济关系的变化导致社会伦理关系的变化,"建立在契约之上的借贷伦理代替了贵族和士绅所信奉的'资助'伦理"①。而泰门坚守着旧有的封建伦理秩序,他借贷正是为了继续通过向他人馈赠来换取他人的臣服,维持封建领主的身份,最终新的伦理体系推翻了他深信不疑的馈赠原则,泰门因为无力偿还高利贷而走向了自我毁灭。这个矛盾交换的背后隐藏的是残酷冷峻的商业意识对传统封建价值的无情嘲弄和践踏,在这个只顾私利的新世界里,任何固守旧有道德价值传统的尝试注定会带来毁灭。

在封建主义向资本主义变更的时期,人们深受封建政治压迫和资本主义经济剥削,金钱日益成为社会的杠杆,资产阶级、新贵族同王室之间的斗争也日益公开化,严峻的社会现实使莎士比亚的人文主义理想遭受严重挫折,莎士比亚借助泰门的形象对人文主义进行了重新思考,控诉了英国社会的丑陋与黑暗。泰门是莎士比亚理想中的封建领主,他坚守着一个完美封建领主的责任和义务,他的理想主义精神与当时的世界是格格不入的,在这个金钱吞噬一切的世界,他的乌托邦式的幻想注定不能实现。连封建社会的最高统治者、决策者,元老院的元老们都早已背弃封建伦理,当泰门无法偿还高额利息而破产时,泰门的债主、雅典的元老们华丽转身,纷纷成为新经济关系下的获利者——放贷人。泰门孤身无力对抗强大的现实,只得逃离社会,走进森林。泰门最终怀着厌世和绝望的情绪死于海滨的洞穴中,他的这种对待黑暗现实所持的消极反抗态度标志着莎士

---

① 郑杰:《从〈雅典的泰门〉看早期现代英国社会的伦理焦虑》,《外国文学研究》2016 年第 1 期。

比亚人文思想的低落,宣告着人文主义者改造社会理想的彻底失败。泰门离开雅典,象征着他对人类社会的失望,莎士比亚试图让泰门回归自然,在自然中寻找出路,他躲进原始森林,以树根为食,谁知在树林中挖出了金子,再次引来贪婪的人类。泰门在自然中也无处寄托理想,死亡成为他唯一的出路,预示着莎士比亚对人类所有自我解救行为的终极否定。

在《雅典的泰门》中,当泰门家财万贯时,上至贵族军官,下至知识分子,全都围在泰门身边,对他极尽赞美之词;当泰门面临破产时,曾经受过他恩惠的人纷纷变了嘴脸;而泰门再次举办宴会时,他们以为泰门之前是装穷来考验他们,纷至沓来,假模假样对泰门嘘寒问暖,丝毫不复之前的虚伪无情。泰门在森林中发现了金子,人们蜂拥到来,想要泰门像之前一样把金子馈赠给他们,雅典的元老们甚至邀请泰门回去接受大将的尊位。人的贪欲与虚伪使得世界上没有一块净土,处处都成为追求财富的场所,连文艺复兴时期人文主义大师的精神圣地雅典也"变得一天不如一天了",古希腊文化中的理性精神一去不返,人成了金钱的奴隶,高利贷成为维持社会运转的经济基础,现实的人性摧毁了理想的秩序与和谐,象征着"人文主义伦理的覆灭"。

情节结构上,莎士比亚贯行了多线索并行的创作手法。剧作拥有两条线索,主线是泰门由富有的贵族走向倾家荡产,最后愤世而亡,副线是艾西巴第斯将军为雅典的爱国之士求情而被元老院放逐,随后兴兵讨伐元老。两条线索相互交错,主线统辖全剧,副线补充和陪衬主线,莎士比亚一方面嘲讽了封建伦理的虚伪性,一方面谴责了资本主义商业社会中"金钱至上"的极端利己主义风气。剧作家广泛运用二律背反原则,使剧情彼此相衬、互为对照。如泰门与艾西巴第斯的遭遇近似,却有不同结局,泰门在对人类的愤恨中死去,他把金子交给艾西巴第斯,企图说服他毁灭雅典城,而艾西巴第斯以理智克服了胸中强烈的复仇欲望,他领兵讨伐雅典,只要雅典交出迫害他和泰门的元老们,其余一概不论,还下令严禁部下士兵擅离营地,扰乱城中的治安,违者严惩。艾西巴第斯的结局为泰门提供了另一种可能,使悲剧又洋溢着一丝乐观精神。戏剧在悲剧因素中插入了喜剧因素,形成一种深沉庄严和尖锐讽刺相结合的基调,气氛张弛相间,具有强烈的艺术感染力。

第十二节 《科利奥兰纳斯》

《科利奥兰纳斯》创作于 1607 年前后，是莎士比亚的罗马历史剧之一，标志着他悲剧创作的结束。该剧自创作以来一向不为戏剧史学家所重视，被认为"缺乏莎氏其他著名悲剧中特有的震撼人心的艺术魅力"。

《科利奥兰纳斯》以罗马共和初期为背景。罗马城由贵族元老执政，阶级对立严重，贫富差异悬殊，戏剧开场，罗马因饥荒陷入了一片混乱，饥饿的市民将矛头指向了贵族代表马歇斯。贵族为了安抚闹事的平民，允许其推选护民官参与城邦管理。此时，伏尔斯人突然起兵攻打罗马，人民将注意力转移到如何保卫城邦上。马歇斯率领罗马军队出征，攻占了伏尔斯人的科利奥城，胜利而归，受到人民的热烈欢迎，并被罗马元老授予"科利奥兰纳斯"的荣誉称号。由于他在战斗中的英勇，元老们推举科利奥兰纳斯为新的执政官，但他必须穿上表示谦卑的粗布衣，在民众面前讲述自己的功勋，并把在战争中留下的伤痕坦露给民众，以请求民众的同意。科利奥兰纳斯并不愿意这样做，但在母亲伏伦妮娅的恳请下，他勉强装成谦卑恭顺的样子去请求民众。罗马市民虽对科利奥兰纳斯的高傲有些不满，但因其对罗马城邦的巨大贡献，口头同意了他的请求。正待元老院通过对他的任命时，两位护民官担心一旦科利奥兰纳斯当选，便再无护民官的用武之地，于是故意刺激科利奥兰纳斯，使他在民众面前再次流露出高傲、鄙弃的神情，又煽动民众，说科利奥兰纳斯当选之后便会加重对民众的压迫。市民在西西涅斯、勃鲁托斯的蛊惑下收回了之前的决定，并将科利奥兰纳斯逐出了罗马。为了报复罗马，科利奥兰纳斯投靠了敌人伏尔斯人，并引敌攻打罗马。兵临城下时，科利奥兰纳斯在母亲的跪求下撤退，被伏尔斯人的将领奥菲狄乌斯以叛徒之名杀害。

《科利奥兰纳斯》取材于普鲁塔克《科利奥兰纳斯传》。除了上述科利奥兰纳斯的相关故事之外，普鲁塔克只记载了伏伦妮娅劝说科利奥兰纳斯退兵的说辞，莎士比亚对伏伦妮娅这一形象进行了重新塑造，增添了她的许多戏份，赋予她更鲜明的人物性格，加深了伏伦妮娅与科利奥兰纳斯悲剧的牵绊，并扩充了两位护民官在科利奥兰纳斯被逐这一事件中的作用。

　　罗马市民与科利奥兰纳斯之间的冲突展现了罗马政治和社会语境下的一场政治博弈,民众在剧中起着举足轻重的作用,但博弈的双方实际上是护民官与科利奥兰纳斯。西西涅斯和勃鲁托斯号称他们的所作所为都是为了人民的最高利益,是为失语的民众提供领导力量与话语声音,事实上,他们担心的只是强硬的科利奥兰纳斯上台后自己会官位不保。西西涅斯和勃鲁托斯深谙政治阴谋,他们十分明白科利奥兰纳斯的性格短板:"他初握政权,地位还不能巩固,可是他将要失去他已得的光荣。"(《科利奥兰纳斯》:2.1.415)为了维护自己的权力,他们布置了一场针对科利奥兰纳斯的阴谋,一方面诱导科利奥兰纳斯在民众面前说错话;另一方面竭力煽动群众,暗示科利奥兰纳斯对民众怀有深深的敌意,他上台后一定会对民众不利。遵循着这样的谋略,在民众口头答应科利奥兰纳斯当选执政官后,西西涅斯和勃鲁托斯拨弄舆情,夸大科利奥兰纳斯高傲的表现,反复强调其"暴烈的天性""骄傲的脾气",甚至直截了当地将科氏称为"人民的敌人"。在二人的攻势下,市民的情绪立刻转变,反对科利奥兰纳斯就任。颇具讽刺意味的是,尽管二人对政治阴谋使用得游刃有余,政治眼光却极其短视,他们只关心自己眼前的利益,将整个城邦推入了危险境地。当听说科利奥兰纳斯带领伏尔斯人来犯时,他们完全没有承担责任的能力和勇气,第一反应就是推托罪责"不要说这是我们的错处"(《科利奥兰纳斯》:4.6.479),更反映了他们当初政治目的私利本质。

　　16世纪的英国君主在新兴资产阶级和新贵族的支持下稳固王权,他们在经济势力迅速壮大后希求更多的政治利益,由此拉开了议会与专制王权斗争的序幕。在当代政治体制中,双方政治集团均打着代表民意的旗号以企图在政治博弈中抢占舆论先机与道德高地,事实上为了党派利益,国家、人民利益不仅会被悄然搁置,必要的时候甚至还会受到损害。《科利奥兰纳斯》中的罗马市民延续了莎士比亚戏剧中民众的一贯"群氓形象":没有主见、不分是非、出尔反尔、反复无常,完全是一股非理性、无法捉摸的疯狂力量,极易被野心家左右和利用。莎士比亚把平民与贵族的阶级矛盾改写成由护民官一手挑起的政治动乱,民众沦为护民官操控政治的工具,透露了莎士比亚对罗马民主政治体制的某种透视和担忧,表达了莎士比亚对大众权威的否定以及对君主专制的拥护。

　　科利奥兰纳斯原名卡厄斯·马歇斯,出身高贵,仪表俊美,拥有典型的贵族荣誉观。他极其珍视贵族的荣誉,积极承担城邦公民的责任和义务,参加保卫罗马的战争,自幼在母亲的教育下培养起无畏的精神,少年时便奔赴沙场,斩获无数荣誉。马歇斯在战场上英勇异常,总是出现在战机最危殆的地方,第一次参加战争便胜利而归,他的身上负有二十多处伤,每一个伤疤都是他光荣战功的证明。在对阵伏尔斯人的战役中,马歇斯一马当先,为罗马军队攻占科利奥里城立下大功,由此获赠"科利奥兰纳斯"这一荣誉。科利奥兰纳斯具有真正英雄主义的品格,他从不夸耀自己的战功,"宁愿在赴战的号角吹响的时候,让人家在太阳底下搔我的头颅,不愿呆坐着听人家把我的一些不足道的小事信口夸张"(《科利奥兰纳斯》:2.2.419),他只把自己的流血牺牲看作对国家应尽的义务,视祖国的荣誉高于个人的幸福。科利奥兰纳斯珍视荣誉,却鄙薄金钱,他拒绝了把战利品中十分之一的财富送给自己的提议,只收了一个普通士兵应得部分,这种完全脱离了物欲的荣誉追求,具有人类理想的高尚性质。

而科利奥兰纳斯的性格无疑是导致其悲剧的重要因素。[①]他拥有贵族阶级典型的傲慢心理,视平民为草芥,与市民之间存在着尖锐的矛盾。科利奥兰纳斯的贵族理想导致他在政治上与民众的对立,他强烈反对选举护民官代表市民参与城邦管理,认为贵族的权力不能受到丝毫损害。他认为贵族天生英勇,在战场上英勇抗敌,保卫国家,理应成为城邦的管理者,而平民只会在和平时期聚众闹事,他用"恶狗""该死的东西""多头的水蛇""多头的怪兽"等形容民众,多次在民众面前表现出对他们的鄙弃与不屑。科利奥兰纳斯是决不愿在民众面前低声下气,甚至坦露身上的伤疤以求得民众的同意的,但在母亲的要求下,他只得暂时收起自己的高傲,向市民表示谦卑恭顺。显然,科利奥兰纳斯暴躁易怒的性格节制不了多久,在护民官的刺激下,他轻易地便将本性暴露无遗,招致了民众的厌恶。

科利奥兰纳斯在保卫罗马的战役中所向无敌,但由于他对市民的傲慢,他在战场建立的功勋不仅没有为他赢得市民的尊重,反而进一步加剧了市民对他的憎恨,他的谦虚与自矜也成为表达阶级偏见的武器,市民们把所有对贵族的憎恨都集中到他身上,虽然他们清楚科利奥兰纳斯为祖国立下的功劳,但在他们看来他的傲慢已经把他的功劳抵消了,人们嘲弄他所做的轰轰烈烈的事情只是为了"取悦于他的母亲,同时使他自己可以对人骄傲"(《科利奥兰纳斯》:1.1.378),这

---

① 张丽:《谈科利奥兰纳斯的悲剧》,《赤峰学院学报》2012 年第 9 期。

就一下子消解了他作为英雄的全部意义。市民们最初甚至试图将科利奥兰纳斯从惩处叛国罪人的地方大帕岩推下去，最后才决定把他驱逐出罗马。

事实上，科利奥兰纳斯的意志力十分孱弱，在所有的重大事件决策中，他都不能按照自己的自由意志进行选择，而是不断地向母亲妥协。科利奥兰纳斯拒绝了贵族元老举荐其为执政官的决定，但母亲伏伦妮娅一定要科利奥兰纳斯参与，她的言语中充斥着逼迫性的字眼"你必须去""请您现在就去""必须这样做，非这样做不可。请你说你愿意这样做，立刻就去吧"，科利奥兰纳斯服从了母亲伏伦妮娅的意志，与此同时他也开始丧失自己的自由意志和自我。科利奥兰纳斯的第二次重大选择是为报被逐之仇投靠敌人攻打罗马，这一次母亲的干预仍然是至关重要的，所不同的是伏伦妮娅要做的不是怂恿而是阻止，伏伦妮娅下跪胁迫科利奥兰纳斯，科利奥兰纳斯再次顺从了母亲的心意。科利奥兰纳斯生长在罗马高贵的荣誉观下，对他来说，生命中最重要的就是高贵和荣誉，而屈从于母亲的意志使科利奥兰纳斯在失去自我的同时也失去了英雄的高贵，直到最后被奥菲狄乌斯以叛徒的名义乱剑杀死，失去了全部的荣誉以至生命。

作为科利奥兰纳斯的母亲，伏伦妮娅具有鲜明的男性品质，她以勇敢为至高的美德，以荣誉为至上的价值，同时也深通权谋和言辞，她虽无法直接参与政治，但充满男性的抱负，将政治理想全部寄托在科利奥兰纳斯身上。[①]伏伦妮娅以勇敢和荣誉来教育儿子，将儿子塑造成罗马最勇猛的战士，她不会怜惜儿子身上的伤痕，因为越多的伤痕代表着越高的荣誉，她宁愿有 11 个儿子为国家战死，也不愿一个儿子毫无作为。伏伦妮娅又试图将权谋教授给儿子，扶助儿子走向执政官的高位，她劝说科利奥兰纳斯："你现在必须去向人民说话，不是照你自己的想法，也不是照你内心的意愿，而是向他们说一些你硬搬来的话，尽管这些话是违背你本心的无耻谎言。"（《科利奥兰纳斯》：3.2.449）随后，她又设计出一系列动作和台词，指导科利奥兰纳斯如何在平民面前表演。在罗马陷入危机时，又是伏伦妮娅拯救了罗马，她先试图用情感充沛的话语打动科利奥兰纳斯，又指责科利奥兰纳斯辜负了她的养育之恩，最后向儿子下跪，换来了罗马的和平。伏伦妮娅荣归罗马城，受到罗马人的盛大欢迎，元老们甚至称她为"罗马的生命"。

《科利奥兰纳斯》以简单的情节建构起复杂的结构。科利奥兰纳斯在战场建

① 彭磊：《荣誉与权谋——〈科利奥兰纳斯〉中的伏伦妮娅》，《国外文学》2016 年第 3 期。

立奇功,参与执政官竞选,失败后投靠敌人攻打罗马,在母亲的劝说下撤回,被敌军杀死。简单的情节经过突转,营造出跌宕起伏的戏剧氛围。戏剧开场,饥饿的市民与贵族代表马歇斯发生了强烈冲突,矛盾不可调和之际,伏尔斯人进攻罗马,民族矛盾暂时缓和了城内尖锐的阶级矛盾。马歇斯得胜归来,人民不计前嫌,愿意让他成为新的执政官,即将尘埃落定之际,在两位护民官的挑拨下,隐藏的阶级矛盾再次被触发,民众发生暴动,将英雄科利奥兰纳斯逐出罗马。谁知科利奥兰纳斯转身投靠了曾经的敌人,反过来对罗马发动战争,胜利在望时,科利奥兰纳斯的母亲前来求情,双方停战。情节的交叉与急转极大地增强了戏剧的悲剧性。

第六章　莎士比亚的传奇剧

第一节　传奇剧概述

莎氏的传奇剧又被称为"田园喜剧",主要作品包括《泰尔亲王配力克里斯》(1608—1609)、《辛白林》(1609—1610)、《冬天的故事》(1610—1611)、《暴风雨》(1611)等。在莎士比亚戏剧创作中,此类剧目数量虽然不多,成就和地位也不算突出,但它以独有的特色在莎氏戏剧中占有一席之地。

17世纪初,英国女王伊丽莎白去世,来自苏格兰的詹姆斯一世开始了斯图亚特王朝的统治。与伊丽莎白女王相比,詹姆斯一世代表的是保守贵族的利益,他宣称"君权神授",把国王的地位置于法律和国会之上。在国教思想已经统治英格兰的情况下,詹姆斯一世的天主教复兴也是步履维艰。封建王权的进一步强化和宗教信仰的强力干预,激化了英国封建政权与新兴的资产阶级以及广大人民的矛盾。

莎士比亚在这一时期的创作中,一方面坚持其人文主义立场,真实地再现生活,暴露封建专制王权的种种罪恶,描写人文主义理想与黑暗现实之间的尖锐矛盾;另一方面,与前两个时期明显不同的是,戏剧中两种社会力量的冲突不再是剑拔弩张,既没有电闪雷鸣时李尔王对苍天大地的质问批判,也没有哈姆莱特癫狂外表下内心哲思的激昂狂乱,而是呈现出另外一种精神面貌:寂寥、淡然、神秘、凄冷而又喜悦,跌宕却又笃定,一出出人世间的悲欢离合,通过神话、魔法等超自然力量和大量的巧合回归道德的本质:纷繁的生活现象后面是因果关系的追问,人并不仅为揭示世界的丑陋而存在,坚信与守望美好善良才是旨归,为了热爱着的人类与世界,坚持良善的道德生活,宽恕与感化邪恶,这才符合人性的本质。莎士比亚晚期创作以诗人晚年的人生智慧和情思洞察世事,虽不炫目,却也辽阔深沉;阅尽沧桑,犹信善爱仁恕。

莎士比亚的传奇剧受到希腊传奇的影响,四部传奇剧具有相同的结构安排,借以表现破坏与重建之间的起承转合。具体来说在结构上包含了前史、冲突、高潮和结局四部分,前史以悲剧的基调作为故事的开端,人物之间的矛盾冲突层层加码,主人公遭遇的苦难接踵而至,事态朝着死亡和毁灭迅速推进;冲突带来了主要人物的分离,在高潮阶段得以聚拢,矛盾冲突在这期间解决,主人公的愿望得到实现,结局以欢乐的团圆回归原点。在上述情节安排中,前史和冲突之间的时间跨度一般比较长;事件发生的地点跨越两个以上国度;主要人物跨越两代人。

莎士比亚传奇剧承袭了希腊传奇的人物结构模式,传奇剧的人物大致包括主人公、忠心的仆人、反面角色、转折性人物和超现实人物五类。主人公是悲剧的起因,忠心的仆人是主要人物的保护者,反面角色是情节的催化剂,转折性人物是由悲转喜的契机,超现实人物是扭转局面的关键和传奇色彩的点缀。[①]

在情节模式方面,包含了希腊传奇的基本情节特征,如青年男女的爱情或者婚姻因遭遇障碍而被迫分离,最终经过了相认、和解等一系列曲折的过程得以团圆,海盗、海难、战争等是剧中常见的情节元素。

浓厚的传奇与浪漫色彩是莎氏传奇剧的主要风格。由于莎氏传奇剧的情节大多离奇怪异,变幻莫测,出人意料的偶然与巧合的因素较为频繁,加上诸如梦幻、神谕、魔法等神力描写异常突出,它们在剧情启动、演变、发展中起关键作用,因而使剧情充满着传奇与浪漫特色。

传奇剧故事情节常常会经历转悲为喜的曲折过程。剧中的人物命运似乎都操纵在神灵手中,当他们陷入毁灭境地时,神来之笔会使情节忽然化悲为喜。这类情节在传奇剧中经常出现。"乐观自信"是莎氏早期的喜剧特色,中期的悲剧中也不乏"悲喜交集"的场景,而这些借助神秘幻象匡正现实的传奇剧,转悲为喜恰好标志着莎士比亚思想发展的最后终结。

宽恕与和解是贯穿于莎士比亚传奇剧中最重要的思想特征[②],主要用于后期剧中矛盾的解决。不管邪恶曾经造成了多么大的损害,最终都会得到仁慈的宽恕,由此实现双方真诚的和解,人与人之间的裂痕得到了完满的弥合。莎士比亚在他的传奇剧中描写了比前期任何一部喜剧都要多的尘世的邪恶。然而比那

---

① 李萍:《论莎士比亚传奇剧结构模式及其功能》,上海师范大学硕士学位论文,2012 年。
② 成立:《莎士比亚传奇剧艺术探析》,《四川文理学院学报》2007 年第 3 期。

些悲剧接近于基督教观念的，在于此时的莎氏已经不再将匡正尘世邪恶的重任寄希望于尘世的力量。因此，几部传奇剧当中的矛盾冲突最终都是在某种超自然力量的干预下才得以解决，这样的浪漫传奇与他创作的主题有着密不可分的联系。正如《辛白林》中所说："……宽恕你是我对你唯一的报复，活着吧，愿你再不要用同样的手段对待别人！"

莎士比亚作为一个热爱生活的作家，即便在他创作的晚期面对自己多年的人文主义理想未能实现的现实，也从未对人类和未来失去信心，他把理想寄托于下一代年轻人。玛丽娜、伊摩琴、潘狄塔、弗罗利泽、米兰达等美好的形象，是他按照人文主义者的理想塑造的，他们是"人"最完美的体现，是莎士比亚人文主义理想的载体。

莎士比亚传奇剧的主题仍然是人文主义思想，但莎士比亚融合了基督教文化的善爱以及超越性，与世俗人本主义相结合，他在强调善爱仁恕的同时，也肯定了人的主体性与自由意志。剧中大量借用基督教文化意象，构建带有乌托邦色彩的场景，例如天命意识、受难意识、推崇宽恕仁慈等爱的品质。在结构上也遵循了受难—救赎的基督教叙事模式，其结局都是以婚姻的缔结或家庭的团圆来表示最终的和解，其中宽恕、仁慈与爱的品质都来自苦难的净化和洗礼。在传奇剧中我们不仅看到狄安娜女神、神王朱庇特、魔法、精灵等神秘的超验的力量，也看到无处不在的人的主体性，《泰尔亲王配力克里斯》当中，配力克里斯海难遇救的恩人是渔夫，使泰莎死而复活的是医生，玛丽娜陷淤泥而不染的原因则是自身的智慧、审慎、节制、博爱、坚毅，这些不仅是基督教宣扬的美德，更是人自由意志的产物，源于人的美德理念。

相较于悲剧、喜剧和历史剧的研究，对莎士比亚传奇剧的研究表现薄弱。在传奇剧的研究中，对单部剧（《暴风雨》）和主题的研究较多，对传奇剧的总体研究较少，运用新理论研究的成果也比较缺乏。

第二节　《泰尔亲王配力克里斯》

《泰尔亲王配力克里斯》创作于詹姆斯一世统治后期，这一时期英国社会矛盾进一步激化，但莎士比亚仍然坚持人文主义理想，戏剧创作带有明显的传奇色彩。

剧作讲述的故事最早出现在公元 2 世纪的古罗马帝国时期,当时流传着关于亲人失散团聚、神奇药方、人体变形等故事,诗人们以此为原型,创作了一部《泰尔的亚波龙尼斯的传说》。13 世纪的英国诗人约翰·高尔受到薄伽丘《十日谈》等作品的影响,创作了长诗《情人的忏悔》(又名《七宗罪的故事》)。莎士比亚在这两部长诗的基础上和另一位合作者完成了《泰尔亲王配力克里斯》,有学者认为这位合作者是曾经在莎士比亚剧团工作过的乔治·威尔金斯。

剧作讲述了泰尔亲王配力克里斯的坎坷遭遇。配力克里斯在安提奥克向公主求婚时接受了猜谜的考验,他顺利猜出谜底,但这个答案揭穿了国王安提奥克斯和公主的乱伦关系。配力克里斯警觉回避,但安提奥克斯仍然察觉到秘密泄露,于是派自己的仆从追杀配力克里斯。配力克里斯逃回自己的封地泰尔后将政事交给大臣赫力堪纳斯管理,自己迅疾离国。他首先来到塔萨斯,帮助总督克里翁和狄奥妮莎夫妇解决了当地的饥荒。之后漂流到潘塔波里斯,遭遇海难后被渔民救出,恰逢潘塔波里斯公主泰莎的生日暨比武大赛,配力克里斯在比武场与公主互生情愫,后娶公主为妻。几个月后,残暴的国王安提奥克斯和他的女儿因雷击而死,泰尔国内纷乱,于是配力克里斯和泰莎夫妇乘船从潘塔波里斯返回家乡。途中遭遇到暴风雨,又逢泰莎分娩,在生下女儿玛丽娜后,泰莎短暂晕厥却被其他人误认为死亡。水手们劝说配力克里斯把她的"尸体"装进箱子里扔下大海,以平息风暴之神的怒气。后来箱子漂流到了以弗所,泰莎被名医萨利蒙所救,她随后成为当地狄安娜神庙的修女。配力克里斯则把幼弱的玛丽娜托付给塔萨斯的克里翁和狄奥妮莎抚养,自己回到泰尔处理国事。

十四年之后,玛丽娜越发美丽动人,胜过狄奥妮莎的女儿菲罗登。狄奥妮莎因此心生嫉妒,暗中遣人想要杀掉玛丽娜,未料被海盗打乱了计划,玛丽娜由此被海盗俘获,后卖给了米提林的一家妓院,克里翁和狄奥妮莎对外声称玛丽娜已死。身处泥淖的玛丽娜始终保持自己的贞洁,甚至屡屡说服客人,惹恼了妓院老板,被送给当地的总督拉西马卡斯。前来寻亲的配力克里斯得知女儿"死亡"万分悲伤,变得有些精神失常,再度开始流浪。他流浪到米提林,玛丽娜的歌声唤醒了他的神志。随后他梦到狄安娜女神,听从其建议来到以弗所,并在神庙里与泰莎相认。最后,拉西马卡斯和玛丽娜成为泰尔的国王和王后,配力克里斯和泰莎留在了潘塔波里斯。

　　《泰尔亲王配力克里斯》是莎士比亚后期创作中最早凸显传奇剧色彩的作品。它初步展现了莎士比亚的传奇剧模式：主人公在最开始遭遇祸患，流离失所，在路途中经历波折，遭受妻亡女散的悲剧，在故事即将结束时遇到了神奇的力量，重获新生。这种结局安排体现了莎士比亚一直没有放弃过的人文主义原则，即丑恶不敌善和美，人类应该持守道德，忠心向善，坚持真理，并在最后获得自我人生的幸福。但《泰尔亲王配力克里斯》与其他的传奇剧又有所不同，它没有让善良感化恶人，或者让善意与恶意全部完成原谅和开释的任务，而是让恶人受到了应有的惩罚：例如他让乱伦的父女被天火烧死，让忘恩负义的克里翁和狄奥妮莎的宅邸被百姓焚毁，表达出善恶有报的思想。

　　作品中有明显的神话原型模式。配力克里斯在梦中梦到的是狄安娜女神，根据神的启示才找到了妻子："当着众人之前，哀诉你自己和你女儿的不幸遭遇，对他们详尽地表明一切。依着我的话做了，你可以得到极大的幸福，否则你将要永远在悲哀中度日。"（《泰尔亲王配力克里斯》：5.1.358）安提奥克斯父女的乱伦和《俄狄浦斯王》中的乱伦故事在性别上发生了倒置，但性质类似，都带有罪恶和谴责的意味，并在最后受到了天意（命运）的惩罚。但是《泰尔亲王配力克里斯》中，神灵的力量并没有明确的强制意味，也没有希腊神话中命运不可违抗的寓意，而仅仅是一种启示和提醒，真正掌握人类命运的依旧是人类本身。当配力克里斯遭遇海难时，是渔夫救了他；当泰莎昏迷后被装进箱子漂流到以弗所，也是当地的医生萨利蒙将她救醒；玛丽娜在逆境中是凭借自己的聪明才智获得了帮助，将改变自身命运的时机握在自己手中。这些都是人与人之间的救赎，在这部传奇故事里，莎士比亚体现出了人类主位的思想主题。

　　除此之外，戏剧也暗含基督教的磨难—死亡—复活程式。故事里的主人公遇到一次或几次磨难，失去亲人以及荣耀或者权力等，在磨难的最后陷入（被认为）死亡或者消失的境地，之后情节峰回路转，在故事的末尾得以重生。基督教的模式是"受难—死亡—复活"，耶稣知道自己不久将复活，因此忍受苦难，服从命运，代替他人赎罪而获得救赎。他的复活正是赎罪完成的标志，是救赎来临的象征，因此复活是达到完满的必要结局。配力克里斯以为自己的妻子泰莎已经死去，给她立了衣冠冢；女儿玛丽娜也被宣布"死亡"，实则被卖进妓院经历了必要的磨难；因此在故事最终，她们的复活就带来了升华的意义，即死亡带来悔恨和痛苦，而复活带来忏悔和原谅。这也就达到了宽恕的主题。肉体的磨难带来精神的升华。耶稣通过三天时间让人们悔罪,而戏剧中的安排更加贴合人类本身,原谅和忏悔的过程往往要经过数年。漫长的时间跨度在戏剧里浓缩为精练的语句,神话宗教的挪位在这里完成。

　　约翰·吉利斯在《莎士比亚与差异地理学》中提出,地理上的隔绝造成了实际意义上的差异,形成了如中心和边缘、文明和野蛮、秩序和混乱等类似的互斥差异。剧作创作于文艺复兴时期,这时的地理学带有人文色彩,是道德化的,包含着自我和他者的意义。^①《泰尔亲王配力克里斯》的故事发生在六个城市,分别是安提奥克—泰尔—塔萨斯—潘塔波里斯—以弗所—米提林,全部 22 场戏在地点的交错安排中进行,人物的活动路径大多为海上航线,这与六个城市的分布大体相符,即地中海东部沿岸地区。在戏剧之中,潘塔波里斯和其他的城邦有明显不同:首先,潘塔波里斯属于希腊,是欧洲国家,其他五个城市都属于亚洲。其次,比较剧中的安提奥克和潘塔波里斯可以发现,潘塔波里斯的人民称呼国王为"善良的西蒙尼狄斯",而安提奥克斯则暴虐阴暗。同样地为公主招亲,一个是众多求婚者纷至沓来,在表演技艺的同时主宾把酒言欢,盛宴歌舞;一个是哑谜里面暗藏杀机,"害多少的英才受戮"(《泰尔亲王配力克里斯》:1.1.273)。潘塔波里斯的泰莎公主和父亲关系和谐,互相尊重,平等对话,观点一致;安提奥克斯和女儿乱伦放纵,违背天理人情。这些都表明,潘塔波里斯带有明显的理想化色彩,是剧作的中心,安提奥克仅仅起到衬托的作用,其实质是一个他者形象。作品中的其他亚洲城市与安提奥克一样,都是希腊自我视野中的他者形象。例如剧作始于泰尔与安提奥克,却终于潘塔波里斯。年轻一代的玛丽娜和米提林的总督拉西马卡斯将在潘塔波里斯完婚,年老一代的泰尔国君配力克里斯和泰莎也将统治潘塔波里斯。泰尔亲王一生漂泊,颠沛流离,最后选择终老潘塔波里斯,把故国泰尔抛在身后;泰尔即将由拉西马卡斯和玛丽娜主政,而玛丽娜身上有一半希腊的血统,希腊的子嗣和希腊式统治必将给泰尔带来和谐快乐。乱伦的安提奥克斯及其女儿被天火焚烧,塔萨斯的公民把忘恩负义的克里翁和狄奥妮莎烧成了灰烬,亚洲的五个城市就这样以殊途同归的方式成为潘塔波里斯的模板,复刻希腊的美丽与和平。

　　剧中的女儿形象也遵循着诗性地理学的范式。玛丽娜是配力克里斯的女

---

① 郝田虎:《〈泰尔亲王配力克里斯〉与〈伦敦四学徒〉中的地理和意识形态》,《外国文学研究》2008年第 1 期。

儿,泰莎是西蒙尼狄斯之女,菲萝登是克里翁和狄奥妮莎的女儿,安提奥克斯有一位公主女儿。前两个女儿是希腊血统,是贞洁和耐心的象征;后两个亚洲女儿是罪恶的工具,嫉妒或乱伦,还有谋杀。亚洲女儿几乎不说话,菲萝登只有名字,人物自始至终没有出场。安提奥克斯的女儿虽出场,但只有两行台词,而且没有名字。希腊女儿泰莎和玛丽娜都能言善辩,而且在才华和道德方面很优秀:每一个前来寻欢的嫖客都被玛丽娜说服改造,而且在父女相认那场戏中,玛丽娜的话语表现了疗愈力量,父女因此重新相聚,配力克里斯得以重生;泰莎更是在复活之后侍奉狄安娜女神,将贞洁与高贵发扬到极致。由此可以看到,在女儿形象的塑造中,希腊血统与亚洲血统分别成为优劣的标签,用来说明文明与野蛮的象征意义,其确定了希腊的中心地位,却将亚洲边缘化与污名化。

　　主人公配力克里斯的一生也是以希腊化为旨归的。他虽然生在亚洲,但是亚洲却使他亡命天涯,四处漂泊。潘塔波里斯之行对于配力克里斯有特殊意义,首先海难中他侥幸活命,这种窘迫的处境使他获得了新的自我认知:"我是一颗被天风海水在那广大的网球场上一来一往地抛掷的球儿"(《泰尔亲王配力克里斯》:2.1.293),"我已经忘记我的过去,可是穷困使我想到我现在的处境"(《泰尔亲王配力克里斯》:2.1.294),随后在公主比武场亮相时,"他的标识是一梗枯枝,只有梢上微露青色,铭语是待雨露而更生"。另外一个重要的细节是,配力克里斯在海难中几乎失去了一切,但他父亲遗赠给他的甲胄却奇迹般地被渔夫捞到了,甲胄既是配力克里斯血统高贵的证明,也是父爱的象征,在这里他回忆了父亲的临终嘱托;而在比武获胜之后的宴席上,配力克里斯又一次提到了他的父亲,这一次是配力克里斯在西蒙尼狄斯身上看到了他父亲的影子:"那位国王的仪表很像我的父亲,使我回想起他当年也是同样的煊赫……"(《泰尔亲王配力克里斯》:2.3.300—301)。记忆苏醒了,两位父亲形象的重叠说明配力克里斯将过往和未来嫁接到了一起,家族的主干和希腊的重生相结合,非希腊的他者由此被吸收进希腊的自我,他与泰莎的结合标志着他新的希腊身份的诞生。即使婚后他再次回到泰尔,也是 14 年不剃胡须,魂牵梦萦着海外的亲人。作品的结局安排同样能够说明这一点,配力克里斯选择前往潘塔波里斯为女儿操办婚礼,并与泰莎在那里安度余生,让玛丽娜夫妇回泰尔主政。他终老潘塔波里斯的安排说明他最终以希腊的自我界定自身,在经过外在的流浪和内心的旅行之后,将目的地统一在希腊,将其作为自己最准确的归属。

在人物形象上,剧本的情感色彩始终非常统一,善与恶没有进行激烈的斗争,也没有随着时间地点变化而进行转变。善良的人自始至终保持着善良,恶人也一直从最初的凶残冷酷到后来的未有悔改。这些一以贯之的性格塑造形成了扁平化人物特征,人物性格缺乏丰富性和发展性,符号化明显。例如配力克里斯的聪敏富有智慧,从猜出安提奥克斯国王和公主乱伦的秘密到通过考验成功娶到泰莎公主,前后表现如一。作为泰尔的亲王,配力克里斯不像国王那样昏庸残忍,而是聪明又贤能,能够听取臣属的意见。他乐于倾听部下的谏言并采纳:"你是一个君王良好的顾问和仆人,你的智慧使你的君王乐于接受你的教诲,告诉我你要我怎么做?"(《泰尔亲王配力克里斯》:1.2.231)而且他将泰尔全权托付给赫力堪纳斯也未遭背叛,而是获得了同样的忠诚和允诺。同时,配力克里斯又保持高贵的作风,并不贪图无端生来的好处,在面对西蒙尼狄斯考验的时候义正词严反驳有关自己勾引对方女儿的说辞,又在与公主两情相悦后奉上热情。他有情有义,在失去妻子之后终身未娶,始终不忘妻子和女儿。在对待朋友上,他慷慨、认真、诚恳、善良,当看到塔萨斯城遇到灾荒时,及时带领船队送来当地需要的食物。配力克里斯作为作品中的主要人物,其遭遇之坎坷,其品性之优良,二者相辅相成,塑造了一个富有感染力的正面人物形象。除此以外,他的部属、妻子、女儿等也与他一样,从不同角度呈现出美好的品德和卓越的能力,合力塑造了人文主义理想的人物形象。剧作中的安提奥克斯父女和克里翁夫妇是人间丑恶的代表,前者践踏古老的伦理禁忌,并且血腥残忍;后者狭隘自私,忘恩负义,最终他们都在人文主义的原则之下遭受惩罚和否定,使作品回归善与恶的本真主题。

《泰尔亲王配力克里斯》的结构布局独有特色:叙事和议论相结合,在每一幕的前面都加以序诗,讲解故事的大概来由或者无法被表演出来的情节。讲述者是一位年老的演员,象征时间的更迭,增加故事讲述的层次感。戏剧中时而穿插讲述,又时而切换回戏剧,在第四幕第四场还加入了一个哑剧的情节,用来表现配力克里斯在面对女儿玛丽娜的死讯时悲哀痛切之状:"悲哀的配力克里斯披上了麻布的丧衣,发誓永不洗脸剃发,苦度着凄惶的岁月;他挂着一颗颗泪珠,叹口气又踏上归途。"(《泰尔亲王配力克里斯》:4.4.338)每一幕之后的诗句也有总结故事、评价议论的作用。序诗一般采用"押韵双行诗体",采用当时已经不再使用的古老词语,增加了剧本的浪漫抒情色彩。

故事中的环境描写如暴风雨、海洋以及超自然的神灵等,推动了故事情节的发展,促成了人物的波折转合,如狄安娜女神提醒配力克里斯去寻找妻子、天神将乱伦的安提奥克斯父女天火焚烧,这种理想化的故事设置增添了故事的传奇性和理想色彩。

第三节 《辛白林》

《辛白林》的创作时间在 1609 年前后,最早收录于 1623 年刊行的第一对开本。辛白林的人物原型是公元初期的一位凯尔特部落首领,但剧作家赋予了人物较大变动。剧本的题材可以追溯到多个来源:剧中两人打赌引起感情危机的情节与薄伽丘《十日谈》中第二天第九个故事类似,法国 14 世纪的奇迹剧《圣母的奇迹》中也有为女性贞操打赌的情节;《辛白林》中的战争故事源自文艺复兴时期史学家霍林斯赫德的《编年史》,依据的是公元 1 世纪英王康诺贝林统治时期英国与罗马的战争。

剧作讲述了不列颠王辛白林曾有两儿一女,20 年前,两个儿子被他昔日的大臣培拉律斯偷走。后来辛白林迎娶了新王后,他打算将女儿伊摩琴许配给新王后带来的儿子克洛顿,但伊摩琴已经与一位平民波塞摩斯私结连理,辛白林恼怒之下将波塞摩斯放逐到罗马。波塞摩斯在罗马遇见阿埃基摩,阿埃基摩与他打赌说自己可以骗取伊摩琴的爱情。后阿埃基摩被伊摩琴拒绝,他以种种伪造的证据让波塞摩斯相信自己赢得了赌注,波塞摩斯怒而命令仆人毕萨尼奥杀掉伊摩琴。毕萨尼奥劝说伊摩琴女扮男装来到威尔士,在路上遭遇早年失散的两位王子兄长。克洛顿穿上波塞摩斯的衣服,试图奸污伊摩琴,却被伊摩琴的大哥杀死;伊摩琴因吃下迷睡药被误以为死亡。辛白林在王后的怂恿下拒绝向罗马进贡,罗马因此率兵进攻不列颠,伊摩琴苏醒之后,加入了罗马军队。波塞摩斯和两位王子加入了不列颠的军队,表现神勇,击退了罗马军队。最终兄妹相认、情侣复合,恩怨化解,不列颠和罗马也恢复了和平。

传奇剧中旅行是不可或缺的要素。旅行扩大了戏剧的场景,成为场与场、幕和幕之间的推动力。有学者将《辛白林》中的旅行分为主动旅行和被动旅行。主动旅行是个体的自主选择,被动旅行则往往伴随痛苦和煎熬。①波塞摩斯的第一次被动旅行是因为他的爱情不被等级观念所容而被流放到罗马,他纯洁真诚的

---

① 张薇:《〈辛白林〉中的旅行:两性、政治、民族冲突的表征》,《戏剧艺术》2015 年第 5 期。

爱情追求不同于克洛顿粗暴蛮横的欲望追求,他的爱情观念与国家的政治思想也有所冲突,被放逐的波塞摩斯成为王权之争的牺牲品。他的放逐带来的地理位置的转移也带动了整个戏剧的场景切换,故事从不列颠来到罗马。波塞摩斯来到罗马后,对爱情的怀疑占据了他的心灵,空间上的距离让理智和情感都大打折扣,这就引出了后来对伊摩琴不信任的赌约。也正是赌约引发了阿埃基摩的旅行,阿埃基摩从罗马回到不列颠是主动旅行,目的是获取伊摩琴的"背叛证据",其实质是男性对女性的一次无礼测试。他躲在送给伊摩琴的财宝箱子中获取对方的手镯借此污蔑伊摩琴,又是对女性的物化评价。而波塞摩斯对伊摩琴缺乏足够的信任,通过几段对话就选择相信阿埃基摩,体现的是男权对女性的偏见:"我断定男人的罪恶行动,全都是女人遗留给他的性质所造成的:说谎是女人的天性;谄媚也是她的;淫邪也是她的;欺骗也是她的;淫邪和猥亵的思想,都是她的,她的报复也是她的本能;野心、贪欲、好胜、傲慢、虚荣、诽谤、反复,凡是一切男人所能列举,地狱中所知道的罪恶全部属于她的。"(《辛白林》:2.5.180)他的评价引发了伊摩琴和毕萨尼奥的被动旅行,场景从不列颠转移到威尔士,戏剧的冲突因此更加尖锐。

此外,旅行也与国家利益以及民族倾向相关。伊摩琴感叹"我怕我的夫君已忘记英国了"(《辛白林》1.6.159),英国用以代指自己,是在个人的身份上增添国家的寓意:"罗马的神鹰振翼高翔,从南方飞向西方……威严的凯撒,将要和照耀西方的辉煌的辛白林言归于好。"(《辛白林》:5.5.265)神明在故事中担当着助推,和平的到来要借助卡厄斯·路歇斯从罗马到不列颠的谈判之旅,民族矛盾和矛盾的化解构成了该剧厚重的历史感。个人的恩怨是非在民族的和平中消弭,阿埃基摩随着罗马进攻不列颠,又在不列颠被俘虏,从而道出真相,真诚忏悔,并得到了宽恕。通过故事中的"旅行",宫廷剧延展到另一重广阔天地,个人的矛盾扩展到民族之间的纷争,旅行赋予了戏剧更深厚的底蕴。

《辛白林》中罗马和不列颠之间的矛盾中还出现了关于法律的主题。在第三幕中,辛白林与罗马使节产生了争执,辛白林提出两种自相矛盾的、不列颠脱离罗马的理由:一方面是为了恢复在被罗马征服之前的不列颠的自由状态,为此他将采用原先的法律;另一方面,他又把自己视为不列颠的统治者,立誓为了反抗罗马,让自己成为新的凯撒:"我曾经从你们凯撒的手里受到骑士的封号;为了不负他的训诲起见,我必须全力保持我的荣誉。"(《辛白林》:3.1.184)有学者指出,这样的冲突体现出了当时英格兰普通法和罗马法之争,普通法一派承认英国法律的一致性,17 世纪的律师们相信不列颠即使被不同的国家征服过,但它的法律始终保持着一种固定性,这些征服没有对不列颠的法律体系产生影响。在此之上,又分成两派:一类坚持英国本土的法律不能被修改,另一类则认为应该吸收外来律法。罗马法派认为罗马给不列颠带来了民法,从而才让不列颠在这个基础上建立起完备的法律体系。辛白林声称自己将要反抗罗马的法律以维护英国法律,但又不否认罗马法对不列颠带来的影响:"我们当时就曾向凯撒说过,我们的祖先就是为我们制定法律的慕尔缪歇斯,他的神圣的宪章已经在凯撒的武力之下横遭摧残;凭着我们所有的力量,恢复我们法纪的尊严,这是我们义不容辞的责任,虽然因此而触怒罗马,也在所不顾。"(《辛白林》:3.1.184)辛白林对法律的修复实际上体现了普通法学界关于普通法的连贯性的要求。

在第五幕中,辛白林对俘虏的判决采用了不列颠原有的法律,并且将它实施到罗马人身上。他以英国胜利者的姿态,认为罗马人可由不列颠处置,正如普通法向来以固执的不公正裁决为人诟病,辛白林也以普通法法官的态度不顾公平原则下定判决。面对罗马战俘的求情,辛白林坚决地站在了号称公平的罗马法的对立面,回复道:"我很为你抱憾;你已经亲口承认你的罪名,必须受我们法律的制裁。你必须死。"(《辛白林》:5.5.529)君王之权力在此刻成为固执暴行的理由。但在认出战俘是自己的儿子后,辛白林又采取了赦免的措施,这时候他对君王权力的行使又成为对普遍意义上"公平正义"的妥协。正是因为这种随意阐释法律的现象,大部分普通法学家提倡国王应在普通法范围内行使权力。莎士比亚的戏剧表明这还远远不够,因为普通法本身也会带上专制色彩。剧本影射了当时英国的法律之争,也反映出英国立足两种法律所表现出的统治措施。

在该剧创作的 1609 年前后,莎士比亚所在的皇家剧团获得了黑僧剧场的使用权。这个剧场一方面采用蜡烛等光源照明,另一方面也保有两侧窗户透进来的自然光,独特的环境造成了剧作中的"光"之意象的出现。斯珀津曾指出:"莎士比亚总是把国王比作太阳。"[1]另一方面,"莎士比亚把青春的美和爱情的炙热看成是黑暗世界里的灿烂的阳光和星光"[2]。

在整个剧本里,伊摩琴的"光"之意象极为鲜明。剧中伊摩琴经常被拿来与

---

[1]　陈珺:《莎剧〈辛白林〉中的光之意象》,《杭州电子科技大学学报》2016 年第 3 期。

[2]　涂淦和:《莎士比亚的意象漫谈》,《厦门大学学报》1987 年第 4 期。

发光的东西(钻石、珠宝、光芒四射的太阳、闪电)进行对比或联系。在第一幕第四场,阿埃基摩和波塞摩斯的对话中将她比作钻石:"要是她果然胜过我所见过的其他女郎,就像您这颗钻石的光彩胜过我所见过的许多钻石一样"(《辛白林》:1.4.148);第一幕第二场,一位贵族把伊摩琴比喻成光源:"她的智慧是不会照射到愚人身上的,因为怕那反光会伤害她。"(《辛白林》:1.2.143)第六场中,阿埃基摩谎称波塞摩斯对伊摩琴不忠,说道:"可叹!哼!避开了光明的太阳,却在狱室之中去和一盏孤灯相伴!"(《辛白林》:1.6.158)在伊摩琴身上,这样光的意象来源于她的女性魅力与王权象征。她用一种间接照射的方式影响他人,如光一般形成笼罩的效果。作为光源,伊摩琴定义被光照射到的人,波塞摩斯、克洛顿、阿埃基摩在其中难以离开。阿埃基摩在刚开始就表现出对伊摩琴的畏惧:"我要且战且退,而不一味退却"(《辛白林》:1.6.155);第二幕第三场,伊摩琴以波塞摩斯的衣服比喻斥责克洛顿,而克洛顿因此形成心结,夺取波塞摩斯的衣服来寻仇;波塞摩斯直接成为伊摩琴的附属品代称,众人以伊摩琴来评价波塞摩斯:"她本身的价值就可以说明她是怎样重视他和他的才德;从她的选择上,我们可以真实地明了他是怎样的一个人。"(《辛白林》:1.1.137)阿埃基摩也说:"他是借着公主的身价,提高自己的地位的。"(《辛白林》:1.4.146)在伊摩琴身上同样有着清醒的反抗精神:她违抗辛白林的命令,是对父权和王权的反抗;与波塞摩斯结合,是对自己独立爱情的追求。伊摩琴在与克洛顿的交流中把自己比作"疯子",一方面对自己的反抗抱有坚定的决心,一方面又因这违背常态而自觉大胆,所表示的是对自己反抗的清醒的认知。哈罗德·布鲁姆认为伊摩琴"几乎是莎翁后期作品中唯一拥有内在的角色"[1]。

伊摩琴的光芒比起阳光来更像月光,她的意象和月亮神相连:"火炉上面雕刻着贞洁的狄安娜女神出浴的肖像"(《辛白林》:2.4.177)。作为王室的继承人,伊摩琴并不拥有实际政治权力,她的政治身份没有让她避免打击,反而迎来更多磨难。作为女性王权的代表,伊摩琴被男性针对,"一个企图诱惑她,一个想谋杀她,另一个想玷污她"[2]。波塞摩斯称伊摩琴是"没有被太阳照临的白雪"(《辛白林》:2.5.180),可以看出他对理想女性的形象是不受打扰的、被遮蔽的、纯洁的,而这与拥有女性王权光环的伊摩琴相悖,因此他们能够轻易怀疑伊摩琴的贞洁。

---

[1] 陈珺:《莎剧〈辛白林〉中的光之意象》,《杭州电子科技大学学报》2016年第3期。

[2] 陈珺:《莎剧〈辛白林〉中的光之意象》,《杭州电子科技大学学报》2016年第3期。

正如对伊摩琴"美丽、纯洁"的描写构建出的是男性心目中的完美女性形象,这样的评价也给女性加上了重重枷锁。男性政治要求她依旧扮演柔顺纯洁的女性,对她怀疑、贬低,千方百计找出漏洞,体现出的是早期政治对女性君主的极大不安。此外,把男性的罪恶也强加到女性身上,本质上是社会潜意识中对女性整体的打压。而在伊摩琴的逃亡过程中,她被建议女扮男装,但这并不能使问题得到根本性的解决,反而将她又推入男权的倾轧之中,让她以男性的身份享受权利,实际上是对男权的加固。

故事以伊摩琴的光芒黯淡为收尾。辛白林所称"她的眼光却像温情的闪电一般,一会儿向着他,一会儿向着她的哥哥们,一会儿向着我,一会儿向着她的主人,到处投掷她的快乐"(《辛白林》:5.5.263),伊摩琴的权力消解,回归男性附属的表征,她对应的是都铎王朝后期强大的女性王权在詹姆斯一世登基后女性权力衰落的象征。

辛白林身为一国之君,其地位尊卑观念十分严重,这也导致了他失臣失子、失婿失女、与国失和三种悲剧。20 年前他因听信谗言流放了功臣培拉律斯,导致培拉律斯怒而带走两位王子;后来,他另娶一位王后,想要将女儿嫁给王后的儿子克洛顿,为此流放了波塞摩斯;王后阻止他向罗马纳贡,导致罗马与不列颠两国纷争。辛白林的固执、轻信、专横导致了自己的悲剧。王后在剧中是一个野心叛逆者的形象,她伪善、虚假,陷害波塞摩斯、毒杀伊摩琴、欺骗辛白林,都是为了追求权力。她的身上有麦克白夫人那种果断和狠厉,甚至有超过男性的勇气和决心。同样是对男权社会的威胁,但王后却并未像伊摩琴那样得到美好的结局,而是作为反面角色落得个罪恶下场,除其本身具有的反面要素外,实际上也印证了男权社会对该类型女性的不安。

《辛白林》具有出色的结构安排,剧中有三个并行的情节:其一是公主伊摩琴与绅士波塞摩斯的爱情,其二是罗马和不列颠之间的国家战争,第三是幼年时被带走的吉德律斯、阿维拉古斯两位王子的成长故事。爱情故事在第一幕中由波塞摩斯的放逐拉开序幕,在第三幕第四场波塞摩斯命令仆从毕萨尼奥杀死伊摩琴达到高潮;不列颠与罗马的战争故事以第二幕第三场罗马使者路歇斯的到来为开始,而两位王子的山野生活在第三幕第三场中出现。紧接着,所有人都集中参与到不列颠与罗马爆发的战争中,一连串的矛盾由战争导向最后的结束。评论家对莎士比亚多条线索并行的艺术手法大加称赞,故事中错综复杂的人物关系和情节在剧情的发展中一一被理顺、解决,冲突得到和解,罪孽得到原谅,剧中人物在最后一幕中集体登场,故事迅速导向尾声,大团圆式结局形成完满的情节铺设。

此外,《辛白林》的讲述依托了众多旁白和陈述,第一幕中两位绅士的对话引出波塞摩斯和伊摩琴,提及两位王子被偷走,开端为发展埋下伏笔和暗示。又如第五幕第三场中波塞摩斯与一位贵族的对话直接成为对战争的描写:"就在战场的附近,两旁掘着壕沟,筑着泥墙;那时候有一个老军人,我敢担保他是一个忠勇的战士,就趁势堵住路口……"(《辛白林》:5.3.236)实际上就是对读者提供人物、背景的信息。《辛白林》在这样的模式下把小说、童话、历史等巧妙结合,使戏剧充满了浓郁的传奇色彩。

《辛白林》延续了一直以来的传奇剧模式,具有丰富的神话色彩,其大团圆结局有极大一部分依托神话的力量。在第五幕第四场中,波塞摩斯的父亲、母亲和两位兄长的鬼魂进入他的梦境,请求神祇的降临。神王朱庇特出现,给出波塞摩斯在历经劫难后会与妻子重归于好的预言。这之后波塞摩斯果然如神灵所言被释放,见到伊摩琴并且解开误会,一家人得以团聚。神话的出现是莎士比亚传奇剧的主要特色之一,超自然力量的出现将本来已经快要陷入悲剧的故事又重归圆满。除此之外,在整体的篇章之上,《辛白林》延续了传奇剧由误会到磨难再到众人的谅解和开释的结构,所有的矛盾都在最后化为乌有,恶人得到应有报应,主人公则回归幸福结局。作品描述战争和谎言、仇恨和欺骗,正反映了剧作家在当时社会腐败和王朝暴政下的茫然与希冀;剧作展现了广阔的社会和生活环境,从旅途的行进到故事的终局达成一个完美的闭环,是剧作家对生活深度观察思索后的成果。

第四节 《冬天的故事》

《冬天的故事》是莎士比亚的晚期剧本,它是一部悲喜剧,拥有悲剧的结构、主题和严肃的气氛,又在情节走向悲剧结局时突转局面,形成喜剧结尾。由于主人公"死亡"16年之后又奇迹般地复活过来,并且对全剧的基调产生重大影响,因此通常把它归类为传奇剧。

作品题材来源于罗伯特·格林的田园传奇剧《潘朵斯托》,在原剧基础上有所改动。原作品中的埃尔米奥娜被丈夫怀疑后死亡,丈夫里昂提斯也因此愧疚自杀,莎士比亚以宽恕为主题,添加了埃尔米奥娜复活的情节,构成了完满的大团圆结局。

《冬天的故事》按照情节发展分成三个部分。第一部分是"宫廷部分",故事地点在西西里王宫内;第二部分是"田园部分",故事主要发生在波希米亚乡间;第三部分又回到西西里王宫。故事讲述了西西里国王里昂提斯和波希米亚国王波力克希尼斯是多年的好友,在波力克希尼斯来西西里做客期间,里昂提斯挽留其多住几日而遭到委婉回绝,里昂提斯让王后赫米温妮继续挽留,波力克希尼斯同意留下。里昂提斯因此怀疑妻子和波力克希尼斯的关系,暗中命令大臣卡密罗杀死好友。因卡密罗相信王后的清白,波力克希尼斯得以脱身。赫米温妮被投入监狱,不久生下公主潘狄塔。里昂提斯认定这是私通带来的孩子,命令大臣安提哥纳斯将孩子扔掉,并且不顾阿波罗宣布赫米温妮无罪的神谕,对赫米温妮进行审判。此时传来小王子迈密勒斯的死讯,赫米温妮当场昏迷,里昂提斯后悔莫及。不久侍女通报王后离世的消息。大臣安提哥纳斯在扔掉婴儿后遭遇熊的袭击身亡。潘狄塔被牧羊人捡到并抚养长大。十六年后,潘狄塔遇到波希米亚王子弗罗利泽,坠入爱河。因国王波力克希尼斯不同意二人婚事,两人遂出走西西里,机缘巧合之下找到证明潘狄塔身份的宝物。潘狄塔和父亲里昂提斯相认,一直被侍女保存的赫米温妮的雕像突然复活,赫米温妮苏醒,四分五裂的一家最终团圆。

在《冬天的故事》中,莎士比亚依然秉持着人文主义理想,整个故事围绕着从误会到谅解的逻辑发展,宣扬人文主义理想:人们应该相互理解和宽恕,回归爱与善良。

故事中的友情和爱情是作者人文主义思想的体现。里昂提斯和波力克希尼斯之间的友谊从孩提时期就已经开始:"我们就像是阳光中欢悦的一对孪生羔羊……各以一片天真相待,不懂得做恶事,也不曾想到世间会有恶人。"(《冬天的故事》:1.2.513)他们之间的感情从未经历波折和风雨,因此在怀疑到来之时,两个人之间的信任被轻易打破。但在一番曲折之后,波力克希尼斯还是原谅了好友,友谊失而复得。相比之下,弗罗利泽和潘狄塔的爱情则成熟许多,在弗罗利泽还不清楚潘狄塔的真实身份时,他就对爱情和世俗等级都有坚定的考量:"我不愿为了波希米亚,或是它的一切的荣华,或是太阳所临照、土壤所孕育以及无底的深海所隐藏的一切,而破毁了我向这位美貌的未婚妻所立的誓。"《冬天的故事》:4.3.582)他们在爱情中表现出的信心、勇气都比父辈一代更甚,应对挫折的能力更强,因此能够化解矛盾。戏剧中的友谊和爱情经历了十几年的磨难,在最后实现了故事主题的凸显和升华。

《冬天的故事》发生在宫廷之间,与权力联系紧密。福柯提出了权力的循环流动系统,指出在刑法之中,酷刑可以使得王权的威严得到巩固。独断专行的里昂提斯生活的环境就充斥着一种冷酷的权力意识,西西里王国里的景物大多是苍白灰暗的冷色调,其中冰冷的监狱、银色的金属器具都散发出残忍的气息。而里昂提斯在法庭上对王后的审判,所代表的就是一种残酷的王权。与此相对,波力克希尼斯待人热情,宽容原谅了曾经想要杀死自己的好友,他的王国中是充沛的阳光和绿荫草坪等景物,呈现出一派生机盎然的景象。

此外,作品中的空间叙事体现出鲜明的女性意识。在伊丽莎白执政的文艺复兴时期,英国土地上的女权意识开始萌芽。故事刚开始,女性活动的空间基本都局限于宫廷、监狱等室内,象征着女性权利的局限。尤其是王后赫米温妮的遭遇更是典型的创伤叙事,克鲁斯对创伤的定义是:对突发的灾难性的难以承受的事件的经验,他提出,创伤故事不是成功的逃离,而是对生活受到创伤无尽影响的证明。创伤故事的核心是死亡危机叙事和生存危机叙事构成的双重叙事。在《冬天的故事》中,误会和杀意引起的伤痛持续整个事件进程,戏剧里的时间流逝,而故事主题则始终围绕着经受过的苦难。赫米温妮凝固的雕像就是创伤的象征。雕像在生活之中通常是过去记忆的表征,人们树立雕像以纪念逝去的时间和事件。赫米温妮的时间因此而凝固,她被剥夺了时间和生命、爱与家人,16年的时光就是雕像度过的生存危机和死亡危机。这一座雕像警示着人们过去犯下的错误,提示伤痛的来由,保存雕像也就是保存不停歇的反抗和不断流的记忆。

即使创伤触目惊心,女性的独立精神仍在成长,赫米温妮面临审判仍坚强地为自己辩护,为他人担忧;侍女宝丽娜则更直接地对国王提出反对意见:"除非他也学您的样子,因为我做了正事反而把我关起来;不然相信我吧,他是管不了我的";"谁要向我动一动手,那就叫他留心着自己的眼珠吧"《冬天的故事》:2.3.537)。宝丽娜正直勇敢,坚定执着,面对国王没有谦卑和取悦的姿态,而是表现出坚持正义的反抗斗士形象。在她身上体现出下层人民的智慧和坚韧,体现出浓厚的人文主义精神。潘狄塔的出场更是扩大了戏剧空间的容纳度,开阔的戏剧空间呈现出女性活动中更加广阔的自由天地。

在整个故事的流程里,莎士比亚依旧延续了罪恶—受难—救赎的基督教模式,人物身上也多有基督教的隐喻意义。潘狄塔的原型可追溯到耶稣基督。她出生在一个家庭关系濒临崩溃的时刻,她的出生即是下一阶段的新生。牧羊人发现婴儿潘狄塔,就如福音书中的牧羊人发现新生的耶稣。潘狄塔在大自然中长大,对自己的身世一无所知,在这样的环境下,她未受社会和尘世的污染,一直保持天真纯洁的自然美,被称作“自然的女儿”。她也不喜欢经过人工篡改过的大自然,不喜欢人工杂交培育的石竹花,不喜欢造作夸饰:“我不愿用我的小锹在地上种下一枝,正如要是我满脸涂脂抹粉,我不愿这位少年称赞它很好,只因为那副假象才想娶我为妻。”《冬天的故事》:4.3.567)潘狄塔的出现给故事的发展带来了新希望,她在故事的进程里帮助人们化解矛盾和纠纷,救助母亲赫米温妮,消解里昂提斯的偏执。正如耶稣的诞生是人类获得拯救的希望,她是年轻一代的代表,与王子的相逢带有替上一代赎罪的性质。

嫉妒而愤怒的国王里昂提斯与圣经中的希律王有密切的联系,《圣经·马太福音》第 2 章中的希律王就是一个残暴的犹太君王,二者都胁迫晚辈或下属履行其意志。剧中里昂提斯仅因无端的揣测陷入嫉妒的幻想里,就认定妻子与好友有不正当关系,残暴地想要杀死好友。他的嫉妒导致了他的家庭的破裂。他对爱情和友情都缺少信任,冒失冲动,还把妻子看作自己的附属品,不分青红皂白给妻子定罪。当然,里昂提斯也受到了惩罚,儿子和妻子的“死亡”使他陷入愧疚的痛苦里,在煎熬中度过了 16 年时光。

赫米温妮的身上也存在着耶稣形象的投射。与耶稣一样,赫米温妮无罪受控,而最大的罪人是审判者。他们在面对审判和死亡时都表现出非凡的勇气,并且为他人而祈求。赫米温妮 16 年以假死状态度过,在 16 年之后,她复活过来依然原谅了里昂提斯,这正是耶稣为人类赎罪的自我牺牲形象的再现。赫米温妮的复活是莎士比亚在故事里增添的最突出的传奇一笔,也是故事转折的重要节点。正是她的复活才使得戏剧从严肃的悲剧转到了喜剧的大结局。

莎士比亚的传奇剧都有合—分—合的循环圆形结构,以悲剧开始,以喜剧结束。《冬天的故事》把这种圆形结构和人类社会的发展变化与大自然现象和季节更替的不可阻挡的规律结合在一起,充分表现出了自然与人之间的密切联系。

《冬天的故事》第一部分是故事的酝酿与开始,对应着秋天的肃杀和冬天的冷酷。秋天是象征收获的季节,赫米温妮出场的怀孕形象也象征着下一代生命正在孕育、正要出生。但同时秋天的另一个名字(Fall)是下落,预示着事态将向更残酷的方向发展。里昂提斯在和卡密罗的谈话中控诉妻子的不忠,言辞从怀疑逐渐变得确凿和狠毒,从开头的"爱情!……你能和伪妄合作,和空虚联络,难道便不会和实体发生关系吗?"(《冬天的故事》:1.2.515)到后来"我的妻子的肝脏要是像她的生活那样腐烂,她不能再活到下一个钟头"(《冬天的故事》:1.2.521)。秋天向冬日过渡的日子里,里昂提斯的疑心是一个愈发严苛的过程,最终在冬日到来时宣判家庭关系的破裂。接着戏剧进行到第二幕,小王子迈勒密斯说"冬天最好讲悲哀的故事"(《冬天的故事》:2.1.527),冬天的肃杀、残忍、冷酷和荒凉与后来小王子的死亡、王后的审判相对应,秋天酝酿的死亡在冬天里落地,西西里王宫俨然进入了一个漫长冬日。

第二部分是故事的发展阶段,从第四幕开始,时间推移到 16 年后的春天。公主潘狄塔在牧羊人的养育下长大成人,青春美丽,所生长的环境生机盎然,潘狄塔和王子弗罗利泽的相遇也充满浪漫气息,弗罗利泽称她为"花神":"你这种异常的装束使你的每一部分都有了生命;不像是一个牧女,而像是出现在 4 月之初的花神了。你们这场剪羊毛的喜宴正像群神集会,而你就是其中的仙后"(《冬天的故事》:4.3.564)。新的感情和故事正在这里萌生,春天带来复苏的喜悦。

第三部分是第五幕,全剧走向一个幸福欢乐的大团圆结局,夏季的到来是喜剧结局的最顶峰。潘狄塔与父亲相认,和弗罗利泽的婚事得到支持,里昂提斯和波力克希尼斯重修旧好,赫米温妮也最终复活。生命和感情从初生到经历磨难到成熟,就像是天地万物遵循的自然准则。《冬天的故事》将人物命运和感情发展与自然的季节更替相对照,更好地烘托了这一主题。

另外,《冬天的故事》运用了三元整一的叙事技巧。此剧包括三个单元的故事,在情节组织上,有一个由三元分立逐渐变为三元整一的过程。王后赫米温妮、公主潘狄塔、大臣卡密罗共同组成了三个故事单元。一开始,三个故事单元密切联系在一起,结尾时,通过返回西西里先将后两个故事单元合并在一起,然后通过父女相认后共同去看王后雕塑这件事,将第一个故事单元纳入进来,三个故事融为一个整体。

第五节 《暴风雨》

《暴风雨》创作于 1610—1611 年,由国王剧团于 1611 年秋天在王宫首次上演。它是莎士比亚最具独创性、最完美的剧作之一,是其后期传奇剧的代表作,被西方评论家称为莎翁"诗的遗嘱"。

剧作讲述了米兰公爵普洛斯彼罗因为沉迷魔法而把一切国家政务都交给弟弟安东尼奥处理,安东尼奥野心膨胀,在那不勒斯国王阿隆佐的帮助下谋权篡位,将普洛斯彼罗和女儿米兰达驱逐出国。普洛斯彼罗在大臣贡柴罗的帮助下幸而保命,漂流到一座海岛。他用所学的魔法救出精灵爱丽儿,把岛上粗鲁野蛮的凯列班当作自己的奴隶。12 年后,那不勒斯王阿隆佐和安东尼奥等人途经海岛,普洛斯彼罗用高深的魔法掀起暴风雨,把仇敌的船只掀翻,使他们分成三队流落到岛上。阿隆佐的儿子腓迪南王子与米兰达一见钟情,普洛斯彼罗设置障碍对其进行考验,最后承认了二人的感情。其间,安东尼奥与阿隆佐的弟弟西巴斯辛密谋杀死熟睡中的国王未能得逞,凯列班伙同弄臣特林鸠罗和管家斯丹法诺谋害普洛斯彼罗,企图夺回小岛,也以失败告终。普洛斯彼罗重获米兰的统治权,最后他宽恕敌人,放弃魔法,带着女儿女婿回归家园。

关于《暴风雨》的创作来源主要有两种说法。一是"大西洋—美洲说",该说认为作品题材源自 1609 年英国移民的一次海难事件。在这次事故中,有九艘移民船只带着数百位乘客前往美洲殖民地弗吉尼亚,其中萨莫斯爵士驾驶的海上探险号在航行至百慕大三角时遇上飓风,触礁沉没,而船上乘客却奇迹般全部生还,漂流到了一座荒岛之上。另一种说法是"地中海—北非说",布洛顿指出,在16 到 17 世纪,东地中海和北非是欧洲与其他文明接触的重要窗口,结合戏剧中的元素分析,流落到海岛的都是意大利人;那不勒斯国王是在参加完女儿克拉莉贝尔公主与突尼斯王的婚礼之后在返程路上遭遇风暴的,突尼斯古称迦太基,位于北非,也就是特洛伊王子埃涅阿斯遭遇海难而被迦太基女王救出的地方,即其行进路线符合地中海—北非说;凯列班的母亲是在阿尔及尔出生的,阿尔及尔位于北非。

上述两种说法形成了一种互补关系,在戏剧上构造出陌生与熟悉、此与彼的新型世界观。《暴风雨》在历史的记录里加入诗学色彩,超越了普通现实主义的原则,契合了新历史主义的主题:任何话语都不能通向不变的真理,不能表达永恒的人性。当历史和文本交杂互通时,历史事件的整体移位形成了一种间离效果,观众在熟悉的名字或事件之中参透陌生的情节和逻辑,获取新奇有趣的故事观感和丰富的阅读体验,形成不同种类的阅读分析。

从上述两种说法可以看出,《暴风雨》的创作与当时英国的殖民扩张密切相连,1587 年英国在美洲的罗诺克岛和弗吉尼亚建立第一批殖民地,直至 1611 年前后英国官方仍在大力宣扬殖民地的美丽图景以吸引和鼓动民众去殖民地投资或移民,有力的国家政策一方面给民众带来对富饶丰沛的殖民地的渴望,另一方面又让已经到达殖民地的人们深感失望:定居于此的殖民者日渐贪婪堕落,与原住民之间不断发生尖锐冲突,耶和华带来的流淌奶与蜜的应许之地已经带上了道德堕落、污垢横生的巨大缺陷。

在殖民扩张的过程中,欧洲人开始对"岛屿"进行持续的关注,并提出整个大陆都是某种漂流在海面上的岛屿这一说法。岛屿连接生存的空间,连接旧世界与新世界、殖民者与被殖民者。人们在越过海滩到达岛屿的时候,往往丧失一些东西又重新创造一些东西,因此岛屿既是开端也是终结。《暴风雨》中来到海岛的人在初步形成的"荒岛时空体"中抛弃过往与世界的连接,经历从日常到非日常的变动,也经历了精神的忏悔和灵魂的重铸。这种模式被称作莎剧中的"绿色世界",即丛林、旷野、海岛等与世俗世界相隔的另一重世外桃源。但与一般代表文明和美好的"乌托邦"不同,莎士比亚把人物放入天然的环境之中,并让他们在这里忏悔、反思,形成从现实世界到绿色世界再回到现实世界的过程,正如普洛斯彼罗在剧终时所说:"我再没有魔法迷人,再没有精灵为我奔走;我的结局将要变成不幸的绝望,除非依托着万能的祈祷的力量,它能把慈悲的神明的中心刺彻,赦免了可怜的下民的一切过失。你们有罪过希望别人不再追究,愿你们也格外宽大,给我以自由。"(《暴风雨》:5.1.85—86)"绿色世界"是一种文化的世界,一种崭新精神的建构,它虽然是另一种时空的开拓,但它从来不会无视现实的考量。

在《暴风雨》的研究中,殖民主题一直是研究的热点。《暴风雨》的创作时期正值西方殖民扩张时期,西方采取暴力掠夺的方式,攫取财富、贩卖奴隶。这时候海盗盛行,海上掠夺被认为是一种扩充国家财富的方式而得到鼓励。莎士比亚把历史文献融入戏剧之中,浪漫剧的戏剧元素成为探讨殖民扩张的载体,殖民过程中遇到的自然阻碍、船只遇难等成为戏剧浪漫神话元素的表征。

《暴风雨》破除了欧洲文化对殖民地的"文明开化神话",展示出赤裸裸的物资掠夺和精神殖民,后者又包括更新语言、重铸统治。和平常戏剧的布局不同,暴风雨的危机直接在第一幕中出现,带来更鲜明的权力和殖民主题。在第一幕第二场,普洛斯彼罗第一次向米兰达介绍他是米兰公爵的真实身份,并回忆自己的悲惨往事,这也就确认了自己是海岛外来者的身份;在接下来与爱丽儿和凯列班的两段对话中,普洛斯彼罗强调自己对爱丽儿的拯救和对凯列班的控制,他称爱丽儿为"我的奴隶",称凯列班为非人类的"贱种""蠢物""恶毒的奴才",从字里行间可以看出,普洛斯彼罗自认文明、高贵、智慧,而凯列班是低劣、野蛮、未开化的;凯列班被普洛斯彼罗看作"泥土""乌龟",象征着原住民在殖民者眼里已经剥离了人的概念而扭曲物化。凯列班一出场就强调海岛是自己母亲传下来却被普洛斯彼罗抢夺过去的。这些细节完整地再现了普洛斯彼罗作为殖民者入侵海岛的经过。普洛斯彼罗对凯列班的语言教化实际上意味着一种思想控制,但并未取得显著成效。他把这一失败原因归结为凯列班的顽劣低俗、本性野蛮,让他"枉费苦心",但这样的解释更给了侵略者的行为以合理的理由。因此凯列班的话语权基本被剥夺了,他已经成了普洛斯彼罗等人的参照物。此外,尽管凯列班被描述得一文不值,普洛斯彼罗仍然无法缺少凯列班:"虽然这样说,我们也缺不了他:他给我们生火,给我们捡柴;也为我们做有用的工作。"(《暴风雨》:1.2.19)这说明,掠夺物资只是殖民者最初级的阶段,对被殖民者的长期统治才是他们的目的,换句话说,在种族歧视的前提下,他们将被殖民者视为另一种可持续物资,为了便于管理,他们用新的语言来控制被殖民者的精神。当凯列班遭遇弄臣特林鸠罗和酗酒厨师斯丹法诺时,因为害怕被他们折磨,凯列班直觉地称他们为主人,并且要将岛上的物资送给他们。这里凯列班许诺的正是他被殖民所失去的东西,这说明普洛斯彼罗的殖民思想已经悄无声息地对原住民凯列班造成了影响,导致他在长期的霸权之下把自己的自由作为可以交换的东西,"不自觉地套用殖民者审视和评定事物的标准与理论"①。最后凯列班留在岛上,仍然在忏悔自己的反抗行为,这就是在经济和土地的侵占完成之后,后殖民主义中的文化

① 张京媛:《后殖民理论与文化批评》,北京:北京大学出版社,1999年,第7页。

因素对原住民的影响和渗透。普洛斯彼罗的魔法是权力和知识的双重加持:"记好,先要把他的书拿到手;因为他一失去了他的书,就是一个跟我差不多的大傻瓜,也没有一个精灵会听他指挥;这些精灵们没有一个不像我一样把他恨入骨髓。只要把他的书烧了就是了。"(《暴风雨》:3.2.55)知识的应用体现在普洛斯彼罗身上即暴力——象征着殖民征服所依赖的强制力量。知识所具备的解放和压迫,构成了西方现代性对人性的双重解释:"一方面认为人有权利从各种外在的社会制约中解放出来,另一方面认为这种解放与资本主义造成的剥削和殖民主义侵略的悲哀不可分割。"①

普洛斯彼罗和爱丽儿的关系有所不同:普洛斯彼罗把爱丽儿从魔法的禁锢里解救出来,因此认为自己是她的主人,是拯救者,要求爱丽儿对他绝对服从。尽管普洛斯彼罗在后期兑现了释放爱丽儿的诺言,但这一举动也是处于统治者高高在上的视角进行的。在殖民者眼里,被殖民者往是从属、被动、拥有灾难的,而殖民者的入侵则被解释为一种开化,是强势、高贵的。因此,在殖民者眼里,被殖民者重新拥有土地是不可想象的、罪大恶极的行为,殖民者与被殖民者之间注定存在着无法平衡的矛盾:在爱丽儿提出希望获得自由时,普洛斯彼罗回答道:"假如你再要叽里咕噜的话,我要劈开一株橡树,把你钉住在它多节的内心,让你再呻吟十二个冬天。"(《暴风雨》:1.2.18)在威胁之下,爱丽儿在殖民统治的视野下成了殖民者的助力。

弗莱认为,古代的宗教信仰和神话故事在近代成为文学作品,即文学是移位的神话。未经移位的神话是直接表现为神祇或魔鬼,移位的神话则表现为其他文学形象。《暴风雨》作为一部传奇剧,神话意味十分浓重。剧作中未移位的神话具有明显的神灵标志,神灵直接现身并干预故事进展,如彩虹女神埃利斯庆祝米兰达和腓迪南的爱情,朱诺亲自为他们献上祝福。作为未移位的神话,这些含义体现在人物的象征意义和整个故事结构之中。从人物隐喻上看,普洛斯彼罗具有三个神话原型:其一是受难者,即受难的普罗米修斯。普罗米修斯被宙斯囚禁三万年,忍受痛苦,恰如普洛斯彼罗被弟弟驱逐出境,流落荒岛。普洛斯彼罗的象征之二是海神波塞冬。波塞冬是宙斯的兄弟,拥有驱使海洋的力量。普洛斯彼罗在海洋中掀起暴风雨,把安东尼奥等人逼迫至海岛上,让他们找回迷失的

---

① 马歇尔·萨林斯:《甜蜜的悲哀》,王铭铭、胡宗泽译,北京:生活·读书·新知三联书店,2000年,第19页。

人性，含有向善的正面色彩。普洛斯彼罗身上的第三层隐喻是宙斯，普洛斯彼罗在海岛上确立自己的统治地位，和宙斯开辟奥林匹斯山并在山上统治众神的模式相似。精灵爱丽儿的原型是赫尔墨斯，他是宙斯的传旨者和信使，拥有七弦琴和能够令人入睡的能力。戏剧中的爱丽儿也能利用魔法使人入睡、苏醒，代替普洛斯彼罗执行任务。安东尼奥的形象有多个神话来源，如《圣经》里杀弟的该隐，或者篡位夺权的神话人物。安东尼奥也与克洛诺斯有相似之处，他们都引来外力作为自己篡权的助手；凯列班和凯列班的女巫母亲是魔怪原型的变形。女巫西考拉克斯作恶多端、手段残忍，爱丽儿曾被她囚禁在树根 12 年之久，日夜不停哭喊。凯列班凶狠丑陋、恶劣下流，试图玷污米兰达，充满未开化的原始兽性。他们的形象是神话中的邪恶魔女、恶龙、独眼巨人等，因本身未具有完全人性而凶残野蛮。

从整体故事模式来看，《暴风雨》也和神话的结构模式构成了互文关系。希腊神话中众神之间的斗争是权力之间的斗争，安东尼奥与普洛斯彼罗也在进行权力和政治的斗争；暴风雨的主题具有《圣经》中大洪水和诺亚方舟的意义，洪水冲刷人间，荡涤丑陋与罪恶，去除邪恶和污秽，就像《暴风雨》中的普洛斯彼罗召来暴风雨，最后让恶人悔悟，获得救赎。

从神话的深层意义上看，《暴风雨》中人物的感情延续了古希腊神话中自然天性的舒张。古希腊神话肯定人欲（甚至放纵人欲），不避讳人的现实生活，对感情和欲望的追求直接而大胆。《暴风雨》中人物感情的抒发也极为浓烈："我简直要说他是个神，因为我从来不曾见过宇宙中有这样出色的人物。"（《暴风雨》：1.2.23）作品在对人的欲望感情进行正面描写的同时，也相应表现出了对人类主体的重视。

《暴风雨》与圣经的关系也很紧密。在人物的关系上，《暴风雨》在角色身上暗含了圣经故事里"三位一体"的结构，构成完整的人物关系。普洛斯彼罗之前是米兰王国的公爵，集智慧、能力于一身，能够呼风唤雨，给人民带来和平安宁的生活，这一点被塑造出"圣父"的意义。《暴风雨》中的罪恶都与普洛斯彼罗关联紧密，所有罪恶都与圣父有所相关，人类犯下的罪恶让上帝不再信"义人"，因此通过暴风雨来重塑世界。所以在面对凯列班时，普洛斯彼罗说"我要叫你浑身抽搐，叫你每个骨节里都痛起来"（《暴风雨》：1.2.21）。普洛斯彼罗拥有的魔法让他一定程度上拥有了"神力"，当他与代表罪恶的凯列班相遇时，"他无疑成了基督教中上帝的化身"。腓迪南是那不勒斯国王之子,在剧中所有人包括国王都以为他已经葬身海洋,却被普洛斯彼罗以神奇的法术救活,形成"死而复生"的神话模式,这就类似于上帝之子——耶稣的复活模式,在耶稣死而复生之后,他就祛除了人的特征,具有了神性,即圣子;爱丽儿则与《圣经》中记载的圣灵有所相似,像圣灵一般"是一团空气",并拥有强大的能力,协助普洛斯彼罗完成任务。三者在圣经的象征上形成上帝的三个要素,构成"三位一体"的功能。在三位一体的救赎过程中,他们各自有明确的分工:圣父负责维护和创造,圣子负责救赎,圣灵负责启示和成圣。

在整体的故事模式中,《暴风雨》重新建构了圣经的"爱与恨"主题,圣经中描述罪恶与仇恨的关系在剧中得到体现。戏剧里由罪恶引发的恨包括了两种:一是安东尼奥篡位夺权,普洛斯彼罗对他的恨;二是凯列班的"恶人的恨",认为自己的海岛被强占。但这种"恨"在莎士比亚的笔下没有遵循恨—报复—死亡的模式,而是消解在爱与宽容之中。爱是出自博大和宽容的胸怀,普洛斯彼罗以善和宽容对待安东尼奥等人,其模式是对圣经中"爱你们的仇人"一义的引发,成就了崭新的罪恶—爱—忏悔—宽恕的模式。

生态扩张和殖民扩张往往同步进行,《暴风雨》在对海岛进行开发和统治的同时,也包含着人对自然的非生态正义。故事的主人公普洛斯彼罗经历过风浪中的逃难之后,又利用了自然的力量为自己的对手掀起暴风雨:"即使是天神的闪电,那可怕的震雷的先驱者,也没有这样迅速而炫人眼目"(《暴风雨》;1.2.15)。大自然成为被驱使的工具,被利用和篡改,成为复仇的资源。普洛斯彼罗同意腓迪南追求米兰达的方法是搬运几千根原木,通过饮下海水证明忠心;即使木头已经够用,仍要让凯列班砍柴来明确统治。从这一层意义上看,西方的殖民扩张在对人的统治上还有一层对自然的剥削和利用,是典型人类中心主义的体现。

《暴风雨》的创作中依然表现出了男权社会对女性的压迫,处于殖民地的非白人女性被他者化:尽管戏剧里有女性角色的出现,但西考拉克斯只存在于他人的口中,尤其是在普洛斯彼罗的话语中。作为对立的一方,对西考拉克斯类似妖魔的描述也有相当大的可质疑空间,因为所有的定义都由普洛斯彼罗一人完成:裁决和判断,并且完成故事的主要叙述。公主米兰达美丽善良,却依然无法掌控自己的爱情与生活,故事里她的婚姻是普洛斯彼罗复仇计划中的一环,所有发展几乎都由普洛斯彼罗掌握，而她又几乎从未见过他人，没有面对感情的经验。腓迪南在一见面时即声称"我愿意立你做那不勒斯的王后"（《暴风雨》：1.2.24），并提出了米兰达没有爱上他人、仍然是处女的前提条件。在对话的过程中，腓迪南始终未关注到米兰达的意愿与首肯，而是直接以居高临下的语气表达自己的态度。在整个过程中，父权和男权的倾轧无处不在，女性成为男性统治世界的附属品，在男性的视野下被加上无处不在的枷锁。

在众人漂流到荒岛后，贡柴罗有一段对国家的描述，说自己幻想的国度里没有王，声称"要实行一切与众不同的设施；我要禁止一切的贸易；没有地方官的设立；没有文学；富有、贫穷和雇佣都要废止……没有君主"，却又提到"统治"，这样的前后矛盾的言辞遭到了同行者的嘲笑：

"西巴斯辛：但是他说他是这岛上的王。

安东尼奥：他的共和国的后面的部分把开头的部分忘了。"（《暴风雨》：2.1.33）

实际上，贡柴罗说出了一种本质上是"如没有国王"一般隐身的王权，他口中的国度其实正是此时的普洛斯彼罗实施的举动。他用魔法影响别人，自己在整个事件里隐身，成为一种无形的力量。被影响的对象大多数发觉不了正处于某种控制之中，把遭遇到的事情归结为自然或者天意。他用暴风雨掀翻船只，用嗡鸣声唤醒贡柴罗，用幻觉让阿隆佐悔罪。这时候事物的进程、人物心理的改变看似是在外力已然隐藏的状态下，但仍受到外力明显的驱使，否则凭借他们自身的性格是不会进行忏悔活动的。这时候隐藏的力量仍然在发挥着强制作用，只是更不为人知。而被驱使的人物错把强制的力量看作"天意"，就像被派遣来的爱丽儿把普洛斯彼罗的授意冠以天意的名号："你们是三个有罪的人；操纵着下界一切的天命使得那贪馋的怒海重又把你们吐了出来"（《暴风雨》：3.3.59），这时的普洛斯彼罗俨然以人力顶替了天意。正如统治阶级利用宗教信仰的力量一样，被统治者不会感到明显的统治压迫，但又顺应统治者的要求生活、行动，即所谓理想的"黄金国"："我要照着这样的理想统治，足以媲美往古的黄金时代。"（《暴风雨》：2.1.33）

因此，虽然在贡柴罗的台词里透漏出一点乌托邦模式的影子（或者也有人称之为无政府主义），但建立的角度仍然是出于一个统治者的视点，并非彻底公平的制度。作者对乌托邦理想主义持有否定态度，认为世界仍需要由善意引导，人类之间的和解比暴力更能达到稳固的和平。贡柴罗所建构的乌托邦，和莎士比亚之前剧作中的"黄金时代"有所类似,反映出的是作者的人文主义理想,要去除罪恶以获得美善。普洛斯彼罗所构建的"绿色世界"、贡柴罗所提到的理想国度、整个剧作表现出来的喜剧氛围实际上都在对黑暗现实进行否定,透露出作品最终回归善与爱的光明结局,也反映出剧作家晚年较为理想的思想活动:厌恶丑恶、向往理想、提倡道德感化。

普洛斯彼罗是作品主人公,从宽恕和谅解的主题来看,普洛斯彼罗具有仁爱之心,是一个正面人物。但在他身上也拥有后来资产阶级的特点:是英雄,同时又是掠夺者、盗贼;对于荒岛上的原住民而言他是一个入侵者、殖民者。此外,普洛斯彼罗的形象有明显的宗教意味。他在岛上像上帝一般全知全能,拥有创造万物的能力,像上帝一样用语言安排万物生长,让生灵各司其职,构建起一个世外桃源般的国度。

米兰达在她还是婴儿时,就随父亲一起被放逐到偏远的海岛上,过着与世隔绝的生活,从未见过其他人类。她纯洁善良,美丽温柔,是一个天使形象。她至纯至善,没有任何作恶甚至惩罚的思想,对父亲掀起复仇的"暴风雨"的态度也是仁慈和悲悯的:"我瞧着那些受难的人们,我也和他们同样受难"(《暴风雨》:1.2.8)。她在岛上遇到了俊美的腓迪南,并和他坠入爱河。海涅在《莎士比亚的少女和妇人》中评价米兰达是这样一种爱情的代表,她能够在历史影响之外,恰似仙履漫踏的一尘不染的土壤上的花朵,展现出她至高的理想美。

安东尼奥野心勃勃,嫉妒心强,代表人性中有罪的一面,是《圣经》中该隐的化身。该隐因为上帝更喜欢弟弟亚伯送上的祭品而对亚伯心生嫉恨,在亚伯没能有所察觉的时候将他杀死,安东尼奥与该隐的行为模式类似,在普洛斯彼罗沉迷魔法时因为觊觎权势而谋权篡位,差点杀死自己的兄弟,最后把普洛斯彼罗驱逐出国;上帝判处该隐以流放的惩罚,安东尼奥也在大海上被放逐到荒岛之上。在流落荒岛之时他仍和西巴斯辛密谋杀死熟睡中的阿隆佐,因为普洛斯彼罗的魔法才未得逞。最后他承认失败,把王国还给普洛斯彼罗。

凯列班是海岛上的原住民,女巫和海怪所生的儿子,是泥土的化身。他以魔鬼形象出现,外表和心灵都同样丑陋。他用四条腿走路,浑身长满毒瘤,甚至于被看到的第一眼都不会被认为是人:"是一个人还是一条鱼?"(《暴风雨》:2.2.41)他象征人的原始兽性,与大自然的原始欲望相连,是人性恶的放大。文明教化并不会让他脱胎换骨,也不会催生出忏悔之心:"从此以后我要聪明一些,学学讨好的法子"（《暴风雨》：5.1.84）。普洛斯彼罗教他语言和识字，但凯列班学会的语言只是辱骂和污秽；对他德行的教化更是完全无用，他只是迫于魔法的威力才不得不臣服于普洛斯彼罗。他不甘心自己的海岛被抢夺，明知道普洛斯彼罗的弱点，却畏惧于他的强大魔法力量不敢反抗。凯列班身上有魔鬼撒旦的影子：他把普洛斯彼罗当作占领领地的掠夺者，禁锢了自己的自由，撒旦也认为上帝剥夺了自己的统治，让自己失去自由。凯列班遇到特林鸠罗和斯丹法诺时劝说他们反叛，正如撒旦一样引诱人类堕入罪恶。仿佛是出于故意的设计，凯列班和爱丽儿两个形象在物质和精神、粗劣和精致之间的对比达到了完美的体现。凯列班虽可鄙可憎，但他对普洛斯彼罗的反抗意味着被殖民者对殖民者的反抗，虽力量薄弱，依然具有反抗殖民权力话语的意义。

爱丽儿是海岛上的精灵，被女巫囚禁，后来又被普洛斯彼罗解救，用新的契约加以束缚。爱丽儿同意以此报恩，但也渴望彻底获得自由。爱丽儿是普洛斯彼罗意志的执行者，不遗余力地完成各种任务，帮助普洛斯彼罗施展魔法，掀动暴风雨，引导米兰达和腓迪南互相迷恋，戏弄凯列班等人。在爱丽儿的帮助之下，普洛斯彼罗的计划才能顺利完成。她对自己亲手施加的惩罚有愧疚之心，本身并不邪恶。爱丽儿的原型来自萨默斯对历史上百慕大三角暴风雨的记录，他提及一个闪闪发光的光点似的精灵，认为这是暴风雨的起因。

《暴风雨》是莎士比亚晚年创作的一部魔幻大剧，它称得上莎翁创作生涯的压轴之作，可以明显地看出莎士比亚强调幻想的浪漫主义意义。在以往剧目中所出现的超自然意象，玄奇的魔法，岛上的精灵和女巫，等等，都在此剧中得到淋漓尽致的展现。在这一时期，莎士比亚确定了人文精神和封建制度之间存在不可调和的矛盾。他利用超自然的物象构成隐喻效果，贯穿在整个叙述言语之中，存在于故事的每个角落。戏剧文本和读者之间通过隐喻意象形成互动，场景的出现和情节的安排都有紧密的联系，构成了整体统一的思想内涵。在具体的分类上，有独立隐喻和整体隐喻两种。

独立隐喻将复杂的思想情感投射到具体的对象上，将抽象的情感以客观存在的物体来表现。莎士比亚用独立隐喻的方法，以具体的对象来表达复杂的思想情感，如腓迪南和米兰达互相称对方为"精灵""女神"，而恶人则称"魔鬼""乌龟"，这些是对文艺复兴时期的文明新人和道德低劣腐坏者的隐喻。

而故事中的整体隐喻需要通过整个故事的结构脉络来综合分析，整体隐喻的意象贯穿整个情节,不断交织出现。普洛斯彼罗的"书"的意象即是其一,从最开始沉迷魔法书而被弟弟夺取位置,到后来凯列班宣称普洛斯彼罗没有书就可以被打败,"书"在此时象征了获得的知识和精神财富,是一种强大的新生的力量。但书或者传授知识都对凯列班没有任何作用,也象征着文艺复兴后期的人文主义中出现了道德低下的私欲人性。

同时,魔法也是剧本中的一个重要隐喻体系,甚至是一种决定性的力量。在暴风雨来临之时,水手们关注的不是船上的公爵王子,而是神秘莫测的自然之力;在普洛斯彼罗那里,魔法的重要性也远远超过世俗王权。但由魔法构成的理想海岛在现实生活中却难以久存,被生活驱逐的人拥有了强大的魔法力量,回归现实时又要将魔法交还。普洛斯彼罗尽管深知自己的结局可能会成为"不幸的绝望",却依旧在最后的致辞中宣布回归现实生活而放弃魔法。与开端不同之处在于,魔法已经帮助岛上的人们获得善良和宽容,去恶向善的宽恕能够"赦免可怜的下民的一切过失",使得人与他人、自己、世界都进入和谐真善的状态。

弗莱以"传奇"的模式分析《暴风雨》,而传奇结构就注定了主人公的三个阶段:开始是一段探险,历经磨难与挫折之后,到达理想的境界获得所寻之物。该剧以暴风雨为起始点,剧中人物经过风暴的袭击,跨越了悲剧式复仇,最终都获得某种新的视野。他用这种模式分析了腓迪南、凯列班等人,指出腓迪南的"探险"是寻找父亲,"磨难"是伐木,"视野"是沦落为苦役;凯列班的"探险"是寻找普洛斯彼罗,"磨难"是饮马池,"视野"是音乐梦幻。与此同时,弗莱并未将普洛斯彼罗、爱丽儿、米兰达三人列入其中。他们三人被看作超越于故事结构的操纵者、驱使者和局外者,他们超越了本身的叙事流动,进入一种"无时间"的状态。[①]

在对后三人的叙述里,弗莱呈现出一种自然的回归,同样是三个部分:从自然开始,踏入约束,最后回归自然状态。弗莱认为普洛斯彼罗的魔法象征着对自然的约束,普洛斯彼罗放弃魔法也就是释放了自然,自然从最初的世界重新生长成一个新世界,即前述所谓"绿色世界"。而这时的"自然"是作为与文明和文化对立而出现的一种比较概念,"不仅仅是仪式中的丰饶世界,也颇像我们基于自

---

① 饶静:《双重视角下的〈暴风雨〉:对神话批评的一种反思》,《中国比较文学》2012年第3期。

己愿望所构思的梦幻世界"①。这种世界里自然观的转化和基督教息息相关："诺斯替教派轻视自然,异教徒崇拜自然。显然,基督教在这两者之间走一条折中的道路。"②有学者认为这种"圆"形结构不仅是指结局的团圆,更重要的是指剧情像圆一样永远有结局又永远存在着开始。这样的结构将会在文本中构成一个永远没有答案的期待视野。这与莎翁当时的宽恕和解思想是完全一致的。他希望最终能使破裂变成完整,分裂变成和谐,恨变成爱,而不希望让社会的罪恶破坏他理想中的人类关系。

《暴风雨》是莎士比亚戏剧创作生涯的最后一部作品。在此之后,他离开伦敦,回到了故乡。其中缘由或许也可以从莎士比亚在《暴风雨》中对人性的思考和理解窥得一二。一方面,莎士比亚向往着美好人性,希望人们可以通过内在的自省和教育,驱除心中的欲望和邪念,完善自己的人格,回归到真善美的状态;但另一方面,莎士比亚也认识到了这种美好未来是不可能实现的。因此,普洛斯彼罗放弃了搅动风云的魔法,而莎士比亚也"就此折断"自己的"魔杖",告别了伦敦和戏剧生涯,也告别了自己对美好人性与和谐世界的理想。并劝告人们:"把什么事都往好的方面着想吧!"(《暴风雨》:5.1.82)

---

① 诺斯罗普·弗莱:《批评的解剖》,陈慧、袁宪军、吴伟仁译,天津:百花文艺出版社,2006 年,第 265 页。

② 诺思洛普·弗莱:《神力的语言——"圣经与文学"研究续编》,吴持哲译,北京:社会科学文献出版社,2004 年,第 26 页。

第七章　莎士比亚在中国

第一节　中国舞台上的莎士比亚

一、崛起与发展（20 世纪 30 年代到新中国成立初期）

1904 年林纾、魏易合译的《吟边燕语》是莎士比亚戏剧在中国舞台上的最早台本模板。《吟边燕语》的引进正适应了当时剧本缺乏、剧作翻新的需求。林纾将莎士比亚的戏剧翻译为新名，这些译名带有浓厚的传奇色彩。莎士比亚的戏剧内容丰富曲折、离奇有趣，其传奇小说式风格能吻合中国观众的心理接受，林纾的译名"鬼诏""铸情"等揭示了故事中引人注目的情节，透露出传奇之"奇"。

1914 年的文明戏正值"甲寅中兴"，《吟边燕语》中的剧作也就在这时被改编成文明戏，登上中国的戏剧舞台。据《申报》演出预告统计，1914—1918 年间共演出莎剧 108 场次，新民社演出的改编自《威尼斯商人》的《女律师》则是最早也最多被演出的剧本。1914 年 2 月 16 日，新剧同志会在上海宁绍码头竞舞台公演《女律师》；1915 年，民鸣社上演《借债割肉》；1930 年 5 月，上海戏剧协社在北四川路中央大会堂分别演出四场《威尼斯商人》。

关于引进《威尼斯商人》的原因，翻译者顾仲彝说："中国剧本的病乏，不能不向欧美翻译，而欧美现代的剧本真正有搬演到中国舞台上的非常少……协社之组织以研究为基础，欲穷究西洋戏剧之精华，自以从古典派剧本入手为最稳妥。"[①]《女律师》的上演吸引了众多中国观众，其看点大约在于"鲍西娅与其婢女尼莉莎女扮男装法庭胜诉是一奇，丈夫们未能认出自己的妻子，被要走戒指是一

---

① 顾仲彝：《戏剧协社的过去》，《戏》，1933 年，创刊号。

奇,夏洛克为报复要割借债人安东尼奥一磅肉又是一奇"①。1916 年 9 月 3 日的申报评点"郑正秋所编莎翁戏,如《退位》《杀泼》《女律师》《女说客》《女国手》,出出受人欢迎。各埠各新剧社各有演之者,每每失去我原编之真相,然能常常演之,可见出出受人欢迎者也"。

伴随着莎士比亚剧作在文明戏舞台上的广泛出演,由于莎剧中一些价值模式与中国传统接近,例如善恶有报、忠君孝义等,此类主题更能唤起观众共鸣,所以这些具有异国特色又新奇的演出被称作当时的"社会戏""伦理新剧",从这些称谓可以看出,中国演艺界对莎剧社会教化意义的关注。②

这个时期的文明戏仍无严格的表演要求,更类似于"幕表制",即无固定的台词限制而更多依靠演员自由发挥,对原剧本的忠诚度不高。文明戏为迎合中国大多数接受者的喜好而多有改动,如加入诸多中国表演元素、译名贴近古典明清剧作、演出形式向中国传统戏剧靠拢等,这样的改编特点一直延续到现代。

当时莎士比亚戏剧在中国演出方式有话剧、改编剧、英语剧三种,话剧即为尽量忠诚于原作的翻译剧,改编剧对形式、内容等按照中国风格进行大幅度改动。但即使是话剧,情节故事和整体脉络不变,在搬上舞台时也会在一定程度上进行小规模的改动,有时也植入传统价值观。这样的改编方法更容易让观众循序渐进地接受从未接触过的话剧这种戏剧类型。改编剧吸取了中国传统戏曲的特色,使莎剧形成了新的戏剧呈现方式。改编剧的唱词、表演、旁白、不受时间地点限制的戏剧风格与中国传统戏剧以简单的动作布局表达复杂的场景与剧情的象征性相吻合,也暗合了莎剧在摆脱"三一律"模式之后对舞台限制的突破和解放。③

莎士比亚的英语剧作演出大多分布于高校里的学生舞台之上:尽管大多数演出的目的都是为了练习英语,但在更早的时候莎剧的意义已经被民间自发注意到。1902 年圣约翰书院的学生最早用英文出演《威尼斯商人》,比《吟边燕语》的出现提前了两年。台湾大学名誉教授彭镜禧先生说:"莎士比亚跨海而来,先

---

① 曹新宇、刘丽:《女性问题的凸显——论〈威尼斯商人〉在清末民初的三个"折射文本"》,《西南民族大学学报》(人文社会科学版)2015 年第 1 期。

② 曹新宇、顾兼美:《论清末民初时期莎士比亚戏剧译介与文明戏演出之互动关系》,《戏剧艺术》2016 年第 2 期。

③ 李伟民:《中国戏曲莎剧与莎剧现代化》,《闽江学院学报》2006 年第 1 期。

是有名字,然后有简单的故事,再开始有人翻译剧本,然后全集出现。有了这些作品,才有后来的莎士比亚研究,演出与发展也才有了基础。"1921—1945 年是高校莎剧演出的蓬勃发展阶段,如燕京大学出演莎士比亚剧作《第十二夜》,南京国立戏剧学校在后来十年更是取得了巨大成就。

梳理改编剧的发展历史,早在民国初年,四川淮安川剧团王国仁先生就将《哈姆莱特》改编为川剧《杀兄夺嫂》上演。20 世纪 20 年代末,中国左翼文化运动兴起,1929 年 10 月成立艺术剧社,1931 年改组为左翼戏剧家联盟。这时的剧联更倾向于政治活动,而演出则基本停滞。之后莎剧的再次正式演出是在 1937 年上海业余实验剧团出演的《罗密欧与朱丽叶》,但演出状况并不理想。戏剧运动评论家张庚指明:"从这次演出中所看到的罗蜜欧与朱丽叶成了一个'五四精神'的——为恋爱而意识地反封建的剧本,而莎士比亚的世界观也成了'五四青年'的世界观了。"[1]这表明在对剧本剧作的改编演出上,反思和创新一直在持续进行。

1937 年和 1942 年,国立戏剧专科学校的师生们在南京、重庆和四川等地分别演出了《威尼斯商人》《奥瑟罗》《哈姆莱特》等剧。与此同时,袁雪芬领衔的"新越剧"戏班 1942 年在上海也演出了改编自《罗密欧与朱丽叶》的越剧《情天恨》。其余的改编剧作还有如《黑将军》(《奥瑟罗》)、《姊妹皇帝》(《李尔王》)、《新南北和》(《麦克白》)、《仇金》(《雅典的泰门》)、《怨偶成佳偶》(《无事生非》)、《从姐妹》(《皆大欢喜》)、《李误》(《错误的喜剧》)、《飓媒》(《暴风雨》)、《指环恩仇》(《辛白林》)等,约二十多种,涉及莎士比亚的悲剧、喜剧和传奇剧。1944 年,中国已经进入抗战时期,职业剧团神鹰剧团上演了《罗密欧与朱丽叶》。此时的剧作演出多处于抗战环境下,其思想和主题也带有明显的民族化风格,成为民族抗战时期的精神动力和武器。

后来莎剧在表演、导演和舞台美术方面都有了初步提高,而以幕表形式进行的演出则渐渐退出了舞台,为以后的进一步发展打下了基础,莎剧演出逐渐摆脱程式化走向写实主义,大方自然地将情欲抒发、人性解放作为戏剧内容。[2] 1949年之后,中国导演戏剧的水平明显提高,1950 年左右,中央戏剧学院、上海戏剧学院等多所戏剧学院出演莎剧,据资料统计,1953 年以上海为中心的全国观众达 2500 万人,上海市民每年平均观看戏剧四次。这一时期莎士比亚戏剧的兴盛

---

① 张庚:《关于〈罗蜜欧与朱丽叶〉:"业余实验剧团"演出》,《戏剧时代》1937 年第 3 期。

② 潘薇:《20 世纪上半叶莎士比亚戏剧在中国的传播》,《吉林艺术学院学报》2008 年第 3 期。

和发展大约持续了十年。

二、繁荣发展时期（80 年代改革开放之后）

　　莎剧在舞台上的空前发展是在 80 年代改革开放之后，以 1986 年上海国际莎士比亚戏剧节为界，莎剧的改编进入繁荣发展期。这一时期的改编剧作对英国演出进行更广泛的观摩，改编力度也空前加大，进入莎剧舞台艺术发展的新境界。中西传统的融合在这时发挥出新的活力，这种融合不仅体现在内容细节之中，也在整个表演形式中体现得淋漓尽致。演出的数量增多，演出的地域范围也相应扩大，除了北京和上海之外，广东、山西、浙江等地也都各自推出新演出。思想解放和引进剧种的扩大促进了戏剧种类的扩展，相对自由的创作环境下，改编剧本的导演都乐于进行中国风格与莎士比亚戏剧融合的全新尝试。

　　由于莎士比亚的戏剧具有多重阐释空间，在民间拥有广泛的普适性和大众化基础，因此改编的形式能既具有新意又吻合原剧作，观众尽管与原作有地域文化和时空的差异，却能在莎剧演出中获得共通的价值取向。[①] 80 年代之后的改编剧融合了诸多剧种，在"莎味"与"戏曲味"结合的探索中，普遍都突破了戏曲原有人物行当的束缚。例如粤剧《天之骄女》（《威尼斯商人》）、1987 年婺剧《血剑》（《麦克白》）、豫剧《罗密欧与朱丽叶》、潮剧《温莎的风流娘儿们》、花灯戏《卓梅与阿罗》（《罗密欧与朱丽叶》）等。1985 年上海虹口越剧团改编自《罗密欧与朱丽叶》的越剧《天长地久》，其中的分幕按照中国戏曲的命名方式改编为"两性分""一见情""花园会""街心斗""困龙吟""生离怨""寺中疑""灵丹计""死恨别"等九场；其他剧种如京剧《奥瑟罗》中运用四声、平仄、韵脚、对仗的古典诗词句修辞手法改编台词，整个戏剧都具有浓厚的中国色彩；昆曲《血手记》（改编自《麦克白》）中以脸谱变化暗示善恶斗争，铁氏（麦克白夫人）是麦克白灵魂的剖析者和野心的催化剂，唱腔上的转折变化和高低沉浮表达角色内心激昂跌宕的情绪起伏，还突破性地增加京剧的扇子功增添艺术感染效果，在唱段中加入夸张的动作配合，正好符合了人物的表现力；黄梅戏改编的《无事生非》歌舞并重，在内容和形式上得到双重创新；京剧改编的《仲夏夜之梦》中采用了京剧的水袖、吟诵、歌舞等方式；1994 年第二届莎士比亚戏剧艺术节上，越剧《王子复仇记》运用尹派唱腔形

---

① 　李伟民：《中国戏曲莎剧与莎剧现代化》，《闽江学院学报》2006 年第 1 期。

成中西融合的改编风格,而丝弦戏《李尔王》人物内心活动外化,运用丝弦戏特色的成套唱腔,表现李尔王癫狂的精神状态和悔恨交加的痛苦心情,采用中国戏曲的传统方式进行了伦理道德批判。

三、现代元素与创新时期(21 世纪)

21 世纪以来,莎士比亚戏剧的改编呈现更明显的现代特征,改编方法上也进行了更大胆的尝试。

《理查三世》中的善恶批判观借中国本源的传统文化表达,演员根据京剧的精粹重现莎士比亚经典剧作,以京剧的行当、表现、用语风格为形式表现其原有西方文化内涵,完成全新的莎剧经典重新阐释。2000 年上演了《李尔王》改编京剧《李尔在此》,2004 年京剧《王子复仇记》和京剧《暴风雨》;2008 年,湖北汉剧院演出了熊杰平《逆鳞·李尔王》,用折子戏形式将原本的幕场改成四种:"逆鳞""戏鳞""王疯"和"王薨"。2013 年徽剧改编《麦克白》为《惊魂记》,汉剧改编《驯悍记》,王晓鹰在中国国家话剧院打造《理查三世》时融合了更多的中国传统文化元素,构建中西方话语交流的沟通模式,在莎士比亚的经典戏剧上又表现中国的风格与独创性;2014 年吉剧改编《温莎的风流娘儿们》,另外还有《麦克白》改编的越剧《马龙将军》。新时期的戏剧在剧种的汇合之外,还更多地增添了新的模式,包括舞台的声光电的组合、新式流行元素的添加等,例如川剧《马克白夫人》中利用舞台形式诸如喷火、音乐以及脸谱的变化呈现本土的美学特色。

莎剧改编有其独特的优势,因其本体所包含的丰富广阔的社会内容、善恶明辨的批判力度、打破"第四面墙"的独特视角、鲜明生动的人物形象、深刻抒情的哲理内容等,如前文所述,都能广泛引起世界人民的关注和认同。但莎剧改编仍在把握力度、在创新和修正中不断进步,也在评论和批评里成长。

以《无事生非》为例:黄梅戏的改编

黄梅戏移植、改编莎剧的剧目主要有三部:1986 年首届中国莎士比亚戏剧节应邀演出的《无事生非》、1987 年的《仇恋》和 2016 年首演的《仲夏夜之梦》。改编的剧作拓宽了黄梅戏题材的范围,其难度在于要从莎剧这一陌生的戏剧领域当中撷取适合保留的部分,对不适合保留的部分提取其精髓,而后加以改编。

《无事生非》这一剧作里,莎士比亚剧作向黄梅戏的改编是前所未有的新开拓,在汲取传统文化的过程里寻求可契合的节点。导演孙怀仁说:"如不少文章经常谈到的'史诗式结构'、'诗剧'、'三面观众的舞台'、'时空开阔自由'等……我还感觉到莎剧与其他话剧不同的是,在对白中时而插入一个人的旁白、内心独白,很像我们戏曲在对唱中时而插入旁唱、背工唱似的。""我们既要面向中国观众,还要面向世界;既要让中国观众看了承认它是黄梅戏,又想让外国人看了承认它是莎士比亚。"此外,莎士比亚剧作与黄梅剧种都采用开放式结构,分为多个场次,故事线索是双线或双线以上结合;讲述故事时重视结构完整和大团圆结局,莎士比亚的第五幕往往用以作结;题材上都取自民间故事又加以改造创新,因此更加贴近市民生活。剧作把全剧浓缩为七场,把故事发生的时间改成朝代不明的"古代"和发生在偏远地区的"边关",使故事中的主人公直白大胆的风格既不会与中国传统含蓄的男女关系矛盾,又有其合理解释的空间。故事剧情里,新郎克劳狄奥误信新娘不贞而盛怒的情节改成了富有中国特色的"三揭盖巾";表演过程中黄梅戏特有的独唱、重唱、齐唱等刻画在场人物的不同心情,造成悲中喜、喜中悲气氛。黄梅戏特有的"三打七唱"里"口传心授,没有乐谱、没有记谱",本剧既吸纳黄梅戏里的"三打七唱",又突破黄梅戏以平词为主的格调,节奏轻快悠扬,融进一些少数民族的音乐表现和打击乐加人声伴唱效果,采用黄梅戏中的"花腔""彩腔",把沉重的故事利用音乐变得轻松明快。服装化妆之上,跟随人物背景的设置进行了边关特色的装扮,但又保留翎帽翅、披风、水袖、佩剑等传统元素。丑角的插科打诨是莎士比亚喜剧的一个重要特点,因此在黄梅戏《无事生非》中夸张了一胖一瘦两个人物形象,给扮演丑角的演员设计了一个声音滑稽的牛角号,加之角色的错乱舞步,在台上、台边,甚至探出舞台,更贴近观众。

在表现人物性格方面,歌舞动作成为主要方式。假面舞会是西方特有的节目,在戏剧改编中,编剧从安徽民间的灯会得到启发,从"灯舞"开始,男性的八角锤灯、女性的莲花灯,最后是"假面舞",就与西方的假面舞会习俗相互衔接。在台词的改写上,改编基本分为三种:其一是尽可能化用莎士比亚的原词,但基本用于配角、小人物身上,数量也不多;其二是取莎士比亚原词再重新化为中国戏曲词,从"培尼狄克宣言"到白立荻(培尼狄克的译名)的"我是女人生、只感女人恩",对白也尽量改成中国韵体;其三是在剧本里增添唱词,整个篇幅结构更符合中国戏曲习惯。

可以看出,原作《无事生非》有很明显的悲剧气氛,而改编黄梅戏《无事生非》则更加轻松愉快。国际莎士比亚研究会主席布洛克班克在给剧团的信中说"你们的演出喜庆欢乐、雍容华贵，诙谐有趣而又富于人性的启迪"，国际莎士比亚协会主席、英国伯明翰大学莎士比亚学院院长菲力浦·布罗克班克教授在上海戏剧学院一次座谈会上评价："轻松愉快是黄梅戏《无事生非》的基调，这样的表现是正确的做法，整个演出非常轻松愉快，有目不应接的感觉。"①

此外，黄梅戏《仇恋》改编自《罗密欧与朱丽叶》，对剧情的改动不大，但抨击重点放在对封建家庭包办婚姻的主题之上，是对中国封建制度的批判和反思。戏剧中用科白结合的方式展现人物心理，同《无事生非》一样，以人物唱腔的变化表示内心情感的波澜起伏；黄梅戏《仲夏夜之梦》加入了更多现代化的元素，在"仙药"的作用下两位主人公更直接地追求爱情，又因一系列误会造成滑稽荒诞的效果。"明月神"因为仙药的作用而把驴子当成爱人，这种将外力当作动因的方式也是对中国戏剧风格的大胆尝试。剧作安排中还参考了《大话西游》般的穿越模式，结合现代的西班牙斗牛舞曲、探戈等手段，在传统戏剧里迸发出新的活力。

以林兆华改编话剧为例：中国舞台的后经典实验

中国的莎剧舞台在发展过程中延伸出一种后经典实验，在这种新模式里，经典演绎的叙述者隐藏起来，让人物和角色自己表演、说话。改革开放之后话剧艺术的表现空间愈发广大，创作意识、主体意识高涨，开放的时代环境和戏剧的表现内容紧密相连，由林兆华的改编戏剧为起始，后经典实验的戏剧模式开始流行。这种模式同样参照了 90 年代兴起的叙事学、符号学，戏剧文本的叙述理念和舞台表演又得到进一步的交融贯通，舞台上的叙事模式开始得到戏剧导演的重视。"近现代中国接受莎士比亚可以概括为两种不同的倾向，即社会政治诉求层面的接受与学术学理层面的接受……从实际接受的情况来看，社会政治诉求层面的莎士比亚接受倾向居于主导地位。莎士比亚命运的每次变化，可以说都是这种社会政治诉求左右的结果。"②

林兆华"一人多角"和"一角多人"式的实验剧《哈姆莱特》通过演员对多个角色的扮演在无声中提出了"人人都是哈姆莱特"的议题，从哈姆莱特到国王的台词之间没有间隔、不换角色，演员需要在短时间内调整神态、转换话语，观众则需要迅速理解角色的切换，明确叙述者和角色的指涉。舞台上不再是单一的纯叙

---

① 曹树均：《戏曲改编莎士比亚剧作的可喜收获——简评黄梅戏〈无事生非〉的改编》，《黄梅戏艺术》1986 年第 3 期。

② 李伟昉：《接受与流变：莎士比亚在近现代中国》，《中国社会科学》2011 年第 5 期。

述视点,而是演员带领观众参与其中,讲述又似乎同时置身其外,演员和角色之间、舞台和观众之间拉开距离,叙述者身份的变化塑造出表演中的陌生化和间离效果。《理查三世》则更多地运用拼贴、戏仿、隐喻等方式,叙事之间相互交杂,形成"元叙事"的风格。人物性格各有对应,理查三世是恶魔的化身,而哈哈镜状的人物在讲述里自我变形、生成隐喻,"老鹰抓小鸡""捉迷藏"等儿童游戏模式中进行着原剧本里残酷阴冷的谋杀。皮影连环画般的剧情确实不再原原本本摹写剧本文本,却在荒诞和颠覆性的表演里直接带动参与者对深层哲理和人性的思考。

李伟民对林兆华的《理查三世》改编进行了研究,指出林兆华以其戏仿与隐喻的舞台实践,实现了后经典性质的舞台叙事。而文本的戏剧语言通过光与影、动作和人物鲜活的台词,唤醒了剧作里更深的表现意义。尤根·霍夫曼明确地提出了后现代主义戏剧的三个特征是非线性剧作、戏剧结构、反文法表演,后现代戏剧不是按照一般戏剧的剧情逻辑进行,而是利用反叙事的剪接和拼贴的手法。在《理查三世》的舞台改编上就有明显的后现代元素:舞台叙事具有批判作用,且扩展了《理查三世》的文本叙事。莎士比亚的文本在林兆华的戏剧表现中通过演员的台词、舞台上的多种形态构建全新叙事话语,将原作中恢宏的叙事代之以诙谐讽刺的隐喻和戏仿,扩展出莎士比亚戏剧的多种阐释可能性,显示出后现代叙事的色彩,并呈现出可贵的创造意识、现代意识、中国意识。在叙事逻辑上,林兆华的戏剧从形似向神似转变,而戏剧的舞台表演形式又营造出更广阔的叙事空间。戏剧从文本扩展到舞台上,便使得文本化为表演的调侃、游戏和虚拟,成为具有多重隐喻和戏仿的空间叙事。演员的台词、动作与场景的切换,结合有限与无限、文本与舞台、真实与虚构,凸显出符号的集体属性,在当代舞台艺术上展现出个性化的叙事风格。例如有些时候舞台上的表现看似与原作相背离,而这种变形的画面实则是对作品本身的一种再生成隐喻,通过形象的生动表现来达到更突出鲜明的效果。此外,隐喻和戏仿的模式也增加了戏剧表演的思想深度。《理查三世》这种具有强烈批判性的作品通过表演的夸张怪诞手法,体现出对现实的深刻思考。"杂乱的舞台、杂沓的队列、变形的人影、无序的音响、嘶哑的嚎叫,映射出《理查三世》中的荒唐与无序,以及人的价值观的极度扭曲和道德水准的快速下滑。"①舞台上的戏剧被压缩成"皮影式",舞台的叙述将暗示

---

① 李伟民:《〈理查三世〉的叙事策略——戏仿与隐喻:林兆华的莎士比亚戏剧〈理查三世〉》,《东南大学学报》(哲学社会科学版)2012年第5期。

隐喻与历史纵深感结合成为震撼人心的表达，引起观众更多的想象空间。观众通过隐喻进行的思考超越了人物形象的表层而进入哲学和美学的高度，与普遍的人性形成思想上的共鸣，营造出人性观照的现场感。

第二节　莎士比亚戏剧汉译

学者孟宪强在《中国莎学简史》中将中国接受莎士比亚的历史分为 6 个阶段：1856—1920 年（发轫期）；1921—1936 年（探索期）；1936—1948 年（苦斗期）；1949—1956 年（繁荣期）；1978—1988 年（崛起期）；1989 年至今（过渡期）。濑户宏在孟宪强的基础上更进一步，分为三个阶段：清末—1919 年（莎士比亚作品被看作外国的传奇故事）；五四新文化运动到 20 世纪 80 年代后期（尽可能忠实地介绍莎剧）；90 年代至今（以第二阶段为基础，再一次对莎士比亚作品进行新的、自由的诠释）。按时间分类固然能清晰地看出莎士比亚作品在中国发展历程，却无法对莎译本身进行系统的梳理和学理的探讨。莎译毕竟不是线性的单箭头发展，每一阶段都存在多种不同特点的译本的交杂。因此，本书采用文本分类的方式，呈现莎译在中国的历时演变，总结百年来的翻译经验，展示学界对莎译的探索历程。

莎士比亚之名传到中国的时间最早可以追溯至鸦片战争时期，1844 年出版的魏源《海国图志》提到了英国著名诗人"沙士比阿"①。1856 年，上海墨海书院刻印了托马斯·米尔纳的《大英国志》，由英国传教士慕维廉翻译，其中在讲到伊丽莎白女王时代的文化盛况时提到了"舌克斯毕"②。此后很多人用各种译名介绍过莎士比亚，如舍色斯毕尔③（郭嵩焘《郭嵩焘日记》，1876）、狭斯丕尔（严复

---

① "在感弥利赤建图书馆一所，有沙士比阿、弥尔顿、士达萨、特弥顿四人工诗文、富著述。"林则徐编译：《四洲志》，北京：华夏出版社，2002 年，第 117 页。

② "当以利沙伯时，所著诗文，美善俱尽，至今无以过之也。儒林中如锡的尼、斯本色、拉勒、舌克斯毕、倍根、呼格等，皆知名之士。"托马斯·米尔纳：《大英国志》，慕威廉译，上海：墨海书院续刻本，卷五，1856 年，第 50 页。

③ "在这些印本中最著名者，一为舍色斯毕尔（Shakespeare），为英国二百年前善谱剧者，与希腊人何满德（Homer）齐名。"郭嵩焘：《郭嵩焘日记》（第三卷），长沙：湖南人民出版社，1982 年，267 页。

《天演论》,1898)、索士比亚(《瀚外奇谭》,1903)、莎士比(林纾《吟边燕语》,1904)等。今天通用的"莎士比亚"这个译名,来自梁启超的《饮冰室诗话》①。

一、从文言故事到文言剧本(1903—1924 年)

1903 年,上海达文社出版文言体故事集《瀚外奇谭》(又名《海外奇谭》),莎士比亚戏剧作品开始被介绍到中国。该书选自英国作家查尔斯·兰姆《莎士比亚戏剧故事集》里的十篇,其中九篇都是惩恶扬善、终成眷属的喜剧故事,不难看出中国传统意识形态及文化趣旨对译者的操控。译者对原文进行了本土化处理,各故事译名仿照章回体小说标题形式,如《威尼斯商人》译为《燕敦里借债约割肉》,《哈姆莱特》译为《报大仇韩利德杀叔》,书中人名皆刻意翻译求似中国姓名,如将哈姆莱特译为"韩利德",克劳狄斯译为"葛洛兆",并将中国读者不熟悉的外国文化、意象译为本土文化与意象,使其更切合中国读者的审美习惯。此外,译者对情节与人物进行大规模删改,例如原文中安东尼奥(燕敦里)只是借钱不收利息,到了译文则变为"为人宽宏大量,好结纳,轻施予,有任侠仗义风。见人贫困,辄挥金相赠",这一转向淡化了安东尼奥的商人身份,而更偏向于中国式的侠士君子之形象。不过,《海外奇谭》适当保留了一些原作的异域色彩,如使用了"公爵""伯爵""议院""律师"等新名词。此外,它以《报大仇韩利德杀叔》(即《哈姆莱特》)这一悲剧作为结尾,冲击了中国传统故事中大团圆结局的规约,并第一次采用了分段结构,突破了中国古典小说的模式。

1904 年,商务印书馆出版了魏易口述、林纾翻译的《莎士比亚戏剧故事集》全译本,以文言翻译,题名为《英国诗人吟边燕语》(简称《吟边燕语》)。林纾以介绍莎剧故事内容为主要目的,将人名型标题改为事件型标题,把读者的兴趣从关注人物转移到关注故事情节上。他将《哈姆莱特》译为《鬼诏》,突出了哈姆莱特的复仇起源于老国王鬼魂的指引;将《麦克白》译为《蛊征》,强调了麦克白的夺权篡位是受到女巫的蛊惑;将《罗密欧与朱丽叶》译为《铸情》,暗示了罗密欧与朱丽叶这对恋人爱情的波折和最终的悲剧性结局;将《李尔王》译为《女变》,暗示着李尔王的女儿在获得财产之后态度将发生变化。林纾在《吟边燕语》序文中指出"虽哈氏莎氏,思想之旧,神怪之诧,而文明之士坦然不以为病也",他借此来证明

---

① "希腊诗人荷马、古代第一文豪也。近代诗家、如莎士比亚、弥尔顿、田尼逊等,其诗动亦数万言、伟哉! 勿论文藻,即其气魄固已夺人矣。"梁启超:《饮冰室诗话》,《新民丛报》1902 年 5 月号。

自己的守旧理论,否定"吾国少年强济之士,遂一力求新,丑诋其故老,放弃其前载"式的全盘贬低中国传统的激进思潮。

林译颇为简洁又不失原文情节。林纾将原文中的描述性语言、铺垫与解释一概省去或一笔带过,如在《肉券》(《威尼斯商人》)中,鲍栖霞(即鲍西娅)一开始试图劝说夏洛克主动放弃履行"一磅肉"契约,她将仁慈比作"天上的甘雨""双重的幸福""上帝的属性"等等,说得那样动听,想要感动夏洛克,而这样一段富有诗意的话被林纾总结为一句"为人须尚慈爱",虽使译文更加凝练、紧凑,却也破坏了原文制造的诗意。受传统伦理道德影响,林纾对人物、情节进行了中国化改写,处处流露着译者自身的意识观念。如在《肉券》中,鲍西娅面对巴萨尼奥的求婚,开口就是"蒲柳之质""委身君子""请以吾戒指一奉饷,如饷君以权,足以主此产者",明显体现了林纾男尊女卑的封建伦理"卫道者"思想。

1916 年,林纾又和陈嘉麟用文言翻译了莎士比亚《理查二世》和《亨利四世》等历史剧,以奎勒·库奇的《莎士比亚历史剧故事集》为蓝本,发表在《小说月报》《小说世界》等刊物上,其译风与《吟边燕语》一致。

林纾的《吟边燕语》可以说是中国人真正接触到莎士比亚故事的开端,但直至今日仍存在对其译作的争论,其中最大的争议莫过于他的"误译"和不忠实于原作。21 世纪以来,越来越多的学者认为对于林纾翻译中的"讹误"与"创造性改写"应辩证看待。诚然,有些错漏确实是因为译者本身的疏忽或理解的偏颇所致,但这不能简单地归结为一种"粗制滥造",这些所谓的"误译"是当时的社会历史环境、文学传统和作者本身思想观念共同作用的结果,它是历史的产物。可以说在当时的历史环境中,这种归化是不可避免的。

五四运动后,白话成为正式的官方语言,但文言译介并没有立刻终结,莎译的底本从莎剧改编故事转向莎剧原文。1924 年,商务印书馆出版了邵挺翻译的散文体文言译本《哈姆莱特》,题为《天仇记》。此译本也处处用中国传统的意象和典故来解释原文,但其最大特点在于,译者对莎剧研究本身有一定关注,译文中有大量附注和按语,用来对原文语义、语用、文化、语境等方面进行说明,还包括了译者的阅读感受。另外,朱文振提出译"古雅的文章,最好用简洁的文言",提倡采用元曲的形式翻译出具有另外一种样式的莎士比亚戏剧。

20 世纪初期的译者选择文言翻译,是因为"雅驯、雅饬的文言是当时知识者的'文化资本'与'象征权力',符合他们的审美旨趣和根深蒂固的文化心理",并总是在翻译中情不自禁代替作者发言,对人物事件做出伦理道德评价。文言译本均对原文进行了本土化处理,人名求似中国姓名,篇名求似中国古典小说,意象与人物向中国传统形象靠拢,按中国传统道德的模式处理情节,并将西方间接引语的叙述方式改为直接引语。这种"归化为主、异化为辅"的翻译策略是为了符合中国读者的审美习惯,使得译作更像是原作,更切合当时对西方文化与文学所知甚少或仍然抵触的读者的审美心理,并获得其情感认同。文言译作总因"误译"和"不忠"而饱受争议,但对于其中国化改编应当一分为二地看待。

二、散文体译本的兴起(1921—20 世纪中叶)

1921 年田汉翻译了《哈孟雷特》,第一幕发表在《少年中国》第 2 卷第 12 期上,翌年发行了全译本。这是第一部完整的莎士比亚戏剧单行本,以白话散文的形式翻译也是中国文坛上的首例,成为以散文体翻译莎剧的先声,但因其晦涩、硬直的风格饱受争议。他采用逐字对译的翻译策略,常常直接采用英文的句式结构,大大降低了文本的可读性。其翻译多参照日译本,译文明显保留了日文的痕迹,难译之处往往将日文原词直接移植到中文中,加重了其译文的晦涩。此时中国的莎译仍处于起步阶段,译者对莎剧的认识有限,因此对原文的理解和译文的表达可能都不甚理想,但其可贵尝试之功是不可泯灭的。

30 年代受文化雪耻和挽回民族尊严的动机的推动,出现了系统的、有计划地介绍莎士比亚的动向。莎士比亚作为英国的象征,俨然已经被当作西方文明的标尺,翻译莎士比亚全集的能力成为国力与综合实力的体现。日本学者竹邨觉说:"大凡以文化国自命,而列于所谓世界一等国或二等国的国家,几乎没有不曾迻译《莎氏全集》的。"余上沅《翻译莎士比亚》中说道:"中国研究莎士比亚的人并不见得少,而至今还没有一个翻译全集的计画——这还不应该惭愧吗?"在这种大的社会形势下,翻译界终止了之前无计划无组织散译的翻译局面,达成了自觉有序进行翻译实践的社会共识,莎士比亚全集的翻译被列为重要项目。朱生豪与梁实秋分别受詹文许和胡适的鼓励与支持,成为担负译莎历史使命的译者。[①]

梁实秋 30 年代开始从事莎剧翻译。胡适就任中华教育文化基金董事会编

---

① 魏策策:《一等国、怪装来华与早期莎剧译介》,《江海学刊》2020 年第 5 期。

辑委员会主任时,召集梁实秋、陈通伯、叶公超、徐志摩、闻一多五人组织翻译莎翁全集委员会,闻一多任翻译委员会主任,他们计划采用有节奏的散文,利用五到十年时间完成全集的翻译。1931 年徐志摩意外去世,最终由梁实秋一人完成了系统的翻译。1939 年前后,梁实秋发表了《威尼斯商人》《奥瑟罗》《如愿》《李尔王》《马克白》《暴风雨》《哈姆莱特》等作品,1949 年梁实秋迁往台湾地区,在省立师范学院(1955 年改为台湾师范大学)一边执教一边继续翻译,最终完成了 37 篇莎士比亚剧作,集结为《莎士比亚戏剧全集》,于 1967 年在台湾出版。翌年,莎士比亚诗歌翻译集也得以刊行。

梁实秋翻译追求"以存其真",以未经任何增删的牛津版本(W. J. Craig 编,牛津大学出版社出版印行)为底本,广泛阅读了众多莎剧专家的大量著述,作细致的比较鉴别,酌采一家之说,必要时加以注释,尽量使译作与原作保持一致。梁译以白话散文为主,但原文中押韵处以及插曲等则均译为韵语,将现代白话与文言有机结合。在翻译时采用直译的方法,原文中的双关语、典故、猥亵语悉照译,甚至以原文的句为单位,力求保留原作之标点符号。有学者评说其不是翻译莎士比亚,而是翻译莎士比亚字面的意义,指出其没有传达出内在的精神,即达意而不传神。虽然多数学者认为梁实秋译文不宜上演,读起来索然无味,但是却普遍被认为是目前最忠于原文的译本,具有高度的学术和研究价值。

朱生豪是中国最有影响力的莎士比亚翻译家。他于 1935 年开始着手翻译莎士比亚全集,1937 年上半年,朱生豪已经完成了《第十二夜》等九部喜剧,1944 年完成 31 部作品的翻译,同年 12 月年仅 32 岁的朱生豪病逝,翻译由此中断。未完成的六部作品是《理查三世》《亨利五世》《亨利六世》(上中下)和《亨利八世》。1947 年上海世界书局首次出版朱生豪翻译的《莎士比亚戏剧集》27 种,1957 年台湾世界书局的虞尔昌修订补译本在台湾地区发行。朱生豪的译文被评价为"在翻译中善于以典雅的、富于中国气派并符合民族欣赏习惯的适当语句,恰当地表达原作的精神,使译文流畅、生动,有很强的感染力,给人以美的享受"[①]。

朱生豪参照的版本是《莎士比亚全集》牛津旧版。他的翻译追求传达原作的"神韵",不拘泥于原文的字句,比如《罗密欧与朱丽叶》的终场诗"For never was

---

① 贺祥麟:《赞赏、质疑和希望——评朱译莎剧的若干剧本》,《外国文学》1981 年第 7 期。

a story of more woe,／Than this of Juliet and her Romeo"，朱生豪译成"古往今来多少离合悲欢，谁曾见这样的哀怨辛酸"，非逐字逐句对照式翻译，强调句尾的押韵和句式的对称，讲究节奏和韵律，使用大量古雅的用词和欧化的句式，体现了原文的韵味。朱译最鲜明的特征就是其独特的音乐性，可以说，朱生豪的翻译文体，不是一般意义上的散文，而是与原文素体诗形式比较相符的富有节奏和规范的散文体，同时又兼顾莎士比亚戏剧语言中的音乐性和诗意，是一种"诗化散文体"。朱生豪的译文以其传神为大众所喜爱，被赞为是最神似于莎士比亚原著的中文译本。

曹未风译莎始于1931年，1944年由贵阳文通出版社发行了《莎士比亚全集》，包括《尤李斯·恺撒》《暴风雨》《微尼斯商人》《凡隆纳的二绅士》《如愿》《仲夏夜之梦》《罗米欧与朱丽叶》《李耳王》《汉姆莱特》《马克白斯》《错中错》等11个作品，1962年再版时增加到15种。曹未风指出，莎士比亚的作品是"戏"，是为了在舞台上演出的，因此翻译时，不但要揣摩剧中人的身份、语气、行动、神情，而且还必须注意对白中的"接头"所在，以及对白和动作的配合之处，尤其要译好戏剧性的高潮部分。曹未风主张译莎用口语，不用"文章体"，便于演出，并提出不必过分拘泥于英语与汉语在节奏、韵脚上的差别。香港学者周兆祥批评曹未风："不论用来上演、阅读、研究，曹本都没有特别出色的效果，而且除了分行排列，在形式方面模仿原文的无韵诗，至少可以产生视觉上的分别外，曹译并未作任何新尝试。"尽管如此，曹译《汉姆莱特》可视为形式上从散文体到诗体的过渡。

散文体较著名的译本还有曾广勋的《威尼斯商人》，自曾广勋译文开始，《威尼斯商人》的译名被固定下来；曹禺的《柔蜜欧与幽丽叶》；顾仲彝译《威尼斯商人》，民国时期戏剧协社公演以此为演出本，此本忠实于原作，但晦涩难懂，顾仲彝自述"莎士比亚剧本上有什么我就译什么，决不删改，决不妄添一语，以符忠实二字"。

莎剧早期作品以韵诗为主，后期作品以"素体诗"和散文为主，译者选择散文译体是几方面原因的综合考量：首先，莎译当时在中国尚属引介阶段，读者或观众对莎剧认识有限，因此译莎的首要目的是使中国读者更好地接受；其次，当时白话文与新诗还未发展到完备阶段，以诗体译莎存在风险，且工程量巨大；最后，五四运动后，中国的莎士比亚观发生逆转，学界开始将莎士比亚视为剧作家进行重新评价,将莎士比亚的戏剧创作首先定位为演出剧本,因此众多译者翻译时以适于上演为目的,而中国话剧短暂的历史中诗剧凤毛麟角。散文译体虽有违原作形式,这也是不得已的选择。

20世纪20年代以来,翻译逐渐学科化、职业化、规范化,因此对译文逐渐有了更高的要求。学界倡导科学翻译,反对"不顾原作精神而乱刀阔斧地改窜外国作品,而美其名曰'中国化'",努力尽可能忠实地介绍作品。对译文"案本求信"与"再现神韵"的争议,对"神似"与"形似"的辩论,使学界在对译文尽善尽美的追求上更进了一步。虽然散文体在许多影响人物性格、剧情发展与戏剧思想的关键问题上都有与文言译本类似的误译,但这种误译同样不能用失误来简单概括,而是译文能够在中国审美语境中获得理解与接受的基本条件,是在时代条件限制下的妥协与尽可能忠实。随着社会历史的发展,学界对莎剧研究的不断加深,20世纪中期以来,散文译体逐渐式微与边缘化。

三、诗体译本的探索(1931年至今)

诗体译莎的探索过程几乎与散文体同时,并持续至今。

20世纪30年代,孙大雨运用自己探索出的"音组"来对应莎剧的"音步",将每行诗划分为五个节奏单位,从而与原文中的五音步相对应,力图使情韵、形式等方面都贴近原作风貌,开启了我国诗体译莎的尝试。孙大雨认为莎剧"原文大体上是用不押韵脚的格律诗行,即轻重格(或称抑扬格)五音步'素体韵文'所作,所以翻译成我们的汉文不应当是话剧,而应为语体的格律诗剧"。孙大雨的莎译已经具有了自觉的学术意识与理论深度,他在译文中对莎剧故事的版本、故事来源、故事梗概、写作年代与莎评进行了详细介绍,这类考证是建立在严肃的学术活动上的。如孙译《罕秣莱德》中附有533条尾注,包括语义、文化、典故以及对版本差异的考证,个别注释甚至长达两三页,显示了译者对莎学研究的关注与运用。

卞之琳的译本,是以诗译诗的典范,其译本力求全面求信,神形兼备。卞之琳认为,译文要还原莎剧诗剧的原貌,唯有如此,才能在内容以及形式上尽可能传出原来的意味,使读者感受到原作的神韵。他受孙大雨的启发,提出以两个或三个汉字合成一个"音组",每诗行五组,来与莎剧中的"五音步"相对应,韵式要依照原诗,等行翻译,亦步亦趋,原原本本地恢复莎剧本来的面目。卞译《丹麦王子哈姆莱特》便遵循了这一原则。此外，卞之琳在译本中也对剧作版本、参照译本、翻译原则、语言与文化典故及莎评做了方方面面的介绍。

80 年代，林同济出版了译作《丹麦王子哈姆雷的悲剧》，主要依据的是新剑桥本(The New Cambridge Shakespeare)。林同济继承了卞之琳"亦步亦趋"的翻译思想，译文与原文的行数、顺序均实行严格的对等，连标点和换行的位置都保持一致，并在译序中对翻译时应考虑的问题做了细致介绍，如版本的选择、舞台性、格律、语言及体裁等。

进入 21 世纪后，方平充分吸收国际莎学研究的最新成果，编译出版了第一部诗体莎士比亚全集译本《莎士比亚全集》。每部作品正文前均有对作品的整体评价，对其思想主题、人物形象和艺术特色进行分析概括；作品后又附有简明扼要的考证，介绍作品的版本、写作年代、题材来源等。方平认为："理想的莎剧全集应该是诗体译本，而不是那在普及方面作出贡献、但在体裁上是降格以求的散文译本。"①因此他坚持使用与原文相符的诗体形式，力图字字相对，与原文毫厘不差，比现有的译本更贴近原作。但辜正坤认为，方译把莎士比亚翻译往前推进了一步，在进行大规模诗体翻译方面做出了宝贵尝试，但是离真正的诗体还有距离。

2015 年外研社出版了辜正坤主编的中英对照版《莎士比亚全集》，以首次修订的皇家版(The Royal Shakespeare Company)为蓝本。辜本在吸纳以往译本优点的基础上更进一步，以诗体译诗体，以散体译散体，在过分散文化和过分格律化之间寻求平衡，文言白话交杂，强调诗意与诗味，追求押韵但不恪守，力图还原莎士比亚的本真状态。辜本为英汉双语本，吸收了国内外最新的莎学研究成果，附有大量注释，以帮助读者加深语言和文化两方面的理解，有学者称其为最具韵味的译本。

诗体译本是建立在先前散文体译本基础上的继承与创新，它以原文的体裁为依据，力图在形式上也向原文靠拢。诗体译者许多本身也是莎学的研究者，他们在翻译中注重对版本、语言等莎学成果的运用，并做大量注释，介绍西方的文化背景，不同时期各类注释本体现了莎学研究的进展。但纯粹的诗译也无法完美再现莎剧原貌，随着对莎译尽善尽美的追求，诗译朝着散体诗体互相融合的趋

① 　莎士比亚:《捕风捉影》，方平译，上海:平明出版社，1953 年，第 1 页。

势发展。

　　一百多年间,自莎剧引介至中国以来,莎译从文言故事到文言剧本,再从散文译本、诗体译本的探索到诗体与散体的融合,显示了我国学界对译文的完善不断探索的历程。从这一过程我们可以认识到,译作是特定时代、文化传统和译者自身认识共同作用的结果,不同时期的译本,不仅推动了当时莎学的发展,在今天仍有诸多可取之处,后世读者应站在时代背景下认识每个阶段的翻译作品。并且,这一探索在未来还将继续。随着中外学界对莎士比亚研究的不断深入,各类莎学成果还不断产生,这些成果将是新时期莎剧重译重要的理论支撑。新的文化背景下,莎剧将不断地被重新阐释,在不断重译中,莎翁的作品将焕发出新的生机与活力。

参考文献

[1] [美]阿兰·布鲁姆.莎士比亚笔下的爱与友谊[M].马涛红,译.北京:华夏出版社,2010.

[2] [美]阿鲁里斯,[美]苏利文.莎士比亚的政治盛典[M].赵蓉,译.北京:华夏出版社,2011.

[3] [苏]阿尼克斯特.莎士比亚传[M].安国梁,译.北京:中国戏剧出版社,1984.

[4] [苏]阿尼克斯特.莎士比亚创作[M].徐克勤,译.济南:山东教育出版社,1985.

[5] [德]艾克曼.歌德谈话录[M].洪天富,译.南京:译林出版社,2002.

[6] [英]安诺德.安诺德文学评论选集[M].殷葆璨,译.北京:人民文学出版社,1958.

[7] [苏]巴赫金.陀思妥耶夫斯基诗学问题[M].刘虎,译.北京:中央编译出版社,2010.

[8] 柏荣宁.论《裘力斯·凯撒》主角问题之纷争[J].外国文学研究,1991(1).

[9] 蔡徽.《裘利斯·凯撒》中的刺杀与自杀——解析勃鲁托斯的英雄情结与伦理创伤[J].宿州学院学报,2015(9).

[10] 曹树均.戏曲改编莎士比亚剧作的可喜收获——简评黄梅戏《无事生非》的改编[J].黄梅戏艺术,1986(3).

[11] 曹新宇,顾兼美.论清末民初时期莎士比亚戏剧译介与文明戏演出之互动关系[J].戏剧艺术,2016(2).

[12] 曹新宇,刘丽.女性问题的凸显——论《威尼斯商人》在清末民初的三个"折射文本"[J].西南民族大学学报(人文社会科学版),2015(1).

[13] 曹雅楠.麦克白夫人的性别典型性和悲剧性[J].文学界,2012(2).

[14] 陈珺.莎剧《辛白林》中的光之意象[J].杭州电子科技大学学报, 2016(3).

[15] 陈雷."血气"的研究——从柏拉图的角度看《雅典的泰门》[J].外国文学评论,2011(3).

[16] 陈星.我们选择的真相——《亨利八世》中历史的形成与传播[J].外国文学评论,2015(2).

[17] 成立.莎士比亚传奇剧艺术探析[J].四川文理学院学报,2007(3).

[18] [法] 丹纳.艺术哲学[M].傅雷,译. 合肥:安徽文艺出版社,1998.

[19] 邓亚雄:《维纳斯与阿都尼》的性主题研究[J].英语研究,2008(3).

[20] 丁鹏飞.身体的两歧性——《理查三世》悲剧的神学源起[J].国外文学, 2018(4).

[21] 方平.历史上的"驯悍文学"和舞台上的《驯悍记》[J].外国文学评论, 1996(1).

[22] 方平.新莎士比亚全集[M].石家庄:河北教育出版社,2000.

[23] 冯伟.《李尔王》与早期现代英国的王权思想[J].外国文学评论, 2013(1).

[24] [法]福柯.必须保卫社会[M].钱瀚,译.上海:上海人民出版社,1999.

[25] [英] 弗雷泽.金枝[M].徐育新,张泽石,汪培基,译. 北京:新世界出版社,2006.

[26] [美] 弗洛姆.梦的精神分析[M].叶颂寿,译.北京:光明日报出版社,1988.

[27] 傅光明.《第十二夜》:"清教徒"马伏里奥和他的"国教"对手们[J].长江学术,2017(4).

[28] 傅光明.《皆大欢喜》——"欢庆"喜剧中风采各异的人物[J].东吴学术, 2017(6).

[29] 傅光明.《仲夏夜之梦》:现实、梦幻、丑角的三重世界[J].东吴学术, 2018(2).

[30] 古典文艺理论译丛编辑委员会.古典文艺理论译丛:第三册[M].北京: 人民文学出版社,1962.

[31] 顾仲彝.戏剧协社的过去[J].戏,1933,创刊号.

［32］郭方云.三分天下的地图舞台和国家身份的空间推演——《李尔王》和《亨利四世》［J］.外国文学评论,2013(2).

［33］郭方云.“把那地图给我”:《李尔王》的女性空间生产与地图赝象［J］.外国文学评论,2017(1).

［34］郭嵩焘.郭嵩焘日记:第三卷［M］.长沙:湖南人民出版社,1982.

［35］郝田虎.《泰尔亲王配力克里斯》与《伦敦四学徒》中的地理和意识形态［J］.外国文学研究,2008(1).

［36］贺祥麟.赞赏、质疑和希望——评朱译莎剧的若干剧本［J］.外国文学,1981(7).

［37］黄必康.解读文本意象:莎剧《亨利四世》中政治的园林与绞架的政治［J］.国外文学,2000(1).

［38］贾元子.通过《奥瑟罗》中的镜像关系阐述其悲剧产生的决定性因素［J］.戏剧之家,2020(18).

［39］金灵杰.论《威尼斯商人》中的种族歧视与宗教迫害［D］.长春:吉林大学,2004.

［40］［德］莱辛.汉堡剧评［M］.张黎,译.上海:上海译文出版社,1981.

［41］［美］理查德·A.波斯纳.法律与文学［M］.增订版.李国庆,译.北京:中国政法大学出版社,2002.

［42］李萍.论莎士比亚传奇剧结构模式及其功能［D］.上海:上海师范大学,2012.

［43］李若薇.冲突·征服·妥协:权力场域下对《仲夏夜之梦》的解读［J］.名作欣赏,2020(6).

［44］李伟.《维纳斯与阿都尼》与《莎乐美》的比较研究［J］.广西社会科学学报,2002(4).

［45］李伟昉.接受与流变:莎士比亚在近现代中国［J］.中国社会科学,2011(5).

［46］李伟民.中国戏曲莎剧与莎剧现代化［J］.闽江学院学报,2006(1).

［47］李伟民.中国莎士比亚批评史［M］.北京:中国戏剧出版社,2006.

［48］李伟民.《理查三世》的叙事策略——戏仿与隐喻:林兆华的莎士比亚戏剧《理查三世》［J］.东南大学学报(哲学社会科学版),2012(5).

[49] 李毅.再识克瑞西达——论莎士比亚的喜剧《特洛伊罗斯与克瑞西达》[J].四川戏剧,2012(2).

[50] 梁启超.饮冰室诗话[N].新民丛报,1902(5).

[51] 林则徐,编译.四洲志[M].北京:华夏出版社,2002.

[52] 刘萍.莎士比亚与女权主义——以剧本《泰特斯·安德洛尼克斯》为例[J].河南师范大学学报(哲学社会科学版),2000(2).

[53] 刘小枫.拯救与逍遥[M].上海:上海三联书店,2001.

[54] 陆谷孙.莎士比亚研究十讲[M].上海:复旦大学出版社,2005.

[55] 罗益民.从动物意象看《李尔王》中的虚无主义思想[J].北京大学学报(外国语言文学专刊),1999(S1).

[56] [英]洛克.政府论(下篇)[M].叶启芳,瞿菊农,译.北京:商务印书馆,2011.

[57] [德]马克思,[德]恩格斯.马克思恩格斯全集:第14卷[M].中共中央马克思恩格斯列宁斯大林著作编辑局,译.北京:人民出版社,1964.

[58] [德]马克思,[德]恩格斯.马克思恩格斯全集:第33卷[M].中共中央马克思恩格斯列宁斯大林著作编辑局,译.北京:人民出版社,1975.

[59] [英]马克斯·韦伯.新教伦理与资本主义精神[M].于晓,陈维纲,等,译.北京:生活·读书·新知三联书店,1987.

[60] [美]马歇尔·萨林斯.甜蜜的悲哀[M].王铭铭,胡宗泽,译.北京:生活·读书·新知三联书店,2000.

[61] 孟宪强.莎士比亚悲喜剧初探[J].社会科学战线,1984(1).

[62] 孟宪强.莎士比亚的第一部悲喜剧——简论《特洛伊罗斯与克瑞西达》[J].东北师大学报(哲学社会科学版),1985(1).

[63] [俄]米哈伊尔·巴赫金.陀思妥耶夫斯基的诗学问题[M].刘虎,译.北京:中央编译出版社,2010.

[64] [法]米歇尔·福柯.必须保卫社会[M].钱瀚,译.上海:上海人民出版社,1999.

[65] [苏]M.M.莫罗佐夫.论莎士比亚[M].朱富扬,译.北京:文化艺术出版社,1987.

[66] [意]尼科洛·马基雅维利.君主论[M].潘汉典,译.北京:商务印书

馆,1985.

[67] 倪萍.沉沦者的悲剧:论《麦克白》中的罪、恩典与自由意志[J].外国文学评论,2013(2).

[68] 聂珍钊.文学伦理学批评:基本理论与术语[J].外国文学研究,2010(1).

[69] [加] 诺思洛普·弗莱.神力的语言——"圣经与文学"研究续编[M].吴持哲,译. 北京:社会科学文献出版社,2004.

[70] [加] 诺斯罗普·弗莱.批评的解剖[M].陈慧,袁宪军,吴伟仁,译.天津:百花文艺出版社,2006.

[71] 欧阳美和.英国剧坛从复仇悲剧向伦理悲剧的转向之作——莎士比亚《泰特斯·安德洛尼克斯》新论[J].河北学刊,2017(6).

[72] 潘薇.20世纪上半叶莎士比亚戏剧在中国的传播[J].吉林艺术学院学报,2008(3).

[73] 彭磊.荣誉与权谋——《科利奥兰纳斯》中的伏伦妮娅[J].国外文学,2016(3).

[74] 彭镜禧,吴孟芳.权力斗争如戏剧竞赛——从演戏的观点看《李察二世》[J].南京师范大学文学院学报,2003(2).

[75] 齐宏伟:《理查三世》的艺术世界新探[J].南京师范大学文学院学报,2003(2).

[76] 饶静.双重视角下的《暴风雨》:对神话批评的一种反思[J].中国比较文学,2012(3).

[77] 茹金水,王利娟.结构、动力、意象——《奥瑟罗》叙事艺术研究[J].戏剧文学,2016(8).

[78] [英] 莎士比亚.捕风捉影[M].方平,译. 上海:平明出版社,1953.

[79] [英] 莎士比亚.叙事诗——维纳斯与阿董尼[M].方平,译. 上海:上海译文出版社,1985.

[80] [英] 莎士比亚.莎士比亚全集[M].朱生豪,等,译. 北京:人民文学出版社,1995.

[81] [英] 莎士比亚.四大喜剧[M].梁实秋,译. 北京:中国广播电视出版社,2002.

[82] [英] 莎士比亚.新莎士比亚全集[M].方平,等,译. 石家庄:河北教育出版社,2000.

[83] 邵雪萍."狂欢"视角中的《泰特斯·安德洛尼克斯》[J].外国文学研究,2007(1).

[84] 圣经·新约(和合本)[M].南京:中国基督教会,2003.

[85] [美] 斯蒂芬·格林布拉特.俗世威尔——莎士比亚新传[M].辜正坤,邵雪萍,刘昊,译.北京:北京大学出版社,2007.

[86] 宋海萍.文学达尔文主义视角中的《泰特斯·安德洛尼克斯》[J].外国文学研究,2013(1).

[87] 孙家琇. 莎士比亚辞典[M].石家庄:河北人民出版社,1990.

[88] 孙家琇.莎士比亚的《一报还一报》[J].外国文学评论,1991(4).

[89] 索天章.莎士比亚——他的作品及其时代[M].上海:复旦大学出版社,1986.

[90] 陶久胜.英国前商业时代的国际贸易焦虑——莎士比亚《错误的喜剧》的经济病理学[J].国外文学,2016(4).

[91] 涂淦和.莎士比亚的意象漫谈[J].厦门大学学报,1987(4).

[92] [英] 托马斯·米尔纳.大英国志[M].慕维廉,译. 上海:墨海书院,1856.

[93] 王雯.《哈姆莱特》中的五种镜子之喻[J].外国文学,2019(1).

[94] [英] 威廉·哈兹里特.莎士比亚戏剧中的人物[M].顾钧,译. 上海:华东师范大学出版社,2009.

[95] 魏策策.一等国、怪装来华与早期莎剧译介[J].江海学刊,2020(5).

[96] 吴兴华.《威尼斯商人》——冲突和解决[J].文学评论,1963(6).

[97] 吴阳.铭旌? 生命? ——莎士比亚《亨利四世》荣誉主题分析[J].文学界(理论版),2011(8).

[98] 肖四新.追寻超越现世存在的永恒意义[J].宁夏大学学报,2010(1).

[99] 许海峰.朗文高阶英语字典[M].北京:外语教学与研究出版社,2003.

[100] [希] 亚里士多德.诗学[M].罗念生,译. 北京:人民文学出版社,1962.

[101] 颜晓霞.人生如戏与戏中戏:论《亨利四世》的双重虚构[J].大众文艺,2011(4).

[102] 杨宝玉.一曲"爱"与"美"的颂歌[J].外国文学研究,1994(1).

[103] 杨虹.《威尼斯商人》的合约解读[J].外国文学研究,2009(2).

[104] 杨健.爱的拯救——从古老童话到荒诞寓言——莎士比亚《李尔王》解读[J].戏剧,2001(4).

[105] 杨铿.马克思恩格斯列宁斯大林论文艺批评[M].北京:文化艺术出版社,1983.

[106] 杨周翰.莎士比亚评论汇编:上[M].北京:中国社会科学出版社,1979.

[107] 杨周翰.莎士比亚评论汇编:下[M].北京:中国社会科学出版社,1981.

[108] 叶倩.悲剧世界的终极力量说与莎士比亚悲剧的审美性解读[J].宁夏大学学报,2011(2).

[109] 尹兰曦.悲伤的时辰似乎如此漫长——《罗密欧与朱丽叶》中的"钟表时间"[J].外国文学研究,2020(4).

[110] 岳莹.人类存在的终极意义——《李尔王》之哲学内涵[J].世界文学评论,2010(1).

[111] 张庚.关于《罗蜜欧与朱丽叶》:"业余实验剧团"演出[J].戏剧时代,1937(3).

[112] 张广利,杨明光.后现代女权理论与女性发展[M].天津:天津人民出版社,2005.

[113] 张京媛.后殖民理论与文化批评[M].北京:北京大学出版社,1999.

[114] 张丽.谈科利奥兰纳斯的悲剧[J].赤峰学院学报,2012(9).

[115] 张薇.《辛白林》中的旅行:两性、政治、民族冲突的表征[J].戏剧艺术,2015(5).

[116] 张泗洋.莎士比亚的三重戏剧 研究·演出·教学[M].长春:东北师范大学出版社,1988.

[117] 张泗洋,徐斌,张晓阳.莎士比亚引论[M].北京:中国戏剧出版社,1989.

[118] 张泗洋,徐斌,张晓阳.莎士比亚戏剧研究[M].长春:时代文艺出版社,1991.

[119] 郑杰.从《雅典的泰门》看早期现代英国社会的伦理焦虑[J].外国文学研究,2016(1).

[120] 周晓阳.《马耳他岛的犹太人》与《理查三世》中的马基雅维里主义[J].国外文学,1998(3).

[121] 朱士场.别开生面的《泰特斯·安得洛尼克斯》[J].戏剧报,1986(8).

[122] 朱雯,张君川.莎士比亚辞典[M].合肥:安徽文艺出版社,1992.

[123] 朱映锴.信仰的溃败——重读《麦克白》的悲剧[J].戏剧之家,2019(18).

[124] 邹羽.战马之喻:《理查三世》、人格国家和莎剧舞台上的政治文化转型[J].外国文学评论,2020(1).

[125] BARKER H G, Ed. A Companion to Shakespeare Studies[M]. New York:Millan Mike Co. Ltd,1960.

[126] CHENEY P.Shakespeare's Poetry[M].Cambridge:Cambridge University Press,2007.

[127] DOCARAY K. William Shakespeare:The Wars of Roses and the Historians[M].U.K.:Tempus Publishing Ltd,2002.

[128] DONALDSON L."'A Theme for Disputation':Shakespeare's Lucrece".// The Rapes of Lucretia:A Myth and its Transformations[M].Oxford:Clarendon Press,1982.

[129] DYMPNA C, Ed. A Feminist Companion to Shakespeare (Blackwell Companions to Literature and Culture)[M]. New Jersey:Wiley-Blackwell Publishing, 2001.

[130] FRASER R. The War Against Poetry[M]. New Jersey:Princeton University Press,1970.

[131] GREENBLATT S. Renaissance Self-Fashioning:From More to Shakespeare[M].Chicago:The University of Chicago Press,1980.

[132] HUNT M.Shakespeare's King Henry Ⅷ and the Triumph of the Word[J].English Studies, 2008,75.

[133] MICHELE B.The Politics of Truth:From Marx to Foucault[M].Palo Alto:Stanford University Press,1991.

［134］RHOADS D A. Shakespeare' Defense of Poetry：A Midsummer Night's Dream and The Tempest ［M］. London：University Press of America，1985.

［135］ROVINE H.Silence In Shakespeare：Drama,Power ℰ Gender[M]. Ann Arbor and London：UMI Research,1987.

［136］VICKERS B,Ed. Shakespeare：The Critical Heritage[M]. London and Boston：Routledge ℰ Kegan Paul，1974.